LORA LEIGH
Breeds
Dawns Erwachen

Über dieses Buch:
Nach Jahren der Folter und Misshandlung ist es Dawn Daniels gelungen, aus dem Breeds-Labor zu entkommen. Jetzt hat sie ihr Leben im Griff – bis sie den Auftrag erhält, den Mann zu schützen, der dazu bestimmt war, ihr Seelengefährte zu sein. Der sie vor zehn Jahren verlassen hat und nun eine andere heiraten will. Seth Lawrence ist ein erfolgreicher Unternehmer und einer der größten Unterstützer der Breeds. Als Dawn und Seth sich wiedersehen, flammen die alten Gefühle erneut auf und die beiden sind machtlos gegen die Leidenschaft, die noch immer zwischen ihnen lodert. Doch bevor sie an eine gemeinsame Zukunft denken können, müssen sie die Vergangenheit hinter sich lassen und den Attentäter fassen, der es nicht nur auf Seth abgesehen zu haben scheint …

Über die Autorin:
Lora Leigh lebt mit ihrer Familie in Kentucky. Mit ihren erotischen Liebesromanen hat sie sowohl im Bereich der Romantic Fantasy als auch des Romantic Thrill eine große Leserschaft gewonnen. Weitere Informationen unter: www.loraleigh.com

Lora Leigh bei LYX:

Die Romane der Breeds-*Reihe:*
1. Breeds – Callans Schicksal
2. Breeds – Tabers Versuchung
3. Breeds – Dashs Bestimmung
4. Breeds – Bradens Vergeltung
5. Breeds – Harmonys Spiel
6. Breeds – Kanes Verlangen
7. Breeds – Kiowas Verhängnis
8. Breeds – Tanners Begehren
9. Breeds – Jacobs Sehnsucht
10. Breeds – Aidens Rache
11. Breeds – Dawns Erwachen

Außerdem als E-Book erhältlich:
Lust de LYX – Coopers Sehnsucht
Lust de LYX – Verheißungsvolle Nacht
Lyras Leidenschaft
Wolfes Hoffnung
Sabans Kuss

Weitere Romane der Autorin sind bei LYX in Vorbereitung.

LORA LEIGH

Dawns
BREEDS
Erwachen

Roman

*Ins Deutsche übertragen
von Silvia Gleißner*

LYX in der Bastei Lübbe AG
Dieser Titel ist auch als E-Book erschienen.

Die Originalausgabe erschien 2008 unter dem Titel
»Dawn's Awakening« bei Berkley Sensation.

Für die deutschsprachige Ausgabe:
Copyright © 2017 by Bastei Lübbe AG, Köln
Copyright © 2008 by Lora Leigh
All rights reserved including the right of
reproduction in whole or in part in any form.
This edition published by arrangement with the Berkley
Publishing Group, an Imprint of Penguin Publishing Group,
a division of Penguin Random House LLC.

Redaktion: Isabella Busch
Umschlaggestaltung: © Birgit Gitschier, Augsburg, unter Verwendung
mehrerer Motive von Shutterstock (anetta, Baranov E)
Satz: Greiner & Reichel, Köln
Gesetzt aus der New Caledonia LT
Druck und Verarbeitung: CPI books GmbH, Leck – Germany
Printed in Germany
ISBN 978-3-7363-0324-9

1 3 5 7 6 4 2

Sie finden uns im Internet unter www.lyx-verlag.de
Bitte beachten Sie auch: www.luebbe.de und www.lesejury.de

Ein verlagsneues Buch kostet in Deutschland und Österreich jeweils überall dasselbe.
Damit die kulturelle Vielfalt erhalten und für die Leser bezahlbar bleibt, gibt es die
gesetzliche Buchpreisbindung. Ob im Internet, in der Großbuchhandlung, beim
lokalen Buchhändler, im Dorf oder in der Großstadt – überall bekommen Sie
Ihre verlagsneuen Bücher zum selben Preis.

Vorwort

Sie wurden nicht geboren, sondern erschaffen.

Sie wurden nicht aufgezogen, sondern gedrillt.

Man brachte ihnen bei, wie man tötet, und nun werden sie ihre Ausbildung dazu nutzen, ihre Freiheit zu sichern.

Sie sind Breeds. Genetisch verändert mit der DNA der Raubtiere der Erde: Wolf, Löwe, Puma, Tiger – die Killer in der Welt. Sie sollten die Armee einer fanatischen Gesellschaft werden, die sich ihre eigene persönliche Streitmacht aufbauen wollte.

Bis die Welt von ihrer Existenz erfuhr. Bis das Council die Kontrolle über seine Geschöpfe verlor und diese Geschöpfe begannen, die Welt zu verändern.

Jetzt sind sie frei. Sie schließen sich zusammen, schaffen sich eigene Gemeinden, ihre eigene Gesellschaft und ihre eigene Sicherheit. Und sie kämpfen darum, jenes Geheimnis zu bewahren, das sie vernichten könnte.

Das Geheimnis des Paarungsrausches. Die chemische, biologische und emotionale Reaktion eines bestimmten Breeds auf den Partner, der für sie oder ihn bestimmt ist. Eine Reaktion, die verbindet und mehr verändert als nur die körperlichen Reaktionen, die die Lust steigern. Mutter Natur hat den Paarungsrausch zur Achillesferse der Breeds gemacht. Er ist ihre Stärke und ihre Schwachstelle zugleich. Und Mutter Natur hat ihr Spiel noch nicht beendet.

Der Mensch hat versucht, ihre Schöpfungen zu manipulieren. Und nun wird sie der Menschheit ganz genau zeigen, wie sie sie läutern kann.

Ihre Männer sind stark. Sie krümmen sich, aber sie brechen niemals. Von Geburt an sind sie geschaffen, um zu kämpfen, zu überleben und zu beschützen.

Um ihre Frauen zu beschützen, seien sie Geliebte, Gefährtinnen oder Schwestern. Und ihre Schwestern sind es, die noch weit mehr gelitten haben als sie. Frauen, von Männern als Objekte erschaffen, kaum mehr wert als Werkzeuge, zum Töten und um deren eigene feigen und grausigen Lüste zu befriedigen. Diese Frauen sind es, die den dauerhaftesten Schmerz erdulden müssen. Diese Frauen, die sich nun, da sie frei sind, über diese Albträume erheben müssen, um zu Gefährtinnen zu werden.

Weniger wird Mutter Natur nicht akzeptieren. Denn durch die Herzen dieser Frauen fließt das Blut der größten Schöpfungen der Erde: Frau, Amazone, Löwin, Puma, Schenkerin von Leben, Bewahrerin, Jägerin. Diese Frauen sind es, die sich nun den Albträumen stellen müssen, den Ängsten und den brennenden Erinnerungen an den Schmerz, um das Leben zu finden, das Mutter Natur ihnen zugedacht hat.

Der Mensch hat sie erschaffen. Doch Gott hat sie als seine Kinder angenommen. Und nun wird Mutter Natur für ihr endgültiges Überleben sorgen.

Prolog

Breed Sanctuary
Buffalo Gap, Virginia
Zehn Jahre zuvor

Seth Lawrence betrat das Büro, in das der Breed Enforcer ihn eskortiert hatte, und musterte die dort versammelten Breeds. Er kannte sie nicht besonders gut, doch gut genug. Er unterstützte sie, seine Firmen förderten sie. Sein Vater hatte an ihnen allen Verrat begangen, wie auch an der Schwester, die nun unter ihnen lebte. Die Schwester, von deren Existenz Seth nie gewusst hatte, die er aber dennoch liebte.

Rudelführer Callan Lyons stand am Fenster, und das Sonnenlicht des späten Abends schien durch seine schwere Mähne, die ihm bis auf die Schultern fiel und seine Züge in Schatten tauchte.

Neben ihm stand Seths Schwager, Taber Williams, der ihn mit stillem Kummer musterte. Bei dem Ausdruck in seinen Augen spannte Seth sich an und machte sich auf das Schlimmste gefasst.

Kane Tyler, Schwager von Callan Lyons und Sanctuarys Sicherheitschef, sah resigniert und traurig aus. Und an einem mit Kratzern übersäten Tisch stand Jonas Wyatt, der arrogante, energische Enforcer, der beständig in den Rängen der Sicherheitskräfte aufgestiegen war.

»Ist sie okay?« Seth stellte die Frage mit schroffer Stimme und mit vor Furcht schwerem Herzen.

Sie war Dawn. Dawn Daniels, die zierliche Puma-Breed, die er nicht mehr vergessen konnte. Sie war verwundet worden, als Seths Chauffeur vor Monaten versucht hatte, ein Breed-Kind, Cassie Walker Sinclair, und Seths Halbschwester Roni zu entführen. Sie war zu zierlich, zu zart, um so verwegen und furchtlos im Kampf zu sein, wie sie es war. Oder so gequält zu wirken, wenn ein Mann sie berührte.

In den vergangenen Monaten hatte er nur wenige Blicke auf sie erhaschen können, und immer hatte sie gehetzt gewirkt. Seth wollte nichts mehr, als ihr diese dunklen Schatten unter den Augen wegwischen.

»Es geht ihr gut, Seth«, antwortete Kane nach einem Blick auf die anderen, und in seinen eisblauen Augen flackerte Unsicherheit.

»Wieso bin ich dann hier?« Er verschränkte die Arme und starrte sie unerbittlich an. Wenn sie ihn hierher zitiert hatten, um ihm zu sagen, dass er sich von Dawn fernhalten solle, dann verschwendeten sie nur ihre Zeit.

Nichts und niemand konnte den Weg ändern, den zu nehmen er sich entschieden hatte. Sein ganzes Leben lang hatte es niemanden gegeben, der zu ihm gehörte. Seit dem Tod seiner Mutter hatte er niemanden geliebt – bis auf Dawn.

»Ich mach' da nicht mit«, sagte Taber plötzlich, straffte seine Schultern und schüttelte den Kopf.

Der Jaguar-Breed war groß, schlank, aber kräftig und offenkundig nicht einverstanden mit diesem Treffen.

»Taber.« Callans Stimme blieb ruhig. »Es gefällt keinem von uns, aber es muss getan werden.«

»Dann kommen wir endlich zum Punkt«, forderte Seth in scharfem Ton. »Ich nehme an, es geht um Dawn?«

Callan knurrte beinahe. Taber wandte ruckartig den Kopf zur Seite, und Kane rieb sich über den Nacken.

»Mr Lawrence, wir sind uns nur kurz begegnet.« Jonas Wyatt, der Mann mit den eigenartigen silbrigen Augen und den animalischen Zügen, trat vor und lehnte sich an die Kante des ramponierten Tisches, eine Fernbedienung in der Hand.

»Ich erinnere mich an Sie«, antwortete Seth knapp.

»Wir sind besorgt um Dawn«, sagte Wyatt in schroffem, überheblichem Ton. Er war die Sorte Mann, mit der andere Männer von Natur aus nicht auskamen. Sie mochten ihn respektieren, seine Kraft und seinen Verstand bewundern, aber er war niemand, in dessen Gegenwart sich andere Männer wohlfühlen konnten.

Seth kannte solche Typen. Er war genauso. Kontrolle und Macht paarten sich mit einer angeborenen Überheblichkeit, die naturgemäß nicht gut ankam, wenn es zum Kontakt mit ähnlichen Persönlichkeiten kam.

»Ich bin auch besorgt um Dawn, Mr Wyatt«, erklärte Seth. »Aus irgendeinem Grund hindert man mich daran, sie aufzusuchen, und niemand will mit mir über sie reden. Verdammt ungastlich, wenn Sie mich fragen. Wenn man bedenkt, wie viel Hilfe Lawrence Industries den Breeds bietet.«

»Dawn steht nicht zum Verkauf, Lawrence«, knurrte Callan.

»Ich wollte sie auch nicht kaufen.« Seth warf ihm ein kaltes Lächeln zu. »Ich glaube, ich habe Ihnen meine Absichten deutlich gemacht, Lyons.«

»Deshalb sind wir hier.« Auf eine Handbewegung hin zogen zwei schweigende Enforcer die schweren Vorhänge vor die Fenster und dunkelten den Raum ab.

Seth registrierte es, und ein Teil von ihm, ein Instinkt, warnte ihn, dass das, was jetzt kommen würde, etwas war, das er nicht erfahren wollte.

»Ich bin raus.« Tabers Knurren klang mehr nach Tier als nach Mensch und alles in Seth spannte sich an.

Seth hielt den Mann am Arm fest, als er vorbeiging, und ignorierte das Aufblitzen der gefährlich scharfen Reißzähne, als Taber sich zu ihm umdrehte.

»Was zum Henker geht hier vor?«

»Das erfährst du noch früh genug.« Taber riss sich los und ging zur Tür, zog sie auf und schlug sie hinter sich zu.

Callan wandte ihm den Rücken zu. Kane senkte kopfschüttelnd den Blick.

»Dawn ist wie eine Schwester für ihn«, sagte Jonas daraufhin. »Sie haben Ihre Absichten in Bezug auf Dawn deutlich gemacht. Wir werden Ihnen zeigen, Mr Lawrence, welche Schlacht Ihnen bevorsteht. Jeder Soldat sollte auf den Krieg, dem er sich stellen muss, vorbereitet sein. Würden Sie da nicht zustimmen?«

Er drückte auf die Fernbedienung, und der Bildschirm an der Wand hinter dem Tisch erwachte zum Leben. Jonas blieb mit dem Rücken zum Bildschirm stehen und beobachtete Seth.

Erklärungen waren nicht nötig. Er sah die Nummer, die auf dem Bildschirm aufblitzte, Datum, Zeit, Subjekt. Puma-Breed, weiblich, sechs Jahre alt. Listennummer 7036. Sie drückten das Kind auf einen kalten Metalltisch und brannten ihm die Nummer in die Hüfte.

Die Schreie, die den Raum erfüllten, ließen Seth zurückweichen; er ballte die Fäuste, rasender Zorn jagte durch seinen Kopf. Aber wenn das schon schwer mit anzusehen war, dann fügte das, was danach kam, seiner Seele Narben fürs Leben zu.

Er konnte sich nicht abwenden. Und er wollte es auch gar nicht. Sie hatte die Hölle durchgemacht, und er liebte sie bis zum letzten Atemzug. Sie hatte das alles überlebt, und er konnte nicht weniger tun.

. Er liebte sie. Inzwischen war ihm klar, dass er sie liebte. Er sehnte sich nach ihr. Er würde für sie töten, und er hätte sein eigenes Leben gegeben, hätte er sie damit vor der finsteren Brutalität retten können, die diese Monster, die sie erschaffen hatten, hier auf Film gebannt hatten.

Nummer 7036. Alter sechs Jahre. Alter zehn Jahre. O Gott. O mein Gott. Alter dreizehn Jahre. So zart. So verdammt zart, dass sie wie eine Puppe aussah, als diese Bastarde sie vergewaltigten. Herr im Himmel, hab Erbarmen. Seine Eingeweide verkrampften sich vor Schmerz, und alles in ihm heulte vor Wut auf, während sich Hoffnungslosigkeit in ihm breitmachte.

Sie schnallten sie auf einen kalten Stahltisch. Metallfesseln an Hals, Armen, Oberschenkeln und Knöcheln. Sie wehrte sich, kämpfte gegen die Fesseln an, bis das Blut unter den Rändern hervor über ihre zerbrechlichen Glieder rann.

Sie schrie. Sie flehte zu Gott, und die lachten sie aus. Sie lachten sie aus und sagten ihr, dass Gott sich nicht um Breeds scherte, und dann stießen sie sich brutal in ihren hilflosen, zerbrechlichen Körper.

Es waren nur Minuten, in denen die Bilder diese ersten dreizehn Jahre ihres Lebens zeigten. Eine Collage brutaler, entsetzlicher Augenblicke des Missbrauchs, die sie hätten töten müssen. Zwanzig Minuten der grauenvollsten Albträume, die man dem weiblichen Körper zufügen kann. Einem Kind.

Niemand rührte sich, als es zu Ende war. Niemand sprach. Seth starrte weiter auf den nun dunklen Bildschirm und sah das Kind von einst in der Frau, die sie nun war. Die dunklen Augen, in denen die Albträume und der Schmerz aufblitzten, jedes Mal, wenn sie ihn ansah, jedes Mal, wenn ihr klar wurde, was er von ihr wollte – was er von ihr brauchte.

Er wollte schlucken, doch er konnte nicht. Er blinzelte die Feuchtigkeit weg. Verdammt, Tränen. Seit Jahren hatte er keine Träne mehr vergossen. Und er hasste seinen Vater mehr als je zuvor in seinem Leben.

Sein Vater und Lawrence Industries hatten diese Monster finanziell unterstützt, bevor Seth die Leitung übernommen hatte. Sie hatten die Brutalitäten an der Frau, die seine Seele besaß, mitfinanziert. An der Frau, die er niemals haben konnte.

Endlich sammelte Seth genug Speichel, um schlucken zu können und seine Stimmbänder zum Arbeiten zu zwingen. Callan drehte sich vom geschlossenen Fenster weg und sah Seth mit kummervoller Miene an. Und jetzt verstand Seth, warum Taber sich geweigert hatte, zu bleiben.

Noch nie hatte er so tiefen, so intensiven Schmerz gespürt wie jetzt. Eine Qual, die seine ganze Seele durchdrang, durch sein Herz, seinen Geist schnitt, wie ein gezackter Dolch, der sein Dasein in Stücke riss.

»Ich liebe sie«, flüsterte er.

»Und uns ist bewusst, dass eine Anomalie in der Physiologie der Breeds, genannt ›Paarungsrausch‹, sich in euch beiden bemerkbar gemacht hat. Dawns Blut weist bereits winzige Mengen des Hormons auf, das dabei ausgeschüttet wird. Es wirkt wie ein Aphrodisiakum, Mr Lawrence; es verursacht einen Zustand der Erregung, der so stark ist, dass das Paar sich ihr nicht verweigern kann. Es ist etwas, das wir unter allen Umständen geheim halten wollen, bis wir es verstehen können und einen Weg gefunden haben, es zu kontrollieren. In Dawn könnte es eine zerstörerische Wirkung haben, mental und emotional. Sie haben die Bilder gesehen. Sie haben gesehen, was die ihr angetan haben, mit und ohne Drogen. Im Augenblick glaubt niemand hier, dass sie das durchstehen kann. Hätten die Gräueltaten an dem Punkt aufgehört, hätte sie sich vielleicht davon erholen können. Vielleicht. Aber nachdem Callan das Rudel gerettet hatte, hat deren Bruder Dayan unbemerkt von ihm die Erinnerungen in ihr genährt wie eitrige Wunden, um sie unter Kontrolle zu halten. Sie wurde im Labor missbraucht und später noch einmal außerhalb. Sie hatte nicht einmal ein Jahr Zeit, um mit wahrer Freiheit klarzukommen, und sie macht unglaubliche Fortschritte. Niemand von uns will erleben, dass dieser Fortschritt einen Rückschlag erleidet. Das heißt, keiner von uns, der sie liebt.«

Seth starrte Jonas an und fühlte die eiskalte Gewissheit, dass das, was der Mann da sagte, nicht weniger als die Wahrheit war.

»Sollte Sanctuary irgendetwas von Lawrence Industries benötigen, müssen Sie nur meinen Assistenten kontaktieren.« Er ging zur Tür, öffnete sie und drehte sich zu den anderen um. »Sollte Dawn irgendetwas brauchen, erwarte ich, umgehend persönlich davon zu erfahren.«

Er verließ den Raum, schloss sorgfältig die Tür hinter sich – und blieb abrupt stehen. Das Kind, das vor ihm stand, war dasselbe, das vor Monaten so todesmutig aus dem Gutshaus gerannt war und sich auf den Rücksitz der Limo geworfen hatte, in der Seth hierher gefahren war. Die kleine Cassie Walker Sinclair mit dem dichten schwarzen Haar und dem viel zu ernsten Gesichtchen.

Sie hatte einen kleinen Schokoladenfleck am Mundwinkel, und ihre großen Augen sahen ihn traurig an. Sie war eben erst nach Sanctuary zurückgekehrt, vor ihrer Mutter und ihrem Stiefvater, da die Entlassung ihrer Mutter aus dem Krankenhaus kurz bevorstand.

Er konnte nicht mit ihr reden, also ging er stattdessen an ihr vorbei.

»Seth.« Ihre Kleinmädchenstimme klang gespenstisch, voll Mitgefühl und so sanft, dass es einem das Herz brach.

Seth drehte sich zu ihr um, räusperte sich und wollte etwas sagen. Doch er konnte nicht.

»Sie wird zu dir kommen«, flüsterte Cassie da. »Wenn sie erwacht.«

Seth schüttelte den Kopf, musterte sie und sah das seltsame Schimmern, das in ihre unheimlichen Augen trat.

»Wer, Cassie?« Sie war ein merkwürdiges kleines Mädchen, aber liebenswert. Unschuldig.

»Dawn«, sagte sie sanft. »Lass sie erwachen, bevor du sie aufgibst.«

Ach du Schande. Er hatte Gerüchte gehört, Flüstern über die seltsamen Einsichten dieser Kleinen und ihre manchmal unheimlichen Ratschläge. Er schüttelte den Kopf. Jetzt glaubte er die Gerüchte.

»Sie wird zu dir kommen.« Ihr Lächeln war traurig. »Und ihr werdet beide Schmerz leiden. Denk daran, Seth. Ihr beide werdet Schmerz leiden. Aber danach ist sie wieder ganz.«

Damit drehte sie sich um und ging langsam über den Flur zu der geschwungenen Treppe und die Stufen hinunter. Seth fühlte, wie ihm ein Schauer über den Rücken lief, der ihn innerlich kalt werden ließ, in der Gewissheit, dass Dawn niemals zu ihm kommen würde.

Er wartete und folgte dann langsam. Er ging zum Marmorfoyer, drehte sich um und blickte zum Treppenaufgang, der zur Krankenstation führte. Dort, wo sich Dawn in der Obhut der Ärztin befand. Wo sie verletzt worden war. Wo sie allein lag, verwundet, ohne ihn.

Er hatte sich vorgestellt, etwas Zeit in Sanctuary zu verbringen. Um sie kennenzulernen, herauszufinden, wie er sie zum Lachen bringen konnte, um nur ein einziges Mal ein Lächeln in ihren Augen zu sehen, anstelle der tiefen Traurigkeit, die sie von Kopf bis Fuß zu durchdringen schien.

Er wollte mit ihr zum Picknick fahren. Durch ein Kaufhaus gehen. Er wollte mit ihr irgendwo parken und diese perfekten rosigen Lippen küssen, und er wollte sie in seinem Bett zu Hause haben und sie lieben, bis sie nach mehr schrie.

Doch dazu würde es nicht kommen.

Er hätte sich nie vorstellen können, das zu tun, was er nun tat. Er drehte sich um und verließ langsam Sanctuary und die Frau, die niemals zu ihm kommen würde.

Und ließ damit auch seine Seele zurück.

1

Es waren die Träume, die sie aus dem Schlaf rissen, schwitzend, knurrend, während Entsetzen und Wut durch ihren Leib krochen und kalte Schauer sie heftig zittern ließen.

Dawn schauderte, zuckte zusammen und spürte Gänsehaut bei dem Gefühl eisiger Hände, die über ihre Haut streiften, sie berührten, sie kniffen. Sie spannte die Schenkel an und wollte schreien, als sie die verhasste Berührung an dieser Stelle spürte; sie knurrte vor Wut über den Schmerz, von dem sie wusste, dass er kommen würde.

Sie betete. Gott war nicht ihr Freund. Sie war ihm egal. Er erhörte keine Breeds, doch immer noch betete sie. *O Gott, mach, dass es aufhört.*

Sie konnte das Gelächter in ihren Ohren hören, die Hände spüren, die an ihren Beinen zerrten und sie auseinanderzwangen, sie mit Metallfesseln fixierten, kalter Stahl, der sich in ihre Schenkel drückte, und warme Haut, die sich dazwischendrängte …

Ruckartig öffnete sie ihre Augen; wildes, unmenschliches Knurren drang immer noch aus ihrer heiser werdenden Kehle, die sich mit Tränen zuschnürte, die Dawn nicht vergießen konnte. Ihre Hände krallten sich in die Decken um sie, ihre Arme ausgestreckt an den Seiten, ihre Beine steif und die Muskeln verkrampft.

Sie fühlte sich wie festgeschnallt. Dawn starrte in die Dunkelheit und fühlte die Metallfesseln, die sich in ihre Haut schnitten und sie bluten ließen. Todesqual jagte durch ihre

Schenkel, ihren Bauch, während dichter roter Nebel vor ihren Augen schwamm und der Schrei einer Raubkatze aus ihrer Kehle dringen wollte.

Abrupt setzte sie sich auf, blicklos, um Atem ringend und darum, zu sehen, was sie nicht sehen konnte, um Erinnerungen ringend, an die ihr Verstand sich nicht erinnern wollte. Luft holen. Hände, die sie umklammerten, Finger, die sich in ihre Muskeln gruben, und Gelächter, immer dieses Gelächter, das in ihrem Kopf widerhallte.

»Die Morgendämmerung kommt bald. Dann ist es nicht mehr dunkel.«

Die sanfte, wohlklingende Stimme flüsterte durchs Zimmer, und Dawn kam in einem Ausbruch gewaltiger Wut unter den Decken hervor, ging knurrend in Kampfstellung und spürte, wie ihre Lippen die Reißzähne entblößten, als sie sich zum Angriff bereit machte.

Der Feind saß eingerollt in einem Sessel gegenüber, die Gestalt verhüllt von einem langen Leinennachthemd. Lange, kohlschwarze Locken umrahmten ihr herzförmiges Gesicht, und ihre Augen waren gespenstische, strahlend blaue Leuchtpunkte im dunklen Zimmer.

Dawn brauchte einen Augenblick, um zu begreifen, dass ihre Waffe, die nie weit von ihr lag, genau zwischen die Augen des Kindes zielte. Ihr Finger bebte am Abzug, Schweiß lief ihr über den Leib und tränkte ihre dünne Kleidung.

Die kühle Luft aus der Klimaanlage wehte über ihre Haut und ließ sie heftig schaudern, während Cassie Sinclair auf die Waffe starrte.

»Du solltest nicht allein in der Dunkelheit aufwachen müssen«, sagte Cassie sanft und streckte die Hand aus, um das Licht neben dem Sessel einzuschalten. Bei der Bewegung zuckte Dawn zusammen.

Knurren vibrierte in ihrer Kehle, und ein ferner Teil von ihr schrie vor Entsetzen auf über das Tier in ihr, das sich vorgedrängt hatte und das Kind mitleidlos und wild anstarrte.

Sie musste den Zorn niederkämpfen, die Erinnerungen, die keine Erinnerungen waren, die in ihrem Kopf schrien und sich nicht zeigen wollten. Die, mit denen das Tier, entschlossen zu überleben, die Frau nicht konfrontieren wollte.

»Dash.« Das Wort klang wild und kehlig. »Wo ist Dash?«

Cassies Vater hätte ihr nie erlauben dürfen, allein hier zu sein. Er sollte besser auf seine Tochter aufpassen, statt zuzulassen, dass sie in ein Zimmer schlüpfte, in dem sich eine Bestie aufhielt, die schon das Blut schmecken konnte.

Eine einzelne Träne lief über Cassies Wange, und ihre Lippen bebten. Aber nicht vor Furcht. Da war kein Geruch von Entsetzen, nur von Schmerz und Mitgefühl. Dawn hasste ihn.

Sie zwang sich, die Waffe zu senken, zwang sich, die Kampfhaltung aufzugeben, aber die Schreie in ihrem Kopf konnte sie nicht verdrängen. Die Schreie eines Kindes, eines Tieres, außer sich vor Schrecken und Schmerz.

»Dad schläft noch«, antwortete das Mädchen sanft und zeigte mit der Hand auf ein Tablett auf einem Tisch in der Nähe. Darauf standen eine dampfende Kanne und zwei Becher. »Ich dachte, wir trinken heiße Schokolade, bevor du dich fertig machen und deinen Tag beginnen musst, Dawn. Ich wollte nicht, dass du heute Morgen allein aufwachen musst.«

»Bist du verrückt geworden!« Dawn starrte das Mädchen an – nun ja, eigentlich die junge Frau. Cassie war kein frühreifes Kind mehr. Sie war achtzehn Jahre alt und immer noch verdammt unheimlich. »Weißt du es denn nicht besser, Cassie?« Sie knallte die Waffe auf den Nachttisch, ließ sich auf die Bettkante fallen und starrte sie entsetzt an. »Ich hätte dich umbringen können.«

Cassie zuckte mit den Schultern. »Der Tod ist nicht so furchterregend, Dawn. Und besser deine Kugel als der Zorn eines Kojoten, oder?«

Achtzehn. Cassie war verdammte achtzehn Jahre alt. Ein Baby. Unschuldig, behütet und beschützt, seit dem Augenblick vor zehn Jahren, in dem der Wolf-Breed Dash Sinclair sie und ihre Mutter mitten in einem verdammten Blizzard gefunden und vor den Monstern gerettet hatte, die sie verfolgten.

Sie war noch Jungfrau. Sie war nie verwundet worden, nie geschlagen, verprügelt oder vergewaltigt. Und sie sprach unbekümmerter über den Tod, als jeder im Labor aufgewachsene Breed es je tat.

Dawn hob ihr Shirt vom Boden auf, wischte sich den Schweiß vom Gesicht und fuhr dann mit dem Stoff über das feuchte Haar und die Schultern. Sie brauchte einen Moment, nur einen Moment, um ihre Kontrolle wiederzuerlangen.

»Ich habe heiße Schokolade mitgebracht.« Cassie erhob sich langsam aus dem Sessel und bewegte sich wie ein Geist, wie die Geister, mit denen sie angeblich sprach, zu dem kleinen Tisch am Fenster.

Sie goss die süße, dicke Flüssigkeit in zwei Becher, drehte sich langsam um und stellte einen auf den Tisch neben Dawn. Dawns Hände zitterten so sehr von den Nachwirkungen des Albtraums, dass sie den Becher nicht hätte halten können, wenn sie gemusst hätte.

Cassie ging zurück zu ihrem Sessel, setzte sich und zog wieder die Beine unter ihren Körper. Sie war so klein, dachte Dawn. Kaum einen Meter sechzig, und so zierlich. Und um sie herum floss so viel Haar, dass Dawn sich manchmal fragte, wie sie den Kopf oben halten konnte.

Dawn fuhr sich mit den Fingern durch ihre eigenen kurzen Locken. Sie hielt ihr Haar kurz geschnitten. Wenn ihr Haar nicht lang war, dann gab es nichts, was der Feind packen konnte. Nichts, womit er sie zu Boden drücken konnte. Eine Frau mit langem Haar konnte doch gleich jedem Bastard da draußen, der sie verletzen wollte, eine Einladung schicken. Drück sie nieder. Zwing sie.

Übelkeit stieg ihr in die Kehle.

»Ein neuer Tag beginnt«, sagte Cassie und sah zum immer noch dunklen Fenster. »Heute beginnt ein neues Abenteuer.« Ein kleines, trauriges Lächeln spielte um ihre Lippen, als sie sich wieder an Dawn wandte. »Aber jeder Tag ist ein Abenteuer, nicht wahr?«

»So nennst du es?«, schnaubte Dawn und warf ihr einen Blick zu, während sie langsam zu der Beherrschung zurückfand, um die sie über die Jahre so verzweifelt gekämpft hatte.

»Mom und Dad sehen mich auch immer so an, wenn ich ihnen das sage.« Cassies Lippen verzogen sich zu einem seltsamen wissenden Lächeln. »Und Kenton verdreht immer die Augen.« Kenton war ihr Bruder, kaum neun Jahre alt, doch er zeigte bereits die hochentwickelte Intelligenz und Stärke eines Breed-Kindes.

»Cassie, jetzt ist kein guter Zeitpunkt.« Dawn seufzte. »Ich muss duschen und ein paar Dinge erledigen.«

Cassie blickte auf ihren Becher, aus dem Dampf aufstieg, und sie machte einen traurigen, resignierten Eindruck. »Auch das höre ich häufiger.«

Dawn wusste das. Cassie war eine Anomalie unter den Breeds. Sie trug DNA von Wolf, Kojote und Mensch in sich. Sie war oft auf Misstrauen und Abweisung gestoßen, als sie älter wurde und ihre Augen dieses tiefe hypnotische Blau entwickelten. Jahrhunderte früher hätte man sie als Hexe auf dem Scheiterhaufen verbrannt.

Aber Dawn mochte das Mädchen. Sie war über die Jahre ein

regelmäßiger Gast in Sanctuary gewesen, zuerst als altkluges Kind und nun häufig als Schelm und nerviger Teenager.

»Es ist eine schlimme Zeit für mich«, stieß Dawn hervor. Sie wusste, dass Cassie manchmal Erklärungen brauchte, trotz der unheimlichen Aura des Wissens, die sie umgab.

»Deshalb bin ich hier.« Cassie lächelte plötzlich, als hätte Dawn sie zum Bleiben eingeladen, und dieses Lächeln ließ ihre Augen leuchten und noch strahlender schimmern. »Ich wusste, dass es schlimm sein würde. Und die Träume machen dich immer mürrisch. Heute musst du dich auf das Abenteuer freuen, Dawn. Deshalb bin ich gekommen, um dich aufzumuntern, bevor du anfangen kannst, dich mit Dingen zu stressen, an die du dich nicht erinnern kannst.«

Dawn schluckte schwer und konnte bei der Erwähnung von Dingen, an die sie sich nicht erinnerte, ein Zusammenzucken nicht unterdrücken.

»Cassie ...«

»Dawn. Du hast geholfen, mich zu retten, als ich klein war. Du und Sherra habt euer Leben für mich riskiert. Du wurdest damals verletzt, so wie du in den Jahren, die du Sanctuary beschützt hast, immer wieder verletzt wurdest. Lass mich das tun.«

»Was denn tun?« Dawn schüttelte verwirrt den Kopf. »Was kannst du denn für mich tun, Cassie? Kannst du die Tränen wegwischen? Kannst du die Vergangenheit wegnehmen oder ändern? Wie in aller Welt denkst du denn, du könntest das bessern? Süße, wenn du helfen willst, dann geh und lass mich die Kontrolle über mich zurückbekommen.«

»So wie alle anderen es tun?« Cassie seufzte. »Alle gehen weg, damit du denken kannst, damit du arbeiten kannst, damit du schlafen kannst und damit du allein träumen kannst. Sogar Seth ist weggegangen, oder nicht?«

Dawn erstarrte. Sie fühlte, wie etwas in ihr, etwas, das sich entspannt hatte, zu Eis wurde. Sie wollte nichts von Seth hören, sie wollte nicht an Seth denken. Er war besser dran, wenn er sich fernhielt: von Sanctuary und von ihr.

»Was hat Seth denn mit irgendwas zu tun?«

Seth Lawrence von Lawrence Industries, einer der größten Fürsprecher und Unterstützer der Breeds, war der eine Mann, an den zu denken sie sich nicht erlauben konnte.

»Er war neulich hier und hat sich mit Jonas gestritten. Hast du davon gehört?« Cassie legte den Kopf schief. »Er mag Jonas nicht besonders, weißt du.«

»Niemand mag Jonas besonders.« Dawn atmete tief ein, und der irrationale Schrecken in ihr wurde langsam schwächer.

»Aber jeder mag Seth.« Cassie wackelte mit den Augenbrauen, rutschte vom Sessel und ging zum Bett.

Dawn sah zu, wie Cassie Sinclair sich auf das untere Ende des Bettes fallen ließ, die Beine übereinanderschlug und sich nach vorn beugte.

»Seth ist *sexy*«, meinte sie gedehnt.

Dawn zuckte zusammen. »Seth ist zu alt für dich, Cassie.« Sie zwang sich zu einem ruhigen, emotionslosen Tonfall. Was zur Hölle kümmerte es sie denn, wer Seth sexy fand? Das bedeutete ihr nichts. Sie würde nicht zulassen, dass es ihr etwas bedeutete.

»Er ist immer noch heiß.« Cassie zog die Nase kraus. »Für einen alten Mann.«

»Er ist kein alter Mann«, entfuhr es Dawn, und sie redete sich ein, dass sie die Worte gerade nicht von sich gegeben hatte.

»Gib es auf«, lachte Cassie. »Obwohl, das muss ich ihm lassen: Er sieht aus, als sei er in den letzten zehn Jahren nicht einen Tag gealtert. Du weißt doch, letzten Monat wurde er in so einer Show, die ich im Fernsehen gesehen habe, zu einem der begehrtesten Junggesellen der Welt gewählt.«

Dawn biss die Zähne zusammen. So etwas brauchte sie nicht zu wissen. Schon bei der bloßen Erwähnung von Seths Namen schien ihr ganzer Körper zu reagieren. Ihre Haut fühlte sich empfindsamer an, ihre Zunge juckte, und die winzigen Härchen an ihrem Körper stellten sich beinahe sinnlich auf.

Und Furcht verkrampfte ihre Eingeweide.

Sie wusste, was Seth Lawrence für sie und ihren Körper bedeutete. Und für ihren Verstand. Er konnte sie zerbrechen, mehr als alles, was je in der Vergangenheit geschehen war.

»Ich will nicht über Seth reden, Cassie.« Sie stand vom Bett auf, ging zum Schrank und nahm ihre Arbeitskleidung für heute heraus. Eng anliegende Uniformhosen und ein passendes Tanktop.

»Du willst nie über Seth reden«, meinte Cassie. »Aber er fragt immer wieder nach dir. Jedes Mal, wenn er mich sieht, fragt er, wie es dir geht.«

Dawn erstarrte. Cassie wusste immer mehr als andere. Sie sah oder fühlte Dinge, die kein anderer wahrnehmen konnte.

»Und was sagst du ihm dann?«, fragte sie fast furchtsam.

»Für gewöhnlich immer dasselbe. Dass du noch nicht erwacht bist.«

»Du erzählst ihm, dass ich schlafe?« Ungläubig drehte sie sich zu dem Mädchen um.

»Ich sage ihm, dass du noch nicht erwacht bist«, wiederholte sie, und ein geheimnisvolles Lächeln spielte um ihre Lippen. »Das ist ihm genug.«

»Und was hast du ihm dieses Mal gesagt?« Dawn legte den Kopf schief. Sie wusste nicht recht, wieso sie das fragte.

Cassie musterte sie ein paar Sekunden, bevor sie antwortete.

»Diesmal habe ich ihm gesagt, dass ich überzeugt bin, dass du bald erwachst.« Sie runzelte die Stirn und sah auf ihre heiße Schokolade hinab. »Aber manchmal spielt es keine Rolle, ob man aufwacht, richtig?«

Sie zuckte mit den schmalen Schultern, schüttelte dann den Kopf und nippte an ihrer Schokolade.

»Cassie, willst du mir damit irgendetwas sagen?« Manchmal sprach Cassie in Rätseln. Wenn sie das tat, musste man nachhaken, oder man hatte mit mehr Verwirrung zu tun, als man brauchte.

»Es ist Zeit, aufzuwachen«, sagte Cassie sanft und sah zum Fenster hinaus, wo eine schwache Andeutung der Morgendämmerung durch die Vorhänge schimmerte, bevor sie sich wieder Dawn zuwandte. »Die Albträume werden schlimmer, der Paarungsrausch auch.«

Dawn wandte sich ab und ging zu ihrer Kommode, wo sie aus einer Schublade ein zweckdienliches schwarzes Höschen und aus einer anderen einen passenden BH nahm. Nichts Ausgefallenes oder Verführerisches. Danach schwarze Socken, und wenn sie geduscht und sich angezogen hatte, würde sie schwarze Wanderstiefel anziehen. Sie war ein Breed Enforcer, und das durch und durch. Sie war stark und energisch. Sie führte an und gab Befehle. Sie wimmerte nicht länger oder versteckte sich vor dem Entsetzen oder was auch immer sie so unbedingt in ihrem eigenen Verstand verborgen halten wollte. Oder vor dem Mann, der sie verfolgte wie einer von Cassies Geistern.

»Ich rede nicht über Seth.« Und ganz bestimmt nicht über den Paarungsrausch.

»Schön.« Cassie zuckte mit den Schultern. »Reden wir über Styx. Oder über Stygian. Die sind auch total heiß. Aber ich muss vorsichtig sein, wenn Dad in der Nähe ist. Er wird ziemlich sauer, wenn Styx mit mir flirtet.«

Dawn wollte den Kopf schütteln über den abrupten Themenwechsel.

»Er würde nicht mit dir flirten, wenn du ihn nicht zwingen würdest, um die Schokolade zu betteln, die du bei dir hast.«

Cassies Lächeln daraufhin war ganz Frau. Ein Anflug von Mysterium und weiblicher Gewissheit. »Wenn er wollte, könnte er auch anderswo Schokolade bekommen.«

Der rothaarige, verwegene schottische Wolf-Breed war ein schamloser Flirter. Er war vor Monaten in das Büro für Breeds-Angelegenheiten eingeführt und erst vor einigen Wochen Dawns Team zugeteilt worden.

»Styx ist nicht der ernsthafte Typ, Cassie.«

»Ich bin achtzehn. Ich bin kein Kind mehr, Dawn«, gab Cassie zu bedenken.

»Erzähl das deinem Dad, nicht mir.« Dash Sinclair nahm den Schutz seiner Tochter sehr ernst. Sowohl was ihre körperliche Sicherheit als auch was ihr Herz anging.

»Als ob Dad zuhören würde.« Cassie zuckte mit den Schultern, stand dann vom Bett auf und sah noch einmal zum Fenster, bevor sie sich wieder zu Dawn drehte. »Das Erwachen steht bevor«, sagte sie wieder, und Dawn lief ein Schauer über den Rücken. »Bist du bereit dafür?«

Dawn fuhr sich mit der Zunge über die Lippen, warf einen Blick zum Fenster und sah wieder Cassie an.

»Was wird geschehen, Cassie?«, fragte sie schließlich und fühlte instinktiv, dass das Mädchen so viel mehr wusste, als es sagte.

»Ein Abenteuer.« Cassie lächelte unvermittelt. »Komm schon, Dawn, es ist ein neuer Tag. Und wir werden eine Menge Spaß haben.«

Spaß. Dawn starrte das Mädchen an, als hätte es den Verstand verloren. »Cassie, ich muss arbeiten.«

»Vorerst.« Cassie warf den Kopf nach hinten, sodass die langen, offenen Locken über ihre Schultern fielen, und ging zur Tür. In ihrem langen Hemd wirkte sie wie eine Erscheinung, eine altkluge Fee. »Vorerst arbeitest du, Dawn. Aber ...« Noch einmal sah Cassie zum Fenster und drehte sich zu ihr um. »Es ist Zeit, aufzuwachen.«

Mit diesen letzten Worten schlüpfte die unheimliche Cassandra Sinclair aus Dawns Zimmer, schloss die Tür hinter sich und ließ Dawn allein zurück.

So wie Seth sie allein zurückgelassen hatte.

Zeit, aufzuwachen, du liebe Güte. Tja, jetzt war sie auf jeden Fall hellwach und stinksauer. Männer. Sie hasste Männer. Männer waren eine Plage der weiblichen Spezies, und ihr arrogantes besserwisserisches Gehabe machte ihr den Job hinten und vorne nur schwerer. Und jetzt – um es noch schlimmer zu machen –, jetzt gesellte sich auch noch Callan, ihr eigener Bruder, dazu.

Dawn rannte in den Kommunikationsbunker, der in den Berg gebaut war, der sich über Sanctuary erhob, und schlug die schwere Metalltür hinter sich zu. Innen piepsten und blinkten Radar, Infrarot, elektronische Karten und Standortpunkte an den Wänden. Es gab eine Karte vom Berg, von der Stadt, vom Umland und sogar eine Darstellung des Höhlensystems in den Bergen um sie herum. Eines dieser Systeme war unvollständig, und dieser Zustand verschlechterte sich von Tag zu Tag.

»Micah, geh in Position.«

Dawn drehte abrupt den Kopf, als sie Callans Stimme hörte, überrascht, dass er offenbar eine Mission überwachte. Callan hatte nur selten Zeit, sich in die Missionen einzuschalten, für die die Breeds sich mittlerweile verdingten. Doch wie es aussah, hatte er sich für eine Zeit genommen.

Sie kam leise näher und starrte auf das Bild, das auf dem Bildschirm vor ihm zu sehen war.

Das Mädchen war im Mittleren Osten entführt worden, fiel ihr nun ein. Die Tochter eines Freundes des Tylerklans, der Familie von Callans Gefährtin und Ehefrau Merinus. Eine Einheit Breeds war geschickt worden, um das Mädchen zu befreien.

»Flint, du hast grünes Licht«, sprach Callan in den Kommunikator, ein schlankes Mikro, das sich um seine Wange schmiegte und mit dem Empfänger an seinem Ohr verbunden war.

»Ich habe Sichtkontakt.« Die Stimme des Breeds drang hohl aus dem Lautsprecher an der Seite des Bildschirms.

Ein weiteres Bild öffnete sich neben dem anderen. Es war verschwommen, aber sie konnten das Innere einer Zelle und die kleine zusammengekauerte Gestalt der jungen Frau sehen.

»Die Wachen sind ausgeschaltet«, meldete eine andere Stimme. »Ich bin an den Schlössern dran.«

Dawn sah zu, während das kleine Team koordiniert vorrückte. Langsam ging die Zellentür auf, und das verängstigte Wimmern der jungen Frau auf der schmutzigen Matratze war durch die Sprechanlage zu hören.

Es ließ Dawn zusammenzucken und hallte wie ein Echo in ihrem Kopf wider. Sie spürte, wie ihr schwer ums Herz wurde, als sie sich an das Gefühl aus ihren Träumen und an genau denselben Laut von ihren Lippen erinnerte.

»Sie sind in Sicherheit.« Flint McCain ging neben ihr in Position und überprüfte rasch die Umgebung und die junge Frau auf Sprengstoffe. »Alles sauber.«

Er drehte das Mädchen um und legte ihr den Finger auf die Lippen, bevor sie aufschreien konnte. »Ihr Vater hat uns geschickt. Können Sie laufen?«

Ihre Kleidung war zerrissen. Das T-Shirt war an einer Schulter heruntergerissen, und ihre Jeans waren voller Schmutz und an einer Seite durchtränkt mit etwas, das wie Blut aussah.

Sie nickte rasch. Ihr Gesicht war übersät mit übelsten Blutergüssen, ein Auge war fast zugeschwollen. Sie wollte eilig aufstehen.

Ein Bein knickte unter ihr weg. Bevor sie vor Schmerz aufschreien konnte, legte sich eine Hand mit schwarzem Handschuh über ihre Lippen, und der Breed zog sie an sich.

»Sie werden Sie auf meinen Rücken schnallen«, flüsterte er ihr ins Ohr, und die Worte drangen durch die Sprechanlage. »Dann können wir gehen, okay? Ihr Dad wartet in der Basis. Nur einmal kurz um den Block laufen, und dann springen wir in den tollen kleinen Jet, der auf uns wartet. Verschwinden wir von hier.«

Er redete weiter, während zwei andere Breeds sie zügig auf seinem Rücken festmachten. Danach schlichen sie aus dem Zellenblock und verschwanden in die Nacht.

Callan nahm das Headset ab, warf es auf den Tisch und drehte sich zu Kane Tyler um, seinem Schwager und Sicherheitschef von Sanctuary.

»Halt mich auf dem Laufenden«, bat er Kane leise. »Ich will informiert werden, sobald sie die Basis erreichen. Lass sie den Zwischenstopp stornieren und direkt hierher zurückkommen. Wir werden sie brauchen.«

Kane nickte und übernahm Callans Position. Mit eindringlicher Miene beobachtete er die Bilder, die in den kleinen Fenstern auf dem Bildschirm auftauchten.

»Du kommst mit mir«, befahl Callan, als er sich abwandte.

Er war wütend auf sie. Sie wusste immer, wann Callan wütend war. Früher hätte der Gedanke an seinen Zorn ihr Herz vor Angst schneller schlagen lassen. Jetzt presste sie nur frustriert die Lippen zusammen. Sie hatte keine Zeit, sich mit seinem Ärger herumzuschlagen.

»Was ist los, verdammt?«, zischte sie, als sie durch den langen unterirdischen Bunker aus Stahl und Beton gingen. »Ich war schon halb durch mit diesen Höhlen, als du mich abgezogen hast. Hast du eine Ahnung, wie lange wir gebraucht haben, um die Sprengstoffe da wegzuschaffen und die Sensoren anzubringen?«

»Ich weiß vor allem, dass ich dir vor einer Woche befohlen habe, dir ein anderes Projekt zu suchen«, knurrte er, während sie vom Hauptbunker abbogen und durch einen kurzen Korridor zu einem anderen großen Raum mit Karten und Bildschirmen gingen. »Denkst du, wir können es gebrauchen, sechs unserer Frauen, unsere Schwestern, an diese verdammten Sprengfallen zu verlieren, Dawn? Herrgott, was in aller Welt ist bloß in dich gefahren?«

»Du hast mich abgezogen, weil wir Frauen sind?« Zorn jagte ihr durch den Leib. »Das ist so was von scheinheilig, Callan.«

»Du hast verdammt recht, ich habe euch abgezogen, weil ihr Frauen seid. Die Tatsache, dass du nicht die Einzige bist, die leiden muss, falls du stirbst, ist dir nie in den Sinn gekommen, oder, Dawn?«, knurrte er. »Du steckst den Kopf in den Sand und tust so, als ginge es nur um dich. Was wird aus deinem Gefährten, wenn du stirbst?«

»Ich habe mich nicht gepaart.«

»Und ich will nicht hören, wie du dich selbst belügst«, fauchte er, als sie um eine weitere Ecke bogen.

Hier war die Missionszentrale. Sie war größer als der andere Raum. Stimmengemurmel – elektronisch, Breeds und Menschen – drang durch die Luft, als sie über den zentralen Laufgang liefen.

Sie unterdrückte die wütenden Worte, die ihr auf der Zunge

lagen, und bemühte sich stattdessen, mit Logik vorzugehen. Er mochte Logik. Damit hatte sie ihn schon früher überreden können.

»Mein Team ist eigens ausgebildet für genau das, was es da tut«, zischte sie. »Das sind immer noch meine Leute, mein Team, Callan.«

»Ich brauche diese Frauen anderswo. Sie sollten für neue Missionen ausgebildet werden, und das weißt du«, knurrte er, während sie für einen schwarz gekleideten Techniker beiseitetraten, der daran arbeitete, einen der Bildschirme zum Laufen zu bringen.

»Das ist mein Team, damit warst du einverstanden. Und diese Höhlen waren mein Projekt.«

Sie gingen in einen weiteren Korridor, und Dawn wusste, sie steuerten den Kontrollraum für Top-Secret-Missionen an. Die Operationen, die hier durchgeführt wurden, waren in ihrer Natur keine Söldneraufträge, sondern drehten sich um nationale Sicherheit.

»Diese Frauen müssen lernen, mit den männlichen Mitgliedern dieser Gemeinschaft zusammenzuarbeiten, und ich habe es satt, dich nett darum zu bitten, dass du diesen Anweisungen Folge leistest«, fauchte Callan und sah sie finster an. »Du triffst hier nicht die Entscheidungen, kleine Schwester. Sondern ich. Ich wollte, dass du ein neues Team ausbildest ...«

»Aus Männern«, fiel sie ihm spöttisch ins Wort. »Komm schon, Callan, du weißt, dass das nicht funktionieren wird.«

»Ich weiß, dass du jetzt keine Wahl mehr hast.« Er blieb vor einer Metalltür stehen, zog die Sicherheitskarte durch den Sensor und trat ein, nachdem die Tür sich geöffnet hatte. »Ich habe zu wenige Teams, und wir haben einen Notfall. Das bedeutet, du bist dran. Und bei Gott, du solltest besser hoffen, dass du bereit bist, denn Versagen ist hier keine Option.«

Die Tür schloss sich mit einem Knall, und ein ganz bestimmter Duft drohte, Dawns Sinne zu überwältigen. Sie starrte in den Raum, unfähig, sich zu rühren, zu sprechen oder irgendetwas anderes zu tun, als die Hitze in sich einzusaugen, den Nektar seines Duftes und das Bedauern, das sie erfüllte.

»Hallo Dawn.« Seth Lawrence erhob sich von dem langen Tisch in der Mitte des Raumes. »Ist lange her.«

2

Das Erwachen steht bevor.

Dawn starrte Seth an und fühlte, wie die animalische Seite ihrer Natur sich im Geiste langsam und sinnlich räkelte. Ihr Körper spannte sich an, während ihre Muskeln sich lockern wollten. Sie drückte die Beine durch, die ihr weich zu werden drohten. Doch nichts konnte seinen Duft abwehren, der durch ihre Poren drang.

Er stand ihr gegenüber, elegant gekleidet, Seidenanzug, dunkel natürlich. Heute war es ein dunkles Grau, passend zu seinen Augen. Dichtes, dunkelbraunes Haar, konservativ kurz geschnitten. Er war sauber rasiert, und seine prägnanten Züge zeigten aristokratische Überheblichkeit: die scharf geschnittene Nase, das kräftige Kinn, der kantige Kiefer.

Unter der Seide verbarg sich ein kräftiger, sehniger Körper. Sie konnte es fühlen. Die Kraft, die er ausstrahlte, und das weibliche Tier in ihr reagierte darauf. Er war ein starker und fähiger Gefährte. Er wäre ein Beschützer und ein Partner. Er wäre ausdauernd. Er würde starke Kinder zeugen und sie durch den Sturm treiben, den der Paarungsrausch in ihrem Körper entfachte.

Ihre Atemzüge wurden kürzer, und ihr war, als könne sie gar nicht genug Luft in die Lungen ziehen. Sie konnte sich nicht konzentrieren, konnte nichts sehen als den Mann, der sie so ernst von der anderen Seite des dunklen Raumes aus musterte.

»Warum ist er hier?« Dawn war erstaunt, dass ihre Stimme so ruhig und selbstsicher klang, als Callan an ihr vorbeiging.

»Hättest du dich letzte Woche beim Haus aufgehalten, statt dich mir vorsätzlich zu widersetzen, dann wüsstest du es«, schnaubte er. »Komm her. Ich erkläre dir alles.«

Sie errötete bei dem leichten Anschiss, gehorchte aber. Manchmal ließ Callan sich reizen. Wenn es um Familie ging, besaß er ein unglaubliches Maß an Geduld. Doch ihr war klar, dass sie ihn nun weit genug herausgefordert hatte. Und ihr war klar, dass sie nicht hier wäre, wenn nicht Gefahr bestünde, dass etwas ganz gehörig schiefging.

Sie schritt durchs Zimmer und wählte den Platz, der am weitesten entfernt von Seth und dem Luftschacht am nächsten war, der Belüftung und Klimatisierung bot. Hier war sein Geruch nicht so stark; hier quälte sie der flüchtige Duft eines erregten Mannes, voller Kraft und in seinen sexuell besten Jahren, nicht so sehr wie weiter vorn am Tisch.

Es waren noch andere Personen im Raum; sie wusste, dass sie da waren, denn ihre Sinne nahmen sie wahr und identifizierten sie. Aber sie sah nur Seth; selbst als sie sich zwang, den Blick zu senken, behielt sie ihn aus dem Augenwinkel im Auge.

Jonas stand an einem kleineren Bildschirm weiter hinten und sprach in ein Headset. Mercury Warrant, Lawe Justice und Rule Breaker, seine persönlichen Sicherheitsleute, hielten sich schweigend in seiner Nähe auf.

Styx war hier. Stygian Black, der große, schwarze Wolf-Breed, stand neben ihm. Stygians Haut war dunkler als die der meisten Breeds, da seine DNA, wie es hieß, von einem gefährlichen schwarzen Wolf und möglicherweise einer Voodoo-Priesterin aus New Orleans stammte. Die Berichte, die in dem Labor gefunden wurden, das er beinahe mit bloßen Händen niedergerissen hatte, hatten eine breite Mischung an DNA in seinen Genen angedeutet.

Eine von Dawns Löwinnen, Moira Calhoun, war ebenfalls anwesend. Sie stammte aus Irland und war ein Teufelsbraten, wie er im Buche stand. Und der Tür am nächsten stand Noble Chavin, ein geheimnisvoller und alles andere als geselliger Jaguar.

»Das ist dein neues Team, Dawn.« Callan wies mit der Hand auf die Breeds, die ihre Sinne erfasst hatten.

Dawn warf einen Blick auf die vier und sah dann Callan an.

»Ich habe das Kommando?« Sie befehligte nur selten Männer. Die kamen kaum mit ihr aus, und sie todsicher nicht mit ihnen.

»Du hast das Kommando.« Er nickte, und das lange Haar, das ihm über die Schultern fiel, ähnelte mehr einer Löwenmähne als menschlichem Haar. Aber er war aus gutem Grund der Rudelführer.

»Und wieso sind wir hier?« Sie zwang ihren Ärger nieder und zollte ihm den Respekt, den er in Gegenwart anderer verdiente.

»Weil im Augenblick alle anderen Teams weltweit im Einsatz sind und sich den Arsch aufreißen, und wir hier eine größere Sache zu bewältigen haben.« Jonas trat vor, während die anderen Breeds am Tisch Platz nahmen.

Dawn nahm ihren elektronischen Organizer aus dem Schutzholster an der Seite, steckte ihn in die Verbindung am Tisch und wartete darauf, dass die Informationen zur Mission hochgeladen wurden.

Prüfend überflog sie die ankommenden Daten und bemühte sich dabei, nicht ständig zu Seth hinzusehen, der sie beobachtete. Sie spürte seinen Blick wie eine Liebkosung.

Doch dann sah sie die Informationen auf dem kleinen Bildschirm und erstarrte. Sie unterdrückte ein Knurren und die aufkommende animalische Wut.

Sie hob den Blick zu Seth, musterte ihn und vergewisserte sich, dass er unversehrt und nichts von dem Angriff auf ihn zu sehen war. Ihr Blick glitt über sein Gesicht, seine Schultern, und sie atmete sorgfältig ein, nun begierig, irgendwelche Anzeichen einer Verletzung zu entdecken.

»Wie du siehst, ist die Situation verdammt dringend«, sagte Jonas. »Letzte Woche gab es einen Angriffsversuch auf Mr Lawrence, und wir haben Geheiminformationen bekommen, dass wir einen weiteren zu erwarten haben.«

»Sag das Treffen ab.« Dawn sah niemand anderen an. Sie richtete ihre Forderung an Seth, und die Wut, die sich in ihr aufbaute, schwang in ihrer Stimme mit. »Das Risiko kannst du dir nicht leisten.«

»Wenn ich mich jetzt verstecke, dann kann ich mich auch gleich in einen Bunker einsperren und für den Rest meines Lebens darin verkriechen.« Seine sinnlichen, verführerischen Lippen verzogen sich angewidert. »Das Treffen steht.«

»Das sind zwei Wochen«, fauchte sie. »Wie kannst du von uns erwarten, dass wir dich während dieser Höllenparty in deinem Haus schützen, Seth?«

»Tue ich nicht, Dawn«, gab er offen zu. »Das Team ist die Idee von Jonas und Callan. Ich lasse mich nicht einschüchtern. Die Vorstandsmitglieder von Lawrence Industries treffen sich alle zwei Jahre, um die Strategien der Firma und andere aufkommende Themen zu diskutieren. Dieses Jahr haben mehrere der älteren Mitglieder einen Antrag auf Kündigung der Förderung von Sanctuary eingebracht. Wenn wir das Treffen absagen, könnt ihr darauf wetten, dass die Fördergelder bis zum nächsten Treffen auf Eis gelegt werden.«

Konnte Sanctuary ohne diese Gelder auskommen?

»Jonas, das können wir nicht absichern.« Sie warf dem Direktor des Büros für Breed-Angelegenheiten einen finsteren

Blick zu. »Nicht mit einem Team allein und nicht bei dem zu schützenden Areal.« Sie deutete mit der Hand auf das Anwesen, das auf dem Bildschirm gegenüber zu sehen war.

»Lawrence Estate ist angemessen sicher ...«

»Es ist ein sicherheitstechnischer Albtraum«, widersprach Dawn.

Seth verzog die Lippen zu einem spöttischen Lächeln und legte anerkennend den Kopf zur Seite.

»Wie dem auch sei, wenn ich den Ort oder die derzeitigen Pläne ändere, ist das ein Zeichen von Schwäche. Wenn die Feinde der Breeds mich loswerden wollen, müssen sie zu mir kommen. Jonas' Erkenntnisse legen nahe, dass sie in dieser Zeit einen Versuch unternehmen werden. Unsere beste Chance besteht darin, das Ergebnis zu kontrollieren und in Erfahrung zu bringen, wieso jemand entschieden hat, die Unterstützung der Breeds durch Lawrence Industries als Bedrohung anzusehen.«

»Es könnte auch jemand sein, der mit der Firma gar nichts zu tun hat und nur nicht will, dass du Sanctuary unterstützt«, argumentierte Dawn.

Seth schüttelte den Kopf. »Hier geht es um jemanden innerhalb von Lawrence Industries oder in der Nähe. Jemand, der glaubt, er könne die Kontrolle übernehmen, indem er mich tötet.«

»Und dem spielst du genau in die Hände«, fauchte sie.

»Genug.« Callans Stimme blieb ruhig, aber der warnende Unterton entging Dawn nicht. Er blieb nicht unbemerkt, doch er wurde ignoriert.

»Sag das Treffen ab, Seth.«

Er schürzte die Lippen, musterte sie einige Sekunden lang und klopfte mit seinen langen, kräftigen Fingern leise auf den Tisch, bevor er langsam den Kopf schüttelte. »Wenn ich das

Treffen absage, gibt das meinen Angreifern nur die Gelegenheit, mich unvorbereitet zu erwischen. Wenn ich schon sterben soll, Dawn, dann will ich meinen Mördern ins Gesicht sehen.« Dann wandte er sich an Jonas. »Aber sie wird nicht an der Operation teilnehmen. Such jemand anderen aus, oder die Abmachung ist hinfällig.«

Er stand auf, als handle es sich um ein Vorstandstreffen seiner Firma. Als könnte er entscheiden, ob sie dabei war oder nicht.

»Such jemand anderen aus, und ich erschieße ihn höchstpersönlich«, knurrte Dawn, sprang auf, schlug mit der Faust auf den Tisch und sah Seth finster an. »Was ist falsch daran, dass ich die Operation leite?«

Er legte den Kopf schief und erwiderte ihren Blick, während er lässig und unbewusst anmutig sein Jackett zuknöpfte.

»Du bist eine Frau«, konstatierte er. »Das ist keine Mission, bei der ich eine Frau dabeihaben will.«

»Och, das ist aber zu schade für dich, Süßer.« Sie stemmte die Hände in die Hüften und musterte ihn täuschend zuckersüß, während sie frech die Nase rümpfte. »Wenn du irre genug bist, deine eigene Hinrichtung durchzuziehen, dann will ich wenigstens dabei zusehen. Ich habe schon lange keinen guten Comedystreifen mehr gesehen.«

Er kniff die Augen zu schmalen Schlitzen zusammen.

»Dawn, setz dich«, befahl Callan.

»Wenn er es tut.«

»Soweit es mich betrifft, ist dieses Treffen beendet.« Seth wandte sich an Jonas. »Lass es mich wissen, wenn du das passende Team zusammengestellt hast.«

»Callan, lass einen Enforcer meine Reisetasche holen. Ich gehe mit Mr Lawrence.«

Sie war völlig verrückt geworden, das war es. Wo zur Hölle

kamen die Worte sonst her? Sie sprudelten aus ihrem Mund, als hätte sie die Situation unter Kontrolle.

Niemand sagte etwas. Dawn konnte die Spannung spüren, die sich im Raum aufbaute, als alle Augen sich auf sie und Seth richteten.

»Du wirst nicht ...«

»... dich da allein rausgehen und einem Exekutionskommando in die Hände laufenlassen«, fauchte sie.

»Verdammt, Dawn, ich weiß, was ich tue«, fauchte er zurück.

»Ach, wirklich?«, meinte sie gedehnt. »Tja, Seth, wieso weist du dann nicht die kleine Dawn und ihr Team ein, während du es tust. Denn du tust es nicht allein – und du tust es nicht mit einem anderen Team.«

Sie wollte so viel Abstand zwischen ihm und sich wie nur möglich. Sich im selben Land wie er aufzuhalten war schon schlimm genug. Auf einer Insel festzusitzen, einer schwül-heißen Insel, würde die Hölle sein. Dawn konnte schon spüren, wie ihr der Schweiß über den Rücken lief, wie ihr die Furcht die Eingeweide verkrampfte und die Erregung tief in ihrem Unterleib pochte.

Und sie spürte Angst. Angst, dass irgendwas ihn aus dieser Welt reißen würde, und dann wäre sie wahrhaftig allein.

Er presste die Lippen zusammen, und Zorn spiegelte sich in seinen Augen, deren Grau sich verdunkelte wie ein gewaltiger Gewittersturm.

»Du hast mich gehört, Jonas«, beharrte er in gebieterischem Ton.

»Callan, hast du schon den Enforcer nach meiner Reisetasche geschickt?«, fragte sie.

Niemand sagte etwas, und sie riskierte es nicht, den Blick lange genug von Seth zu wenden, um zu sehen, wie sehr sie ihren Rudelführer verärgert hatte.

»Ich sage euch, was wir tun.« Callan stand langsam auf. »Wir lassen euch beide allein, um das kurz auszudiskutieren, bevor wir die Mission ausarbeiten.« Seine Stimme war sorgfältig ausdruckslos, und die anderen standen auf und gingen zur Tür.

Dawn spürte die Belustigung. Von den Männern natürlich, während sie Seth weiter anstarrte. Sie konnte den Blick nicht von ihm abwenden, konnte sich nicht dazu durchringen, klein beizugeben.

Wie lange war es her, dass sie nahe genug war, um ihn tatsächlich zu wittern? So nahe, dass sie seinen Duft beinahe auf ihrer Zunge schmecken konnte.

Lange. Zu lange. Während seiner seltenen Besuche in Sanctuary war sie ihm aus dem Weg gegangen. Gelegentliche Missionen, bei denen sie irgendwie in seine Nähe gekommen wäre, hatte sie alle abgelehnt. Sie hatte gegen ihr Verlangen nach ihm angekämpft, gegen das Verlangen ihres Körpers und jedes wütende Begehren, sich an ihm zu reiben, ihn zu streicheln und den Hunger, der sie verzehrte, mit ihm zu teilen.

Sie hätte ihm weiter aus dem Weg gehen können, sagte sie sich. Das hier bedeutete nichts. Sie war nur um ihn besorgt. Er war der Bruder ihrer Schwägerin. Das war alles. An die Ausrede klammerte sie sich wie an einen Rettungsring. Seth gehörte zur Familie. Sie musste ihn schützen. Andernfalls würde sie sich das selbst nie verzeihen, und auch Roni würde ihr nie vergeben.

Seth musste am Leben bleiben. Der Gedanke an irgendetwas anderes ängstigte sie.

Als die Tür von außen geschlossen wurde und sie mit Seth allein zurückblieb, starrte sie ihm weiter in die Augen und weigerte sich, den Augenkontakt oder die Verbindung zu ihm, die sie in sich fühlen konnte, zu unterbrechen. Selbst in seinem Zorn über sie war er mit ihr verbunden. Wieso hatte sie das zuvor nicht gewusst? All die Jahre hatte sie ihn von ferne beobachtet und gehofft, einen kurzen Blick auf ihn zu erhaschen, noch während sie sich einredete, dass sie ihn weder wollte noch brauchte. Wieso hatte sie nicht gewusst, was sie fühlte, wenn sich ihre Blicke trafen, so wie jetzt?

Ihr Instinkt kämpfte erbittert gegen ihren Verstand, und Tier und Frau mühten sich, sich über ihre Bedürfnisse zu einigen, was sie haben konnten und was nicht. Sie konnte ihn nicht haben. Aber dieser instinktive Teil in ihr, das Tier, schrie nach dem Mann, den es als seinen Gefährten erkannte.

»Du bist sturer geworden«, sagte er leise und unterbrach diese Verbindung, woraufhin sie hörbar Luft holte.

Er schob die Hände in die Hosentaschen und musterte sie ernst. »Du weißt, dass das nicht funktionieren wird, Dawn.« Er schüttelte den Kopf, als würde er das bedauern. »Ich wäre viel zu sehr damit beschäftigt, dich zu beschützen und mich um dich zu sorgen. Ich könnte mich nicht konzentrieren.«

»Dann sterben wir gemeinsam.« Sie zuckte mit den Schultern, als spielte das keine Rolle.

Trotz seiner Ruhe konnte sie die Wogen des Zorns spüren, die von ihm ausgingen. Oh ja, Seth war beherrscht. Beinahe so sehr wie sie, vielleicht sogar mehr. Er war wie Stahl, innerlich und äußerlich, hart und stark, und manchmal, so dachte sie sich, unbesiegbar. Aber er war dennoch ein Mensch. Immer noch aus Fleisch und Blut. Und sterblich.

»Du sagst das so unbekümmert«, meinte er gedehnt. »Wir sterben gemeinsam. Verzeih, dass ich darüber spotte, Liebes, aber ich denke, du siehst zu viel fern.«

»Ich sehe überhaupt nicht fern.« Sie zuckte mit den Schultern. »Ich höre keine romantische Musik, und ich erzähle keine Gespenstergeschichten am Lagerfeuer. Was ich tue, und das gut, ist Schutz bieten. Du bist nicht der erste verzogene kleine reiche Junge, für den ich Babysitter spielen muss.«

Sie rechnete damit, dass er daraufhin explodieren würde.

»Und ich werde nicht derjenige sein, der dich das Leben kostet«, stellte er kalt fest. »Ich gebe Jonas Bescheid, dass die Mission abgeblasen ist.«

Sie starrte ihn wütend an, als er sich umdrehte und zur Tür ging, und die Gewissheit, dass es ihm ernst war, ließ etwas in ihr zerbrechen.

Ungeachtet aller Konsequenzen ging Dawn rasch um den Tisch herum und streckte die Hand nach ihm aus. Doch bevor sie ihn berührte, bevor sie die Wärme seiner Haut durch seine Kleidung spüren konnte, drehte er sich zu ihr um.

Dawn starrte ihm fasziniert ins Gesicht. Der Zorn, der seine Züge anspannte, die reine Wut, die seine Augen verdüsterte.

»Fass mich nicht an, Dawn.« Seine Augen waren kalt wie Eis. »Ich habe zehn Jahre damit verbracht, die Wirkung, die du auf mich hast, zu überwinden. Zehn Jahre, um mein eigenes Leben zurückzubekommen. Ich werde nicht zulassen, dass du die Fortschritte, die ich gemacht habe, zerstörst.«

Und da traf sie die Erkenntnis. Sie holte Luft, und ihre Lippen öffneten sich leicht, als ihr klar wurde: Seth befand sich nicht mehr im Paarungsrausch.

Dawn stolperte einen halben Schritt zurück, und die Luft brannte ihr unvermittelt in den Lungen, als ihr bewusst wurde, dass sie ihn verloren hatte. Vollkommen verloren.

»Das ist nicht möglich«, flüsterte sie, urplötzlich entsetzt. »Der Paarungsrausch vergeht nicht so einfach.«

Er verzog spöttisch die Lippen. »Nicht, wenn Gefährten zusammen sind, vielleicht. Nicht, wenn sie sich berühren und sich lieben. Nicht, wenn es etwas gibt, das sie mehr aneinander bindet als die kurzen Kontakte, die wir hatten, Dawn.« Sein Blick schweifte über sie, und in seinem Zorn schimmerte Bedauern mit. »Es gab ja nicht einmal einen Kuss, um uns aneinander zu binden, nicht wahr, Liebes? Nur meine Entschlossenheit und Überheblichkeit. Damit kommt ein Mann nicht weit, oder?«

Aber sie war immer noch seine Gefährtin. Der Gedanke kam ihr sprunghaft und ohne jeden Zusammenhang, als ihr Blick über ihn glitt und ihre Sinne sich nach ihm ausstreckten. An ihm haftete keinerlei Duft von ihr, kein Anzeichen von Paarungsrausch oder Erregung. Sie war sich des wütenden Knurrens, das aus ihrer Kehle drang, kaum bewusst.

»Da hast du es. Noch ein Grund, warum du an dieser Operation nicht teilnehmen wirst. Weil ich verdammt sein will, wenn ich zulasse, dass mich deine Wirkung auf mich noch einmal zerstört. Tu uns beiden einen Gefallen, Agent Daniels: Halte dich fern von mir.«

Er schwang die Tür auf, ging hinaus und drängte sich an den anderen vorbei, während sie entsetzt seinem Rücken hinterherstarrte.

Er war nicht länger ihr Gefährte. Dawn spürte, wie sich ihre Fingernägel in ihre Handflächen gruben, als Jonas sich langsam zu ihr umdrehte und sie ansah.

»Zögere seine Abreise hinaus«, knurrte sie.

Um seine Augenwinkel zuckte es, als habe er gerade noch verhindern können, dass sich seine Augen weiteten.

»Wenn er sich weigert, Schutz anzunehmen, Dawn, dann können wir nichts tun«, erklärte er sachlich.

Aber Dawn wollte nichts Sachliches hören. Sie wollte keine Logik, und sie wollte keine Diskussion.

»Verzögere seine Abreise um eine Stunde. Lass ihn glauben, dass er gewonnen hat. Lüg ihn an, ist mir egal, darin bist du doch gut. Aber tu etwas.«

»Und wo bist du?«, fragte er.

»Ich muss mit Ely reden.« Sie musste aufhören zu zittern. Es war äußerlich nicht zu sehen, aber innerlich brach sie auseinander, und damit kam sie nicht klar. »Ich muss auf der Stelle mit ihr reden.«

Sie drängte sich durch die Gruppe und unterdrückte mit Mühe ein Zusammenzucken, jedes Mal, wenn ihre Haut mit den Körpern der anderen in Kontakt kam und sie daran erinnerte, dass Seth zwar über sie hinweggekommen sein mochte, sie selbst jedoch noch weit von einer Heilung entfernt war.

Sie war sich seines Blickes bewusst, als sie durch die Missionszentrale ging. Sie wusste ganz genau, wo er gerade stand und über einen der Satelliten sprach, den er den Breeds zur freien Verfügung überlassen hatte. Seine Stimme war leise, aber sie hörte ihn. Sie hörte ihn unter den anderen Stimmen heraus, die den riesigen Raum erfüllten, den sie eilig durchquerte.

Wann war das passiert? Wann hatte Seth aufgehört, auf den Paarungsrausch zu reagieren, der, wie man ihr klargemacht hatte, vor zehn Jahren in ihm begonnen hatte? Es musste erst kürzlich dazu gekommen sein. Wie Cassie festgestellt hatte, war er in zehn Jahren nicht einen Tag älter geworden. Der Paarungsrausch verlangsamte den Alterungsprozess erheblich. Er sah immer noch aus wie Anfang dreißig. Er war immer noch stark und kraftvoll – doch er trug nicht länger ihren Duft.

Nur mit Mühe konnte sie sich davon abhalten, aus dem Kommunikationsbunker hinaus zum Haus zu rennen. Als sie es erreichte, stürmte sie durch die Hintertür hinein und ignorierte die Frauen, die am Tisch saßen, und die Kinder, die lachten und spielten, während sie aßen.

Inzwischen gab es drei Breed-Kinder, und Tanners Ehefrau und Gefährtin war außerdem mit Zwillingen schwanger. Dawn hatte nicht gedacht, dass sie je Kinder haben wollte, und nicht groß darüber nachgedacht. Doch auch dieses Bedauern schmerzte tief. Sie fühlte sich bombardiert von allen Seiten,

Zorn, Schmerz, Bedauern und schmerzhaftes Verlangen rasten durch ihren Körper, als sie ins Kellergeschoss und in das Büro von Dr. Elyiana Morrey eilte.

Ely sah überrascht von den Akten auf, die sie gerade las, als Dawn die Tür hinter sich zuschlug.

»Es ist noch Zeit bis zur nächsten Behandlung, Dawn.«

Es war zu einem Kampf zwischen ihnen geworden. Die Hormonbehandlung hatte beinahe wöchentlich angepasst werden müssen, um zu verhindern, dass die Auswirkungen des Paarungsrausches Dawn in den Wahnsinn trieben.

»Warum hast du es mir nicht gesagt?« Heiser kamen die Worte aus ihrer Kehle, hohl und schmerzerfüllt.

Ely sah sie blinzelnd an. »Was gesagt?«

»Warum hast du mir nicht gesagt, dass du eine Heilung für meinen Gefährten gefunden hast?«, rief sie zornig. »Ihn kannst du kurieren, aber mich nicht?« Der Vorwurf war unbegründet, und darum ging es auch gar nicht.

Das Tier in ihr schrie vor Schmerz und Wut. Es wollte keine Heilung. Es wollte den Gefährten. Die Berührung, die Bindung, die Beziehung zu dem, was dazugehörte. Zu ihr.

Ely seufzte schwer, stand kopfschüttelnd auf und trug eine Akte zu dem großen Holzschrank auf der anderen Seite.

»Zunächst einmal dachte ich nicht, dass du daran interessiert wärst.« Sie zuckte mit den Schultern, strich sich dann die dichten dunkelbraunen Haarsträhnen aus dem Gesicht und richtete ihre Brille. »Und es ist eine Anomalie, die ich immer noch studiere.«

»Wie lange weißt du es schon?« Etwas in ihr zerbrach in tausend Stücke.

Ely holte tief Luft. »Mit Sicherheit fast ein Jahr. Sein Hormonlevel begann sich vor fast vier Jahren einzupendeln. Inzwischen sind nur noch geringe Mengen in seinem Organismus nachweisbar. Ich gehe davon aus, dass er in einigen Monaten vollständig frei vom Paarungsrausch ist.«

Langsam ließ Dawn sich in dem Polstersessel nieder, der ihr am nächsten stand, und starrte Ely an. »Warum nicht bei mir?«, flüsterte sie und fühlte sich seltsam leer, jetzt, so allein, auf eine Weise, die sie zehn Jahre lang nicht mehr empfunden hatte.

»Ich weiß es nicht, Dawn«, entgegnete Ely leise. »Ich vermute, weil es in dir begann. Deine Physiologie als Breed lässt einen Rückgang des Hormonlevels vielleicht nicht zu.«

Dawn erwiderte Elys Blick schwer atmend. Innerlich fühlte sie, wie der Puma, so oft im Ruhezustand, sich wütend erhob und knurrte. Zorn fraß sich durch die instinktiven Breed-Synapsen und jagte durch den Verstand der Frau.

Sie war nicht nur eine Frau. Eine Frau, allein in ihrem Bett, die die Sehnsucht gefühlt und die Albträume einer Vergangenheit bekämpft hatte, denen sie nicht entkommen konnte. Doch außerdem war sie eine Gefährtin, und der Mann, den sie vor so langer Zeit für sich beansprucht hatte, zerriss nun die Bande, die sie aneinander gefesselt hatten.

»Dawn, du solltest froh darüber sein«, erklärte Ely sanft. »Ich weiß, es hat dich gequält, dass Seth leidet ...«

»Er gehört mir!« In einem Ausbruch energischer Wut sprang sie aus dem Sessel auf.

Ely starrte sie sekundenlang überrascht an. »Nicht mehr, Dawn. Seth ist nicht länger dein Gefährte. Und hoffentlich, mit der Zeit, wird der Paarungsrausch auch aus deinem Organismus verschwinden.«

3

Dawn erinnerte sich daran, wie Seth und sein Vater vor zehn Jahren nach Sanctuary gekommen waren, um Tabers Gefährtin Roni als Mitglied ihrer Familie zu beanspruchen. Sie war Aaron Lawrence' Tochter und Seths Halbschwester. Sie hatten jahrelang nach ihr gesucht und sie dann bei einer Nachrichtensendung entdeckt, die berichtet hatte, dass Roni Andrews, bekannt für ihre Verbindung zu den Breeds, ein Mal am Hals trug, ähnlich dem, das Gerüchten zufolge ein Paarungsmal sein sollte.

Sie waren durch die Tore von Sanctuary gebrochen, und Cassie Sinclair war, ohne auf ihre eigene Sicherheit zu achten, durch die Breeds, die die Limo umstellt hatten, gerannt und hatte sich ins Innere des Wagens geworfen, um sicherzustellen, dass die Unbekannte geschützt wurde.

Dawn und ihr Team hatten den Auftrag gehabt, sie während jener Woche in einer der Gastunterkünfte zu bewachen, und sie hatte Seth auf eine Weise kennengelernt, wie sie nie einen anderen Mann kennengelernt hatte.

Seine Dominanz und Kraft lagen unter der Oberfläche. Er war innerlich stahlhart, aber er konnte auch schmunzeln und lachen. Er wusste sie sanft zu necken, über ihre Haut zu streifen oder sie zu berühren, ohne dass ihr Magen sich vor Grauen verkrampfte.

Bis zu einem gewissen Punkt war er der perfekte Gentleman. Doch was er nicht sagte oder tat, stand immer in seinen Augen. Eine schwelende Hitze, ein Versprechen sündiger Lust, mit einem Mann, der alle Arten von Lust kannte.

Dawn kannte keine Lust. Sie hatte nie die Berührung, nie den Kuss eines Geliebten gespürt, bis Seth kam. Bis seine Lippen über ihre gestreift waren, und zum ersten Mal im Leben war sie einem Mann nahe gewesen, ohne dass ihr vor Angst übel wurde.

Und dann war alles zur Hölle gefahren. Der Chauffeur und Leibwächter, den Seth bei sich hatte, war ein Spion des Councils gewesen, und er hatte sie und Seth überrumpelt. Es war ihm gelungen, Seth k. o. zu schlagen und Dawn an einen Stuhl zu fesseln mit der Drohung, ihn sonst zu töten.

Und dann hatte er sie angefasst. Während Seth zusehen musste, außer sich vor Zorn, hatte er ihre Brüste befummelt, sie geschlagen, Seth verhöhnt und gedroht, Dawn vor seinen Augen zu vergewaltigen.

Aber es wäre ja nicht das erste Mal, dass sie vergewaltigt würde, hatte der Mann höhnisch zu ihr gesagt. War sie denn nicht lediglich ein Spielzeug für die Wachen des Labors gewesen, in dem sie erschaffen worden war?

Und sie hatte Seths Augen bei seinen Worten gesehen. Das Aufblitzen von Entsetzen und Mitleid, und sie hatte beides gehasst. Bevor der Chauffeur gegangen war, hatte er dafür gesorgt, dass sie wehrlos war, indem er ihr mit etwas auf den Kopf geschlagen hatte. Der Griff seiner Waffe, wie man ihr später berichtet hatte.

Sie war tagelang bewusstlos gewesen. Als sie erwachte, hatten die Albträume wieder begonnen, und sie erfuhr, dass das schlichte Streifen von Seths Lippen über ihre, die Berührung seiner Hand an ihrem Hals den Paarungsrausch ausgelöst hatten.

Und sie hatte ihn dafür verflucht.

Bis jetzt.

Als sie am nächsten Tag ihre Reisetasche packte, einen schweren Seesack, fast halb so groß wie sie, raste ihr Herz wütend in ihrer Brust. Jonas hatte Mercury, Lawe und Rule sowie den Rest des Teams, das er unter ihren Befehl gestellt hatte, mit Seth zu dessen Anwesen auf der kleinen Insel geschickt.

Und, schlimm genug, auch Dash Sinclair, seine Frau Elizabeth und seine Tochter Cassie würden anwesend sein. Das zweiwöchige Treffen alle zwei Jahre war nicht mehr als eine Ausrede für eine riesige Party. Es würde ein Albtraum werden. Dawn hatte keine Ahnung, wieso in aller Welt Dash Elizabeth und Cassie dorthin mitnehmen wollte.

Und heute Abend würde Sanctuarys Helijet sie einfliegen. Unter dem wachsamen Auge des mysteriösen Dash Sinclair würde sie das Kommando über das Team übernehmen, und das durchzuziehen hatte sie eine Menge Überredungskunst gekostet.

Dash war einer von wenigen Breeds, der nicht vollständig in dem Labor aufgewachsen war, in dem man ihn erschaffen hatte. Im zarten Alter von zehn Jahren war er geflohen, hatte das Pflegesystem durchlaufen und war mit achtzehn zur Army gegangen. Als er seine Gefährtin und deren Tochter fand, hatte er die Fähigkeiten, die er erlernt hatte, genutzt, um den Breeds und Sanctuary zu helfen. Er war eine treibende Kraft dabei gewesen, Katzen-, Wolf- und abtrünnige Kojoten-Breeds zusammenzuführen und zu einer Macht zu formen, die langsam in der Welt akzeptiert wurde.

»Bist du dir sicher, dass du das tun willst, Dawn?« Callan stand im Türrahmen. Er sah besorgt aus, als sie sich zu ihm umdrehte.

Sie steckte eine zusätzliche Waffe in die Tasche und verstaute die Magazine dazu an der Seite, bevor sie antwortete.

»Ely hat gesagt, er ist nicht mehr mein Gefährte.« Sie trauerte, das war ihr klar. So wie ihr auch klar war, dass sie kein Recht hatte, zu trauern.

Die letzten zehn Jahre hatte sie sich so weit wie möglich von ihm ferngehalten, hatte gelitten und gedacht, dass er wahrscheinlich ebenso litt. Das Wissen, dass er eben nicht so gelitten hatte, machte sie sauer. Sie hatte allein gelitten. Allein Schmerz gespürt. Sie war allein gewesen, so wie immer.

»Dawn.«

Sie zuckte zusammen, als Callan ihren Arm berührte, und wich dann zurück.

»Bist du dir sicher, dass du das tun willst?«, fragte er erneut. »Du bist nicht konzentriert.«

»Ich bin stellvertretender Befehlshaber.« Sie zuckte mit den Schultern. »Und mit dem Team von Jonas dort fühle ich mich zuversichtlicher. Ich …« Sie schluckte schwer und mied seinen Blick. »Ich kann nicht nicht gehen.«

»Dawn, warum hast du mir nicht erzählt, was Dayan dir angetan hat?«

Darauf zuckte sie heftig zusammen. Es war so lange her. In einem Leben, an das sie sich nicht erinnern wollte. Dayan, ihr Rudelbruder. Er war geisteskrank gewesen, aber das hatte er wirklich gut verborgen. Er hatte sie alle mehr oder weniger manipuliert. Er hatte Callan gegen die Soldaten, die ihn verfolgten, ausgespielt, hatte ihnen seinen Aufenthaltsort verraten, sodass Callan immer mehr Zeit von der Heimatbasis entfernt verbrachte, die sie eingerichtet hatten. Und in Callans Abwesenheit hatte Dayan alle Hinterlist angewandt, um sie und Sherra zu zerstören.

Doch Sherra war stärker gewesen. Sie hatte die Erinnerungen an ihren Gefährten Kane gehabt, an die sie sich klammern konnte. Dawn hatte nur die Albträume, auf die Dayan sich gestürzt hatte. Und die Angst.

»Ich wusste nicht, was er mir antat«, flüsterte sie schließlich, hob den Kopf und fühlte die Scham, die sie erfüllte, als Callans Bernsteinaugen sich vor Schmerz verdüsterten. »Das Council hat ihn gut dressiert, Callan. Es war nicht deine Schuld. Du darfst dir nicht mehr die Schuld an dem geben, was er getan hat.«

Daran, dass Dayan die Männer des Rudels manipuliert und sich auf ihre und Sherras Ängste gestürzt hatte. Doch Sherra hatte noch ihre Erinnerungen; Dawn hatte es irgendwie geschafft, ihre eigenen Erinnerungen zu verdrängen, und was sie auch tat, sie kamen nicht wieder zum Vorschein.

»Er hat mich nicht vergewaltigt, Callan«, flüsterte sie.

»Doch, hat er«, widersprach er ernst. »Er hat deinen Verstand vergewaltigt, Dawn. Wenn ich ihn töten könnte, jeden Tag, für den Rest meines Lebens, dann würde ich es tun. Ich würde ihn leiden lassen, wie er es sich nie hätte vorstellen können.«

Dayan war sein Rudelbruder gewesen. Callan hatte sein Leben für sie alle riskiert und sich für sie aufgeopfert in den Jahren, in denen er sie beschützt hatte. Sie alle. Und Dayan hatte ihn bei jeder Gelegenheit hintergangen.

»Es spielt keine Rolle.« Sie holte tief Luft. »Der Helijet wartet auf mich. Ich muss gehen.«

»Dawn.« Sein Tonfall wurde schärfer und ließ sie innehalten, als sie den Seesack vom Bett aufheben wollte.

»Was, Callan?«, fauchte sie zurück. »Was willst du denn noch von mir hören?«

»Er wird mehr von dir wollen als nur den Teil von dir, der sich weigert, ihn gehen zu lassen«, warnte er sie schroff. »Verstehst du mich? Seth ist kein Mönch. Er wird kein Keuschheitsgelübde für dich ablegen. Und es ist falsch, zu ihm zu gehen und den Paarungsrausch wieder zu entfachen ohne die klare Absicht, mit diesem Mann zu schlafen. Ich habe große Lust, dir zu befehlen, hierzubleiben.« Er fuhr sich frustriert mit den Händen durchs Haar. »Verdammt, er verdient das Ganze genauso wenig wie du.«

»Er gehört mir!« Es war ein Schrei aus ihrer Kehle.

»Und er wird dich auch haben wollen«, knurrte Callan. »Ich bin ein Gefährte, Dawn. Ich weiß, was der Paarungsrausch mit einem Mann macht. Und bei Gott, ich hätte lieber Selbstmord begangen, als meiner Gefährtin das anzutun, was Seth ganz genau weiß, das er dir antun würde. Lass ihn gehen.«

»Bist du deshalb hier?« Sie spürte, wie ihr Gesicht sich vor Schmerz verzerrte und ihr das Herz schwer wurde, als sie aufgewühlt mit der Hand auf ihn zeigte. »Um mir zu befehlen, dass ich ihm fernbleiben soll?«

»Er baut sich ein Leben auf. Eine Chance, ein Mann zu sein, Dawn. Ein Ehemann. Ein Vater.«

Dawn las die Wahrheit in seinen Augen und erstarrte.

»Er hat eine Geliebte.« Ihre Kehle fühlte sich wie zugeschnürt an, als würde sie an ihrem eigenen Schmerz und Zorn ersticken.

Oh Gott, er rührte eine andere Frau an? Schlief mit ihr? Hielt sie in den Armen?

»Dawn ...«

Sie hob hastig die Hände, zitternd, und der Schmerz in ihr wurde so stark, dass sie sich wunderte, dass sie nicht auf die Knie fiel und vor Qualen schrie.

In ihrer Haut, in jeder Zelle ihres Körpers, tobte Ablehnung. Das durfte nicht passieren. Er war ihr Gefährte.

»Er hat die Absicht, bei dem Treffen auf Lawrence Island seine Verlobung bekanntzugeben«, erklärte Callan leise. »Er wollte dich nicht verletzen. Er wollte das nicht schmerzhaft für dich machen, Dawn. Ich will, dass du hierbleibst. Ich will, dass du ihn gehen lässt.«

Callan wich langsam zurück, als er das wütende, unmenschliche Knurren aus Dawns Kehle hörte und sah, wie ihre Züge sich verzerrten. Sie zitterte. Er konnte ihre Muskeln an Oberarmen und Oberkörper unter der Haut zucken sehen. Ihre Oberlippe zog sich an einer Ecke zurück und ließ ihre kleinen Reißzähne aufblitzen.

Alles an Dawn war zierlich, außer dem Zorn und dem Schmerz, den er in ihren Zügen aufblitzen sah. Tränen sammelten sich in ihren Augen und liefen ihr über die Wangen, und Callan starrte sie fassungslos an. Dawn hatte noch nie geweint. Von der Nacht an, in der er sie aus dem Labor getragen hatte, bis zu dieser Sekunde hatte Dawn nie eine Träne vergossen.

Doch nun liefen zwei davon langsam über ihre Wangen, und er bezweifelte, dass sie es überhaupt bemerkte.

Er konnte ihre Qual und das Gefühl, verraten worden zu sein, spüren. Er kannte sich selbst als Merinus' Gefährten – hätte er je erfahren, dass der Paarungsrausch verschwunden war und sie einen anderen begehrte – er hätte Blut vergossen. Seines und das des Mannes, der das Herz seiner Gefährtin besaß. Es wäre zu viel gewesen, um es zu ertragen. Und aus diesem Grund hatten er und Jonas entschieden, zu warten, bis Seth gegangen war, bevor sie ihr erzählten, was sie erfahren hatten. Was Seth ihnen erst gesagt hatte, als er erfuhr, dass Dawn auf Lawrence Island dabei sein würde.

Während er sie musterte, erstarrten ihre Züge, und er rechnete damit, dass sie das tat, was sie immer getan hatte: jagen gehen. Dass sie ging und Sprengstoffe in Höhlen oder Soldaten des Councils irgendwo anders aufspürte. Er rechnete nicht mit dem, was kam.

»Mein Gefährte«, sagte sie kalt. »Er mag ja jetzt eine Geliebte haben, aber das wird nicht lange so bleiben.«

Sie schwang den Seesack vom Bett.

»Und wenn er sie liebt, Dawn? Was dann? Liebst du Seth genug, um ihn gehen zu lassen? Oder nur genug, um euch beide unglücklich zu machen?«

Sie hielt inne, stand mit dem Rücken zu ihm, und ihre Muskeln zuckten.

»Würdest du gehen?«, fragte sie. »Könntest du es?«

Er erwog, sie zu belügen. Sie klang so verloren und einsam, mehr als er glaubte, je in ihrer Stimme gehört zu haben. Sie verdiente nicht weniger als die Wahrheit.

Callan seufzte müde. »Hätte Merinus die Hölle durchlebt, die du durchlitten hast, dann hätte ich keine Wahl. Ihr Glück würde mir mehr bedeuten als das Wissen, dass ich sie für mich beanspruchen könnte, ohne ihr die Früchte dieses Anspruchs zuteilwerden zu lassen.«

»Er gehört mir«, flüsterte sie erneut, und er sah die Tränen, die sie, wie er wusste, nun vor ihm verbarg.

Doch ihre Stimme zerriss ihm das Herz. Gott, sie war das Nesthäkchen der Familie, diejenige, die am schlimmsten missbraucht worden war, die, die er am meisten beschützen wollte. Sie war mehr als eine Schwester für ihn, beinahe so lieb und teuer wie sein eigener Sohn. Und der gebrochene, qualvolle Klang ihrer Stimme ließ ihn zu Gott flehen, er möge ihren Pfad erleichtern, denn er wusste, sie würde es nicht tun.

»Dawn. Er verdient mehr, als nur beansprucht zu werden«, sagte er sanft, und in diesem Augenblick hasste er Seth Lawrence mehr, als er ihn je gehasst hatte, für den Schmerz, den Dawn seinetwegen litt. Doch der Mann verdiente mehr, ebenso wie Dawn. Unglücklicherweise fürchtete Callan, dass Dawn eher zerbrechen würde, als die Erinnerungen zu akzeptieren, vor denen sie sich versteckte.

»Er hat damit angefangen«, rief sie aus, und ihre Stimme hörte sich schmerzhaft an. »Er hat mich angefasst, obwohl er gewarnt war, es nicht zu tun. Er hat mich berührt, obwohl ich ihn vor den Risiken gewarnt habe. Er hat mich berührt ...« Ihre Stimme brach. »Jetzt kann er auch leiden, bei Gott. Denn ich will verdammt sein, wenn eine andere Frau stiehlt, was mir gehört.«

Sie hängte sich den Riemen ihrer Tasche über die Schulter und ging hinaus. In Uniform und viel zu zart, um das zu tun, was sie tun würde. Sie kämpfte gegen ausgewachsene männliche Breeds, und sie konnte ihnen Schaden zufügen. Sie stellte sich Sprengstoffen und Soldaten des Councils, und sie vergoss Blut mit spöttischem Lächeln. Aber ihrer eigenen Vergangenheit konnte sie sich nicht stellen.

Er senkte kopfschüttelnd den Blick, bevor er hinaus in den Flur ging. Dort sah er Jonas, der schweigend und ernst zu der Treppe sah, die Dawn hinuntergegangen war.

Der Mann seufzte schwer, fuhr sich mit den Händen über das kurze schwarze Haar und schüttelte den Kopf, als habe ihn Müdigkeit überkommen.

»Ruf Dash an«, wies Callan ihn an. »Ich will nicht, dass das außer Kontrolle gerät.«

»Ich hätte Lawrence vor zehn Jahren töten sollen«, stieß Jonas hervor. »Ich hätte es beinahe getan. Ich hatte ihn schon im Visier und den Finger am Abzug. Ich hätte sie vor dem hier bewahren können. Ich wollte sie davor bewahren.«

Callan lief ein Schauer über den Rücken. Er wusste, dass Jonas kalt und effizient sein konnte und dass er den Schutz der Breeds als Ganzes überaus ernst nahm. Doch es zu sehen, ihn so leichthin davon reden zu hören, einen unschuldigen Mann zu töten, kratzte an Callans Ehrgefühl.

Jonas sah ihn an und lächelte spöttisch. »Du hättest es nie

erfahren und sie auch nicht. Aber sie würde jetzt nicht leiden. Und du auch nicht.«

Damit folgte er Dawn und zog dabei sein Handy aus dem Hüftclip, um Dash zu kontaktieren.

Callan blieb stehen, wo er war. Er spürte, wie Merinus sich näherte, ihm dann die Arme um die Taille schlang und den Kopf tröstend an seinen Rücken lehnte.

»Dieses Mal kann ich sie nicht retten.« Seine Stimme klang rau, wissend, dass Dawn sich nun selbst retten musste.

»Sie ist erwachsen, Callan.« Ihre Hände um seine Mitte drückten ihn enger an sich. »Lass sie tun, was sie tun muss. Anderenfalls würde sie dir nie verzeihen.«

Er drehte sich langsam zu ihr um. »Und wie verzeihe ich mir selbst, falls sie scheitert?«

Merinus' Lippen bebten, als sie die Hand ausstreckte und über sein Kinn streichelte. »Gar nicht«, räumte sie ein. »Aber du wirst wissen, dass du alles getan hast, was du konntest, um sie zu schützen. Alles, was du tun konntest, Callan. Kein Mann kann mehr von sich verlangen als das.«

Kein Mann konnte sich selbst mehr abverlangen als seine eigene Aufrichtigkeit, seine Ehre und seinen Stolz.

Seth stand auf dem oberen Balkon der zweistöckigen, weitläufigen Villa mitten auf Lawrence Island, direkt vor der kalifornischen Küste, und starrte hinaus auf den blauen Ozean, der sie umgab.

Er war ein Mann, der alles hatte, was andere Männer wollten, doch die unendliche Traurigkeit, die sich tief in seiner Seele eingenistet hatte, hatte nie nachgelassen. Der Paarungsrausch war verschwunden; die quälende Erregung für eine Frau, die er nicht haben konnte, war nicht mehr wie ein Krebsgeschwür, das in ihm wuchs. Doch ein Mann hört nicht mit derselben Leichtigkeit auf, zu lieben. Und Seth hatte nie damit aufgehört.

Zehn Jahre waren eine lange Zeit, um den Verlust einer einzigen Frau zu betrauern. Eine lange Zeit, um sich mit etwas, das er nicht haben konnte, verrückt zu machen. Obwohl er zugeben musste, dass sie in diesen zehn Jahren gewachsen war. Sie war nicht furchtsam gewesen bei diesem Treffen in Sanctuary. Sie war stark gewesen – eine Klugscheißerin, aber stark. Und das hatte ihn angemacht. Selbst ohne den Paarungsrausch, ohne irgendetwas Abnormales oder Übernatürliches, war er so verdammt heiß auf sie gewesen, dass er beinahe seinen Stuhl zum Schmelzen gebracht hätte.

Doch in ihren Augen standen immer noch diese Schatten, immer noch ein Anflug von Furcht. Und immer noch war sie die eine Frau, die er nicht haben konnte. Alles, was er nun hatte, war dies und vielleicht die Hoffnung auf jemanden, für später. Vielleicht eher ein Kind als ein verdammtes Vorstandsgremium.

Die Insel war üppig bewachsen, ziemlich groß und abgelegen. Im Norden fielen Klippen zum Ozean ab, während der südliche Rand ein tropisches Paradies war, umringt von weißen Sandstränden.

Helikopter landeten am östlichen Rand auf den Hubschrauberlandeplätzen, und die zusätzlichen Hausdiener sammelten die Gäste in Geländewagen ein, die für jedes Terrain geeignet waren und die holprigen Straßen zum Haus bewältigen konnten.

Abgesehen von einmal alle zwei Jahre war Lawrence Island eher ein Rückzugsort als ein Unterhaltungszentrum. Doch dieses eine Mal alle zwei Jahre war jedes einzelne Zimmer in der Villa und den äußeren Gästeunterkünften belegt.

Sie füllten sich, noch während er zusah. Der Pool hinter dem

Haus war bereits in Benutzung, die Billardräume und das Kino wurden gerade vorbereitet für die Ankunft der Familien der Vorstandsmitglieder und der anderen geladenen Gäste.

Sein Vater hatte mit der Tradition begonnen, während der Meetings mehr als nur die Vorstandsmitglieder auf die Insel einzuladen, und Seth wusste, er würde diese Tradition nicht lange aufrechterhalten. Er dachte bereits darüber nach, das nächste Treffen am Hauptsitz von Lawrence Industries in New York City abzuhalten, statt die Insel weiterhin zu nutzen.

Er stützte die Arme auf das glatte Geländer, das um das obere Stockwerk lief, verschränkte die Hände und sah zu, wie der Helijet der Breeds auf dem privaten Landeplatz näher am Haus aufsetzte.

Dash Sinclair und seine Familie. Seth sah zu, wie Cassie hinter ihrem Vater ausstieg. Ihre hüftlangen dichten Locken wehten im Wind, als sie zum Haus hochsah.

Er konnte ihr Gesicht nicht genau sehen, aber er wusste, dass sie ihn direkt anblickte. Danach stieg Elizabeth aus. Seth wusste, dass der Breed seinen jungen Sohn in Sanctuary zurückgelassen hatte – sein bevorzugter Ort, wenn es um den nötigen Schutz für seine Kinder ging. Aber er verstand nicht, warum Dash seine Tochter mitgebracht hatte.

Er fuhr sich mit der Hand übers Gesicht und kämpfte gegen das Bedauern an, das sich wie ein Lauffeuer durch seinen Verstand brannte. Dawn hätte hier sein können, wo er jahrelang davon geträumt hatte, sie zu sehen. Sie hätte diese Villa mit ihrem Temperament füllen können und mit ihrer ruhelosen Traurigkeit.

Verdammt. Zehn Jahre.

Er starrte wieder hinaus auf den Ozean, das Blau, so intensiv, dass es beinahe in den Augen schmerzte, und stellte sie sich hier bei ihm vor, wie schon Tausende Male. An seiner Seite.

In seinem Bett. Teil seines Lebens und seiner Leidenschaft. Das war sein Traum gewesen, seine Hoffnung, und das hatte ihn verfolgt, selbst noch nach diesen entsetzlichen Minuten, die er dort gestanden und den anschaulichen, albtraumhaften Beweis für das Leben mit angesehen hatte, das sie in diesem Labor führen musste.

Was einer der Gründe dafür war, warum die Vorstandsmitglieder sich nun gegen die Menge an Zeit und Geld stellten, die Seth in Sanctuary steckte, für den Kampf gegen die Rassistengruppierungen, die sich gegen sie erhoben. Wegen dem, was er gesehen hatte. Und dem, was er verloren hatte.

Abwesend rieb er sich über die Brust. Genau über seinem Herzen, wo sich die Sehnsucht konzentrierte. Wo er die Jahre, die er verbracht hatte, nicht vergessen konnte, so sehr an sie gebunden, dass seine Haut gekribbelt hatte vor Verlangen nach ihrer Berührung.

»Liebling, unsere Gäste kommen. Wir sollten sie begrüßen.«

Er erstarrte nicht, als Caroline zu ihm kam und ihre kaum bedeckten Brüste an seinen Rücken schmiegte, während sie ihm die Arme um die Taille schlang und unter sein lockeres weißes Baumwollhemd schob.

Seine Haut wehrte sich nicht länger gegen die Berührung einer anderen Frau, und er entzog sich nicht länger, aus Unfähigkeit, auch nur einen Hauch von Interesse an einer sexuellen Beziehung mit einer anderen Frau zu entwickeln.

Er war in zehn Jahren nicht gealtert, doch die anderen Auswirkungen des mysteriösen Paarungsrausches waren langsam verflogen mit der Abwesenheit der Frau, die ihn erst in Gang gesetzt hatte.

Caroline war nur eine Frau unter so vielen, die er in den vergangenen Jahren in sein Bett geholt hatte. Jemand, um seine Nächte zu wärmen und ihm die unmäßige sexuelle Erleichterung zu bieten, die er noch häufiger brauchte als vor seiner Begegnung mit Dawn.

Er erwog eine dauerhaftere Art von Beziehung mit ihr. Und er hatte sich selbst diese zwei Wochen als Ultimatum gestellt, um eine Entscheidung zu fällen.

Sie war jung genug, um Kinder zu bekommen, sie war versiert im gesellschaftlichen Umgang, und sie wäre eine Bereicherung für seine Geschäftskontakte. Wenn er sich denn nur dazu motivieren könnte, tatsächlich eine ganze Nacht in ihrem Bett zu verbringen statt nur einige wenige Stunden.

Er löste sich aus ihrer Umarmung und ging auf einige Zentimeter Abstand zu ihr, unbewusst, noch während er sich selbst dabei ertappte.

Und auch sie bemerkte es. Sie bemerkte es immer. Sie stand stocksteif da, und um sich nicht mit dem Wutanfall beschäftigen zu müssen, den er heraufziehen spürte, legte er ihr die Hand an den Rücken und geleitete sie zur Außentreppe ins Erdgeschoss.

»Warum kommen all diese Breeds hierher, Seth?« In ihrer Stimme lag ein aggressiver Unterton, als Lawe und Rule sich als diskrete Leibwächter näherten.

»Die Breeds bieten Sicherheit für alle meine Aufgaben; das weißt du, Caroline.«

Er zügelte seine Ungeduld und sagte sich, dass Caroline nicht anders war als Millionen anderer Menschen, die sich in Gegenwart der Breeds unwohl fühlten – besonders jene, die aus Dummheit oder Unwissenheit das Genetics Council als Schöpfer der Breeds unterstützt hatten.

Das war einer der Gründe, warum er nun solche Probleme mit den Vorstandsmitgliedern hatte. Sie wollten, dass die Gelder für die Breeds gestoppt wurden und dass Lawrence Industries im Allgemeinen und Seth im Besonderen sich von ihnen lossagten. Nur wenige Mitglieder des Gremiums unterstützten Seth im Augenblick. Er hoffte darauf, vor Ablauf der zwei Wochen noch mehr auf seine Seite zu ziehen.

»Mr Lawrence, Mr Vanderale und Mr Desalvo sind angekommen. Sie hatten mich gebeten, Sie zu informieren, wenn sie das Haus erreichen.« Der Hausdiener kam vom Weg, der zur Vorderseite des Hauses führte, und sein ausdrucksloses Gesicht strafte die Aufregung in seinen haselnussbraunen Augen Lügen.

Richard liebte die Hauspartys.

»Danke, Richard.« Er nickte und leitete Caroline zum Weg um das Haus herum. »Wir sind gleich da.«

Richard eilte ihnen voran, und Lawe und Rule gingen hinter ihnen. Carolines Körper war angespannt, und ihre verletzten Befindlichkeiten artikulierten sich deutlich im Klappern ihrer Absätze auf dem Steinpfad.

»Wir hätten sie im Foyer erwarten sollen«, nörgelte sie. »Das macht keinen guten Eindruck, Seth. Und du hast dich noch nicht einmal umgezogen.«

Seth unterdrückte ein Seufzen. Frauen meckerten ständig herum, dass man sich umziehen und den richtigen Eindruck machen müsse, oder? Er glaubte sich daran zu erinnern.

»Ich bin sicher, Dane stört sich nicht an einem lässigen Outfit«, versicherte er ihr.

»Natürlich nicht. Dane Vanderale und sein Handlanger sind für ihre Exzentrik bekannt. Das heißt aber nicht, dass du es ihnen nachmachen musst«, zischte sie.

Er war froh, das Ende des Weges mit der breiten Veranda erreicht zu haben, wo Dane lässig am Geländer lehnte, eine dünne Zigarre zwischen die Zähne geklemmt.

Dane Vanderale war selbst unter Rätseln noch ein Rätsel. Mit seinem rauen, beinahe animalisch guten Aussehen, den zu langen hellbraunen Haaren und den spöttischen braunen Augen hätte er selbst ein Breed sein können statt nur ein Unterstützer. Neben ihm, tiefer gebräunt und völlig entspannt, beobachtete sein Leibwächter und Freund Ryan Desalvo, wie Seth und Caroline die Veranda betraten.

»Caro, Liebes, du wirst mit jedem Mal hübscher.« Dane warf ihr ein Lächeln zu, bevor er sie an sich zog, einen Kuss auf ihre glänzend roten Lippen drückte und damit ihren leuchtenden Lippenstift verschmierte.

»Also wirklich, Dane!« Sie stemmte sich von seiner Brust weg, aber in ihrem konsternierten Tonfall lag ein Hauch von mehr Interesse, als sie andere wissen lassen wollte, da war Seth sicher. »Du bist verrückt.«

Dane steckte die Zigarre wieder zwischen seine Zähne und schmunzelte, bevor er Seth die Hand gab und über die Schulter einen Blick auf die Breeds warf.

»Hast dir Verstärkung geholt, richtig?«, fragte er. »Ich habe mich gefragt, ob du es tun würdest.«

Dane war einer der wenigen, die von den Anschlägen auf Seths Leben in den vergangenen Monaten wussten.

Seth warf den Breeds ein Grinsen zu, und Belustigung blitzte in seinen Augen auf.

»Es ist schön, dich zu sehen, Dane.« Seth unterdrückte sein Grinsen über Carolines offensichtliches Interesse an Dane.

»Seth, Liebling, ich sorge dafür, dass alle unterkommen. Wir sehen uns später.« Sie streckte sich, küsste ihn auf die Wange und ging zu den offenen Türen, die in die Villa führten.

Seths Kinnmuskeln verkrampften sich bei dem Gefühl ihres Lippenstifts auf seiner Haut. Er konnte ihn gar nicht schnell genug abwischen, auch wenn er es mit vorgetäuschter Nonchalance tat.

Dane musterte ihn genau und kniff die Augen zusammen.

»Schon eine Entscheidung getroffen?«, fragte er, und Seth wusste, was er meinte.

»Sollte ich wohl.« Er rollte locker mit den Schultern. »Ich werde nicht jünger.«

Dane schüttelte langsam den Kopf. »Um manche Dinge muss ein Mann kämpfen, Seth.«

»Und manchmal muss ein Mann erkennen, wann der Kampf beendet ist«, antwortete Seth leise.

»Ich wette, Dawn würde wunderschön hier aussehen.«

Seth wirbelte herum und kniff die Augen zu schmalen Schlitzen zusammen, als Cassie auf die Veranda trat, gekleidet in Jeans und Tanktop, ihre Eltern gleich hinter ihr.

Er hörte, wie sie »Dawn« betonte. Sie sprach ganz bestimmt nicht von der Morgendämmerung.

»Cassie. Dash, Elizabeth, das hier ist Dane Vanderale, Erbe von Vanderale Legacy in Afrika. Und sein Freund und gelegentlicher Leibwächter Ryan Desalvo.«

Cassie blieb vor Dane stehen. Ihre Augen waren so blau, dass sie leuchteten, ein kleines Lächeln spielte um ihre Lippen, und Dane schien sich zu versteifen.

»Hallo Cassie«, meinte er gedehnt, und der afrikanische Akzent in seinen Worten verlieh seiner Stimme einen trägen, fast sinnlichen Klang. »Dash Sinclair. Wir sind uns auf Schemes und Tanners Verlobungsfeier begegnet. Und seine reizende Frau Elizabeth.« Er schüttelte Dash die Hand, achtete aber darauf, Elizabeth nicht wirklich zu berühren, als er so tat, als würde er ihre Wange mit den Lippen streifen.

»Dane, du bist ein Flirter.« Elizabeth lächelte, und Dashs Gesicht verfinsterte sich.

Dash war ein Breed. Vollständig gepaart mit seiner Gefährtin. Doch auch Breeds mit vollzogener Paarung waren dafür bekannt, dass sie eifersüchtig über ihre Frauen wachten.

»Er lebt gern gefährlich«, kommentierte Dash spöttisch, zog Cassie aber zurück, als sie dem anderen Mann näher kam.

Cassie warf sich das Haar über die Schulter und zeigte ihrem Vater ein Stirnrunzeln, das Seth grinsen ließ. Cassie war neugierig; manchmal zu neugierig. Und Seth war das nicht entgangen.

»So sagt man mir immer wieder«, lachte Dane. Er drückte seine Zigarre aus und klopfte sie auf seine Handfläche, bevor er sie in die abgenutzte Tasche seines Buschhemdes steckte. »Und ich glaube, wir sollten uns nun von der reizenden Caro unsere Zimmer zeigen lassen. Wir stoßen später wieder zu dir, Seth. Dash.« Er nickte beiden grüßend zu und ging zurück ins Haus.

Alle Blicke richteten sich auf Cassie, die ihn schweigend und mit schmalen Augen beobachtete. Das Mädchen sah oft Dinge …

»Er ist irgendwie niedlich. Für einen alten Mann.« Sie zog die Augenbrauen nach oben, wich rasch einem Klaps ihres Vaters aus und lachte vergnügt.

»Richard.« Seth winkte dem Hausdiener, der in der Nähe stand. »Die Sinclairs sind ganz besondere Gäste. Sorge dafür, dass sie es bequem haben.«

»Seth.« Dash akzeptierte das Kompliment mit einem Nicken. »Wir reden später.«

Oh ja, das würden sie.

Seth atmete tief durch, drehte sich um und blickte hinaus auf die private Auffahrt und die Fahrzeuge, die dort anhielten. Über ihnen flog ein weiterer Helijet der Breeds ein. Hoffentlich noch ein paar zusätzliche Sicherheitsleute, dachte Seth. Verdammt, das gefiel ihm nicht. Die Bedrohung, die Geheiminformationen, dass hier, innerhalb seiner eigenen privaten Festung, ein weiterer Anschlag auf sein Leben geplant sei. Und er hatte Dawn abgewiesen.

Zehn verdammte Jahre lang hatte er von ihr geträumt, davon, sie hier zu haben, an seiner Seite. Diesen Traum aufzugeben war das Schwerste, was er je tun musste.

»Seth.« Lawe trat zu ihm, mit ernstem Gesicht, aber blitzenden Augen. »Dawn ist gerade angekommen, um das Kommando über die Gruppe zu übernehmen. Viel Glück, Mann.«

4

Sie betrat gerade den weitläufigen Säulenvorbau der Villa, ihren Seesack über der Schulter, als sie ihn sah.

Die Tür flog auf, und er kam aus dem Haus. Er sah wütend aus, seine grauen Augen waren düster und blitzten vor Zorn, als er die Tür zuschlug.

Dawns spöttisches Lächeln war so gar nicht typisch für sie. Alles in ihren Sinnen und Emotionen war vollkommen untypisch, seit sie wusste, dass Seth eine Geliebte hatte.

Sie blieb stehen und erwiderte seinen Blick, als er auf sie zukam, sie über dem Stoff ihrer leichten langärmligen Jacke am Arm packte und zu einem anderen Eingang führte – oder vielmehr zerrte. Die Wärme seiner Hand drang durch den dünnen Stoff ihrer schwarzen Jacke, brannte auf ihrer Haut und jagte ihr unkontrollierte Impulse durch den Körper.

Die Erregung der Vergangenheit war nichts im Vergleich zu dem, was sie jetzt fühlte. Das war keine Erregung – es war ein gebieterischer, alles verzehrender Hunger und ein Verlangen, das sie ohne Erfüllung nicht überstehen konnte.

Er gehörte ihr. Er war Teil ihrer Seele. Wann war das passiert? Abgesehen von jenen kurzen Tagen vor zehn Jahren hatte sie nie zugelassen, allein mit ihm zu sein, und sich nie die Hoffnung gestattet, dass sie mehr haben könnte als die Albträume.

Sie wollte kein Mitleid. Sie wollte nicht das Wissen in seinen Augen, was sie gewesen war, aber sie konnte es auch nicht ertragen, ihn zu verlieren.

Er zog sie durch eine weitere Tür, schlug diese zu und drehte Dawn dann zu sich herum.

Dawn sah sich in der großen verlassenen Wäschekammer um und grinste spöttisch.

»Ist das nicht ein wenig zu klischeehaft, Seth?«, meinte sie. »Ich habe doch meine Zimmermädchenkluft gar nicht an. Soll ich mich für dich umziehen?«

Mein Gott. Seine Augen. Eine Sekunde lang ließen der Hunger und die brennende Lust darin sie jeden Gedanken vergessen und ihren Mund trocken werden – und das nicht vor Furcht. Sie konnte die Lust wittern, die von seinem Körper ausging, aus jeder Pore drang und den Raum mit dem feinen Duft von männlichem Moschus und flammender Hitze füllte. Es war der erotischste Duft, den sie je wahrgenommen hatte.

»Wer zur Hölle bist du, und was hast du mit Dawn gemacht?«, knurrte er. »Und noch besser: Wieso zum Henker bist du hier?«

»Was denn, wolltest du etwa nicht, dass ich zusehe, wie du ergeben auf die Knie fällst und deinem Häschen des Monats einen Antrag machst?«, schoss sie zurück und sah, wie er überrascht den Kopf hob und seine Nasenflügel sich weiteten. »Dachtest du, Callan würde es mir nicht sagen, Seth?« Sie rümpfte die Nase, wie sie es Cassie schon Dutzende Male hatte tun sehen, wenn sie einen Breed für seine Dreistigkeit abstrafte. »Dachtest du, die arme kleine Dawn kann mit diesem Anblick nicht umgehen?«

Er presste die Lippen zusammen, und sie sah den Zorn in ihm wachsen. Tja, war ihr nur recht. Sollte er doch wütend werden. Sollte er ruhig so wütend werden, wie sie schon war, und sollte er innerlich daran verbrennen.

»Du hast recht.« Sie ging auf Zehenspitzen und schaffte es fast, nur fast, auf Augenhöhe mit ihm, als sie den Seesack fallen ließ, die Hände auf seine Brust drückte und ihn wütend schubste. »Du hast ein Problem, Hengst. Sieh zu, wie du es löst.«

Er wich einen Schritt zurück, und seine Miene war ungläubig, während sie fühlte, witterte, wusste, wie der Hunger durch seinen Leib zu jagen begann.

Seine Kraft peitschte um sie herum, durchfuhr sie wie ein Blitz und ließ sie nach Atem ringen, während sie sich gegenseitig finster anstarrten wie Kriegsgegner.

»Du willst nicht hier sein«, knurrte er. »Gottverdammt, Dawn. Ich lasse nicht zu, dass du mich wieder fertigmachst, und ich werde nicht zulassen, dass du meinen Körper wieder manipulierst. Schwing deinen Hintern zurück in den Helijet und verschwinde von hier. Ich will dich hier nicht haben.«

»Lügner«, knurrte sie wütend. »Ich kann fühlen, wie sehr du mich hier haben willst. Ich kann es wittern. Ich kann es spüren, wie Flammen, die über meine Haut jagen, also versuch gar nicht erst, mir zu erzählen, dass du mich hier nicht haben willst.«

Er ballte die Hände zu Fäusten, Zorn pulsierte in Wellen durch seinen Körper und feuerte ihre eigene Wut und die Erregung an. Sie spürte die vertraute Feuchte zwischen ihren Beinen stärker werden, fühlte, wie ihre Brustwarzen unter dem leichten sommerlichen Tanktop hart wurden, und sie spürte das Jucken in Händen und Zunge.

Sie juckten wie Ausschlag. Schlimmer noch. Oder, was sie gehört hatte, wie sich Ausschlag anfühlte. Sie wollte ihn berühren. Seine Haut. Sie musste seine Haut berühren, mit der Zunge darüberfahren und ihn mit dem Irrsinn infizieren, der sich in ihr breitmachte.

»Ich will dich hier nicht haben!«, stieß er noch einmal wütend hervor, und die Aufrichtigkeit in seiner Stimme schnitt ihr in die Seele. »Ich will dich nicht jeden Tag ansehen müssen und mich nach etwas sehnen, das ich nicht haben kann, Dawn.

Du reißt mich nicht noch einmal derart in Stücke. Das lasse ich nicht zu.«

Er wollte sie nicht? Hatte er sie denn je wirklich gewollt, oder war das nur der Paarungsrausch gewesen?

Ihr Stolz ließ sie den Kopf heben und trotzig das Kinn recken, als sie zurückknurrte: »Dann halt dich von mir fern, Mr Lawrence. Bleib in Sicherheit und lass mich und mein Team deinen lästigen Attentäter finden, und dann bin ich auch schon wieder weg.«

»Warum?« Frust, Wut, Lust – alles lag in seiner Stimme.

»Warum? Weil es sich ausgezeichnet in meinem Lebenslauf macht, natürlich.« Sie zuckte mit den Achseln, und in ihrem Ton lag schneidender Sarkasmus. »Denk doch nur an all die schicken Regierungsaufträge, die ich danach bekommen werde. Mein eigenes Team kommandieren? Mitten in der größten Gefahr?« Sie zog hörbar und sinnlich die Luft durch ihre zusammengebissenen Zähne ein. »Mr Lawrence, dann könnte ich selbst meinen Preis bestimmen. Und alles nur, weil es mir gelungen ist, deinen sehr knackigen, sehr sexy Hintern zu retten.« Sie musterte ihn langsam von Kopf bis Fuß und lächelte. »Oh, und vielleicht auch deine kleine Gespielin, wenn ich schon mal dabei bin. Sag mir, Seth, kratzt sie dich und bettelt um mehr, oder liegt sie nur da wie die kleine Eisprinzessin, als die sie sich darstellt?«

Oh ja, sie hatte sich über Miss Caroline Carrington informiert. In ihrem Organizer hatte sie eine hübsche dicke Datei gespeichert und noch mehr Informationen, die sie jederzeit abrufen konnte.

»Kümmert dich das?« Er atmete schwer und starrte sie an, als sei sie eine Außerirdische, die er noch nie zuvor gesehen hatte. Tja, sollte er nur starren, denn sie erkannte sich selbst nicht wieder. Aber sie würde es herausfinden, bevor sie ging, und wenn sie ging, würde sie sicherstellen, dass sie sich von

Seth befreit hatte, und das ebenso leichthin, wie er sich von ihr befreien konnte.

»Ob es mich kümmert?« Sie ließ wütend ihre Reißzähne aufblitzen. »Nicht mehr lange, wenn überhaupt jemals.«

Es brachte sie schier um. Es zerbrach ihre Seele, und sie fühlte die qualvollen Schreie durch ihr tiefstes Inneres hallen.

Sie hatte von ihm geträumt, sich nach ihm gesehnt. Sie hatte ihn beobachtet, jedes Mal, wenn er nach Sanctuary gekommen war, und seinen Duft inhaliert, sobald er einen Raum verließ. Sie hatte gegen sich selbst angekämpft, und sie hatte verloren. Und jetzt verlor sie hier auch, und etwas in ihr schrie vor Schmerz.

»Wenn überhaupt jemals«, knurrte er, und ein Ausdruck männlicher Empörung huschte über sein Gesicht. »Das ist das Problem, Dawn. Es hat dich nie gekümmert, bis jetzt. Wieso jetzt? Weil jemand anders etwas haben könnte, was du von vornherein nie wolltest?«

»Und wann hast du dir die Mühe gemacht, mich zu fragen, ob ich es will?« Sie wollte schreien. Sie wollte toben und mit den Fäusten auf ihn einschlagen. Denn das hatte er nie getan. Er war nie zu ihr gekommen. Er hatte geflirtet, hatte sie geneckt, und sie hatte nicht gewusst, wie sie damit umgehen sollte, also war sie geflohen. Und binnen weniger Monate hatte er auch damit aufgehört. Er hatte aufgehört, ihre Nähe zu suchen, und er hatte aufgehört, sich etwas aus ihr zu machen. Und sie hatte sich weiterhin versteckt, denn Gott sei ihr Zeuge, sie hatte keine Ahnung, wie sie ihm sagen sollte, dass sie ihn brauchte, wenn sie doch nur dieses Aufblitzen von Mitleid in seinen Augen sehen konnte.

»Ich bin dir monatelang nachgelaufen wie ein liebeskranker Welpe«, stieß er voller Selbsthass hervor. »Wenn ich dich denn finden konnte.«

»Monate.« Sie machte eine spöttische Handbewegung. »Armer kleiner Seth, hat nicht gleich seine Belohnung bekommen. Ist das nicht eine Schande? Böse Dawn, dass sie so gemein zu ihm war.«

Seth starrte sie ungläubig an. Wer in aller Welt war diese Frau? Das war nicht der Schatten, den er zehn Jahre lang durch Sanctuary hatte huschen sehen. Das war nicht die Frau, die ihn mied wie die Pest bei den seltenen Gelegenheiten, wenn sie sich mal im selben Raum aufhielten.

Erneut ballte er die Fäuste und kämpfte gegen den fast überwältigenden Drang an, sie zu berühren. Mit den Händen über ihre Arme zu streichen und ihre Hände wieder an seiner Brust zu fühlen. Ihre Lippen zu erobern. Er wollte kein flüchtiges Streifen über ihre Lippen wie zuvor. Er wollte ihre Lippen in Besitz nehmen, sie verschlingen; er wollte mit der Zunge darüberlecken und ihre hübsche kleine Zunge in seinen Mund saugen.

Erregung, extrem wie eine Naturgewalt, jagte durch seinen Leib. Er spürte, wie sein Glied steif wurde und das Blut wütend und mit aller Kraft hineinschoss.

Verdammt sei sie. In seinem ganzen Leben war er noch nie derart erregt gewesen. So erregt, dass er das Verlangen in jeder einzelnen Körperzelle fühlen konnte.

»Dawn, reiz mich nicht.« Er beugte sich etwas vor, gerade so viel, dass er die Dawn, die er kannte, damit in die Flucht geschlagen hätte.

Doch diese hier ergriff nicht die Flucht. Sie reckte das Kinn noch etwas höher, stemmte die Hände in die Hüften und grinste spöttisch. Ach du Schande, sie grinste ihn doch tatsächlich an.

»Du bist so heiß, dass du den Raum hier fast in Brand setzt«, knurrte sie. »Ich sag dir was, Seth: Reiz du mich nicht, und dann reize ich dich auch nicht. Und schaff mir den Geruch deiner Lust vom Hals, bevor ich deiner kleinen Freundin stecken muss, wie hart du für mich wirst.«

»Dawn, lass das.« Er fuhr sich mit der Hand übers Gesicht, mehr um sich den verräterischen Schweiß von der Stirn zu wischen als aus anderen Gründen. »Es war schon schwer genug. Für uns beide. Lass uns einfach auseinandergehen und Gott dafür danken, dass keiner von uns zu sehr verletzt wurde.«

Aber er sah den Schmerz in ihren Augen aufblitzen, nur einen Augenblick lang. Er war da und dann wieder verflogen, so schnell, dass er nicht einmal sicher sein konnte, ob er überhaupt da gewesen war.

»Natürlich bist du nicht verletzt worden, Seth«, flüsterte sie. Ihre Stimme klang kalt, und ihre Lippen verzogen sich geringschätzig. »Dazu hättest du ja vorher etwas investieren müssen, nicht wahr? Wie gesagt, geh mir einfach aus dem Weg, damit ich deinen Hintern am Leben erhalten kann, und ich betrachte meinen Job als erledigt. Also, kann ich jetzt wieder raus aus deiner Wäschekammer? Ich habe genug vom Geruch deiner schmutzigen Wäsche.«

Zorn und Lust pochten wie verrückt in seinem Kopf und seinem Unterleib. Er ballte die Fäuste, kämpfte gegen die Flammen an, die über seine Haut rasten, und wusste, wenn er jetzt nicht den Raum verließ und auf Distanz zu ihr ging, dann würde er über sie herfallen. Er würde ihr die Hose vom Leib reißen, sie über die verdammte Klappbank legen und sie mit all der aufgestauten Raserei von Lust nehmen, die er vor Jahren endlich besiegt geglaubt hatte.

Er würde ihr das antun. Obwohl er wusste, welche Hölle sie als Kind erlitten hatte. Obwohl er wusste, wie brutal diese Monster gewesen waren, würde er es tun, und er wusste es. Er wusste es, und es widerte ihn zutiefst an.

»Geh mir aus dem Weg«, fauchte er.

Sie hob eine Augenbraue und ließ ihre hübschen kleinen Reißzähne in einem Lächeln aufblitzen, das ihn fast sabbern ließ vor Verlangen, diese Lippen zu erobern.

»Geh du *mir* aus dem Weg«, korrigierte sie ihn. »Ich würde dich nur ungern noch einmal infizieren. Wäre doch echter Mist, Seth, oder?«

»Mehr als dir überhaupt klar ist.« Er packte den Türknauf, drehte ihn heftig und rannte aus der Wäschekammer, bevor er noch etwas tat, was sein Gewissen auf ewig zeichnen würde.

»Hier ist Ihr Zimmer.« Caroline Carrington war eisig, verachtungsvoll und verdorben.

Dawn folgte ihr in das Zimmer und runzelte die Stirn, als sie sah, wie klein es war. Ihr war absolut klar, dass es sich um ein Zimmer für Bedienstete handelte. Und sie wusste genau, dass die Breed Enforcer näher an Seths Suite einquartiert worden waren.

»So geht das nicht.« Sie drehte sich zu der Frau um, ließ ihre Reißzähne aufblitzen und registrierte das Aufflackern von Abscheu in Miss Carringtons Augen.

Och, arme kleine Caro, die keine Breeds mochte.

Zu schade aber auch.

»Wie bitte?« Das Miststück strahlte aus jeder Pore Arroganz und herrisches Gehabe aus.

»Ich denke, Sie haben mich schon gehört, Miss Carrington. Breed Enforcer sind auf der oberen Etage einquartiert, näher an Mr Lawrence' Suite. Sie können mich gleich dorthin begleiten, oder ich kann den Weg selbst finden.« Sie zuckte mit den Schultern. »Mir ist ehrlich egal, ob so oder so, aber ich gehe auf jeden Fall nach oben.«

Wollte die sie doch tatsächlich in den Keller stecken? In den

Keller? Als wäre sie ein schmutziges kleines Geheimnis, das man vor der Öffentlichkeit verbergen musste.

»Sicherheitskräfte sind Angestellte, keine Gäste«, fauchte die schwarzhaarige Schlange.

Dawn ignorierte sie, schwang sich den Seesack auf den Rücken und nahm immer zwei Stufen auf einmal ins obere Stockwerk. Sie konnte wittern, welchen Weg sie nehmen musste; sie brauchte Miss Caroline Carrington nicht, um irgendetwas zu finden.

Diese böse Hexe hatte Dawn erspäht, kaum dass sie das Haus betreten hatte, und ihr in überheblichem Ton mitgeteilt, dass ihr Zimmer bereits warte.

Dawn hatte mit einem Schnauben darauf reagiert. Sie war der Frau nur gefolgt, um zu sehen, was sie im Schilde führte, aber Dawn wusste genau, dass sie gar nicht erwartet worden war. Und mehr noch – sie wusste, dass dies die Frau war, mit der Seth seine Verlobung verkünden wollte.

Auf keinen Fall, dachte sich Dawn. Wenn er mit dieser schwarzhaarigen Schlange schlief, dann tat er es nicht oft genug, um mehr als nur den feinsten Anflug eines Duftes an ihr zu hinterlassen. Er hatte sie nicht für sich beansprucht, und er hatte sie nicht markiert. Nicht mit dem Duft seiner Leidenschaft oder seiner Gefühle. Aber sie konnte seine Lust an der Frau wittern, und das war genug, um Dawn rotsehen zu lassen.

Schön, sie hatte jahrelang gewusst, dass sie beide sich im Paarungsrausch befanden, und sie hatte nichts dagegen getan. Tja, und wo zur Hölle war er gewesen? Was in aller Welt war daraus geworden, dass der Junge dem Mädchen nachlief? War das jetzt eine Todsünde? Irgendwie unmännlich? Hatten sich die Regeln etwa geändert, während sie damit beschäftigt war, zu lernen, wie sie überleben konnte?

»Agent Daniels, das ist unerhört«, zeterte Miss Carrington hinter ihr.

Dawn warf einen Blick über die Schulter, um zu sehen, wie die schwarzhaarige Hexe ihr erstaunlich flink die Stufen hinauf folgte, mit ihren mordshohen Absätzen und diesem viel zu kurzen Röckchen. Sie fragte sich, ob die Frau sich den Rock an der Seite aufreißen würde bei dem Versuch, mit ihr Schritt zu halten.

»Aber natürlich hat man so etwas schon gehört«, gab sie spöttisch zurück. »Man nennt es meinen Job. Klären Sie es mit Seth, er wird sein Okay dazu geben.«

Hinter ihr ein Keuchen. »Für Sie immer noch Mr Lawrence.«

Dawn schnaubte. Mr Lawrence, schon klar.

Sie bog oben auf der Treppe um die Ecke, immer der Nase nach und fand nach wenigen Minuten und in zwei verschiedenen Fluren die Räume, die sie suchte. Und wenn sie sich nicht sehr irrte, war der Raum genau neben Seths Suite unbesetzt. Ach ja, wie viel Glück konnte eine kleine Breed-Frau noch haben? Der sollte nur mal zur Sache kommen, während sie in der Suite nebenan saß und vor Wut knurrte. Dazu würde es nicht kommen.

»Das werden Sie nicht tun.« Miss Carringtons Stimme steigerte sich von zornig zu reiner Raserei.

Eine Sekunde später packten Krallen Dawns Arm. Flammende Wut blitzte in ihr auf, und sie wirbelte mit dem zornigen Knurren eines Raubtieres herum. Ihre Hand schnellte vor, packte Miss Carrington an der Kehle und stieß sie in Sekundenschnelle vor ihr auf die Knie.

Dawn hatte keine Zeit, nachzudenken. Es gab keine Gedanken – nur Instinkt.

»Was zum Teufel ist hier los!« Seths Stimme, wütend und

ungläubig, drang schneidend durch den Raum, und Dawn riss die Hand zurück und sah ihn finster an.

»Seth.« Das Miststück. Caroline wimmerte und fasste sich an die Kehle, als sie mit bleichem Gesicht auf die Füße stolperte und die Schockierte spielte. »Oh Gott, Seth. Sie wollte mich umbringen.«

»Oh bitte, träum weiter«, brummte Dawn und starrte Seth an, während die schwarzhaarige Betrügerin sich in seine Arme warf.

In seine Arme. Dawn starrte sie an und sah, wie seine kräftigen Arme eine andere Frau umfingen und an sich drückten. Wie in Zeitlupe, als habe sich die Welt verschoben und würde genau hier, vor ihren Augen, enden.

Dawn trat einen Schritt zurück und starrte. Genau auf seine Arme. Auf die kräftigen sehnigen Muskeln, die unter der gebräunten Haut spielten, sich anspannten und die Frau an ihn drückten. Arme, die früher sie hätten umfangen sollen. Die sie hätten halten sollen.

Was sollte sie jetzt tun? Sie hob den Blick, sah Seth in die Augen und schluckte schwer, als sie die Kälte in seiner Miene registrierte.

»Sie hat mich überrumpelt«, flüsterte sie benommen. Sie fühlte sich, als hätte sie einen Schlag vor den Kopf bekommen, von dem sie sich nicht erholen konnte. »Von hinten. Sie hat mich am Arm gepackt.« Sie hob eine Hand, ließ sie wieder sinken und schüttelte den Kopf.

»Caroline, was in aller Welt ist passiert?« Seth war voll kalter Wut, und Dawn erkannte, dass er ihrer Erklärung keinen Glauben schenkte.

Sie fuhr sich mit der Hand über den Arm und sah zu, nicht länger rasend vor Wut. Er hielt die andere Frau in den Armen, während sie heulte und … irgendwas plapperte. Etwas in der Art, dass sie verwirrt sei, dass sie nichts getan hätte, bla, bla, bla.

Dawns Blick hatte sich inzwischen auf seine Hände fixiert. Wie er sie um die Schultern der Frau legte. So sanft. Er hielt sie sanft, und das Tier in Dawn brüllte, heulte und wollte sich losreißen, während Todesqualen es wie eine rotglühende Peitsche versengten.

»Dawn!« Dashs Stimme ließ sie in Habachtstellung gehen, und sie richtete den Blick dorthin, wo er und Elizabeth im Türrahmen standen. »Ist das wahr?«

»Wahr? Was?« Sie blinzelte.

»Hast du Miss Carrington angegriffen? Grundlos?« Dashs bernsteinbraune Augen blickten hart und befehlend.

»Nein.« Sie schüttelte langsam den Kopf und konzentrierte sich auf Dashs Augen. »Sie hat mich gepackt, von hinten.« Sie wandte den Blick wieder zu Seth.

»Dawn! Warum sollte Miss Carrington dich von hinten packen?«

Dawn schluckte und bemühte sich, sich wieder unter Kontrolle zu bekommen, doch, bei Gott, das war schwer. Die Wut in ihr tobte, und ihre Instinkte brüllten und schlugen vor Schmerz um sich.

»Ich bin stellvertretende Befehlshaberin«, erklärte sie Dash und holte hörbar Luft. »Ich muss oben sein. Sie wollte mich beim Personal einquartieren, und ich habe sie ignoriert. Ich bin dem Duft meiner Einheit gefolgt.« Sie zeigte auf das Zimmer. »Das hier wird mein Quartier.«

Ihr war nicht bewusst, dass ihre Stimme an Stärke gewann, aber Dash schon. Er sah sie an und hatte eine Heidenangst davor, sie an die instinktive Wut des Tieres zu verlieren, die er bei dem Anblick einer anderen Frau in den Armen ihres Gefährten in ihren Augen erkannte.

Sie waren so kurz davor. Wenn sie Dawn verloren, dann wäre alles verloren, worum sie in den letzten zehn Jahren gekämpft hatten.

»Dawn!« Er zwang ihre Aufmerksamkeit wieder auf sich, als sie sich wieder zu Seth umdrehen wollte.

»Seth, du musst Miss Carrington hier wegbringen«, flüsterte Elizabeth neben ihm. »Sofort.«

»Nein!«, fauchte Dawn, nun noch angespannter als je zuvor, und in dem Blick, der zurück zu Seth und Caroline Carrington glitt, lag eine solch unverhüllte Qual, dass Dash sich fragte, wie ein so zierlicher Körper so viel davon ertragen konnte. »Ich entschuldige mich, Mr Lawrence. Miss Carrington.« Sie schien zu wanken, als die Worte über ihre Lippen kamen. »Ich werde ...«, sie sah sich um, »ich werde mit einem der anderen tauschen.«

Sie bewegte sich zur Tür, als Caroline ein entsetztes Aufkreischen von sich gab und sich erneut in Seths Arme warf. Dawn erstarrte. Dash erkannte die Veränderung in ihr, sah, wie ihre Lippen sich hochzogen, registrierte, wie die Raubkatzengefährtin um Freiheit kämpfte und darum, die Frau zu vernichten, die ihr ihren Platz im Leben stahl.

»Sofort«, knurrte Dash und registrierte, wie Seth Caroline auf Elizabeth zuschob und mit harter, kalter Stimme befahl: »Geh.« Aber Seth ging nicht mit. Er starrte Dawn an, musterte sie eindringlich, mit grübelnder, wütender Miene.

»Ich tausche das Zimmer mit Lawe.« Dawn atmete tief durch und schüttelte den Kopf, als wolle sie eine Droge abschütteln. Erneut wollte sie zur Tür gehen.

»Bleib hier.« Seths Stimme war rau und so voll Qual wie der Schmerz, der in Dawns Augen stand. »Bleib einfach nur hier, verdammt.«

Damit drehte er sich um, ging hinaus und ignorierte damit offensichtlich eine aufgelöste Caroline, die hinter ihm her eilte.

Dash drehte sich wieder zu Dawn um, und sein Herz schmerzte vor Mitgefühl für die kleine Puma-Breed, die so beherzt um die Kontrolle kämpfte, die ihr so wichtig war.

Sie zuckte zusammen, und sie senkte die Wimpern, als sie sich ihm zuwandte.

»Es geht mir gut«, flüsterte sie. »Alles wird gut.«

Und er musste es glauben, denn er konnte sie nicht mehr zurückschicken nach Sanctuary, ebenso wenig wie Callan oder Jonas es konnten. Breed Law untersagte Einmischungen bei Gefährten. Und trotz der Umkehrung des Hormons waren Seth und Dawn immer noch Gefährten. Allerdings vermutete Dash, dass diese Umkehrung sich bald erneut umkehren würde. Er hatte den Duft des Hormons an Seths Haut gewittert und das Zusammenzucken gesehen, das Seth nicht unterdrücken konnte, als Caroline sich in seine Arme geworfen hatte.

»Dawn erwacht«, hörte er seine Tochter hinter sich flüstern. Er drehte sich schnell zu ihr um, und seine Augen wurden schmal, als er eine einzelne Träne über Cassies bleiches Gesicht rinnen sah. »Sie wird sich wünschen, sie hätte weitergeschlafen.«

5

Seth ging der Ausdruck in Dawns Gesicht nicht mehr aus dem Sinn, als Caroline in seine Arme gerannt war, mit ihren offensichtlich falschen Tränen und Anschuldigungen. In diesem Moment wusste er, dass es nicht zu einer Verlobung mit der Milliardenerbin kommen würde. Liebe Güte, er war seit über einem Monat nicht einmal mehr in ihrem Bett gewesen, und der Gedanke, sich jetzt dorthin zu begeben, war mehr, als er ertragen konnte.

Er setzte sich auf die Couch in seiner Suite, ließ den Kopf auf die Polsterlehne sinken und starrte an die Decke.

In diesem einen Moment hatte er solche Qual in Dawns Augen gesehen, dass er schockiert war bis in die Tiefen seiner Seele. Oder was davon noch übrig war.

Diese Qual hatte in ihren Augen gebrannt wie heiße Kohlen, angefacht zu bitterer Flamme. Ein Schmerz, den er nicht ertragen konnte.

Dieser Anblick – er schloss die Augen. Dieser Anblick hatte ihn vernichtet. Er hatte geglaubt, Dawn sei fröhlich durch die letzten zehn Jahre gegangen, ohne sich der Hölle, die er durchgemacht hatte, bewusst zu sein – doch als er in ihre Augen sah, vermutete er etwas ganz anderes.

Seine Fragen in Bezug auf den Paarungsrausch waren über die Jahre größtenteils unbeantwortet geblieben. Die Ärztin, die das Hormon in seinem Blut überwachte, es zu regulieren und die Symptome unter Kontrolle zu bringen versuchte, hatte seine Fragen nicht beantwortet. Jonas hatte sich geweigert, und danach hatte Seth es einfach dabei bewenden lassen. Er hatte in der Hölle gelebt; hätte Dawn dasselbe durchlitten, dann wäre sie zu ihm gekommen. Cassie hatte ihn gemahnt, er solle Dawn zu ihm kommen lassen. Er solle warten. Und er hatte gewartet – und gewartet.

Langsam stand er auf und ging zur Balkontür. Dawns Zimmer lag neben seinem, aber er wusste, dass sie nicht da war. Sie war vorhin mit dem übrigen Team hinausgegangen, um die Insel zu überprüfen, während Seth sich mit den Vorstandsmitgliedern traf.

Lawe, Rule, Mercury und Dash waren zurückgeblieben, um für seine Sicherheit zu sorgen.

Für heute waren die Meetings nun beendet, und er hatte nichts mehr zu tun, als nach ihr Ausschau zu halten. Was nicht ganz stimmte. Er hätte zusammen mit Caroline seine Rolle als Gastgeber erfüllen können. Er hätte seine Vorstandsmitglieder beschwichtigen, sich unter die Leute mischen und versuchen können, die Kontrolle über das Unternehmen zurückzuerlangen, das glaubte, es könne ihn aufs Kreuz legen.

Doch im Augenblick könnte ihn ein fünfjähriges Kind problemlos aufs Kreuz legen.

Er brauchte Antworten, und das schnell, bevor sie zurückkehrte und ihn wieder mit diesem gebrochenen Blick und dieser seelentiefen Qual ansah. Weil er eine andere Frau in den Armen hielt.

Er schüttelte das Bild ab, fuhr sich mit den Fingern durchs Haar und zwang sich von der Couch hoch. Rasch ging er zur Tür, verließ die Suite und lief über den Flur, wo Dash und seine Familie ihr Zimmer hatten.

Dort klopfte er ohne Umschweife an, damit er keine Chance hatte, zu zögern. Wenn er zögerte, würde er vielleicht erst handeln und dann Fragen stellen. Und urplötzlich hatte er mehr

Angst davor, Dawns Schmerz noch größer zu machen als zuvor, den Rest seines Lebens allein verbringen zu müssen.

Dash öffnete die Tür und sah ihm schweigend in die Augen. Dann sagte er: »Cassie sagte, dass du auftauchen würdest.« Er trat zurück und bat Seth in das kleine Wohnzimmer.

»Wo ist sie?« Das war keine Unterhaltung, die er vor einem Teenager führen wollte. Egal, für wie erwachsen sie sich hielt.

»Sie ist mit Dawn draußen.« Dashs Lippen verzogen sich traurig. »Sie macht sich Sorgen um sie.«

»Da ist Cassie nicht die Einzige«, antwortete Seth leise und drehte sich zu Dashs Frau um: »Hallo Elizabeth.«

Mit ihrem schwarzen Haar und den blauen Augen war sie eine reifere Version ihrer Tochter und ebenso reizend, wenn auch Cassie noch zarter gebaut war.

»Hallo Seth.« Ihre sanfte Stimme war mitfühlend. »Willst du, dass ich hinausgehe?« Sie deutete zum Schlafzimmer nebenan. »Dann könnt ihr ungestört reden.«

Seth schüttelte rasch den Kopf. »Ich muss mit euch beiden reden.« Er musste es wissen. Was empfand Dawn? Warum war sie hier, nach all der Zeit? Und warum wurde es immer unwichtiger, warum sie hier war?

»Setzen wir uns. Möchtest du etwas trinken, Seth?«

Seth nickte, bat um einen Whiskey pur und ging zur Sitzgruppe, wo Elizabeth sich langsam niederließ.

Sie trug gut geschnittene cremefarbene Hosen und eine ärmellose Bluse, und sie sah mehr wie Cassies Schwester als ihre Mutter aus. Und er wusste, warum das so war. Es lag am Paarungsrausch und der Verzögerung des Alterungsprozesses, die er verursachte.

»Ihre Augen …«, er sah Elizabeth an, »ich habe ihre Augen gesehen.« Er schüttelte freudlos den Kopf. »Verdammt, wenn ich nur wüsste, was ich tun soll. Ich habe mich von ihr ferngehalten, wie man mir gesagt hat. Ich habe darauf gewartet, dass sie zu mir kommt, aber sie ist nie gekommen.«

Elizabeth runzelte die Stirn und warf ihrem Mann einen fragenden Blick zu. »Wer hat dir gesagt, dass du dich von Dawn fernhalten sollst?«, fragte sie ungehalten und sah finster drein. »Dash, wusstest du davon?«

»Das war, bevor Dash nach Sanctuary kam.« Seth holte hörbar Luft. »Kurz zuvor. Ich versuchte damals ...«, er verzog das Gesicht. »Ich versuchte, ihr den Hof zu machen. Zwei von Jonas' Enforcern geleiteten mich zu einem Büro im Herrenhaus. Dort zeigte man mir, was diese Bastarde ihr angetan hatten.« Er senkte den Blick und nahm den Whiskey von Dash entgegen. »Die Videos, die das Council gemacht hatte.« Er konnte immer noch den rasenden Zorn in sich spüren. »Was sie mit ihr gemacht hatten.«

»Wer?«, fragte Dash.

»Jonas, Callan.« Er schüttelte den Kopf. »Sie wussten, was ihr der Paarungsrausch antun würde, und als ich das sah, wusste ich es auch. Es war bereits stark, Dash.«

»Sie hatten kein Recht, zu verlangen, dass du dich von ihr fernhältst«, sagte Elizabeth mit leisem Vorwurf. »Es sind zehn Jahre. Zu lange für sie, um die Auswirkungen ganz allein bekämpfen zu müssen.«

Seth hob ruckartig den Kopf, und seine Kinnmuskeln verkrampften sich, als er sie argwöhnisch ansah. »Die Ärztin, Ely. Sie sagte, der Paarungsrausch wäre nicht voll ausgeprägt ohne den Austausch eines richtigen Kusses oder intimeren Kontakts.«

Sie starrten ihn an; Dashs Miene war finster, Elizabeths schockiert, als sie ihren Mann ansah.

»Ely weiß es schon seit Jahren besser«, erklärte Dash. »Und ich weiß genau, dass Dawn schon in voller Hitze ist, seit ich sie kenne, Seth. Ich wusste, dass du ihr Gefährte bist, aber ich wusste auch, dass andere weibliche Breeds länger gebraucht hatten, sich von ihrer Vergangenheit so weit zu befreien, um zu ihren Gefährten zu kommen. Ich habe keine Fragen gestellt.« Er schüttelte resigniert den Kopf. »Das hätte ich tun sollen, aber ich habe es nicht getan.«

Seth kam wie der Blitz auf die Füße. »Sie hat genauso gelitten?«, wollte er heiser wissen. »So wie ich? All die Jahre?«

»Wahrscheinlich schlimmer«, warf Elizabeth ein. »Es ist immer schlimmer für die Frauen, egal ob Breed oder nicht. Und ich kann dir aus eigener Erfahrung sagen, dass es nichts Schlimmeres gibt, als sich im Paarungsrausch zu befinden und dabei allein zu sein. Aber warum sollte Callan das tun?« Seth sah zu, wie sie sich erneut ungläubig an ihren Mann wandte. »Er liebt sie wie sein eigenes Kind, Dash, warum sollte er Seth das verschweigen?«

»Es sei denn, sie dachten, der Paarungsrausch würde sich in ihr zurückbilden, so wie bei Seth.« Dash lehnte sich in seinem Sessel zurück und musterte Seth mit schmalen Augen. »Wie intim war der erste Kontakt mit ihr?«

Seth schüttelte den Kopf, als er zu der Tür ging, die ganz ähnlich wie in seiner eigenen Suite hinaus auf den umzäunten, privaten Balkon führte. »Nicht sehr. Eine flüchtige Berührung der Lippen, Hände, die sich berührten.« Er zuckte mit den Schultern. »Ich habe ... ihr den Hof gemacht.«

»Beeindruckend, wenn man deinen Ruf damals bedenkt«, bemerkte Dash belustigt.

Seth warf ihm einen finsteren Blick zu und fuhr sich erneut nervös mit den Fingern durchs Haar.

»Was jetzt?« Er schüttelte den Kopf. »Ich will ehrlich sein: Ich will sie hier nicht haben. Es ist zu gefährlich, und ich bin ...« Er runzelte die Stirn und wehrte sich innerlich immer noch gegen die Tatsache. »Meine Beherrschung ist im Eimer, Dash.« Er drehte sich zu ihm um, frustriert und sich seiner eigenen Schwäche bewusst. »Ich weiß nicht, ob ich mich zurückhalten kann, wenn sie sich hier im Haus aufhält.«

Dash seufzte hörbar. »Jonas und Callan hatten kein Recht, dir das Filmmaterial aus dem Labor zu zeigen.«

Seth runzelte die Stirn. »Ich musste es wissen. Der Paarungsrausch wurde bereits so schlimm, dass ich kaum damit umgehen konnte. Ich hätte alles nur noch schlimmer gemacht.« Er hätte sich nicht von ihr ferngehalten, und damit hätte er nur ihre Albträume befeuert.

»Was wirst du jetzt tun?«, fragte Dash.

Seth sah ihn grimmig an. »Ich werde meine Beziehung mit Caroline noch heute Abend beenden. Aber ich will, dass du Dawn zurück nach Sanctuary schaffst. Befiehl ihr, zurückzukehren. Entführ sie oder sperr sie in ihr Zimmer ein. Mir ist egal, was du dafür tun musst, Dash, aber schaff sie von der Insel.«

Dash schwieg sekundenlang. Endlich nickte er langsam. »Ich befehle ihr, nach Virginia zurückzukehren.«

Dashs Einwilligung war zu einfach gewesen. Keine Diskussion, kein Versuch, ihn zu etwas anderem zu überreden. Seth nickte noch einmal erleichtert. »Danke. Dann lasse ich euch jetzt noch ein wenig die Ruhe vor der Party heute Abend genießen.«

Er verließ die Suite und rieb sich über die Brust, in der er bereits den Schmerz des Verlustes spürte.

Dawns Zunge juckte. Ihre Zunge und die Finger, die an der am Oberschenkel festgeschnallten Waffe ruhten, während sie zusah, wie das Paar anmutig durch den bevölkerten Ballsaal schritt.

Seth Lawrence und seine Dame. Dawn schnaubte leise.

Dame, von wegen. Die Frau wollte so unbedingt in sein Bett, dass Dawn den Gestank ihrer Erregung sogar durch den ganzen Ballsaal voller Leute wittern konnte.

Und wieder einmal fehlte nicht viel, dass sie ihre Selbstbeherrschung und ihren Verstand verlieren würde. Wenn sie auch nur einen einzigen Augenblick daran dachte, dass Seth irgendwann in letzter Zeit Sex mit dieser Carrington gehabt hatte, würde sie der Hexe die Kehle umdrehen müssen.

Aber das änderte nichts an der Tatsache, dass Seth sich an ihr festhielt wie ein Baby an seinem Schnuller. Und es änderte nichts an dem Schmerz in ihr, der mit jeder Sekunde größer wurde.

»Lawe, häng dich an Lawrence und sieh zu, dass du ihn dazu bringst, im Haus zu bleiben«, befahl sie dem Enforcer, der bei den Türen zum kühlen, geschützten Garten stand.

»Die Gärten sind sicher, Dawn«, erinnerte Lawe sie ruhig durch das Headset.

»Und wenn sie Schulter an Schulter von Wachen umstellt sind, tu, was ich sage«, fauchte sie in das winzige Mikro, das sich an ihre Wange schmiegte, während sie den Blick weiter prüfend über die Menge schweifen ließ. »Wir können es uns nicht leisten, ihn oder seine Zimperliese zu verlieren.«

Energisch umfasste sie den Griff ihrer Waffe, als sie ihren Blick mit schmalen Augen auf den bloßen Rücken der Frau richtete. Ihr Kleid war wenig mehr als ein Stofffetzen, der kaum ihren Hintern bedeckte. Und Seths Hand ruhte auf der nackten Haut an ihrem unteren Rücken, während sie sich durch die Menge bewegten.

Streichelten seine Finger etwa die Haut der Frau? Mit schmalen Augen fixierte sie die starke Hand, die eine andere berührte, und das Knurren in ihrer Kehle ließ sich nicht länger zurückhalten.

Rasch sah sie sich um, um sich zu vergewissern, dass niemand den Laut gehört hatte, und dann verzog sie wütend das Gesicht. Sie sollte nicht Seth beobachten. Sie sollte die Menge beobachten und die Enforcer anleiten, die mit dem Schutz von Seth beauftragt waren, während er sich zum Narren machte und die Dame umwarb, die am meisten Haut zeigte.

Sie hasste das. Sie hatte nichts mit diesem Mann zu schaffen. Er machte sie verrückt, weckte in ihr den Wunsch, ihm die Augen auszukratzen und das Blut dieser geistlosen kleinen Hexe zu kosten, an der er ständig herumfummelte. Wenn er nicht bald damit aufhörte ...

Sie zwang sich, tief durchzuatmen und den Schmerz, der in ihr brannte, unter Kontrolle zu bekommen. Sie hatte keine Wahl. Seth hatte seine Gefühle deutlich gemacht, und er wollte eindeutig nichts mehr von ihr wissen.

»Entschuldigen Sie, Mr Lawrence«, war Lawes Stimme wieder im Headset zu hören. »Agent Daniels wünscht, dass Sie im Haus bleiben.«

Dawn zuckte zusammen. Sie würde ein Wort mit Lawe darüber reden müssen, wie man solche Situationen am besten handhabe, besonders bei Seth.

»Ach, tut sie das?«, meinte Seth gedehnt. Seine Stimme war übers Headset zu hören und jagte ihr einen unerwarteten Schauer über den Rücken, als sie den Spott darin hörte. »Bitte teilen Sie Miss Daniels mit, dass ich ausdrücklich verlangt habe, dass die gesamte Insel gut gesichert sein soll. Falls sie dieses Ersuchen ignoriert hat, dann kann sie gern persönlich unsere Begleitung spielen, während Miss Carrington und ich die Gärten genießen.«

Dieser Hundesohn.

Dawn biss die Zähne zusammen und bewegte sich an der Wand entlang. Sie war sich der Gestalten bewusst, die ihr hastig aus dem Weg gingen, sowie der skeptischen Blicke, die man ihr zuwarf, als sie vorbeiging. Sie machte die Leute nervös, das wusste sie. Besonders Nicht-Breeds. Sie beobachteten sie, als erwarteten sie jeden Augenblick, dass sie sich umdrehte und fauchte. So wie zuvor, als diese Carrington sie überrumpelt hatte.

»Merc, hast du ihn im Blick?«, fragte Dawn leise ins Mikro, während sie auf die Tür zusteuerte, durch die Seth gegangen war.

»In Sichtweite«, meldete sich Mercs raue Stimme. »Er und Miss Carrington gehen über den Steinpfad zum Teich.«

Zur Grotte und der intimen kleinen Polsterbank, die dort unter einem mit Kletterpflanzen bewachsenen Bogen stand.

Dawns Eingeweide zogen sich bei der Gewissheit zusammen, dass Seth die volle Absicht hatte, diese Frau zu heiraten. Dass er nicht Dawn gehörte. Dass er nicht länger ihr gehörte, war unvorstellbar. Besonders, weil doch alles in ihr nach ihm rief.

Sie huschte durch die Tür zum Garten, ignorierte Lawes spöttischen Blick und steuerte entschlossen den Steinpfad an. Vor sich konnte sie die leisen Stimmen der beiden hören, und sie presste ärgerlich die Lippen zusammen, als sie Seths verführenden Tonfall hörte. Seine Stimme verriet Erregung, sie konnte es hören. Es schnitt ihr ins Herz. Sie wusste nicht, wie sie diesen Schmerz ertragen sollte. Sie brauchte all ihre Selbstbeherrschung, um nicht vor Qual aufzuheulen.

»Mr Lawrence.« Sie achtete auf einen gleichmäßigen, emotionslosen Tonfall, als sie um die Kurve des Pfads ging und die beiden neben der Grotte stehend vorfand.

Erneut umklammerte sie den Griff ihrer Waffe. Seth lehnte sich an den Bogen, einen Ellbogen auf den Holzpfosten gestützt, und strich Miss Carrington gerade eine verirrte schwarze Haarsträhne von der Wange. Die Frau warf ihr einen überaus wütenden Blick zu. Hier lag Zorn in der Luft. Sengender, rasender Zorn, und einen Augenblick fragte sich Dawn, ob es ihr eigener war.

Dawn antwortete mit einem Lächeln und registrierte mit Befriedigung das misstrauische Flackern im Blick der Frau, als sie Dawns Reißzähne im Licht des frühen Abends aufblitzen sah, das durch die schützenden Äste über ihnen hindurchfiel.

»Miss Daniels.« Seth hob den Kopf, und seine metallgrauen Augen glitten über ihre Uniform, die Hand an ihrer Waffe und erwiderten dann ihren Blick.

Sie begegnete seinem Blick mit einem kalten Lächeln. »Ich glaube, der Vorstandschef von Foreman Motors sucht drinnen nach Ihnen, Mr Lawrence«, erklärte sie – eine unverfrorene Lüge. »Ich habe ihm gesagt, dass ich Sie mit dem größten Vergnügen ausfindig machen und direkt zu ihm schicken würde.«

Seths Lippen verzogen sich bitter. »Verstehe«, brummte er, bevor er der ach so reizenden Miss Carrington einen Blick schenkte. »Wie es scheint, muss unsere Diskussion warten, Caroline. Möchtest du mich hineinbegleiten?«

»Nun, ich möchte nicht allein mit ihr hier draußen stehen.« Caroline presste verächtlich die roten Lippen zusammen. »Also wirklich, Seth, ich bin schon seit Tagen hier, und jedes Mal, wenn wir einen Moment für uns allein haben, werden wir gestört.« Sie warf Dawn einen vorwurfsvollen Blick zu.

Ja, ja, sicher, war alles ihre Schuld. Dawn verschränkte die Arme und erwiderte den Blick der Frau kalt, während sie sich mühsam davon abhielt, das Miststück daran zu erinnern, dass sie erst heute angekommen war. Wenn sie es nicht geschafft hatte, Seth in den Tagen davor flachzulegen, dann war das ihre eigene Schuld.

Sie mochte Miss Caroline Carrington nicht. Die Frau war eine Opportunistin der schlimmsten Sorte. Und sie befand sich im Eisprung. Dawn kniff die Augen zu schmalen Schlitzen zusammen und holte langsam Luft – und sie verhütete nicht.

Dawn begann zu zittern und bemühte sich, es zu verbergen. Herrgott noch mal. Sie versuchte aus gutem Grund schon den ganzen Abend, in Seths Bett zu landen, und das nicht nur aus Lust. Sie war fruchtbar. Dachte sie, sie könnte Seth mit einem Trick dazu bringen, sie zu schwängern? Um ihn damit zu einer Heirat zu zwingen? Denn natürlich würde Seth das Miststück dann heiraten.

»Dawn, knurrst du etwa?« Seth starrte sie überrascht an.

Verdammt. »Nein, ich knurre nicht, Mr Lawrence«, gab sie mühsam zurück. »Ich begleite Sie hinein.« Sie warf ihm noch ein angespanntes Lächeln zu.

Seth musterte sie aufmerksam. »Komm, Caroline, ich bin sicher, wir werden nach der Party Zeit zum Reden finden.« Seine Stimme klang nun härter und entschlossener.

»Ich muss Sie zuvor noch treffen, Mr Lawrence«, erklärte Dawn. »Es gibt noch einige Angelegenheiten bezüglich der Sicherheit, die wir besprechen müssen, wenn Sie Zeit haben.« Sie warf der Frau noch ein kaltes Lächeln zu. »Falls Miss Carrington so lange ohne Sie auskommen kann.«

»Wenn es sein muss.« In den braunen Augen der Frau lag eine Herausforderung, die Dawn erkannte. Sie meldete ihren Anspruch auf Seth an. Schön und gut, aber zuerst musste sie an den Breeds vorbei, die sie wie eine lebende Mauer um ihn herum platzieren würde. Sie wollte verdammt sein, wenn sie Seth in eine solche Falle tappen ließ.

Seine Schwester Roni würde ihr das nie verzeihen. Sie würde Dawn das Leben zur Hölle machen, wenn sie das zuließ. Und Roni war ihre Freundin. Dawn kannte sie schon ewig. Roni wäre ihr jahrelang gram, wenn sie zuließ, dass Caroline Carrington sich hinterrücks von Seth schwängern ließ.

Sie tat es also für Roni. Und für sich selbst. Andernfalls würde sie Miss Caroline Carrington noch umbringen.

Sie folgte den beiden zurück zur Party. Während Seth durch die Menge schritt, sah sie sich um, um sich zu vergewissern, dass niemand mithören konnte.

»Haltet Lawrence und sein Betthäschen davon ab, unanständig zu werden, zumindest bis nach der Party«, knurrte sie in ihr Mikro.

Lawes Schnauben war in der Leitung zu hören. »Herrgott, lass dem Mann doch ein wenig Spaß, Dawn. Er lebt schon lange genug im Zölibat, oder nicht?«

Dawn war empört. Was wusste der denn schon? »Wer hat das Kommando auf dieser Party, Lawe?«, fauchte sie. »Nach meinen Informationen habe ich hier das Sagen und nicht du.«

»Wusste gar nicht, dass Seths Liebesleben in deinen Zuständigkeitsbereich fällt«, konterte Lawe spöttisch. »Aber klar, für einen Spaß bin ich immer zu haben. Ich lege ihn trocken, bis du dich mit ihm treffen kannst.«

Sie beherrschte ihr Knurren gerade noch, bevor sie den Blick wieder durch den Saal schweifen ließ, nur um von Seth angezogen zu werden. Er stand neben dem Vorsitzenden von Foreman Motors. Seine grauen Augen musterten sie mit wissendem Spott und einem Anflug von Zorn, den sie in der angespannten Krümmung seiner sinnlichen Lippen und seinem gefährlichen Blick aus schmalen Augen erkennen konnte.

Ihr Herz begann zu rasen, ihr Mund wurde trocken, und ihre Zunge juckte, so sehr, dass sie damit über ihre Zähne fuhr, um das Gefühl zu lindern. Sie war nervös, aufgewühlt und sich viel zu sehr bewusst, dass Seth sie immer wieder ansah. In seinem Blick lag eine Andeutung von Vergeltung, ein Versprechen von Rache in seinen harten Zügen.

Er war wütend auf sie, und er hatte guten Grund dazu. Wann immer er nach Sanctuary gekommen war, hatte sie ihn gemieden wie die Pest und über die Jahre jeden Auftrag in Seths Nähe abgelehnt, den Jonas ihr geben wollte – bis jetzt. Weil sie wusste, welche Gefahr es bedeutete, in seiner Nähe zu sein. Sie kannte die Albträume, die Ängste und den unfassbaren Schmerz, sich von ihm abzuwenden. Doch konnte irgendetwas mehr schmerzen als das? Genau jetzt?

Er ging ihr nahe, und das konnte sie nicht zulassen, denn er wollte sie nicht.

Er ließ ihre Haut kribbeln, ihre Zunge jucken, in dem Wunsch, ihn zu küssen, und ihr Körper sehnte sich nach seiner Berührung. Doch Dawn mochte Berührungen nicht. Von niemandem. Und mit den Jahren war es noch schlimmer geworden. Es war ärgerlich. Es jagte ihr Schauer über den Rücken und brachte alte Albträume wieder zurück. Sie konnte die Albträume nicht ertragen, und sie konnte sich ihnen nicht stellen.

Aber sie wusste auch nicht, ob sie noch einen weiteren Tag lang ohne seine Berührung leben konnte. Ohne seine Zunge an ihrer, ohne seinen Körper, der sich an ihre Haut schmiegte.

Sie unterdrückte ein weiteres Schaudern, als Seths Blick über ihre schwarze Uniform streifte, an ihren Brüsten innehielt, ihren Schenkeln, bevor er wieder zu ihren Augen glitt. Sie konnte ihre Reaktion auf ihn in ihrem Blut pochen fühlen, die ihre Brustwarzen hart werden ließ und ihren Unterleib anspannte, während ihr Geschlecht erwachte mit der Feuchte, die nur er hervorrufen konnte, um sie zu quälen.

Sexuelle Reaktion. Sie wusste, was es war. Sie wusste es, und es machte ihr Angst, während zugleich das Blut in ihren Adern pochte wie in Vorfreude. Vorfreude auf etwas, dem nachzugeben er nicht die Absicht hatte.

Sie zwang sich, sich abzuwenden und zurückzukehren, zur Party und zu der mühseligen Aufgabe, für seine Sicherheit zu sorgen. Seth war keine große Hilfe dabei. Er war einer der führenden Fürsprecher und Unterstützer der Breeds, und daher nahmen die Breeds seine Sicherheit sehr ernst. Sein Tod, zum jetzigen Zeitpunkt, wäre eine mittlere Katastrophe.

Sie ignorierte die leise Stimme in ihr, die vor Wut aufheulte bei dem Gedanken, dass Seth etwas zustoßen könnte. Ihre Handflächen waren feucht, und ihre Instinkte überhitzten sich. Seth durfte nichts zustoßen. Es war ihr Job, ihn zu schützen, und sie versagte nicht. Nicht mehr. Sie hatte versagt, als sie jünger gewesen war. Da hatte sie darin versagt, sich selbst zu schützen und die anderen vor der kommenden Gefahr zu warnen. Sie hatte versagt, die Stärke zu finden, die sie brauchte, um sich zu wehren.

Doch jetzt war sie stark. Sie wusste sich zu wehren. Sie konnte sich selbst schützen und jene, die ihrem Schutz anvertraut waren. Und Seth konnte das und sie hassen, soviel er wollte. Aber sie würde ihn schützen. Wenn nötig, mit ihrem Leben.

Die Tür schlug mit einem derartigen Knall zu, der eine andere Frau hätte zusammenzucken lassen. Dawn warf lediglich einen kurzen Blick dorthin und dann auf Seth, der mitten in seinem Büro stand, sich die Krawatte vom Hals zerrte und sie dabei finster ansah.

»Was in aller Welt war denn so verdammt wichtig?«, fragte er barsch mit wütendem Blick.

Dawn presste die Lippen zusammen. »Deine kostbare Miss Carrington ist gerade nackt in dein Schlafzimmer geschlichen. War dir das bewusst?«

Er kniff die Augen zusammen. »Ich wusste es nicht, aber was geht dich das an?«

»Sie befindet sich im Eisprung, und sie verhütet nicht. Schlaf mit ihr, und sie wird schwanger.« Bei dem Gedanken ballte sie die Fäuste.

»Herrgott, denkst du, ich überlasse so etwas den Frauen, die ich vögle?«, fragte er ungläubig, und seine Stimme wurde lauter, während er sie finster ansah, mit Überheblichkeit in den scharfen Zügen. »Und ich frage dich noch einmal, was dich das angeht.«

Dawn fühlte die Wellen von Zorn und Erregung, die inzwischen von ihm ausgingen. Sie strichen über ihre Haut, heizten sie auf und machten sie nervös. Deshalb war sie so ungern in Seths Nähe; er machte sie nervös. Brachte ihr die Tatsache, dass sie eine Frau war, zu sehr zu Bewusstsein, und dass sie noch nie einen Mann mit Vergnügen berührt hatte. Dass sie nie die Berührung eines Geliebten kennengelernt hatte.

Sie trat einen Schritt zurück. »Du hast recht, das geht mich nichts an.«

In ihrem Kopf explodierte etwas. Eine Wahrnehmung, ein Instinkt, aus dem sie nicht schlau wurde. Sie schüttelte den Kopf und spürte, wie ihre Lippen sich zu einem Knurren verzogen, als Seth einen herzhaften Fluch von sich gab.

»Ist das alles, was du mir sagen wolltest?« Seine dunkle Stimme klang nun kälter.

Dawn konnte die Erregung, die von ihm ausging, wittern, und das machte sie sauer. Sie hatte kein Recht, wütend auf ihn zu sein. Sie hatte kein Recht, sich Gedanken zu machen, mit wem er schlief.

»Scharf darauf, in dein Bett zu kommen, Mr Lawrence?« Das Knurren in ihrer Stimme schockierte sie, der Zorn, der sie durchflutete. »Ein bereitwilliges Opfer für Miss Carringtons Pläne für eine bevorstehende Hochzeit?«

»Tja, ich werde nicht jünger, Agent Daniels«, gab er spöttisch zurück. »Und ich habe ein einsames Bett langsam verdammt satt.«

Dawn zuckte zusammen bei dem Vorwurf in seiner Stimme, während zugleich etwas Animalisches, etwas, das sie nicht verstehen konnte, in ihrem Herzen zu pochen begann. Das Blut rauschte durch ihren Körper, und die Erkenntnis setzte sich in ihrem Kopf fest: Er würde es tun. Er würde zu dieser Frau gehen und seinen Samen in sie verströmen. Er würde sich tatsächlich von einer anderen Frau anfassen lassen.

Diesmal versuchte sie gar nicht erst, das Knurren in ihrer Stimme zu unterdrücken.

»Nein!«

»Wie bitte?« Er hob die Augenbraue, und Sarkasmus lag in seiner Stimme. »Du hast in der Sache nichts zu sagen, Agent Daniels. Dein Job ist es, dafür zu sorgen, dass ich während des Aktes nicht entführt werde; er besteht nicht darin, mich vom Akt selbst abzuhalten.«

Ihre juckenden Finger verkrampften sich. Ihre Zunge fühlte sich dick und geschwollen an. Ein merkwürdig würziger Duft begann ihre Sinne zu erfüllen, als sie versuchte, genug Luft in ihre Lungen zu pumpen, um nicht an ihrer Wut zu ersticken.

»Sie liebt dich nicht, und du sie nicht«, zischte sie.

Darauf lachte er, ein spöttischer Laut, der wie Glassplitter über ihre Nervenenden kratzte.

»Liebe ist nicht erforderlich«, erklärte er.

Hitze breitete sich krampfartig in ihrem Unterleib aus, und Ablehnung raste durch ihren Kopf.

Dazu würde es nicht kommen. Sie würde es nicht zulassen.

»Falls Sie nun nichts mehr benötigen, Agent Daniels«, seine Stimme klang knapp und angespannt vor Ärger, »ich glaube, da ist jemand, der auf mich wartet.«

Jemand, der auf ihn wartet? Ein fruchtbares Miststück, das die volle Absicht hatte, ihm seinen Samen abzujagen und ein Kind zu empfangen, das ihn für immer an sie ketten würde?

»Nein!«

Er presste die Lippen zusammen, und seine Augen verdüsterten sich. Seth mochte kein Breed sein, aber er war trotzdem gefährlich stark. Als ehemaliger Soldat der Special Forces hatte er gelernt, in den gewalttätigsten Gossen der Welt zu kämpfen, bevor er das Unternehmen seines Vaters übernahm.

Er schüttelte den Kopf, und seine Lippen verrieten Abscheu. »Jonas hat einen Fehler gemacht, als er dich hierher geschickt hat. Geh zurück nach Sanctuary.«

Dawn schüttelte den Kopf. Sie konnte es nicht glauben. Sie konnte ihm nicht glauben.

»Du würdest dich so von ihr austricksen lassen?« Nicht einmal sie selbst erkannte ihre eigene Stimme wieder. Sie konnte nicht denken. Sie konnte nicht atmen. Ein Nebel schien sich vor ihre Augen und um ihren Verstand zu legen und machte es ihr schwer, die so hart erarbeitete Kontrolle zu finden, um die sie die letzten zehn Jahre gekämpft hatte.

»Es ist nur ein Trick, wenn man nicht Bescheid weiß«, wandte er spöttisch ein. »Ich werde nicht jünger, Dawn, und ich habe es verdammt satt, immer geil ins Bett zu gehen. Wenigstens ist sie Frau genug, um sich zu holen, was sie will.«

Er wandte sich von ihr ab.

Er ging. Er wollte wirklich hinausgehen? Zu dieser ovulierenden Kuh, die nackt in seinem Schlafzimmer wartete?

Einen Teufel würde er tun!

Sie wusste nicht, wer mehr überrascht war von dem bösartigen Knurren, das aus ihrer Kehle drang: Seth oder sie selbst. Er drehte sich unvermittelt wieder zu ihr um, und Überraschung huschte über sein Gesicht, als sie ihn an den Oberarmen packte, kräftige Arme, muskulös und hart wie Stahl. Sie stand auf Zehenspitzen, an seine Brust gedrückt, umschlang mit einer Hand seinen Nacken und zog ihn zu sich.

Ihre Lippen trafen seine. Sie waren gerade weit genug geöffnet, um ihre Zunge hindurchgleiten zu lassen. Würzige Hitze erfüllte ihren Mund, und sie teilte sie mit ihm. Streifte über seine Lippen, seine Zunge, während sie fühlte, wie seine Arme sie umschlangen, sie an sich rissen und er den Kopf senkte. Seine Lippen umschlossen ihre Zunge, und ein gebrochener Aufschrei stieg ihr in die Kehle, als er begann, das feurige Hormon von ihr zu saugen.

Es erfüllte sie beide, drang in ihren Blutkreislauf und jagte die Lust durch ihren Organismus wie ein Erdbeben. Sie wollte in ihn hineinkriechen. Nein, sie wollte ihn in sich spüren. Sie wollte seinen harten Körper über sich spüren, seinen kräftigen Schaft, der sich in diesem Augenblick an ihren Bauch drückte, in sich fühlen.

Sie wollte ihn, und zwar auf der Stelle. Hart, heiß und tief.

Sie wollte ihren Gefährten.

6

Das hatte er nicht gewollt, dachte Seth benommen. Er war wütend gewesen, als sie ihm und Caroline nach draußen gefolgt war. Er wollte die andere Frau ohne zu viel Zorn nach Hause schicken, ohne sie zu verletzen oder zu demütigen.

Caroline war eine Freundin gewesen. Er liebte sie nicht, sie liebte ihn nicht, und sie beide wussten es. Sie wären ein gesellschaftlich passendes Paar gewesen, nicht mehr. Aber es hätte Kinder gegeben, ein Vermächtnis, jemanden, den er lieben konnte, und von dem er bedingungslos geliebt werden würde. Doch in dem Augenblick, als er Dawn heute gesehen hatte, war ihm klar gewesen, dass es dazu nicht kommen würde.

Genau deshalb hatte er seine Vereinbarung mit Dash getroffen. Und jetzt war es passiert. O Gott, sie schmeckte so verdammt süß, so heiß. Er leckte und saugte an ihrer Zunge und stöhnte dann vor drängender Lust, als sie an seiner saugte.

Und er berührte sie. Zerrte ihr Shirt aus der Hose, stöhnte an ihren Lippen, knabberte daran, während sie ihre Hände in sein Haar krallte und ihn an sich drückte.

Ihre Lippen bewegten sich unter seinen, und sie stöhnte für ihn. Kehliges Stöhnen, das mit leisen Schnurrlauten vibrierte. Der Klang jagte ihm direkt in die Lenden und ließ sein Glied anschwellen. Er war heißer und erregter, als er es je gewesen war. Und er riss ihr das Shirt vom Leib. Er hörte den Stoff reißen und verfluchte sich selbst. Er verfluchte sich, doch er konnte sich nicht davon abhalten, diesen schlichten BH zu enthüllen, der ihre Brüste perfekt für ihn hielt.

»Seth.« Sie flüsterte seinen Namen, und er konnte gar nicht glauben, dass sie so leise und hungrig klang. Dass ihr das über die Lippen kam.

Und dann ihre Hände. Als er das Shirt von ihren Schultern schob und mit den Lippen über ihren anmutigen Hals abwärts strich, spürte er, wie die Knöpfe an seinem Hemd absprangen, hörte er Stoff reißen.

Verdammt, noch nie hatte er eine Frau derart drängend begehrt, noch nie Verlangen so tief in sich brennen gefühlt.

Dann lagen ihre Hände an seiner Brust. Ihre Finger schoben sich durch den Haarflaum, der seinen Oberkörper bedeckte, und sie schnurrte. Ein richtiges, absolut echtes Schnurren kam über ihre Lippen, und der Klang ließ ihn beinahe schon in seiner Hose kommen.

Seth bog den Kopf nach hinten, sah sie an, und Gott helfe ihm, von diesem Augenblick an wusste er, wenn er Dawn nicht berührte, sie liebte und sie kostete, dann wäre er vollständig allein. Denn keine Berührung einer anderen Frau würde ihm je genügen.

Dawn starrte auf ihre Hände, die sich auf die weichen kurzen Kringel auf Seths Brust drückten. Der leichte Flaum war warm von seiner Körperwärme, die kurzen Löckchen kitzelten ihre Handflächen und seine erhitzte Haut wärmte sie.

Sie starrte auf ihre Finger, so klein an seiner breiten muskulösen, behaarten Brust, und sie spürte, wie ihr die Knie weich wurden bei der Erkenntnis, dass sie ihn nun endlich berührte. Ihn berührte und küsste. Und sie konnte ihn kosten.

Sie lehnte sich vor, drückte die Lippen auf seine Haut, öffnete sie und ließ ihre Zunge darübergleiten. Seine Muskeln zuckten, und ein heftiges Stöhnen drang aus seiner Kehle.

»Du magst meine Berührung?«, flüsterte sie ehrfürchtig und

sah zu ihm auf, sah die dunklen Gewitterwolken in seinen Augen und die Röte auf seinen Wangen.

»Mögen ist das falsche Wort.« Er biss die Zähne zusammen, während sie die Finger um seine flachen, harten Brustwarzen kreisen ließ.

Nein, mögen war nicht das richtige Wort, wenn sich das auch nur annähernd so gut anfühlte wie seine Hände auf ihr.

»Seth?« Sie keuchte, versuchte zu Atem zu kommen, als so viele Empfindungen auf einmal auf sie einstürmten, unbekannte Empfindungen, eine Lust, die anders als alles war, was sie geglaubt hatte, in seinen Armen zu erfahren.

»Alles, Dawn.« Er musste die Frage in ihrer Stimme gehört haben; vielleicht hörte er die Sehnsucht, die sie nicht verbergen konnte.

»Berühr mich!« Sie versuchte, zu atmen.

Sie fühlte sich berauscht, durcheinander. Seine Hände lagen an ihren Hüften, seine Finger hielten sie fest und streichelten sie, doch sie brauchte mehr. Das Sehnen brannte in ihr, an Stellen, die sie gar nicht beschreiben und nicht lindern konnte.

»Dawn.« Er senkte den Kopf, als könne er sich nicht davon abhalten, und ihr Kopf fiel mit einem Aufstöhnen nach hinten, als er sich über sie beugte und seine Lippen an die Wölbung ihrer Brüste über dem BH drückte. »Lieber Gott, Dawn. Du schmeckst wie das Leben selbst.«

Schauer der Lust jagten ihr durch den Leib, als er mit seiner Zunge über ihre Haut fuhr. Er berührte noch nicht einmal ihre sehnsuchtsvollen Brustwarzen, und sie war kurz davor, vor Lust zu schreien.

»Seth, ich brauche mehr.« Sie bog sich in seinen Armen, fühlte, wie sie sie umschlangen, wie seine Hände sich flach an ihren Rücken legten, sie enger an ihn drückten und den Verschluss ihres BHs lösten.

Sie würde noch ohnmächtig werden vor Sauerstoffmangel und Lust. Seine Hände griffen ihre Schultern, und seine Zunge glitt über eine ihrer Brustwarzen. Ihre Nägel gruben sich in seine Haut, als er sie mit den Lippen bedeckte und in den Mund saugte.

Und noch immer war es nicht genug. Bevor sie ohnmächtig werden würde, wollte sie alles kennenlernen. Denn sie wusste genau, dass sie ohnmächtig werden würde. Rasende, weiß-glühende Blitze jagten von ihren Brustwarzen in ihren Unterleib. Dawn spürte, wie die empfindsame Haut zwischen ihren Beinen feucht wurde, wie ihre Klitoris pochte und ihr Herz klopfte.

Und wenn sie nicht ein wenig Linderung bekam – sie hatte in der Vergangenheit unter der Erregung gelitten, aber das war nichts im Vergleich zu dem hier –, würde sie sterben.

»Seth, bitte.« Sie wand sich in seinen Armen, als er sich der anderen Brust widmete, saugte und leckte, mit Zähnen und Zunge, und ihre Sinne schwinden ließ.

»Es ist nicht genug«, keuchte sie, wollte sich noch enger an ihn drücken, in ihn hineinkriechen. »Seth, hilf mir. Es ist nicht genug.«

Seine Hand glitt von ihrem Rücken an ihren Po, hielt kurz an ihrem Oberschenkel inne und glitt dann weiter nach vorn zwischen ihre Beine.

Beide erstarrten. Sein Atem ging schwer in der Stille des Arbeitszimmers. Er hatte seine Stirn an ihre Brust gedrückt, während seine Hand sich zwischen ihren Beinen bewegte.

»Ich werde nicht aufhören«, stöhnte er, und seine Stimme klang gequält. »Dawn, wenn wir so weitermachen …«

»Hör nicht auf«, hauchte sie heiser. »Seth, bitte.«

Sie fühlte sich nahe, so nahe an einer Wonne, die sie nicht beschreiben konnte. Die sich ihr immer entzogen und sie dabei so viele Jahre lang gequält hatte.

Bevor sie vor Enttäuschung aufschreien konnte, entzog er ihr seine Hand zwischen ihren Beinen, ebenso wie die andere Hand an ihrem Rücken. An ihrem Bauch tauchten seine Hände wieder auf und zerrten an den Metallknöpfen ihrer Hose, bevor er eine Hand hineinschob.

Dawn erstarrte und sah zu ihm auf, als er den Kopf hob und die Hand in ihr Höschen gleiten ließ. Seine Finger bewegten sich über ihrem Bauch, langsam, ganz langsam.

»Ich kann deine Hitze schon spüren.« Er verzog das Gesicht, und seine Züge waren angespannt. »Ich weiß, dass du feucht bist. So feucht für mich, Dawn. Ich habe davon geträumt, dich so zu berühren. Deine Süße an meinen Fingern zu spüren.«

Sie zuckte zusammen, als seine Finger durch die reiche Feuchte glitten, die ihre bloße Scham bedeckte. Sie glitten zwischen ihre Schamlippen, streichelten sie, und sie erhob sich auf die Zehenspitzen und gab ein langes, verzweifeltes Aufheulen von sich, als er seine Handfläche an ihre pralle Klitoris drückte.

»Gott, ja!« Wild und kehlig vor Erregung drang seine Stimme in ihre Sinne und hüllte sie in Erotik. »Verdammt, Dawn. Das ist nicht genug.« Mit der anderen Hand schob er ihre Hose nach unten und zog dabei das Höschen mit.

Er zog beides über ihren Po, bemühte sich, sie über ihre Beine zu streifen und ging dann vor ihr auf die Knie.

»Was machst du da?« Mit großen Augen, unsicher und so heiß, dass sie den Schweiß über ihren Rücken laufen fühlte, starrte sie auf ihn hinunter.

Das teure Seidenhemd hing um seine Schultern, vorn offen, und enthüllte seine Brust, als er mit den Händen ihre Beine griff und sie ermutigte, sie zu spreizen.

»Nur kosten«, flüsterte er, und seine Züge verrieten sinnliches Drängen. »Nur kosten, Dawn. Genau hier.« Und er senkte den Kopf an ihre feuchte Haut.

»Seth, mach die Tür auf.« Wütende Fäuste hämmerten an die Tür. Dawn knurrte, und Seth gab ein Schimpfwort von sich.

Er starrte auf ihre Schenkel, auf die feuchte Haut, so prall und voll Sehnsucht nach ihm. Sie wusste nicht, wie sich das anfühlte; sie hatte davon geträumt, dass er sie beinahe dort berührte, ihr beinahe Linderung verschaffte, und jetzt war der Traum so kurz vor der Erfüllung.

Er fuhr sich mit der Zunge über die Lippen und lehnte sich vor.

»Mach die Tür auf, oder ich finde jemanden, der sie für mich öffnet. Bist du verletzt? Hat diese Katzenschlampe dir wehgetan, Seth?« Falsche Hysterie hallte durch das Holz der Tür, und Seth kam eilig auf die Füße, zog Dawns Hose wieder hoch und knöpfte sie rasch zu.

Dawn starrte ihn schockiert an, während er versuchte, das Shirt wieder über ihre Schultern zu ziehen.

»Verdammt, ich habe dein Shirt zerrissen.« Er starrte es an, als sei er entsetzt darüber.

»Seth. Mach die Tür auf.«

»Seth, fass sie nicht an«, flehte Dawn. Sie hielt ihn auf, als er ihr Shirt richten wollte, sah zu ihm auf und fühlte die Qual, den Schmerz, der sie durchfuhr bei der Erinnerung daran, dass er die andere Frau in den Armen gehalten hatte. »Bitte. Nicht in meiner Gegenwart. Fass sie nicht an.«

Schmerzhaft verzog er das Gesicht.

»Seth, verdammt!« Reine Wut erfüllte den Raum. Dawns Wut.

Ein bitterer Fluch drang über seine Lippen, als er entschlossen zur Tür ging, sie aufschloss und aufriss.

Dawn blieb da stehen, wo sie war; sie hätte sich nicht vom Schreibtisch wegbewegen können, hätte sie gemusst. Sie zog das Shirt nicht über den schwarzen BH, und sie errötete nicht, als Carolines Blick erst auf sie fiel, dann auf Seth.

Caroline registrierte den halb bekleideten Zustand der beiden, die zerrissenen Hemden und die Kratzer auf Seths Schultern. Und von denen hatte er so einige, dachte Dawn zufrieden.

Caroline hatte einen dramatisch blutroten Umhang um den Körper geschlungen, und ihre Brüste wogten wütend, als sie Seth angewidert ansah.

»Ich kann es nicht glauben«, höhnte sie. »Zerrissene Kleider, Kratzer.« Sie schnippte mit den Fingern an seine Schulter. »Du machst hier mit dieser Tierschlampe herum, während ich oben auf dich warte.«

»Das reicht, Caroline«, fauchte Seth mit zunehmendem Zorn im Tonfall. »Was hier passiert ist, war meine Schuld. Nicht ihre.«

»Ich glaube, ich habe dich zuerst geküsst.« Dawn schickte ein angespanntes Lächeln in Richtung der anderen Frau, als diese den Blick wieder auf sie richtete.

»Verdammt, Dawn.« Seth drehte sich um und sah sie finster an.

Sie erwiderte seinen Blick entschlossen. Wenn er diese schwarzhaarige Schlampe nicht loswurde, würde sie ihr eigenhändig mit den Fingernägeln die Augen auskratzen.

Carolines Finger verkrampften sich zu Klauen. »Wir müssen reden«, fuhr sie Seth herrisch an. »Sofort.«

»Er ist beschäftigt«, erklärte Dawn, als Seth gerade antworten wollte. »Oder ist Ihnen das nicht aufgefallen?«

Ein unattraktiv fleckiges Rot trat in Carolines Gesicht, und sie sah Dawn mit hervortretenden Augen an.

»Dieses unverschämte Ding.« Sie zeigte mit einem zitternden Finger auf Dawn. »Schaff sie dir vom Hals, sofort!«

»Sie ist ja so melodramatisch, Seth«, meinte Dawn so ruhig wie möglich, trotz der Qual, die ihre Eingeweide verkrampfte. Seth stand zwischen beiden und starrte Dawn an, als hätte er sie noch nie zuvor gesehen. »Wie hältst du das nur aus? Ich hätte sie schon längst von einer Klippe gestoßen.«

»Seth.« Blutrote Nägel krallten sich ins Seths Arm.

Dawns Blick fiel auf den Hautkontakt, und sie sah rot. Sie sah Blut vor ihrem inneren Auge rinnen, und reine Wut begann ihre Sinne zu vernebeln.

»Dawn!« Seths Stimme, befehlend und scharf, holte sie zurück. »Wir reden später.«

Sie erwiderte seinen Blick finster und richtete sich am Schreibtisch auf.

»Wie bitte?« Sie brachte die Worte kaum über die Lippen.

»Ich sagte, wir reden später«, fuhr er sie an. »Viel später.«

Er drehte sich um, packte Caroline am Handgelenk und zog sie aus dem Raum, während Dawn fassungslos zusah und sich verraten fühlte.

Sie würden später reden?

Sie ging zur Tür und hörte Caroline keifen wie ein Fischweib, als Seth sie die Treppe hinaufzog. Dawn folgte langsam, lautlos, mit katzenartiger Verstohlenheit, als sie ihnen hinterherging.

Ihr Instinkt, gepflegt und geschärft über die Jahre, leitete sie. Der Paarungsrausch loderte in ihr, und das Tier lag so nah unter der Oberfläche, dass sie dessen Wildheit förmlich schmecken konnte. Und das Tier war rasend vor Wut, dass ihr Gefährte sich in Gegenwart einer anderen Frau von ihr entfernte.

Gott helfe ihr, wenn er sie mit in sein Zimmer nahm. Wenn er die Tür zu seinem Privatraum schloss und diese Frau mit sich nahm. Sie wäre nicht fähig, ihren Schmerz oder ihre Wut zu kontrollieren. Selbst jetzt brannte beides in ihr, so intensiv, wie die Erregung sie nur Augenblicke zuvor durchfahren hatte.

Sie war noch immer feucht für ihn, ihre Haut verlangte noch immer lautstark nach seiner Berührung. Er öffnete eine Tür in ein anderes Zimmer und schob Caroline hinein.

Sie erstarrte und sah mit schmalen Augen zu, als er sich umdrehte und sie sah. Er blieb im Türrahmen stehen. Seine Miene war unergründlich, und seine Augen waren fast schwarz vor Begierde.

Sogar auf die Entfernung, die sie trennte, konnte sie seine Erregung wittern. Sie konnte sie wittern, beinahe schmecken, und sie gehörte ihr. Er gehörte ihr.

Dann trat er ins Zimmer und schlug die Tür hinter sich zu, während Caroline eine Litanei wütender Flüche keifte.

Dawn ging über den Flur, ohne sich der raubtierartigen Bewegungen bewusst zu sein, der Gewalttätigkeit, die beinahe in der Luft um sie herum greifbar war.

»Caroline ist ein Miststück, nicht wahr?«, ließ sich eine belustigte Männerstimme von einer Türöffnung direkt vor ihr vernehmen.

Dawn blieb stehen, als der Mann heraustrat, und hielt gerade noch das Knurren zurück, das über ihre Lippen wollte.

Er lächelte arrogant beschwichtigend und hob die Hände, während sein Blick etwas vertraulicher über sie glitt, als ihr lieb war. Als hätte er ein Recht dazu. Doch er hatte kein Recht dazu.

Sein dunkelblondes Haar war raspelkurz geschnitten und verbarg beinahe die Tatsache, dass es schon langsam grau wurde. Braune, blutunterlaufene Augen, die den Einfluss von Alkohol verrieten, der die Heiterkeit mancher Menschen förderte.

Sie blieb vorsichtig stehen und beobachtete ihn wie eine Klapperschlange, bereit zum Zuschlagen. Ihre Hand ruhte am Griff ihrer Waffe, und sie knurrte warnend.

»Ja, Caroline macht damit jeden sauer.« Er lächelte und lehnte sich mit der nackten Schulter an die Wand. Er trug nur Hosen und sonst nichts. Seine gebräunte Brust und die Bauchmuskeln waren schlaff und unattraktiv. »Ich wollte gerade zu Bett gehen, als ich hörte, wie sie Seth mit Flüchen überschüttete.« Er ließ den Blick wieder über sie gleiten. »Sie hat allen Grund, sauer zu sein.«

Er flirtete mit ihr. Sie gehörte aber nicht ihm, sondern zu dem Mann, der sich derzeit im Schlafzimmer einer anderen Frau aufhielt.

»Möchten Sie einen Drink?« Er wies mit einer Kopfbewegung in sein Zimmer. »Ich heiße Jason, Jason Phelps. Mein alter Herr war ein Freund von Seths Vater. Ich bin harmlos, versprochen.«

»Und ich bin vergeben«, antwortete sie in gefährlichem Ton und wollte langsam an ihm vorbeigehen.

»Vielleicht sollten Sie Seth möglichst bald daran erinnern.« Er grinste, als sei er nicht gekränkt. »Caroline kann sehr überzeugend sein, wenn es darauf ankommt.«

Dawns Lächeln entblößte ihre Zähne, ein aufblitzendes Versprechen von Gewalt. »Keine Sorge«, erklärte sie leise, »er wird sich daran erinnern.«

Das Paarungshormon pulsierte durch Seths Organismus, so wie durch ihren. Sie hatte sein Unbehagen gespürt, als das Miststück ihn angefasst hatte, und erneut, als er gezwungen gewesen war, sie zu berühren. Nein, Caroline würde kein bisschen überzeugend sein – heute Nacht.

Sie behielt den Fremden im Auge, als sie an ihm vorbeiging, und auch danach blieben ihre Sinne wach und folgten ihm, als sie zu ihrem Zimmer ging.

Man konnte ihm nicht trauen. Sie konnte nicht genau sagen, wieso. Vielleicht lag es am Alkohol, von dem er offensichtlich zu viel getrunken hatte, oder an der Lust, die er gar nicht verbergen wollte, als er auf die zerrissenen Ränder ihres Shirts starrte. Sie wusste nicht, was es war, aber es jagte ihr einen Schauer über den Rücken.

»Hey, warten Sie.«

Sie drehte sich auf dem Absatz um und ging beinahe in geduckte Kampfhaltung, als er aus dem Zimmer trat. Automatisch griff sie an ihre Waffe und spürte ein Gefühl von Gewaltbereitschaft in sich aufsteigen.

»Hey, langsam, Kleine.« Er hob die Hände, und sein Lächeln war beinahe ein Lachen auf ihre Reaktion, während sie sich straffte. »Ich wollte nur reden. Liebe Güte, unten sind alle entweder betrunken oder reden nur übers Geschäft. Sie sind nüchtern. Sie sind vielleicht nicht ganz richtig im Kopf, aber hey, niemand ist perfekt, oder?«

»Halten Sie sich fern von mir, Jason Phelps«, sagte sie und richtete sich langsam auf. »Es ist keine gute Nacht.«

»PMS?« Er zog wissend die Augenbrauen nach oben.

»Sie haben keine Ahnung«, antwortete sie kalt, bevor sie sich umdrehte und an dem Zimmer vorbeiging, in dem Seth offensichtlich bemüht war, Caroline zu besänftigen.

Sie konnte nicht hören, was gesprochen wurde, aber Carolines Toben übertönte seine Stimme. Dawn lächelte angespannt und ging weiter über den Flur, bog dann in den nächsten Korridor ein und steuerte ihr Zimmer an.

Als sie gerade den Türknauf berühren wollte, stutzte sie. Langsam inhalierte sie, holte dann das Headset aus ihrer hinteren Tasche und steckte den Knopf ins Ohr.

»Feindkontakt. Mein Zimmer«, berichtete sie, noch während sie ihre Waffe zog, entsicherte und bereithielt.

»Bist du im Zimmer?«, kam Dashs Stimme.

»Nein.«

»Bleib in Position. Ich bin unterwegs.«

»Ich komme auf den Balkon«, berichtete Lawe.

»Ich behalte die Treppe im Auge«, meldete Mercury leise.

Alle Breed Enforcer hatten sich gemeldet, als Dash auf dem Flur neben ihr auftauchte, die Waffe an seiner Seite bereit, und den Blick über ihr Shirt gleiten ließ.

Er ging zur Tür, lehnte den Kopf dagegen und inhalierte langsam, während Dawn zu Seths Tür ging. Sie überprüfte sie, biss die Zähne zusammen und nickte dann. Auch hier war jemand gewesen, der hier nichts zu suchen hatte.

Der Duft war merkwürdig, als würde jemand ihn überdecken, aber kaum verbergen.

»Moira, Noble, ihr übernehmt Suite, Balkon und Hintertreppe«, befahl sie über Headset.

Dash warf ihr einen ernsten Blick zu, als sie ihm bedeutete, dass er sich um ihr Zimmer kümmern sollte und sie sich um Seths. Die Suite ihres Gefährten. Jemand hatte es gewagt, dort einzudringen.

Dash nickte langsam.

Er zählte bis zwei, packte den Türknauf und stürmte dann wie ein Schatten des Todes in ihr Zimmer. Dawn ging an die Seite, wartete ab und gab Dash Zeit, den Raum zu sichern und zur Verbindungstür zu gehen, bevor sie dasselbe tat. Sie riss Seths Tür auf, machte eine Rolle hinein und kam hoch, in Bereitschaft, sah sich prüfend im dunklen Wohnzimmer um und bewegte sich zielstrebig zur offenen Schlafzimmertür.

Auch hier war der Duft stark, und sie rümpfte die Nase. Es lag ein menschlicher Duft darunter, aber etwas Beißendes, Moschusartiges überdeckte ihn.

»Sicher«, meldete Dash über das Headset. »Ich gehe zur Verbindungstür.«

Dawn bewegte sich neben die Tür. »In Position.« Ihre Stimme war kaum lauter als ein Flüstern. »Ein Uhr.« Ihre Position in Bezug zur Tür.

Eine Sekunde später kam Dash durch die Tür herein, und sie sah ihn kaum. Selbst mit ihrer Nachtsicht, gesteigert durch Jahre der Arbeit in dunklen Wäldern, glitt er fast unbemerkt an ihr vorbei.

Als sie ihn erblickte, befahl er ihr lautlos, ihm Deckung zu geben, während er sich zum Schlafzimmer bewegte.

Sie stürmten hinein, die Waffen bereit, und ihre Sinne verfolgten den merkwürdigen Geruch bis genau zu den Fenstertüren, die zum Balkon vor dem Schlafzimmer führten, wo sich der Duft langsam in der Nachtluft verlor.

»Wir hatten Besuch«, brummte Dash, als sie die Waffen wieder wegsteckten und Mercury seine Suche nach Sprengstoff und Abhörgeräten begann.

»Scheint so«, antwortete Dawn ebenso leise. Sie gingen zurück ins Wohnzimmer und standen unvermittelt Seth gegenüber.

Das Licht ging an. Eine Seite seines Gesichts war leicht gerötet, und ein langer Kratzer verunstaltete seine finstere Miene. Dawn knurrte vor Wut, dass jemand es gewagt hatte, ihren Gefährten zu schlagen.

»Wenn ich dich noch einmal knurren höre, dann werde ich dich fesseln, knebeln und in diesen verdammten Helijet schaffen, damit der dich dahin zurückbringt, wohin du gehörst.« Sein Blick war auf Dash gerichtet. »Ich habe meinen Teil erfüllt. Jetzt kümmere du dich um deinen. Und verschwindet endlich aus meinem Schlafzimmer.«

Dawn sah ihn schweigend und schmerzerfüllt an.

»Hast du gehört, Dawn?« Seine Stimme war gefährlich leise. »Geh in dein Zimmer, und zwar sofort. Ich habe nicht die Zeit, mich mit diesem Chaos zu befassen oder mit der Hölle, in die du mich schicken willst, also lass uns jetzt einen Schlussstrich ziehen und es hinter uns bringen.«

Er wartete keine Antwort von ihr ab, sondern marschierte durch die Schlafzimmertür in das große Badezimmer und schlug die Tür hinter sich zu.

»Kalt duschen hilft nicht«, sagte sie traurig, als Dash neben ihr stehen blieb.

»Irgendwas hat beim ersten Mal geholfen«, erinnerte er sie mit warnendem Blick. »Sei vorsichtig, falls du vorhast, ihn festzuhalten, Dawn. Es könnte ein zweites Mal helfen.«

7

Seth lehnte den gesenkten Kopf an die Wand der Dusche, während das Wasser über seinen Körper prasselte. Er atmete schwer und schauderte beinahe von der Wonne des Wassers, das seine Haut liebkoste.

Er hatte nicht vergessen, wie es sich anfühlte, doch dieses Mal war es schlimmer. Er konnte Dawn in seinem Mund schmecken wie nie zuvor. Auf seiner Zunge, wenn er sich über die Lippen fuhr, in seinen Sinnen, wenn er versuchte Luft zu holen, ohne sie an seiner Haut zu fühlen.

Es war die schlimmste aller Qualen, eine bittersüße Lust, umhüllt von Begehren, das ihm bis in die Knochen drang und ihn mit rasender Erregung erfüllte.

Sein Schaft war hart wie Eisen und stand schwer und kräftig von seinem Körper ab. Er ließ die Hand nach unten gleiten, umfasste den harten Hodensack und verzog das Gesicht bei der Lust, die über seine empfindsame Haut jagte, während er sich mit der anderen Hand an der Wand abstützte.

Selbst in den schlimmsten Nächten jener ersten Jahre nach seiner Einwilligung, sich von Dawn fernzuhalten, war die Erregung nicht so intensiv gewesen. Und auch nicht das Unbehagen bei der schlichten Berührung einer anderen Frau. Etwas so Banales wie Carolines Hand auf seinem Arm oder seine Hand auf ihrem jagte ihm glühenden Schmerz über die Haut.

Er zwang sich, die Hand zwischen seinen Beinen wieder wegzunehmen, und unterdrückte den Drang, seine eisenharte

Erektion zu packen und sich selbst zum Orgasmus zu bringen. Denn es würde ihm keine Erleichterung bringen – eine weitere Lektion, die er schon vor langer Zeit gelernt hatte. Er könnte rund um die Uhr masturbieren, und es würde ihm absolut nichts helfen.

Er unterdrückte einen Fluch und richtete sich auf, fuhr sich mit den Händen durch das nasse Haar und nahm sich einen Waschlappen von dem Halter neben ihm.

Er seifte ihn ein, wusch sich und spürte jede Faser des Lappens, der über seinen Körper fuhr. Und er ließ ihn an Dawn denken. An ihre Hände, stark und sicher, die seine Schultern packten, an ihre scharfen kleinen Nägel, die darüberschrammten.

Er konnte den harten Wasserstrahl über den leichten Kratzern spüren. Es hatte ihn gar nicht gekümmert, als sie ihm diese beigebracht hatte. Alles, was zählte, war der Geschmack dieses Kusses gewesen, wie eine Droge, eine Kraft, die in ihn floss, eine Woge aus Erregung und Stärke, als er ihre Lippen und ihre Zunge eroberte.

Und als er sich dann abwärts bewegt hatte – er erbebte bei der Erinnerung daran, wie er vor ihr gekniet und auf die pralle kleine Perle ihrer Klitoris gestarrt hatte.

Er biss die Zähne zusammen und unterdrückte ein Stöhnen, als er an den Duft ihrer Haut an dieser intimen Stelle dachte. Wie ein Sonnenaufgang. Als stünde er im Morgengrauen auf seinem Balkon und würde den Ozean riechen. Frisch, rein, verlockend.

Ihm wurde der Mund wässrig bei dem Gedanken, sie zu kosten, bei der Vorfreude, die ihn überkommen hatte, als er beinahe – nur verdammt beinahe – vom Köstlichsten genascht hätte, was Gott je erschaffen hatte.

Und er konnte es nicht haben. Er war ein Narr gewesen, sie

zu küssen. Wahnsinnig, wenn er dachte, er könnte sie jetzt eher haben als vor zehn Jahren.

Was in aller Welt sollte er tun, wenn er sie unter sich hatte, und die Vergangenheit drängte sich in ihren Verstand, und er sah die Furcht in ihren Augen? Das war sein Albtraum, der ihn durch zehn Jahre unruhigen Schlafs verfolgte: Dawns Augen, die sich vor Angst weiteten und mit Tränen füllten, während sie ihn anflehte, aufzuhören, und er war so erregt, so darauf fixiert, mit ihr zu schlafen, dass er an den Toren zum Paradies aufhörte und sie zum Teufel wünschte.

Er schloss die Augen und konnte immer noch die Aufnahmen vor seinem inneren Auge sehen, die Jonas vor Jahren abgespielt hatte. Dawn, kaum mehr als ein Kind, fast um den Verstand gebracht vor Qual und Angst, wie sie zu Gott flehte, während diese Bastarde ihr sagten, dass Gott für sie nicht existiere. Und sie weiter vergewaltigten, während die unmenschlichsten Laute, die er je gehört hatte, von einem Mädchen kamen, das viel zu klein war für die Monster, die es missbrauchten.

Er fragte sich, wenn er denn noch Tränen in sich hätte, ob er sie jetzt vergießen würde.

Doch die Frau, die er unten im Arbeitszimmer in den Armen gehalten hatte, war kein Kind mehr, und sie war ohne Angst gewesen. Eine Verführerin, wild, betörend und begierig. Sie war feucht gewesen und hatte sich nach seiner Berührung gesehnt; sie hatte seinen Namen geflüstert und um mehr gefleht, als er an ihren Kleidern zerrte.

Als er sie gebissen hatte. Er zog zischend die Luft ein. Er hatte sie in den Nacken gebissen, daran gesaugt, sie markiert. Das Mal war immer noch da, sichtbar für alle Welt, und die Welt würde es sehen.

Caroline hatte es gesehen und war außer sich vor Wut gewesen. Und er weigerte sich, sich deswegen schuldig zu fühlen.

Mit Caroline hatte er mehr als nur gelegentlichen Sex in Betracht gezogen, aber er hatte ihr keine Versprechungen gemacht. Im Gegenteil, vor einem Jahr hatte er sie gewarnt, dass er ihr keine Versprechen geben konnte, doch sie hatte nicht hören wollen.

Morgen würde der Helijet von Lawrence Industries Dawn von der Insel nach Hause bringen. Dort war der beste Ort für sie, nicht hier, wo sie ihn wieder anstarrte, mit Qual in den Augen und dem Gefühl, betrogen worden zu sein, weil Caroline sich in seine Arme geworfen hatte.

Dieser Blick ging ihm nicht mehr aus dem Kopf, ebenso wenig wie ihr Aroma in seinem Mund.

Dieses Mal über sie hinwegzukommen würde schlimmer als die Hölle werden. Schlimmer, weil er nun ihren Kuss kannte, das einzigartige Aroma ihrer Begierde, das seidige Gefühl ihrer Haut, den Anblick ihres Verlangens, glitzernd zwischen ihren Beinen.

Aber er würde darüber hinwegkommen. Er hatte es beim ersten Mal geschafft, und er würde es wieder schaffen.

Aber lieber Himmel, beim letzten Mal war es nicht so schlimm gewesen. Selbst in den furchtbarsten Nächten, in der qualvollsten Erregung, die er durchgemacht hatte, war es nicht so schlimm gewesen. Seine Haut hatte nicht vor Verlangen nach ihrer Berührung gejuckt. Sein Glied war nie derart angeschwollen, so unglaublich erregt gewesen, dass selbst Wasser, das darüber lief, unsagbare Lust in ihm entfachte. Aber das alles war nichts im Vergleich zu ihren Lippen an seiner Brust und ihren Nägeln, die über seine Schultern kratzten.

Bevor er sich zurückhalten konnte, schlug er zu, rammte die Faust gegen die Keramikfliesen der Duschwand, und ein wütendes Knurren drang über seine Lippen.

Verdammt. Verdammt sollte sie sein, er hatte um all das

nicht gebeten. Er hatte sich von ihr ferngehalten, und bei Gott, das war es doch, was sie von ihm gewollt hatte, denn sonst wäre sie doch zu ihm gekommen.

Morgen. Dash sollte sie morgen besser in diesen Helijet setzen, sonst konnte er für seine weiteren Handlungen nicht mehr garantieren. Zehn Jahre waren lange genug für einen Mann, um sich wegen einer Frau zu quälen. Er würde sich nicht noch mehr quälen, als er es schon getan hatte. Und wenn sie nicht in diesen Helijet stieg, dann würde sie sich auf dem Rücken wiederfinden, mit seinem Schwanz so tief in sich, dass sie nicht mehr wissen würde, wo er endete und sie begann. Und Gott helfe ihnen beiden, wenn es nicht das war, was sie wollte.

Dawn fand in dieser Nacht keinen Schlaf. Sie drehte und wälzte sich im Bett und hörte, wie Seth hin und her lief. Sie starrte an die Decke und runzelte die Stirn über den Duft von Erregung und Wut, der aus seinem Schlafzimmer herüberdrang.

Sie wollte Bedauern fühlen. Es war offensichtlich, dass er sie dort nicht haben wollte, und noch offensichtlicher, dass er tatsächlich bereit gewesen war, ein neues Leben zu beginnen, irgendwie, mit dieser verdorbenen Hexe an seiner Seite.

Doch sie konnte kein Bedauern empfinden, und sie konnte keinen Sinn erkennen in dem, was sie empfand. Als sei ein Schleier gefallen zwischen der alten Dawn und der, die sich erhoben hatte bei der Erkenntnis, dass Seth eine Geliebte hatte. Dawn erkannte sich nicht wieder.

Als der Morgen am Horizont dämmerte, stand sie auf, duschte, trotz der extremen Empfindsamkeit ihrer Haut, und zog die gesellschaftlich eher akzeptierte Uniform an, die die Breeds trugen, wenn sie in formeller Funktion agierten – und noch immer runzelte sie die Stirn.

Sie trug ein Unterhemd aus Seide unter dem kurzärmligen schwarzen Shirt aus babyweicher Baumwolle. Das schob sie in die eng anliegenden schwarzen Hosen und schnallte ihren Gürtel um, bevor sie das Waffenholster am Oberschenkel befestigte.

Am rechten Ärmel war ein Pumasymbol mit den Initialen B.B.A. – Büro für Breed-Angelegenheiten – aufgestickt. Darunter vier kleine Silbersterne, die ihren Status als Kommandantin anzeigten.

Als Schuhe wählte sie diesmal keine Wanderstiefel, sondern Stiefeletten, die bis an die Knöchel reichten, und steckte einen Dolch in die Scheide an der Seite des rechten Schuhs. Dann ging sie zum Spiegel, der auf der Kommode gegenüber stand.

Darin sah sie eine Frau, die ihr fremd war.

Sie hatte ihr Haar eine Weile nicht schneiden lassen. Die kurzen Strähnen umgaben ihr Gesicht wie ein Flüstern, ein paar Zentimeter länger als normal, und fielen fast bis auf ihre Schultern. Die dunkle Goldfarbe war durchsetzt mit Anflügen von Rot und Dunkelbraun, Schattierungen von Sonnenlicht und Erde. Wie beim Puma. Dem Tier, das sie in sich aufsteigen fühlte.

Sie war nicht groß. Ihre kaum ein Meter zweiundsechzig ließen sich nicht ändern, aber sie konnte mit ihrer Statur umgehen. Was sie nicht durch Größenvorteil erreichen konnte, hatte sie durch Berechnung und Heimtücke zu erreichen gelernt. Sie konnte einen Breed, der um einiges größer war als sie, zu Fall bringen, und das ohne einen Kratzer, denn sie konnte um ihn herum, unter ihn wirbeln, konnte ihn da treffen, wo es wehtat, und seine Größe gegen ihn einsetzen.

Doch trotzdem war sie eine Frau. Ihre Brüste hatten genau die richtige Größe für Seths Hände. Er hatte letzte Nacht seine Hände mit ihnen gefüllt und gestöhnt, weil sie so gut hineinpassten. Ihr Bauch war flach, ihre Beine gut geformt. Sie war keine schöne Frau, nicht im Vergleich zu der kühlen, dunklen Schönheit von Caroline Carrington.

Aber Seth gehörte ihr.

Ihr stockte der Atem bei dem Gedanken, ihn zu verlieren. Sie hatte gelitten; sie hatte darum gekämpft, Stärke zu gewinnen, die finsteren Albträume weit genug hinter sich zu lassen, um ihren Mut zusammenzunehmen und vielleicht, eines Tages, dafür zu sorgen, dass sie dort war, wo er sich aufhielt, um zu sehen, ob es eine Chance für sie beide gab.

Sie hatte versucht, einen Weg zu finden, wie sie eine Frau sein konnte, anstelle des verängstigten Kindes, das Dayan so einfach benutzt hatte, doch vielleicht hatte das zu lange gedauert. Liebe konnte zu Hass werden, das hatte sie gehört. Hatte der Rausch, der sie gequält hatte, auch ihn gepeinigt, bis es so weit gekommen war?

Sie fuhr sich mit den Händen übers Gesicht und besah wieder ihr Spiegelbild. Ihre Züge waren beinahe katzenartig. Die hohen Wangenknochen, das schmale Gesicht und das eigensinnige Kinn. Ihre Nase war schmal, etwas kurz und bog sich an der Spitze ein wenig nach oben, wie bei einem kecken Teenager. Das hatte sie immer gehasst. Und sie hatte sich nie etwas aus ihrem Äußeren gemacht, also wieso stand sie jetzt noch hier, während die ersten Sonnenstrahlen über den geschützten Balkon glitten?

Über sich selbst den Kopf schüttelnd holte sie das Headset aus dem Gürtel, klappte es auseinander und befestigte es an ihrem Ohr, bevor sie es aktivierte.

»Bericht«, sprach sie leise in das kleine Mikro.

»Jemand sollte deinen Gefährten vom Balkon hineinholen«, meinte Moira mit ihrem leichten irischen Akzent. »Er sieht besser aus als der Kaffee, den er gerade trinkt.«

Dawn verzog traurig den Mund, und sie dachte sehnsüchtig an eine Tasse Kaffee. Doch sie wusste um das Risiko. Wahrscheinlich würde sie es am Ende ignorieren, aber sie kannte es.

»Nach unten, Moira«, murmelte Dawn, obwohl sie vor besitzergreifendem Zorn knurren wollte.

»Morgendliche Aufklärung der Insel vollständig«, meldete Lawe. »Merc und ich sind gerade zurück. Kein Anzeichen von unautorisierten Landungen oder Gästen auf Abwegen.«

»Wir entfernen uns gerade vom Haus und beginnen das morgendliche Sicherheitsprotokoll.« Das war Noble Chavins raue Stimme.

»Und das ohne meine Schoki in der Früh«, meinte Styx bedauernd. »Mädel, da musst du mit ihm noch drüber red'n.«

Der schottische Wolf-Breed war eine echte Anomalie innerhalb seiner Spezies. Nicht so sehr wegen seiner Vorliebe für Schokolade, sondern wegen seiner allgemeinen Haltung. Styx rastete nicht aus. Er konnte wild werden, und er konnte töten, aber er tat es mit einem Lächeln. Er hatte Spaß, egal was er tat, und er trieb den Rest des Teams damit in den Wahnsinn.

Aber er hatte einen Instinkt für Gefahren, an den kein anderer Breed herankam, und, wenn es um Spurensuche ging, einen unschlagbaren Geruchssinn.

»Hast du Styx seine Schokolade abgejagt, Noble?«, schalt sie ihn spöttisch.

Noble schnaubte. »So eine blonde Granate hat ihn fast die ganze Nacht in seinem Zimmer mit Schokolade gefüttert, Dawn. Ich bin erstaunt, dass er heute noch laufen kann.«

Styx lachte leise. »Der ist eifersüchtig.«

»Und wir haben Funkstillegebiet erreicht«, verkündete Noble – die Umgrenzung des Hauptgeländes um das Anwesen, das sie heute patrouillieren würden. »Kontakt wieder in zwei.«

Zwei Stunden, falls keine extremen Umstände anderes verlangten. Dawn stemmte die Hände in die Hüften und ging zu ihrem Seesack, den sie gestern nicht mehr ausgepackt hatte. Daraus holte sie den Satellitenlaptop. Der Computer mit Satellitenverbindung würde ihr über die Satelliten von Lawrence Industries einen klareren Überblick über das Hauptgelände verschaffen. Sie nahm ihren Organizer aus dem Gürtel, schaltete ihn ein und checkte ihr Postfach nach den Dateien, die sie über Caroline Carrington angefordert hatte.

Schon am Tag zuvor hatte sie einen Teil davon erhalten, doch die Breed-Kontakte in New York hatten ihr für heute noch mehr versprochen. Dateien waren nicht aufgelistet, aber sie hatte zwei Nachrichten von Callan und eine von Merinus. Sie waren nicht als dringend markiert, was bedeutete, dass sie privat waren.

Dawn öffnete sie nicht.

Sie kannte ihren Bruder und seine Frau. Falls eine seiner Nachrichten einen Befehl enthielt, von dem er befürchtete, dass sie ihn ignorieren würde, dann würde Merinus davon wissen, und dann würde Merinus ihrerseits sie sanft unter Druck setzen, damit Dawn seine Seite verstand.

Merinus hatte Callan in den ersten Jahren ihrer Ehe weicher gemacht. Der ungezähmte Killer, der vom Council gedrillte Meuchelmörder, der Callan gewesen war, hatte sich dem sanften Gewicht von Merinus' Liebe gebeugt. Und das war gut so, sinnierte Dawn. Doch als das geschehen war, hatte Callan plötzlich angefangen, seine Aufmerksamkeit auf Dawn zu richten, und er sah Dinge, die sie ihn nicht sehen lassen wollte. Und er versuchte, Dinge wiedergutzumachen, die nie seine Schuld gewesen waren.

»Dein Gefährte hat endlich den Balkon verlassen«, seufzte Moira bedauernd und zugleich erleichtert. »Er sollte wirklich ein Hemd tragen, so früh am Morgen, Dawn.«

Dawn bedachte sie mit einem leisen Grollen. »Starr ihm nicht auf die Brust.«

Moira lachte leise.

»Ankommender Helijet«, meldete Noble. »Lawrence Industries. Hatten wir für heute mehr Gäste erwartet?«

Dawn rief rasch die Informationen auf ihrem Laptop auf.

»Alle Gäste anwesend und erfasst«, erklärte sie, drückte dann den Sicherheitsknopf und schob den Organizer zurück in die Schutzhülle. »Moira, du kommst mit mir. Noble, Styx, nähert euch dem Helijet und verschafft mir Sichtkontakt. Dash, bist du da?«

»Bleibt zurück, der Jet wird erwartet«, kam Dashs Stimme leise übers Headset. »Styx, Noble, zurück auf Funkstille und Tarnung. Dawn, in mein Zimmer.«

Dawn versteifte sich und kniff ihre Augen zu schmalen Schlitzen zusammen, als sie die Resignation in seinem Tonfall hörte. Sie klappte das Mikro hoch und unterbrach so die Sprechfunktion, hielt aber die Verbindung zur Gruppe aufrecht.

Sie ging in ihr Schlafzimmer, schwang die Tür auf, ging zum Flur gegenüber – und sah Seth in das Schlafzimmer gehen, in das er Caroline letzte Nacht gebracht hatte. Sie blieb im Flur stehen und starrte finster auf die Tür, während ein Grollen in ihrer Kehle vibrierte und sie die Fäuste ballte.

Ein Piepsen des Privatkanals im Headset verlangte ihre Aufmerksamkeit. Abwesend hob sie die Hand, klappte das Mikro herunter und drückte auf den Ohrclip.

»Ich warte, Dawn«, sagte Dash ruhig.

Sie seufzte, drehte sich um und ging schnell zu Dashs Suite.

Die Tür wurde bereits geöffnet, als sie näher kam, und Dash musterte sie schweigend, während er zur Seite trat. Er trug Jeans und ein Seidenhemd, und er nahm das Headset vom Ohr, als sie eintrat.

Er war allein. Cassie und Elizabeth waren offenbar noch nicht wach oder anderweitig beschäftigt.

»Wieso der Heli?«, fragte sie vorwurfsvoll, als er die Tür schloss und sich zu ihr umdrehte. »Und warum wurde ich nicht informiert?«

Er fuhr sich mit den Händen durchs kurze schwarze Haar und atmete hörbar aus. »Der Heli soll Miss Carrington nach Hause zurückbringen. Seth schickt sie von der Insel.«

Dawns Lippen verzogen sich zu einem zufriedenen Lächeln. Seth mochte vielleicht im Zimmer dieser Hexe sein, aber er fasste sie nicht an, das wusste sie. Hätte sie etwas anderes gedacht, hätte sich der wilde Zorn, den sie bereits in sich aufsteigen spürte, nicht zügeln lassen.

»Sanctuarys Heli wird ebenfalls gerade vorbereitet. Du sollst deine Sachen packen und zur Heimatbasis zurückkehren. Sobald du dort ankommst, wird man dich auf eine andere Mission schicken.«

Das Lächeln verschwand aus ihrem Gesicht, und sie konzentrierte den Zorn, der in ihr schwelte, auf den kräftigen Wolf-Breed.

»Ich gehe nicht.«

Sie sah zu, wie Dash die Arme vor seiner Brust verschränkte und sie grübelnd ansah. »Du hast einen Befehl erhalten, Dawn«, stellte er schlicht fest. »Ich bin der Befehlshaber hier. Und es ist an dir, den Befehl zu befolgen.«

»Du hast nicht das Recht, mir diesen Befehl zu geben.« Ihre Stimme blieb ruhig und selbstsicher. »Mein Gefährte ist hier, und der Paarungsrausch hat eingesetzt. Du kannst mir nicht befehlen, etwas zu tun, das erfordert, mich von Seth zu entfernen.«

Sie kannte sich mit Breed Law aus, soweit es das Büro für Breed-Angelegenheiten betraf, und sie wusste, dass Dash es ebenso gut kannte. Sie konnten sie nicht zwingen, zu gehen. Das konnte nur Seth.

Sie beobachtete, wie es in Dash arbeitete.

Er wusste das, und sie fragte sich, worin der Sinn lag, einen derart unsinnigen Befehl zu erteilen.

»Ich habe gestern Nacht eine Vereinbarung mit Seth getroffen«, erklärte er dann. »Er schickt Miss Carrington nach Hause, und ich schicke dich zurück nach Sanctuary. Jetzt ist ein heikler Zeitpunkt, denn Seth muss all seine Sinne beisammenhaben, ebenso wie die Breeds, die ihn schützen.«

Dawn hob den Kopf, und ihr wurde schwer ums Herz bei dem Wissen, dass Seth eine solche Abmachung treffen würde.

»Wieso sollte er das tun?«, fragte sie und runzelte die Stirn, während sie versuchte, den Schmerz und die Enttäuschung darüber zu unterdrücken, dass Seth so etwas versuchte.

Dash schüttelte den Kopf. »Zehn Jahre Paarungsrausch, Dawn, die er hinter sich lassen konnte. Zehn Jahre ohne seine Gefährtin. Ohne Linderung. Ich vermute, er möchte diese Hölle nicht noch einmal erleben.«

»Aber jetzt wäre es schlimmer«, antwortete sie leise. »Und ich bin hier. Er ist nicht allein.«

Dash erwiderte ihren Blick ruhig und mitfühlend. »Ist dir bewusst, dass Jonas und Callan vor zehn Jahren Seth Teile der Filmaufnahmen aus dem Labor gezeigt haben, die Callan damals bei der Durchsuchung von Dayans Haus fand?«

Dawn trat argwöhnisch einen Schritt zurück. Wenn ihr vorher schon schwer ums Herz gewesen war, dann spürte sie jetzt reinste Qual.

Sie fuhr sich mit der Zunge über die trockenen Lippen und wandte mühsam den Blick von Dash ab. Sie konnte es in seinen Augen sehen: die Wahrheit, die Gewissheit, dass Seth sie gesehen hatte: als Tier, als eine Kreatur, die knurrte, spuckte und schrie. Verlassen von dem Gott, zu dem sie gefleht hatte.

Langsam schüttelte sie den Kopf. »Das würde Callan nicht tun.« Ihr Bruder würde – konnte – ihr niemals etwas so Abscheuliches antun wie ihrem Gefährten, dem einzigen Mann, dem sie länger in die Augen sehen konnte, die Schrecken zeigen, von denen sie wusste, dass sie geschehen waren. Von denen sie wusste, doch sich nicht an sie erinnern konnte.

»Ich habe heute Morgen mit Callan gesprochen«, teilte Dash ihr mit. »Er macht sich im Augenblick noch mehr Sorgen um dich als damals, Dawn. Er wollte dir unbedingt die Zeit geben, Selbstvertrauen zu finden und hinwegzukommen über das, was Dayan dir all die Jahre angetan hat, in denen du hättest frei sein müssen. Er dachte, er würde dich schützen.«

»Nein!« Sie hob die Hände und schüttelte blinzelnd den Kopf. »Nein. Er hat mir das nicht angetan.« Ihr Aufschrei war ein gebrochener, ungezähmter Laut.

O Gott, Seth hatte diese Bilder gesehen. Die Bilder, die das Council zu den Akten gelegt hatte, die Callan vor ihrer Flucht stehlen konnte.

Ihre Lippen öffneten sich leicht, als sie nach Luft rang und sich zwang, den Schmerz, der auf sie einhämmerte, unter Kontrolle zu bringen. Gott, wann würde das bloß enden? Wann hätten Schmerz und Verrat endlich ein Ende?

Ihr Gefährte hatte eine Geliebte. Er hatte in Betracht gezogen, eine andere Frau zu ehelichen und Kinder mit ihr zu haben. Ihr Bruder hatte sie hintergangen, indem er ihrem Gefährten ihren schlimmsten Albtraum gezeigt hatte, ihre größte Demütigung, und ihr Gefährte wollte sie nicht. Selbst jetzt. Selbst nach der Wonne, die sie letzte Nacht geteilt hatten, wollte er, dass sie ging.

»Jene Tage waren schlimm für die Breeds, Dawn«, fuhr Dash fort. »Für Callan. Er kämpfte um Sicherheit für seine Familie, für seine schwangere Gefährtin, und er versuchte, die Rassistengruppen zurückzuhalten, die gegen ihn in Stellung gingen. Und du wärst von Dayan beinahe zerbrochen worden. Callan hatte erst im Jahr zuvor bei Dayans Tod erfahren, was passiert war. Er war voll Kummer und fühlte sich schuldig, dass er dich nicht beschützt hatte. Er musste dich schützen. Das war seine Aufgabe als dein Rudelführer.«

»Hör auf!« Sie zeigte mit dem Finger auf ihn und konnte ihm nicht in die Augen sehen. Er wusste es. Er wusste, was Seth gesehen hatte; wahrscheinlich hatte er es selbst gesehen.

»Dachtest du, ich weiß nicht, was auf diesen Discs war?«, knurrte sie wütend. »Dachtest du, Dayan hätte sie mir nicht gezeigt? Oft?« Die Erinnerung daran ließ sie spöttisch auflachen. »Er hatte kein Recht. Callan hatte kein Recht, mir das anzutun.«

»Er hatte jedes Recht«, widersprach Dash sanft. »Als dein Bruder und dein Beschützer.«

»Ich habe seine verdammte Beschützerei satt, und deinen Schutz brauche ich auch nicht«, brüllte sie. Sie weinte nicht, und sie bettelte nicht. Ihre Stimme wurde laut vor Zorn und Entschlossenheit, als sie seinen Blick erwiderte. »Du hast kein Recht, Abmachungen mit meinem Gefährten zu treffen, und du hast kein Recht, dich mit Callan zu verschwören, um mich von ihm fernzuhalten.«

»Und du hast kein Recht, das Leben eines guten Mannes zu zerstören mit etwas, was du nicht durchziehen kannst, Dawn. Du hast die Aufnahmen gesehen. Gut, also weißt du, was auf den Discs ist. Du weckst immer noch ganz Sanctuary mit deinen Schreien, wenn du davon träumst, und du kannst dich immer noch nicht an die Ereignisse auf diesen Discs erinnern. Du bist zehn Jahre lang vor Seth davongelaufen; und jetzt erwartest du, dass er deinen Wünschen entspricht, obwohl er glaubt, dass er dich in diese Hölle zurückjagen wird, wenn er mit dir schläft. Verlangst du da nicht zu viel von ihm? Er ist ein starker Mann, aber ich glaube nicht, dass er so stark ist. Ich könnte nicht so stark sein.«

Dawn straffte die Schultern und weigerte sich, den Blick abzuwenden. Ihre Seele krümmte sich bei seinen Worten, und sie konnte fühlen, wie etwas in ihrem Herzen zerbrach. Wegen dem, was andere ihr angetan hatten, konnte ihr Gefährte es nicht ertragen, mit ihr zu schlafen?

»Das geht dich nichts an.« Sie fühlte sich, als würde sie zusammenbrechen, solche Anstrengung bereitete es ihr, die Worte über ihre Lippen zu zwingen. »Du kannst mir nicht befehlen, zu gehen. Wenn Seth will, dass ich gehe, dann kann er beim Breed-Rat Beschwerde einlegen und über die zuständigen Kanäle gehen, um mich loszuwerden.«

Sie zwang sich, ganz ruhig durchs Zimmer, an Dash vorbei, zur Tür zu gehen.

»Dawn, Seth wird dir wehtun«, sagte er hinter ihr, und die Gewissheit wog schwer in seiner Stimme. »Der Paarungsrausch lässt sich nicht kontrollieren. Wenn er mit dir schläft, ist er vielleicht nicht fähig, aufzuhören, wenn die Vergangenheit sich gegen dich wendet und dich in diese Erinnerungen zurückwirft. Und dann werde ich ihn umbringen müssen. Ich werde mich nicht zurückhalten können. Du gehörst zur Familie. Tu das nicht deinem ganzen Team an, dir selbst oder deinem Gefährten.«

Sie verzog bitter den Mund, als sie sich zu ihm umdrehte.

»Wie kommst du darauf, dass ich mich nicht daran erinnern will, was man mir angetan hat?«, fragte sie. »Dass ich keine Gefährtin für Seth sein will? Wie kommst du darauf, dass zehn Jahre lang jeder Tag ohne ihn mir das Herz nicht ein wenig mehr gebrochen hat? Und was gibt dir oder Callan das Recht, diese Entscheidungen für mich zu treffen?«

Sie erwiderte seinen Blick und sah in seinen Augen den Mangel an Vertrauen, den sie alle in sie hatten. All die Jahre hatte sie gekämpft, sich gestählt, sich gezwungen, ihre Furcht zu überwinden, sich nur in einem Raum mit einem Mann aufzuhalten – dafür? Damit niemand ihr wenigstens den nötigen Respekt entgegenbrachte und sehen konnte, dass sie in so vieler Hinsicht erfolgreich gewesen war.

»Ich bin kein Kind mehr. Ich bin nicht die Tochter, wegen der du auf andere Breeds losgehst, weil sie mit ihr flirten, und ich bin nicht mehr das zerbrochene kleine Mädchen, das Dayan erschaffen hat. Und Gott ist mein Zeuge, ich weiß nicht, ob ich einem von euch verzeihen kann, dass ihr euch so in mein Leben eingemischt habt. Nicht dir, Callan oder Seth. Ich brauche keinen von euch, um für mich über mein Leben zu entscheiden.« Sie knurrte, und der Zorn in ihr begann nicht nur zu schwelen, sondern regelrecht in ihren Eingeweiden zu brennen wie ein heißes, bitteres Kohlefeuer, das ihr Schmerz durch den ganzen Leib jagte. »Leck mich, Commander Sinclair«, stieß sie hervor. »Und sag Rudelführer Lyons und Direktor Wyatt, sie können dasselbe tun. Denn wenn ich von hier weggehe, kehre ich nie wieder nach Sanctuary zurück.«

Sie riss die Tür auf, ging hinaus, schlug die Tür hinter sich zu und eilte über die Flure, um das Haus zu verlassen.

Als sie sich zur Haupthalle wandte, sah sie, wie Carolines Tür aufging und Seth herauskam. Er war bleich, schwitzte, und der Geruch der Frau umwaberte ihn wie ein Gestank, der ihr Übelkeit verursachte.

Sie blieb vor ihm stehen und sah ihm ins abweisende Gesicht, in die brutal nüchternen Augen.

»Du bist ein Feigling«, flüsterte sie, »noch mehr, als ich je einer war.«

Sie gab ihm keine Zeit, zu antworten, sondern ging an ihm vorbei und achtete darauf, ihn nicht zu berühren und die ungezähmte Wut in Versuchung zu führen, die sich in ihr zusammenbraute, weil sie den Duft dieser Frau an ihren eigenen Körper heranließ.

Sie verließ das Haus und schloss sich ihrem Team an, um den Schutz ihres Gefährten sicherzustellen – des Gefährten, der sie nicht haben wollte.

Cassie kam aus ihrem Zimmer und sah ihren Vater an, der gerade das Satellitentelefon aus seinem Gürtel holte und, wie sie genau wusste, Callan anrufen wollte.

»Halt dich raus.« Die Worte kamen über ihre Lippen, während sie ihn ansah und er ihren Blick mit finsterem Stirnrunzeln erwiderte.

Sie konnte Dawns Schmerz wie einen Peitschenhieb aus psychischer Energie über die ganze Insel sehen. Er war so groß und brannte so hell, dass er sie noch am Rand ihres Verstandes versengte.

»Cassie ...«

»Dad, Callan kann sie nicht länger beschützen. Dawn ist dabei, zu erwachen. Du kannst sie nicht zwingen, wieder zu schlafen, sonst tötest du sie.«

Langsam klappte Dash das Telefon wieder zu.

Sie rieb sich über die Arme und blickte sich im Zimmer um. Die Feen waren so wenige geworden. Oder die Geister, wie andere sie nannten. Sie waren so trübe, und die eine, die sie durch die schlimmsten Jahre ihres Lebens hindurch aufrechterhalten hatte, war nun kaum noch präsent.

Aber eine gab es noch. Die kleine, zusammengekauerte Gestalt eines Kindes. Das Kind, das Dawn vor so langer Zeit hinter sich gelassen hatte. Geister waren die Energie jener verlorenen Seelen, die ihre sterblichen Körper verlassen hatten. Cassie wusste, dass sie auch die Formen anderer Wesen sah. Teile von Menschen und Breeds, die verloren gegangen oder zurückgelassen worden waren, verleugnet von den Lebewesen, die sie schützen sollten.

Dieser Teil von Dawn war es, der ihr folgte wie ein düsterer kleiner Schatten, um Schutz flehte und darum, aus den kalten Albträumen zu entkommen, die ihn festhielten.

»*Sie hat es mir versprochen*«, flüsterte das kleine Wesen. »*Sie hat es mir versprochen, und jetzt ignoriert sie mich. Du musst sie dazu bringen, dass sie es sieht. Sie muss ihr Versprechen halten, sonst sind wir alle verloren.*« Das Kind, das Dawn verleugnete, war dabei, zu sterben. Und wenn das Kind starb, dann wäre Dawn nicht mehr als ein Schatten dessen, was sie jetzt war.

»Cassie, sie ist nicht so stark wie die anderen«, seufzte Dash. »Das weißt du so gut wie ich.«

Manchmal verstand ihr Vater sie. Und immer akzeptierte er sie und vertraute ihr. Tränen stiegen ihr in die Augen, als sie die widerstreitenden Triebe in sich aufsteigen fühlte. Gut und Böse nannte sie sie. Der Wolf und der bösartige Kojote. Und er liebte sie beide.

Sie drehte sich wieder zu ihm um, und eine Träne rann über ihre Wange. »Du musst sie diesen Kampf ausfechten lassen. Wenn du es nicht tust, ist sie tot für uns.« Sie betrachtete den Nebel, der das Kind bildete. »Und wenn das passiert, dann bin ich eines Tages auch verloren.« Sie drehte sich wieder zu ihm um, und ihre Lippen bebten, als ihre eigenen Albträume sich in ihrem Geist erhoben. Aber sie kannte ihre Dämonen. Sie begegnete ihnen jede Nacht, und sie erinnerte sich an sie, jedes Mal, wenn sie aufwachte. »Wenn sie sich nicht erinnert, dann werden mehr sterben als nur das Kind, das sie verdrängt.«

Cassie sah, wie er das Telefon langsam zurück in den Gürtelhalter schob und dann die Arme ausbreitete. Sie lief zu ihm, in die Sicherheit, den Schutz, den er ihr schon fast ihr ganzes Leben lang bot, ohne groß zu fragen. Er war ihr Fels. Ihr Vater. Mehr ein Vater als jeder Mann, von dessen Blut sie sein konnte, und sie wusste, er hatte das Grauen in ihr gesehen und gespürt.

Und als er schützend die Arme um sie schlang, vergoss sie eine weitere Träne, für Dawn. Sie wünschte, auch Dawn könnte solche Sicherheit erleben.

8

In jener Nacht ließ Dawn ihre Kleider zu Boden und sich ins Bett fallen, wo sie sich zu einer Kugel zusammenrollte. Ihr Unterleib pulsierte in Krämpfen, und Feuer strömte durch ihre Adern, während das Aroma des Paarungshormons ihre Sinne mit Erregung erfüllte.

Sie lag auf den Laken, hatte die Klimaanlage im Zimmer auf zehn bis fünfzehn Grad eingestellt, und immer noch war sie schweißnass. Schweißnass und erschöpft. So müde vom Schlafmangel, vom Kampf gegen den Paarungsrausch und gegen sich selbst, dass sie um Schlaf flehte. Zum ersten Mal im Leben machten ihr die Albträume weniger Angst als der Gedanke, hier Nacht für Nacht wach zu liegen, mit einem bitter drängenden Verlangen nach Seth, von dem sie fürchtete, dass es plötzlich aus ihr herausbrechen würde.

Den ganzen Tag über hatte sie sich so fern wie möglich von ihm gehalten. Blind starrte sie in die Dunkelheit ihres Zimmers. Sie konnte sich nicht dazu bringen, in seiner Nähe zu bleiben, auch nur seinen Duft einzuatmen, den sie so unbedingt brauchte. Nur seinen Duft.

Sie schlang die Arme um ihre Mitte und spannte sich gegen eine Woge nagenden Schmerzes an. Sie konnte ihm nicht in die Augen sehen, denn er hatte es gesehen ...

Sie schluckte schwer gegen die Übelkeit an, die in ihr aufstieg. Sie wollte nicht, dass er sie sah, und sie wollte nicht noch einmal das Wissen in seinen Augen sehen. Denn sie hatte die Discs gesehen, sie wusste, Bild für Bild, was darauf war. Und er war der Eine gewesen, von dem sie sich sicher gewesen war, dass er sie nicht gesehen hatte.

Und sie hatte sich so sehr geirrt.

Sie rollte sich auf dem Bett herum, starrte an die Decke und fühlte das Verlangen, das sich wie eine hungrige Bestie durch ihren Leib fraß. Die Erregung, das verzweifelte Sehnen nach seiner Berührung. Für sie hatte sich nichts geändert. Sie hatte das Verlangen nicht verloren, so wie er. Es war nur eine weitere Nacht mehr voller Qual wie all die anderen.

Wie hatte Callan sie bloß derart verraten können?

Sie fuhr sich mit den Fingern durchs Haar, während Wellen rot glühender Demütigung und Verwirrung durch ihren Verstand fluteten. In jenem ersten Jahr hatte sie sich auf Callan gestützt, das wusste sie. Nach Dayans Tod. Nachdem Callan ihn getötet hatte. Sie hatte zugelassen, dass er sie beschützte, sie unter seine Fittiche nahm und ihr half, ihren Weg zu finden.

Das hätte sie nicht tun sollen, erkannte sie nun. Sie hätte Callan diese Bürde nicht aufladen sollen.

Du bist schwach, Dawn. Sieh dir an, wie schwach du bist. So schwach, dass du nicht ertragen konntest, womit der Rest von uns zu leben gelernt hat. Sieh es dir an, Dawn.

Das Mädchen auf diesen Aufnahmen hatte sich gewehrt, wild und voller Wut. Und es hatte gebetet. Es hatte gebetet, und Dayan hatte darüber gelacht, denn er hatte ihm erklärt, dass es Gott egal war. Und er hatte es bewiesen, indem er dem Mädchen seinen Verstand genommen und das Tier in ihm hatte kämpfen lassen.

Und Dawn empfand nicht mehr für die Erinnerung an die Bilder, die er ihr gezeigt hatte, als für jede andere Aufnahme, die sie je über einen anderen Breed gesehen hatte. Sie empfand Bedauern und Mitgefühl für dieses Kind. Und sie fühlte sich gedemütigt und beschmutzt, weil Seth es gesehen hatte. Er hatte gesehen, wie sie gebetet, und er hatte gesehen, dass Gott sich abgewandt hatte.

Müde atmete sie aus und schloss die Augen. Sie musste schlafen. Sie konnte es sich nicht leisten, Seths Schutz einer gebrochenen, erschöpften Frau zu überlassen. Nur ein paar Stunden. Sie stellte ihren mentalen Wecker, ihren inneren Schutzwall, um sie rechtzeitig zu wecken, bevor die Träume sich in ihren Kopf schlichen wie bösartige Monster.

Nicht dass sie sich je an die Träume erinnerte. Aber sie konnte dieses Tier nicht wieder freilassen, das ganz Sanctuary mit wilden, wütenden Raubkatzenschreien aus dem Schlaf riss. Gott helfe ihr, wenn Seth das je mit ansehen musste, denn sie glaubte nicht, dass sie die Demütigung ertragen könnte.

Schlaf. Sie rettete sich in die schützende Dunkelheit, sperrte alle Gedanken aus und zwang sich zur Ruhe. Wie so viele Male zuvor.

Es klopfte an die Schlafzimmertür, leicht, aber befehlend. Es klang gedämpft, aber es hörte nicht auf. Seth presste die Lippen zusammen, rollte sich vom Bett und tappte auf Socken ins Wohnzimmer.

Er musste sich nicht vorher anziehen, denn er war immer noch vollständig bekleidet: Hose, Hemd und Socken. Er hatte nicht das Bedürfnis, sich auszuziehen, das sinnliche Gleiten der Seidenlaken an seiner Haut zu spüren und sich dabei daran zu erinnern, wie viel weicher noch Dawns Haut war.

Zur Hölle, nein, er versuchte nicht zu schlafen. Sondern er würde die ganze Nacht lang an die verdammte Decke starren. Wieder mal.

Er öffnete die Tür – und erstarrte dann entsetzt, als er Cassie erblickte. Ihr Gesicht war kreideweiß, und ihre Locken fielen bis zur Taille ihres langen weißen Nachthemds mit Morgenmantel.

»Seth.« Ihre Stimme jagte ihm Schauer über den Rücken. »Du musst etwas tun, Seth. Sie erwacht.« Ihre Augen waren riesig, neonblau in einem Gesicht, weiß wie die Wand.

»Dawn.« Sein Blick glitt zu ihrer Tür. Er wusste, dass sie ihr Zimmer nicht verlassen hatte. »Was meinst du damit, Cassie?«

Eine Träne lief ihr über die Wange. »Sie erwacht, Seth. Du musst zu ihr gehen. Jetzt gleich. Du darfst sie nicht allein erwachen lassen. Bitte, Seth. Bitte.«

Er ballte die Fäuste und fuhr sich dann mit den Fingern durchs Haar.

»Cassie«, stöhnte er frustriert, »verdammt, ich kann nicht zu ihr gehen.«

»Seth. Liebst du sie denn nicht mehr?«

Sie lieben? Er hatte nie aufgehört, sie zu lieben.

»Hier geht es nicht um Liebe, Cassie.«

»Doch, genau darum, Seth. Wenn du sie liebst, dann wirst du da sein, wenn sie erwacht. Du musst, Seth. Du musst, oder sie ist für immer für uns verloren.«

Die Schauer, die ihm über den Rücken liefen, wurden zu stechender Furcht. Er hatte keine Ahnung, wovon zur Hölle sie da redete, aber er hatte über die Jahre genug von ihr gehört, um zu wissen, dass er es nicht ignorieren konnte.

Er verzog schmerzvoll das Gesicht, ging dann zurück in sein Zimmer, schloss die Tür, sperrte ab und trat zu der Tür, die sein Zimmer mit dem von Dawn verband. Und sie war unverschlossen, natürlich. Sie konnte die Tür zum Flur verschließen, doch diese musste sie offen lassen.

Er trat in das dunkle Zimmer, unsicher, was er erwarten sollte, aber er hatte nicht mit dem Anblick gerechnet, der sich ihm bot. Sie lag auf dem Bett, stocksteif und still, schwer atmend, während kurze, verängstigte Laute über ihre Lippen drangen. Sie war schweißnass und zuckte am ganzen Körper.

Und etwas in ihm zerbrach, denn er wusste, wo sie gerade war; er wusste, welche Träume sie in ihrem Griff hatten, und warum Cassie jetzt so besorgt war.

»Dawn«, flüsterte er, ging an die Seite des Bettes und ließ sich vorsichtig dort nieder.

Er wollte sie nicht verängstigen und ihre Albträume noch schlimmer machen, aber Gott sollte ihn verdammen, wenn er es ertragen konnte, sie so zu sehen.

»Dawn, Baby, wach auf.« Er streckte die Hand nach ihr aus und registrierte sein Zittern, als er ihr Haar berührte. Er musste die Fäuste ballen, um sie nicht zu schütteln.

»O Gott. O Gott. O bitte, Gott ... rette mich ... rette mich ...« Flüsternd kamen die Worte über ihre Lippen, verzweifelt, kehlig, angespanntes, schmerzerfülltes Seufzen, leise wie ein Hauch.

»Dawn! Wach auf!«, rief er laut, urplötzlich voll Angst.

Ruckartig öffnete sie ihre Augen. Sie starrte an die Decke, schwer atmend, mit geweiteten Pupillen und zuckte, als versuche sie, sich von etwas zu befreien.

Es tat ihm weh, zuzusehen, wie sie zu atmen versuchte und nach Luft schnappte. Er packte sie an den Schultern, unfähig, sich davon abzuhalten, während die Furcht in ihrem Gesicht ihn innerlich zerbrach, und zog sie an seine Brust.

»Dawn, bitte, Baby. Bitte wach auf.« Er drückte ihren Kopf an seine Brust, senkte den Kopf, und er wollte weinen. Er wollte töten. Er wollte das Blut der Bastarde vergießen, die es gewagt hatten, ihr so wehzutun.

»Es geht mir gut.« Ihre Stimme klang heiser, drang mühsam als raues Knurren aus ihrer Kehle, als sie die Hände hob und seine Arme packte.

»Geh weg von mir.« Sie schauderte, zitterte, als würde sie erfrieren. »Es geht mir gut.«

Doch er ging nicht weg. Er vergrub sein Gesicht in ihrem Haar und hielt sich an ihr fest. Er konnte sie nicht loslassen. Gott helfe ihm. Dieses Gefühl, sie an ihn gedrückt, in seinen Armen, an seiner Brust – das war alles, was er wollte. Genau jetzt, nur das.

»Habe ich geschrien?« Panik trat in ihre Stimme, und sie zitterte noch mehr. »Bitte, habe ich geschrien?«

Seth schüttelte den Kopf. »Nein. Nein, Dawn, du hast nicht geschrien.«

Kein Schrei hätte so tragisch und so verzweifelt sein können wie dieses verängstigte Wimmern, dieses verzweifelte, geflüsterte Gebet, das über ihre Lippen gekommen war.

»Dann ist alles gut.« Sie schüttelte den Albtraum mit einer Leichtigkeit ab, die ihn schockierte. Ihre Muskeln lockerten sich, und sie entspannte sich in seinen Armen und atmete leise aus. »Aber lass mich noch nicht los.«

Sie loslassen? Ein Rudel Kojoten könnte sie in diesem Moment nicht aus seinen Armen reißen.

»Davon habe ich geträumt.« Sie seufzte an seiner Brust, und ihre Nägel gruben sich in den Stoff seines Hemdes, als ihre Furcht sich in Sinnlichkeit verwandelte.

Seth biss die Zähne zusammen und versuchte, sich von ihr zu lösen. Sie war jetzt wach und bestimmt wieder in Ordnung.

Noch nie hatte er derartige Folter erlitten, wie er sie jetzt durchlebte. Er erinnerte sich daran, wie er einmal in seiner Zeit beim Militär bei einer Mission gefangen genommen worden war. Ein einziges Mal, und diese Bastarde hatten zwei Tage damit verbracht, ihn zu foltern. Doch das war nichts im Vergleich zu dem hier: dem Schmerz, sie festzuhalten, der Erregung, die sich in seinem Körper aufbaute wie ein Fieber, und dem Gefühl, wie sie sich an ihn schmiegte.

»Das ist wieder ein Traum, nicht wahr?«, flüsterte sie. »Ich mag diese Träume. Sie tun nicht weh.« Ihre Lippen berührten seine Haut, dort, wo das Hemd offen war, und er schwor, dass Flammen über die Schweißperlen strichen, die sich dort bildeten.

»Lass mich noch etwas länger träumen.« Sie zog an seinem Hemd. »Ich hasse es, wenn du weggehst. Wenn der Traum einfach entgleitet, kurz bevor ich weiß, wie es sich anfühlen muss.«

Er schloss die Augen, die Handflächen flach an das leichte, dünne T-Shirt gedrückt, das sie zum Schlafen trug. Er konnte ihre Haut darunter spüren, feucht, erhitzt, und ihre Muskeln, die sich unter seinen Fingern entspannten.

»Dawn«, flüsterte er an ihrem Haar. »Das ist keine gute Idee.«

»Es ist nur ein Traum.« Ihre Zähne kratzten über seine Brust, und ihre scharfen Reißzähne hielten kurz inne, um zuzubeißen.

Und er ließ es zu. Er stieß ein hartes, verzweifeltes Stöhnen aus, als ihre Lippen über seine Brust an seinen Hals glitten. Sie leckte mit der Zunge darüber, und sein Herz zersprang fast vor Wonne. Dann schrammten ihre Reißzähne über die Haut unten am Halsansatz, und sie biss zu.

»Mist!« Seine Hand fuhr an ihren Hinterkopf in der vollen Absicht, sie wegzuschieben.

Doch stattdessen, unersättlich, wie er war, drückte er sie enger an sich, neigte den Kopf für sie und ließ ihr ihren Willen. Ließ ihre Zunge über seine Haut streichen, während die Hitze in die Ader, die unter ihren Lippen pochte, zu sickern schien. Wenn sie es wollte, würde er sich von ihr die Kehle herausreißen lassen, wurde ihm plötzlich klar.

»Ich mag diesen Traum.« Sie rührte sich in seinen Armen, die Lippen noch immer an seinem Hals, bewegte sich und schmiegte sich an ihn, bis er am Kopfende lehnte und sie rittlings auf seinen Beinen saß.

Er war ein starker Mann, das hatte er sich immer gesagt. Er tat, was er tun musste, ob es ihm nun gefiel oder nicht. Er begriff die Verantwortung, die er trug, und er erfüllte sie, so gut er konnte. Und er wusste – er wusste es –, dass Dawn mit der Sexualität, die dieser verdammte Paarungsrausch in ihm aufbaute, nicht umgehen konnte.

Aber löste er sich von ihr? Nein, er berührte sie, half ihr, nach unten zu gleiten, bis die Hitze zwischen ihren Beinen über seine harte Erektion rieb, mit nichts als ihrem Höschen und seiner Hose zwischen ihnen.

Und die Wonne brachte ihn fast um. Das Gefühl ihrer Lippen an seinem Hals, das Gefühl seiner Hände auf ihrer nackten Haut. Und er musste mehr haben. Wenn er nicht mehr bekam, würde er sterben.

Wenn das keiner ihrer Träume war, dann wollte sie es nicht wissen. Dawn war klar, dass sie nicht träumen konnte; sie wusste, sie war wach, wusste, dass Seth sie hielt, dass sie sich an seiner Erektion rieb, und sie konnte nicht aufhören. Auch wenn sie wusste, dass er das nicht wollte. Dennoch war er zu ihr gekommen. Sie war aufgewacht, und er war hier. Sie war aus schmerzerfüllter Finsternis gekommen, und er hatte auf sie gewartet, sie festgehalten, in seinen Armen, und die Schrecken verjagt.

»Ich mag diesen Traum«, flüsterte sie.

»Dieser Traum wird uns beide umbringen.« Seine Stimme klang angestrengt, und beinahe lächelte sie, aber ihre Zunge fühlte sich dick in ihrem Mund an, voll mit dem Hormon, das aus den kleinen Drüsen strömte. Und sie musste es teilen.

Sie hob den Kopf von der Bisswunde an seinem Hals und zog seinen Kopf zu sich herab. Er war so groß, so hart und breit. In seinen Armen fühlte sie sich wie in einem Kokon, geschützt gegen die Finsternis.

»Küss mich, Seth.« Sie sah zu ihm auf, wie unter Drogen, benommen vor Verlangen. »Brenne mit mir. Lass mich diesmal nicht allein verbrennen. Verlass mich nicht wieder.«

Und sie brannte für ihn. Er sah es, konnte es fühlen.

»Lieber Himmel, du vernichtest uns beide.«

Ein Mann hatte nicht unendlich Kraft. Er konnte ihren süßen Geschmack und ihr Verlangen nicht leugnen. Sein eigenes hätte er verdrängen können. Er hätte dagegen ankämpfen, sich selbst von ihr losreißen können, doch ihre Begierde konnte er nicht leugnen.

Er drückte seine Lippen auf ihre, schob seine Zunge dazwischen, und er versank in Verzückung.

Das Hormon wirkte wie ein Rauschgift, doch ihre Lippen – ihre Lippen waren Seide und Satin, und die Berührung ihrer Zunge an seiner war reine Ekstase.

Er konnte nicht anders, als ihre Hüften zu packen, sie hochzuheben und auf seine drängende Erektion zu setzen. Er wollte in ihr sein. Er wollte sie beide von ihren Kleidern befreien und sich genau so von ihr nehmen lassen. Sie auf sich sinken lassen, auf seinen unglaublich harten Schaft, während er sie mit genau so einem Kuss eroberte. Hungrig und suchend, ein Verschmelzen von Lippen und Zunge, und ein Atemzug, den sie miteinander teilten.

Er spürte, wie das Hemd von seinen Schultern glitt und an seinen Ellbogen hängen blieb, weil er ihren Po nicht loslassen wollte. Verdammt. Er umfasste ihre Pobacken und lehrte sie, wie sie sich an ihm bewegen musste, um ihn vor Lust in den Wahnsinn zu treiben.

Er lehrte sie, wie sie ihn vernichten konnte.

»Ich will dich nackt, Seth. Genau wie in meinen Träumen. Nackt an meiner Haut.«

Nein. Nein. Hölle, nein. Er würde sich nicht nackt ausziehen vor ihr. Das würde er nicht zulassen.

Ihre Hände, seidig, erhitzt, öffneten seinen Gürtel, als er sich aufbäumte, ihr entgegen. Die Schnalle ging auf, und sie lehnte sich nach hinten, bewegte den Po in seinem Griff und drückte sich an ihn, während er spürte, wie sein Reißverschluss nach unten glitt.

Und tat er irgendwas, um sich zu retten? Er war ein Narr. Ohne Verstand. Ein Narr ohne Verstand, und an diesem Punkt hatte er alles verdient, was ihn treffen würde.

»Darf ich dich berühren, Seth?« Ihr Atem strich über seine Lippen und nährte seine Lust.

»Schlechte Idee, Dawn.« Er rang nach Luft, sog ihren Atem in sich ein und kam schier um vor Wonne.

»Ich träume davon, dich zu berühren, Seth.« Ihre Stimme war das Erotischste, was je seine Sinne gestreichelt hatte.

»Ich lasse nicht los.« Seine Finger spannten sich um die Rundungen, die er festhielt.

»Magst du meinen Hintern, Seth?«, flüsterte die Verführerin, als er an ihren Lippen knabberte, bevor sie sich von ihm weg lehnte.

Er öffnete die Augen und wusste, er hätte es lassen sollen. Da war sie, das Haar zerzaust um ihre sinnlichen Züge. Und ihre Hände bewegten sich, packten den Saum ihres T-Shirts und zogen es nach oben. Nach oben.

»Oh Hölle, Dawn.« Er starrte auf ihre Brüste, die harten Brustwarzen, die sich ihm entgegenreckten.

Wieder vergrub er seine Hände in ihre Pobacken und entblößte vor Qual die Zähne, als sie die Hände sinken ließ und seinen harten, pulsierenden Schwanz aus seinem Gefängnis befreite.

Er war ein toter Mann, genau das. Er konnte sich auch gleich selbst den Kopf wegschießen, statt darauf zu warten, dass ein Attentäter das für ihn erledigte. Denn ihre Hände, ihre so verdammt butterweichen Hände, schlangen sich um seine Erektion, streichelten sie zwischen ihren Körpern und ließen seine Sinne vor Wonne explodieren. Solche Ekstase. Gott im Himmel, noch nie hatte er solche Lust erfahren.

»Seth?«, flüsterte die Verführerin.

»Was, Baby?« Er musste die Zähne zusammenbeißen. »Was? Alles. Dawn, Liebes, hör nicht auf.«

Er öffnete die Augen, und da waren sie wieder, diese süßen, kirschroten Nippel. Und er mochte Kirschen. Nein, er liebte Kirschen, und die reifsten, süßesten Kirschen der Welt befanden sich genau vor ihm.

Er senkte den Kopf, öffnete die Lippen, und eine Sekunde später sog er ihre saftige, erhitzte Haut in seinen Mund. Er saugte an ihrer Brustwarze wie ein Mann, der nach dem Geschmack einer Frau hungert, drückte sie an sich und nahm so viel von ihrer süßen Brust in seinen Mund, wie er konnte.

»Ja, Seth.« Sie bog sich ihm entgegen, wand diesen süßen, festen Hintern in seinen Händen, und er fragte sich, ob er vielleicht vor Lust sterben würde.

Ihre Hände lagen an seinem Schwanz, ihre Brustwarze in seinem Mund. Er war trunken, berauscht von ihr.

»Seth. Das ist so gut.« Sie hob sich, bewegte sich. Sie wand sich an ihm, und einen Augenblick später erstarrte er. Stocksteif war er und ließ den Kopf nach hinten sinken, um sie anzustarren, als er spürte, wie seine Eichel auf sengend heiße, feuchte Haut traf.

Und dann sah er es in ihren Augen, wie einen Schock durch

eiskaltes Wasser. Er sah, wie sich ihre Augen weiteten, sah, wie ihr die Erkenntnis kam und die gehetzte Furcht in ihren Blick trat.

Er schluckte schwer, packte sie fester, und dann hob er sie langsam, ganz verdammt langsam und mit qualvollem Bedauern, weg von seiner schmerzvollen Erektion.

»Nein!« Sie umklammerte seine Arme. »Was tust du da?«

Seth schüttelte den Kopf; verdammt, sein ganzer Körper zitterte, als er sie von sich schob.

»Hör nicht auf.«

Er setzte sie aufs Bett, glitt von der Matratze und zwang seine widerspenstige Erektion zurück in die Hose, während er sie hinter sich um Luft ringen hörte.

»Wie kannst du das tun?« Wütend und verletzt kam die Frage über ihre Lippen, und er drehte sich um und zog das Hemd wieder über seine Schultern, während der Biss an seinem Nacken brannte wie Feuer.

»Ich nehme dich nicht, wenn du Angst hast, Dawn«, knurrte er wütend. »Ich schlafe nicht mit dir, wenn du mich voll Furcht anstarrst. Das kann ich nicht, verdammt noch mal.«

Dawn blinzelte schockiert, als er sich auf dem Absatz umdrehte und aus ihrem Zimmer zurück in sein eigenes ging. Zornig schoss sie aus dem Bett, und Wut und Lust jagten durch ihre Adern, als sie ihr T-Shirt vom Boden aufhob, es über den Kopf zog und hinter ihm her marschierte.

»Wie kannst du es wagen!«, knurrte sie, als sie ihn im Wohnzimmer einholte. »Verdammt, Seth ...«

Dann blieb sie abrupt stehen, und der Geruch nach Blut peitschte durch ihre Sinne, noch während Seth sich plötzlich umdrehte, sie packte und zu Boden warf.

Kugeln schlugen in die Wände ein. Das Geräusch von Schüssen aus einer Automatikwaffe mit Schalldämpfer, beinahe unhörbar, bis ein Spiegel zerbarst und Glasscherben auf sie herabregneten.

»Bist du getroffen?«, schrie sie. »Seth. Seth!«

Sie wollte ihn von sich rollen, und der Schrecken gab ihren Muskeln Kraft, als sie das Blut roch, so viel Blut.

»Seth!«

»Verdammt, Dawn, sei still. Mir geht es gut.« Er packte sie am Handgelenk, zog sie mit sich zur Tür, bevor sie wieder auf die Füße kommen konnte, und warf sich mit ihr in den Korridor.

Hinter ihnen schlugen Kugeln in die Tür ein.

Dann waren sie auf den Füßen und rannten über den Flur, während Dashs Tür aufflog.

»Ich brauche ein Headset.« Dawn glitt mit Dash in das Zimmer, eilte zum Seitenregal, wo sie Dashs Headset wusste, während er rasch ein anderes holte.

»Bericht. Es gab Schüsse im Hauptraum. Ich wiederhole, Schüsse in den Hauptraum. Bericht.«

Ihre Einheit gab augenblicklich Meldung. Alle anwesend und dabei, die Quelle zu lokalisieren.

»Waffe mit Schalldämpfer. Die Schüsse kamen von Norden durch die Balkontüren. Vermutlich Nachtsicht und Langstreckenwaffe«, gab sie grimmig durch und fing einen Umhang auf, den Elizabeth ihr zuwarf, während Cassie still ihr Zimmer verließ.

Dash prüfte Schlösser und Jalousien an den Balkontüren und bewaffnete sich zügig.

»Cassie, ich brauche Kleidung«, rief Dawn kurz angebunden und wandte sich an Dash. »Ich brauche deine Ersatzwaffen und den Gürtel.«

»Habe ich.« Elizabeth nahm alles aus einer Tasche, die sie aus dem Schlafzimmer geholt hatte, und Cassie brachte aus ihrem eigenen Zimmer Kleidung und Schuhe.

Dawn packte die Kleider, eilte ins Schlafzimmer, zog sich innerhalb von Sekunden an und schnürte die Wanderschuhe an ihre Füße. Die Schuhe passten perfekt, die Jeans und das Top waren ein wenig eng.

Sie legte den Gürtel um, sicherte die Waffe und eilte zurück ins Wohnzimmer, während sie das Headset am Kopf wieder sicherte.

Und dann blieb sie wie angewurzelt stehen.

»Nein!« Entsetzen packte sie. »Du hast gelogen.«

Er war getroffen. Sie sah, wie Elizabeth versuchte, das Blut zu stillen, das in Rinnsalen über seinen Arm lief.

Seth hob ruckartig den Kopf, und ihr wurde klar, dass er die Berichte mitgehört hatte, die durch ein weiteres Headset hereingekommen waren. Er hielt eine Waffe in der Hand, eine der schweren Kurzwaffen, die Dash trug, die mit Laserstrahl ausgerüstet waren.

Sie eilte zu ihm und ignorierte seinen wortlosen, warnenden Blick. Als hätte sie nicht das Recht, wütend auf ihn zu sein.

»Wir haben größere Probleme.« Er biss wütend die Zähne zusammen.

»Größere Probleme, als dass du vor mir verblutest?«, fauchte sie.

»Viel größer.« Er stand auf, während Elizabeth den Verband befestigte. »Was du da drin gewittert hast, war nicht nur mein Blut. Wir haben eine Leiche. Eines meiner Vorstandsmitglieder, und zwar eines der wenigen, die auf meiner Seite waren.«

9

Dawn ging neben der Leiche in die Hocke und beobachtete Dashs Miene, während er mit ihr das tote Vorstandsmitglied untersuchte.

»Seth hat die Behörden auf dem Festland kontaktiert«, sagte sie leise. »Sie sind auf dem Weg hierher.«

Dash nickte langsam, und seine Bernsteinaugen wurden schmal, als er das Blut auf dem Teppich und den Ausdruck von Schock in den leeren Augen des Toten betrachtete.

Sein Name war Andrew Breyer. Er hatte eine Frau und zwei Kinder, die im Augenblick in einem anderen Zimmer von Elizabeth und Cassie betreut wurden. Er war zweiundfünfzig Jahre alt, kräftig und bei guter Gesundheit – und er hatte drei Löcher in der Brust aus einer Hochleistungswaffe mit Schalldämpfer, mitten ins Herz.

»Er ist in etwa so groß wie Seth, nur etwas breiter und kräftiger um die Mitte«, sagte Dash leise. »Kein Zweifel, dass der Schütze hinter Seth her war.«

Dawn schluckte schwer. Dieser Schütze hatte es noch geschafft, Seth einen Streifschuss zu verpassen, bevor er sie beide zu Boden geworfen hatte.

Sie sah sich im Wohnzimmer um und spürte, wie ihr Übelkeit in Magen und Kehle stieg. Inzwischen waren die Jalousien vor die Balkontüren gezogen, die Fenster fest geschlossen, doch Dawn war klar, wenn ein Attentäter eine Hochleistungswaffe mit Schalldämpfer und Wände durchdringender Nachtsicht in die Hände bekommen konnte, hätte er Seth mit Leichtigkeit durch so etwas Dürftiges wie Jalousien ausmachen können.

»Alle Fenster und Türen haben feste Rollläden.« Sie fuhr sich mit der Hand übers Gesicht und sah sich erneut im Raum um. »Er wird die Suite nicht verlassen; die können wir sichern. Das würde seine Sicherheit hier garantieren.«

»Hat dein Team den Standort des Schützen finden können?« Er hob den Kopf, und sein durchdringender Blick war eisig.

Dawn schüttelte angespannt den Kopf. »Der Schuss kann nicht von der Insel gekommen sein, Dash. Mein Team hat überall nachgesehen. Der Schusswinkel, die völlige Tarnung. Ich habe eines der Tourschiffe, die vom Festland hier vorbeikommen, in Verdacht. Der Schütze muss darauf gewesen sein. Der Einschusswinkel bestätigt meine Theorie.«

»Um das Haus herum gibt es eine Menge Bäume und Deckung«, wandte er ein.

Dawn nickte. »Stimmt, aber weder Styx noch Noble können auch nur den Hauch eines Geruchs finden. Und man kann eine Waffe zwar dämpfen, aber nicht ihren Geruch verdecken, vor allem nicht, nachdem sie abgefeuert wurde. Der Geruch wäre vorhanden gewesen, irgendwo. Das gesamte Team hat die Gegend unter die Lupe genommen, und da ist nichts. Ich habe Callan angerufen und um Verstärkung gebeten. Wir brauchen noch ein Team hier draußen. Wir haben nicht genügend Leute.«

Dash sah sie lange Sekunden schweigend an. Sie war nur zweite Kommandierende, aber unter seiner Aufsicht hatte sie die Verantwortung. Mehr Leute anzufordern war ihr Vorrecht, doch sie wusste, wenn er sie für unnötig hielt, würden sie zurückgerufen.

Schließlich nickte er. »Du hast recht. Wir brauchen zwei volle Teams, um das hier abzudecken. Erstaunlicherweise will keines der anderen Vorstandsmitglieder oder deren Familien von der Insel weg. Krankhafte Neugier.« Er schüttelte den Kopf. »Gott bewahre mich davor.«

Dawn richtete sich auf und trat ein wenig von der Leiche des Mannes weg, um einen besseren Überblick zu bekommen. Sie war ihm am Abend zuvor begegnet, bei einer Wanderung allein durch die Gärten. Und nun war er tot.

Dann legte sie sich flach auf den Boden und ignorierte Dashs neugierigen Blick, als sie die Gerüche dicht am Boden inhalierte.

Zum Glück war Seth bei den anderen Vorstandsmitgliedern draußen. Wäre er näher bei ihr gewesen, wären ihre Sinne so überwältigt von ihm, dass sie die Gerüche hier nie überprüfen könnte.

Sie wollte die Leiche umdrehen und ihre eigene Untersuchung durchführen. Doch die Forderung der Behörden, dass der Tatort unverändert bleiben solle, hinderte sie daran. Als wüssten Breeds nicht, wie man eine Untersuchung durchführte. Fingerabdrücke waren bereits genommen, der Raum mit ultraviolettem Licht durchleuchtet worden, und eine Menge Fasern, Haare und andere gesammelte Beweismittel waren gesichert worden.

Dawn kniff die Augen zusammen, als ihr Blick auf etwas fiel, das neben der Hand lag, die zum Teil unter der Leiche eingeklemmt war. Sie konnte gerade so ein Stück Papier ausmachen.

»Ich habe hier etwas, Dash. Papier. Unter der Leiche.«

Dash knurrte, weil die Position so ungünstig war. Sie durften die Leiche auf keinen Fall berühren und damit den Zorn der Behörden auf sich ziehen. Dafür war die Situation zu heikel.

Dawn zog die Latexhandschuhe an und wartete, bis Dash neben ihr auf dem Boden lag und auf die Stelle spähte, auf die Dawn wies.

»Merc, hol die Pinzette aus meiner Tasche«, bat Dash leise.

Nur einen Augenblick später lag die Pinzette aus Chirurgenstahl in seiner Hand, und Dash ließ ein kurzes Lächeln sehen. »Man weiß nie, wann man bei der Arbeit irgendwas irgendwo herausziehen muss.«

Dann schob er die Pinzette unter die Leiche und zog langsam das Papier hervor. Sie hatten Glück: Der Tote hielt es nicht fest. Es war ihm aus der Hand gefallen, als er zu Boden ging, und es waren nur ein, zwei Blutflecken darauf, da es geschützt zwischen Arm und Körper gelegen hatte.

»Da ist es ja«, brummte er, nahm es von der Pinzette und faltete es langsam auseinander. Dawn las den Zettel und sah dann Dash besorgt an.

Sag es Seth, sofort!, stand darauf.

»Da ist jemand paranoid«, meinte Dash leise. »Papier anstelle einer Mail. Ich vermute, dass Breyer die Notiz eher in seinem Zimmer gefunden hat, als dass sie ihm zugesteckt wurde.«

Sag es Seth, sofort! Was sollte er Seth denn sagen? Dawn stand neben Dash auf, während er die Notiz in eine Beweistüte gleiten ließ und sie dann lässig in die verdeckte Innentasche seines Militärhemdes steckte.

»Dash, Callan hat sich eben gemeldet. Er lässt innerhalb der nächsten Stunde vier zusätzliche Leute einfliegen.« Mercs löwenartige Züge waren schroff, und seine dunklen, goldbraunen Augen blickten ausdruckslos und kalt. »Der Satellit zeigt außerdem ein großes Wasserfahrzeug, das vor den Schüssen in Sichtweite dieses Zimmers vor Anker lag. Direkt nach den Schüssen auf Seth und Dawn lichtete es Anker und fuhr davon. Wir haben keine Berichte, dass das Schiff einen der Häfen in der Nähe angelaufen hat, und es deutet alles darauf hin, dass es mit Tarnvorrichtung ausgerüstet ist. Es war nicht auf unserem Radar.«

»Kein Tourschiff, aber nahe dran«, fauchte Dawn wütend. »Hundesohn, wie konnten die ein so großes Schiff mit Tarnung ausrüsten?«

»Gar nicht, es sei denn, es gehört zum Militär«, antwortete Mercury. »Wir haben es mit dem Satelliten schon beinahe übersehen, und eine Identifizierung wird unmöglich.«

»Council.« Dawn fuhr sich mit den Fingern durchs Haar, und Furcht machte sich in ihr breit. Das Genetics Council hatte immer noch Verbindungen zum Militär überall auf der Welt.

»Warum sollte das Council Seth ins Visier nehmen?«, knurrte sie und sah Dash an. »Er ist nicht der Einzige, der Sanctuary finanziell unterstützt. Wieso er und niemand anders?«

Dash sah sich mit zusammengekniffenen Augen im Zimmer um.

»Merc, Dane Vanderale wohnt hier. Sieh zu, ob du ihn überreden kannst, seine Leute dazu zu bringen, dass sie uns einen der Vanderale-Satelliten ausleihen. Wenn wir den mit dem von Lawrence, den wir schon nutzen, kombinieren, dann können wir möglicherweise dafür sorgen, dass das nicht noch einmal passiert.«

»Als Nächstes werden sie einen Weg auf die Insel finden«, murmelte Dawn. »Dieser Versuch ist gescheitert, also werden sie sauer sein. Sie werden sich näher anpirschen.«

»Und wenn sie das tun, dann haben wir sie.« Dashs Lächeln war kalt und hart. »Ich will die Suite abgesichert haben, Türen und Fenster rund um die Uhr abgeschirmt. Und du bist jetzt raus aus dem Team.« Er drehte sich zu Dawn um, die ihn aus schmalen Augen ansah, voll Zorn und Schock.

»Das hat nichts mit deinen Leistungen zu tun, Dawn«, knurrte er leise. »Ich will, dass du rund um die Uhr in Seths Nähe bleibst. Ich will, dass du deine Aufmerksamkeit voll auf ihn konzentrierst. Abgesehen von der Tatsache, dass du dich in vollem Paarungsrausch befindest und das deine Konzentration beeinträchtigt, weiß ich, dass seine Überlebenschancen steigen, wenn du bei ihm bist. Du bist sein Schatten und beobachtest jeden Atemzug von ihm. Verstanden?«

Dawn schluckte schwer. Dash hatte recht. Ihre Konzentration war beeinträchtigt, das war ihr klar. Sie konnte bereits fühlen, wie sie vor Verlangen nach Seths Berührung innerlich zitterte und sein Duft ihre Stärke beeinträchtigte.

Sie nickte angespannt, seufzte dann zustimmend und sah sich noch einmal suchend nach Seth um. Sie war wütend auf ihn. Er hatte sie nicht nur angelogen, dass er nicht getroffen sei, sondern sobald er angezogen und bewaffnet war, hatte er sich dem Team auf der Suche nach dem Schützen angeschlossen. Und er hatte ihre Einwände ignoriert und sie nur mit diesen kalten, stahlgrauen Augen angesehen, bevor er sich abwandte und tat, was er wollte.

»Zivilbehörden im Anflug«, berichtete Moira durchs Headset. »Zwei offizielle Helis mit sechs Wärmemustern darin.«

»Dirigiere sie zu den privaten Landeplätzen«, befahl Dash. »Verstärkung von Sanctuary trifft in etwa acht Stunden ein. Eindämmen und sichern, bis Verstärkung kommt.«

»Gesichert.« Das war Noble. »Wir haben Sichtkontakt, vier Punkte. Kein weiterer Luftverkehr, und der gesamte Wasserverkehr wird nur für die nächsten drei Stunden umgeleitet.«

Dash atmete hörbar aus und sah Dawn an. »Zeit für ein Tänzchen, Puma. Überlass mir das Reden, du lächelst nett und siehst hübsch aus.«

Sie sah ihn überrascht an. »Bitte was?«

»Zivilbeamte sind fasziniert von weiblichen Breeds. Die hier hoffentlich auch. Wir wollen ihnen nicht zeigen, wie schlau unsere Frauen sind, wenn es auch so geht.«

Dawns Lippen zuckten beinahe belustigt. Nicht einmal das

Council hatte jemals erkannt, was es da erschaffen hatte, als man begonnen hatte, die weiblichen Breeds zu züchten. Der zierliche Körperbau der Frauen, ihre manchmal übernatürliche Schönheit und ihre Aura von Zartheit hatten in den Laboren für Enttäuschung gesorgt. Doch die Frauen waren von Natur aus clever auf eine Art, die den Männern fehlte. Ihre Instinkte hatten diese Fähigkeit perfektioniert.

Doch nur sehr wenige Frauen hatten überlebt. Die Männer zählten einige Hundert, die Frauen nur wenige Dutzend. Doch diejenigen, die überlebt hatten, waren gefährlicher, als selbst die männlichen Breeds zugeben wollten. Und sie waren von solcher Rage, solchem Hass erfüllt, dass sogar Sanctuary sich um ihr Überleben sorgte.

Wie bei Dawn hatte die Folter, die die Frauen erlitten hatten, sie psychisch auf eine Weise versehrt, wie es bei den Männern nicht der Fall war. Daraus waren Killer hervorgegangen, die nicht einmal der Breed-Rat verstand, auf eine Weise, über die die Frauen niemals mit irgendwem sprachen, außer mit ihresgleichen.

Wie die Löwinnen unter Dawns Kommando in Sanctuary. Sie hatten Gruppen gebildet. Sie jagten in Gruppen, und sie töteten mit gnadenloser Effizienz.

Eigentlich galten Frauen als das sanftere Geschlecht, aber das Council hatte dafür gesorgt, dass jegliche Sanftheit vergewaltigt, zerschlagen und aus den Frauen herausgefoltert wurde, noch bevor sie erwachsen wurden.

Es war ein weiteres Geheimnis, das die Gemeinde der Breeds sorgsam hütete. Sie behielten ihre Frauen so weit wie möglich innerhalb der Anlage, beschützten sie, auch wenn sie nicht länger Schutz brauchten, und kämpften, um die Zivilbevölkerung in dem Glauben zu lassen, dass ihre Frauen nicht gefährlicher seien als jede zivil trainierte Frau.

Manchmal war es schon lachhaft. Denn die Frauen, die aus diesen Laboren stammten, waren wilder als jede menschliche Frau, der Dawn je begegnet war.

Sie spielte ihre Rolle. Sie hielt sich im Hintergrund, beobachtete die Männer und die wenigen Frauen, die hier ermittelten, und täuschte sie mit schüchternen Blicken und sanfter Stimme. Die Männer konnte sie hinters Licht führen, doch ihr war klar, dass die Frauen misstrauisch waren. Sie fühlte die Verbindung von Instinkt zu Instinkt und ließ sie unwidersprochen.

Ihr Verhalten und ihre harmlose Erscheinung erlaubten es ihr und Dash, um Informationen und Zugeständnisse zu verhandeln. Was sie Dash nicht geben wollten, gestanden sie ihr bereitwilliger zu.

Während sie arbeitete, war ihr bewusst, dass Seth sie beobachtete. Der Duft seiner Erregung und Eifersucht umwogte sie. Es gefiel ihm nicht, sie inmitten der Männer zu sehen, die ihre Ignoranz und Überlegenheit zur Schau stellten. Verdammt schade aber auch. Denn es ging um sein Leben. Andernfalls hätte sie es Dash überlassen, sich mit diesen ach so überlegenen Bastarden abzugeben, die vor Vorurteilen und Hass nur so stanken.

Denen war es gleichgültig, warum Breyer ermordet worden war. Wie einer der Detectives meinte: »Spiel mit dem Feuer, und irgendwer versucht, dich zu verbrennen.«

Seth spielte mit den Breeds, und das war in den Augen dieser Männer offensichtlich Grund genug, ihn zu töten.

Bis der Tote in den Leichensack verpackt, die Beweise gesammelt und die Aussagen aufgenommen waren, ging die Sonne über der Insel auf, und die Gäste begaben sich langsam in ihre Betten.

Dawn stand im Unterstand genau hinter dem Landeplatz, auf dem die Beamten angekommen waren, und sah zu, wie deren Helijets langsam in die Luft stiegen und zurück zum Festland flogen, an Bord Breyers Leichnam und seine Familie.

»Sie sind vom Council verdorben.« Mercury trat aus den dunkleren Schatten des kleinen Radar- und Kontrollraums, von dem aus die Jets gelotst wurden.

Dawn nickte langsam. An dem Leiter der Ermittlung hatte sie es stärker wahrgenommen. Wer auch immer das geplant hatte, hatte seine Karten bereits ausgelegt und wartete auf das Gewinnerblatt.

Mercury lehnte sich an den Türrahmen des Kontrollraums und sah in die aufgehende Sonne. Seine ungezähmten, löwenartigen Züge waren angespannt vor Abscheu. »Da möchte ein Breed schon gern mal jagen gehen.«

Dawn musterte ihn eindringlich und sah das Glitzern von Tod in seinen dunklen Augen. »Du hast schon zu lange mit Jonas zu tun.« Sie seufzte.

Und er grinste, sodass seine Reißzähne blitzten. »Vielleicht hat Jonas schon zu lange mit mir zu tun.«

Kopfschüttelnd ging Dawn über den Asphaltpfad vom Landeplatz zum Haupthaus. Sie achtete darauf, im Schatten oder im Schutz der üppigen Bepflanzung zu bleiben, die kühle Linderung vor der heißen Sonne bot.

Sie beobachtete das Gebiet sorgfältig und ließ ihre Sinne schweifen – Sicht, Geruchssinn, Instinkt. Sie nahm etwas wahr, aber sie konnte nicht genau sagen, was es war, und sie konnte weder einen Duft noch ein Geräusch ausmachen, das sich zuordnen ließ.

Neben den tief hängenden Ästen eines schützenden Baumes blieb sie stehen und sah sich vorsichtig und gründlich um. War es die Hitze, die sie so aus dem Gleichgewicht brachte? Die ihr das Gefühl gab, sie sei viel zu leicht zu sehen, und irgendwer oder irgendwas war neugierig? Vielleicht gefährlich?

Sie kniff die Augen zusammen und ließ den Blick über die Bereiche schweifen, wo ein Attentäter oder Scharfschütze sich in Sichtweite verstecken konnte. Sie konnte nichts wahrnehmen, keine Bewegung außer der Brise.

Aber sie fühlte die Hitze. Sie spürte ihre zuckenden Schamlippen zwischen den Beinen, ihre pochende Klitoris und die Feuchte, die sich erneut um die empfindsame Knospe bildete.

Ihre Brustwarzen waren so hart, dass sie sich schmerzhaft unter dem weichen Tanktop aus Baumwolle anfühlten. Sie rieben an ihrem BH und jagten ihr Schauer über den Rücken, als sie sich an das Gefühl erinnerte, wie Seth sie mit dem Mund erobert hatte.

Sie schüttelte den Kopf und ging rasch zurück zum Haus, hielt den Kopf unten und blieb in den Schatten, wachsam, obwohl sie nicht sicher war, ob dort überhaupt etwas war. Und die ganze Zeit über sehnte ihr Körper sich nach Seths Berührung, nach dem Mann, von dem sie sicher war, dass er sie nicht wirklich haben wollte, trotz der Lust, die durch seinen Leib jagte.

Er hatte sie nie geliebt, dachte sie traurig. Sonst wäre der Paarungsrausch bei ihm nicht vergangen, und er hätte nie eine andere Frau nehmen können.

Sie schüttelte den Kopf, als sie erneut das Gefühl verspürte, betrogen worden zu sein, und sie konnte nicht einmal wütend darüber sein. Doch als sie ins Haus trat, konnte sie das Gefühl völliger, totaler Isolation, das in ihr aufstieg, nicht abschütteln. Ihr Gefährte war nicht wirklich ihr Gefährte, und der Bruder, den sie so innig geliebt hatte, hatte sie auf eine Weise hintergangen, die sie nicht begreifen konnte.

Sie verstand Seths Reaktion auf den erneut auftretenden Paarungsrausch und sogar seine Unfähigkeit, sie zu lieben. Aber Callan – sie konnte nicht akzeptieren, was Callan und Jonas getan hatten. Und zu akzeptieren, dass Seth diese Aufnahmen gesehen hatte und gegangen war, war eines der schwersten Dinge, die sie je getan hatte.

Er war gegangen, als er um sie hätte kämpfen sollen. Sie hätte um ihn gekämpft. Auf Biegen und Brechen, gegen Kojoten oder einen Trupp Soldaten des Councils – sie hätte um ihn gekämpft. Genau so, wie sie jetzt um ihn kämpfte.

Der Schmerzenslaut, der ihr bei diesem Gedanken über die Lippen kam, war ihr gar nicht bewusst. Doch es gab jemanden, der den Laut, der in der Brise dahinwehte, hörte. Mit schmalen Augen und schmalen Lippen.

Als Dawn ins Haus ging, senkte er das Zielfernrohr der Waffe und atmete lautlos aus, zu leise sogar für die Erde selbst, um es zu spüren.

Würde er nicht beobachten und warten, wäre er nicht der Schatten, der über Lawrence Estate dahintrieb, hätte er den Kopf geschüttelt über den Laut dieses gebrochenen Kindes. Es war ein Laut, den er schon oft gehört hatte und der noch immer die Macht hatte, ihm nahezugehen.

Während er weiterbeobachtete, trat eine einzelne Gestalt aus einem der oberen Zimmer. Sie trug eng anliegende Jeans, ihr bauchfreies Shirt schmiegte sich um volle, junge Brüste, und ihr flacher Bauch schimmerte im Morgenlicht, während lange, kohlrabenschwarze Locken im Wind wehten.

Der Wind trug ihren Duft zu ihm, und er kniff die Augen zusammen. Sie war und war doch nicht. Das legendäre Halbblut, gesucht von jedem existierenden Forscher des Councils und angeblich übernatürlich begabt. Die Prämie auf ihren Kopf war horrend hoch. Ein Mann konnte drei Leben leben mit dem Geld, das auf die Gefangennahme dieser einen kleinen jungen Frau ausgesetzt war.

Und klein war sie. Eine zerbrechliche Erscheinung, doch er

fühlte die Stärke in ihr, den stählernen Kern aus Entschlossenheit und Sturheit, der sie erfüllte.

Und noch mehr fühlte er. Er fühlte, wie die dunkle, sinnliche Seite seiner Natur sich neugierig streckte.

Und sie sah ihn direkt an. Sie runzelte die Stirn und öffnete leicht ihre Lippen. Ein Ausdruck von Furcht huschte über ihre Züge.

Und ein gedämpfter Aufschrei drang über ihre Lippen. Ein Laut der Furcht.

Nur eine Sekunde später stürmte Dash Sinclair durch die Tür, und sein großer Körper blockierte die Sicht auf sie, als er sie an seine Brust drückte und sich rasch mit ihr ins Haus zurückzog.

Er neigte den Kopf und sah neugierig zu. Hier gab es viele Spieler, viele Ziele, auf die ein Kopfgeld ausgesetzt war, das höher war als das Einkommen so mancher Staaten. Und alle an einem Ort.

Er lächelte, ein angespanntes, hartes Lächeln, das seine Reißzähne verborgen hielt, damit sie nicht in der Sonne aufblitzen konnten. Er schnupperte in die Brise und schloss die Augen bei dem Duft von Süße und Unschuld, nur ganz leise getrübt von weiblicher Furcht.

Das Mädchen hatte jedes Recht, sich zu fürchten. Sie war gezeichnet wie kein anderer existierender Breed. Heißbegehrt, gesucht, und die Prämie kam nur zur Auszahlung, wenn sie lebendig und mit intakter Jungfräulichkeit ausgeliefert wurde.

Sie war eine Schwachstelle, derer sich andere Breeds zu seiner Überraschung noch nicht entledigt hatten. Natürlich hieß es, dass ihr Vater, Dash Sinclair, sie ohne Rücksicht auf Verluste beschützte.

Interessant. Sehr interessant, dachte er. Und verblüffend.

Verblüffung konnte er sich im Augenblick nicht erlauben.

Er richtete den Blick wieder auf den Standort seiner Waffe und setzte seine Überwachung fort. Seine Zielperson war hier, er musste den Mann nur finden.

Dawn ging zurück ins Haus und versuchte, das vage Gefühl der Verunsicherung abzuschütteln, aus dem sie nicht schlau wurde. Doch das kam gleich zehnfach wieder zurück, als die Kühlschranktür zugeschlagen wurde und Jason Phelps sie durch das Zimmer hindurch angrinste.

»Es wird hier blutig werden.« Er machte ein Bier auf. »Onkel Brian, eines von Seths Vorstandsmitgliedern, bekommt ein Aneurysma wegen des Todes des alten Breyer. Er kann sich nicht vorstellen, was zur Hölle der in Lawrence' Suite wollte.«

Dawn war überzeugt, dass er Informationen aus der dummen kleinen Breed herauszuholen versuchte. Ihre Hand ruhte auf dem Griff ihrer Waffe im Holster.

»Ich bin sicher, wir finden es heraus«, antwortete sie. »Wenn Sie mich jetzt bitte entschuldigen würden.«

»Wieso mögen Sie mich nicht?« Er hob das Bier und trank einen großen Schluck.

Dawn sah zu, wie seine Kehle sich beim Schlucken bewegte, und sie musste das Verlangen, dort Blut zu sehen, abschütteln. Der Paarungsrausch wirkte sich auf ihren Verstand aus, kein Zweifel. Noch nie hatte sie sich so blutdürstig gefühlt, so nahe daran, Gewalt anzuwenden.

»Ich habe keine Abneigung gegen Sie, Mr Phelps.« Sie hatte eine Abneigung gegen die meisten Männer. Es war ein Teil von ihr, so natürlich inzwischen wie ihre Haar- und Augenfarbe. Es ließ sich nicht ändern, nur vorübergehend verbergen.

»Ich wünschte, Sie würden mich mögen.« Er schüttelte den Kopf und machte einen charmanten Schmollmund. Aber seine Augen waren es, die sie im Blick behielt, auch wenn an seinen

Augen nichts anders war. Ein wenig blutunterlaufen, ein wenig amüsiert.

Er stank nach zu viel Alkohol und wenig sonst.

»Ich kenne Sie nicht.« Sie lächelte angespannt. »Wenn Sie mich bitte entschuldigen würden, ich muss wieder nach oben. Ich habe heute noch einiges zu erledigen.«

»Ja, gestern Nacht hat keiner von uns besonders viel Schlaf bekommen.« Die tastende Freundlichkeit in seiner Stimme und seinem Verhalten stimmte sie nicht im Geringsten um.

»Hoffentlich bekommen wir heute Morgen welchen.« Sie nickte wieder und verließ den Raum, bevor er sie noch länger aufhalten konnte. Doch ihre Hand lag weiter an ihrer Waffe, und ihre Sinne blieben in Alarmbereitschaft. Bis sie das obere Stockwerk erreichte und Seths Lust witterte.

10

Cassie starrte Seth Lawrence an, der gerade mit ihrem Vater sprach. Ihre Sinne sammelten die Informationen, die sie brauchte, und verarbeiteten sie, während sie versuchte, nicht zu dem bedauernswerten Schatten des Kindes hinzusehen, das sich in einer Ecke des Zimmers versteckte. Dieser Geist von dem, was in Dawn gerade starb. War das Kind verloren, dann wäre auch Dawn verloren.

Sie zitterte noch immer von dem, was sie kurz vor Seths Ankunft draußen wahrgenommen hatte, was immer es war. Etwas hatte sie hinaus auf den Balkon gezogen, ein Gespür, eine Wahrnehmung, die sie dorthin zog, obwohl sie es besser wusste. Sie war kein dummes kleines Mädchen, und sie war sich der ständigen Gefahr für ihr Leben durchaus bewusst.

Doch da draußen war etwas gewesen. Etwas, das sie nicht übersehen durfte, da war sie sich sicher. Aber sie hatte ... Angst gefühlt. Nicht Gefahr, doch Angst, in einem Ausmaß, das sie nicht verstand. So voll Angst, dass ihr ungewollt ein Aufschrei über die Lippen gekommen war, der die Aufmerksamkeit ihres Vaters erregt hatte.

Sie zwang sich, das Ganze mental abzuschütteln, und konzentrierte sich wieder auf Seth. Er hatte Dawn nicht genommen. Sie hatte ihn markiert. Das Mal war deutlich am Halsansatz zu sehen, eine kleine Wunde, eindeutig von einem Breed. Der Duft der Markierung erfüllte den Raum, der Geruch von Seth und Dawn, auch wenn sich beide noch nicht vermischt hatten, um diesen einzigartigen Duft zu bilden, der beide Gefährten miteinander verband und für immer veränderte.

Die Erkenntnis ließ sie die Stirn runzeln. Dawn würde bald anfangen, sich zu erinnern. Cassie war nicht sicher, warum die Rückkehr der Erinnerungen gerade hier beginnen sollte oder warum es so wichtig war, dass Seth sie liebte, bevor es begann, aber sie wusste, dass es unbedingt so sein musste.

Das Kind in der Ecke wimmerte erneut. Ein Laut von Einsamkeit und Schmerz, der Cassie aufstöhnen ließ. Sie warf einen Blick in die Ecke. Das zerbrechliche Kind saß dort zusammengekauert, schwach und verloren. Erschreckend in der völligen Isolation, die es umgab.

Wenn die Erinnerungen zurückkamen, falls Dawn nicht aufwachte und das Kind akzeptierte, das sie vergessen hatte, dann würde sie nie heilen. Und sie wäre nie in der Lage, Seth zu retten.

»Wie schade, dass niemand da sein wird, wenn Dawn erwacht.« Sie sah Seth an, inzwischen wütend, denn sie wusste, welches Risiko er einging. Aber wenn sie es ihm sagte, es erklärte, dann wäre es nicht Seths Entscheidung. Und das konnte sie Dawn nicht antun. Callan hatte sie hintergangen, indem er Seth die Aufnahmen gezeigt hatte; sie hatte Dawns Zorn und Schmerz gehört, als Dash es ihr gesagt hatte. Sie würde Dawn nicht noch mehr hintergehen, indem sie Seth mit Vorwürfen in deren Arme trieb.

Sie hatte ihn gewarnt, mehr konnte sie nicht tun.

»Was meinst du, Cassie?«, fragte er sie mit lauerndem Blick.

Sie erwiderte den Blick stirnrunzelnd. »Ich kann dir nicht alles erklären, Seth. Ich bin erst achtzehn, und ich bin keine verdammte Hellseherin.« Ihr so untypischer Zorn schockierte Seth ebenso wie ihren Vater. Er schockierte sie selbst. »Aber wenn du mich fragst, ist es echt schade, dass du nicht sehen kannst, was direkt vor deiner Nase passiert. Und wenn du nicht Manns genug bist, es zu sehen, dann würde ich es dir nicht sagen, selbst wenn ich es wüsste.«

Sie wandte sich ab und ging rasch zurück in ihr eigenes Zimmer. Ihr war bewusst, dass ihre Mutter, von mütterlichem Instinkt getrieben, ihr folgte. Doch sie wollte jetzt weder ihre Mutter noch ihren Vater sehen. Aus irgendeinem merkwürdigen Grund wollte sie zurück auf den Balkon.

Seth sah zu, wie sie in ihr Zimmer marschierte, während Elizabeth ihr folgte, und wandte sich an Dash. Der starrte auf die Tür, die Zähne zusammengebissen und ein Knurren in der Kehle. Seth konnte den Frust sehen, der sich in dem Wolf-Breed aufbaute, und er verspürte ein Aufblitzen männlichen Mitgefühls. Cassie war eine wunderschöne junge Frau, und ihre einzigartigen Breed-Züge machten sie zu einer Bereicherung und einer Schwachstelle zugleich für die Gemeinschaft der Breeds.

»Was ist los?«, fragte Seth ihn.

Dash schüttelte mit besorgter Miene den Kopf. »Sie war vorhin draußen auf dem Balkon, obwohl ich ihr gesagt hatte, dass sie nicht hinausgehen sollte. Bisher hat sie meine Warnung noch nie ignoriert. Ich habe sie aufschreien hören und rasch hineingebracht. Seitdem verhält sie sich seltsam.«

Seltsam bei Cassie konnte für andere beängstigend heißen, dachte Seth. Das Mädchen war von Natur aus seltsam.

Er fuhr sich mit den Fingern durchs Haar und schüttelte den Kopf. Verdammt, im Augenblick konnte er kaum klar denken. Erschöpfung und Erregung lasteten auf ihm, und seine Selbstbeherrschung war überaus fragil.

»Meine Suite sollte inzwischen wieder sauber sein«, seufzte er. »Ich versuche, noch ein paar Stunden Schlaf zu bekommen. Die Meetings haben wir auf morgen verschoben, aber die Party heute Abend findet trotzdem statt, und ich werde etwas Ruhe brauchen, um mich den Fragen der Vorstandsmitglieder stellen zu können.«

»Ich habe Dawn vom Sicherheitsteam abgezogen.« Dashs Ankündigung kam überraschend.

Seth biss die Zähne zusammen. »Sie fliegt ab?« Es wäre das Beste für sie beide.

»Nein. Sie ist nicht im Sicherheitsteam, sondern wird dir am Hintern kleben. Sie schläft in deinem Zimmer, isst dort, wo du isst, und geht dorthin, wo du hingehst. Sie ist dein Schatten.«

Jede Zelle in Seths Körper rief Halleluja, während sein Verstand vor Schock auszusetzen schien. Sein Schatten? Wenn er das zuließ, dann gab es absolut keine Chance, dass er die Hände von ihr lassen konnte.

Dawn zu seiner Verfügung? Ständig in seinem Rücken? In seinem Bett und so nahe, dass er sie jederzeit berühren konnte, wenn er es brauchte, wann immer er sie an sich drücken wollte?

»Nein!«, fauchte er.

Er würde jeden Augenblick dieser Zeit tief in ihr verbringen und sie anflehen, dass er sie nur noch ein wenig länger berühren dürfe. Verdammt, er würde sie beide mit seiner Begierde umbringen, wenn er die Chance dazu bekäme. Und Gott helfe seiner Seele, wenn er es schaffte, die Erinnerungen in ihr zum Vorschein zu bringen.

Das war sein Albtraum. Der Dämon, der ihm im Nacken saß, selbst wenn er sie in seinen Armen hielt.

»Schön.« Dash zuckte mit den Schultern. Sein Blick war hart und entschlossen. »Aber dann kannst du derjenige sein, der sie aus dem Zimmer wirft. Sie hat ihre Befehle, und abgesehen davon ist sie deine Gefährtin. Sie ist eine Gefahr für sich selbst, wenn sie sich irgendwo anders als an deiner Seite aufhält. Unterschätze nicht den Teil von ihr, der Anspruch auf dich erhebt, Seth. Die Frau mag zögern, aber glaub mir, das Tier, das ihre Seele teilt, lässt sie nicht anders handeln. Wenn du die Frau verletzt, wird das nichts ändern, aber du könntest am Ende eine Frau zerstören, die es bisher geschafft hat, zu überleben, trotz der Versuche anderer, sie zu vernichten. Sei vorsichtig, mein Freund, ich würde nur ungern sehen, dass du das hier vermasselst.«

»Und ich habe diese Rätsel und halben Warnungen langsam verdammt satt«, knurrte Seth. »Nicht einer von euch muss sich mit dem herumschlagen, womit ich es zu tun habe. Hast du denn eine verdammte Ahnung, wie viel mir diese Frau bedeutet, Dash? Denkst du, ich bin gegangen, weil ich das so wollte? Dass ich sie verlassen habe, weil ich mich nicht mit ganzer Seele nach ihr sehne, nicht nur mit meinem Körper?«

»Ich weiß es nicht«, antwortete Dash leise und warf einen kurzen Blick zur Tür, die in den Flur führte. »Aber vielleicht ist das etwas, das sie erfahren musste.«

Seth fuhr herum, und etwas in seiner Brust, sein Herz, schmolz dahin und verbrannte. Sie starrte ihn an, die Lippen leicht geöffnet und unschuldig, so verdammt voller Unschuld, die in ihren Augen schimmerte, als sie ihn so anstarrte. Sie sah aus wie eine Frau voller Liebe, erfüllt von Hoffnung und voller Angst zu glauben, dass irgendetwas ihr gehören könnte – geschweige denn der Mann, den sie gerade anblickte.

Er kannte diesen Blick, er kannte ihn ganz genau, denn manchmal fühlte er es selbst in sich. Die Hoffnung, dass sie ihm gehören könnte, eines Tages, irgendwann in der Zukunft; das Gebet, dass die Frau in ihr die Teile seines Lebens füllen könnte, die so leer waren.

Er biss die Zähne zusammen; er war wütend, dass er so manipuliert worden war. Dash musste gewusst haben, dass sie auf dem Weg hier herauf war und dass sie jedes Wort hören würde. Und da stand er, hatte ihr seine Seele entblößt, und alles, was er unternommen hatte, um sie zu schützen, lag zu seinen Füßen im Staub.

»Hundesohn«, brummte er.

Er war viel zu müde für das alles. Der Paarungsrausch und die Symptome verzögerter Alterung leisteten ihm gute Dienste bei nächtelangen Vorstandsmeetings und Verhandlungen gegen jüngere, aufstrebende Manager. Doch wenn es um eine gewisse kleine Breed ging, halfen sie seiner Beherrschung und seiner Stärke kein bisschen weiter.

Als er sie ansah, wich dieser Ausdruck langsam aus ihrem Gesicht, und es wurde seltsam ausdruckslos. Er schüttelte den Kopf, ging zur Tür, nahm sie am Arm und zog sie mit sich.

»Wenigstens weiß ich dann, dass du nicht da draußen bis zur Hüfte im Kugelhagel stehst und nach Blutvergießen suchst«, knurrte er.

So wie sie es zehn Jahre lang getan hatte. Oh ja, er hatte sich über sie auf dem Laufenden gehalten, und die daraus folgenden Albträume hatten ihm vor lauter Angst Bauchkrämpfe beschert.

»Aber ich bin doch so gut darin, Kugeln auszuweichen und Blut zu vergießen«, bemerkte sie mit großen Augen und offensichtlich vorgetäuschter Unschuld – und einem Anflug von Bitterkeit.

»Zweifellos.« Er presste missbilligend die Lippen zusammen. »Und ich vermute, du denkst, das ist in Ordnung für mich, wenn ich dich in mein Bett hole?« Er schob sie ins Wohnzimmer, vorbei an dem frisch gereinigten Teppich, und weiter ins Schlafzimmer, wo er die Tür abschloss und sich zu ihr umdrehte. »Denkst du auch nur eine verdammte Minute lang, ich nehme es hin, dass du in der Welt herumrennst und auf dich schießen lässt? Dass du dein Leben riskierst und meins dazu?«

»Du tust ja so, als würde ich das genießen.« Woher war nur die Bitterkeit in ihren Augen gekommen? Die hatte er noch nie gesehen. Er hatte spöttische Belustigung gesehen, Zorn, doch nie solches Bedauern und solche Bitterkeit.

»Tust du das denn nicht? Verdammt, Dawn, jeder Breed in Sanctuary hat Angst vor dir.«

»Natürlich.« Sie verdrehte spöttisch die Augen. »Ich übe an ihnen. Sie wissen nie, wann ihnen ein Dach auf den Kopf fällt oder sie in einer Falle landen, die ich für sie gelegt habe.« Sie zuckte mit den Schultern. »Ich bin nun mal hinterlistig. Kommt daher, dass ich so klein geraten bin.«

Klein, ja klar.

»Du bist wie Dynamit. Wenig Stoff für großen Rumms.«

Ihre Bitterkeit wich Belustigung. Einen Augenblick, nur eine Sekunde lang, blitzte sie in ihren Augen auf, bevor ihr Blick sich verdüsterte, und Dawn wieder ernst wurde.

»Sieh mal, ich verstehe ja, dass du nicht begeistert bist von dieser Paarungssache mit mir.« Verzweifelte Ungezwungenheit trat in ihre Züge. Die Klugschwätzerin kam zum Vorschein, weil die Frau es nicht ertragen konnte, erneut verletzt zu werden. »Und ich kann damit umgehen, wirklich. Aber ich möchte dich wenigstens weiter atmen sehen. Selbst wenn du die Gewohnheit hast, andere Frauen zu vögeln, wenn ich nicht da bin.«

»Verdammt, so war das nicht.« Er streckte die Hände nach ihr aus, zog sie dann ruckartig wieder zurück und ballte die Fäuste. »Ich dachte, es gäbe keine Chance für uns, Dawn. Hätte ich etwas anderes gedacht, und sei es nur für eine Sekunde, dann wären die Dinge anders gelaufen.«

»Und natürlich hast du nicht daran gedacht, mich zu fragen.« Sie hob die Schultern, als würde es keine Rolle spielen, doch er wusste, dass es anders war. »So wie du mich jetzt auch nie fragst. Du spielst einfach nur weiter den Märtyrer, Seth. Steht dir auch so gut.«

Er verletzte sie, das war ihm klar. Sie fühlte und witterte sein Bedauern, sein Zögern, sie zu nehmen. Ihm war klar, dass sie reden mussten, und er hasste es. Denn er wusste, es war das letzte Hindernis, um alles zu akzeptieren. Verdammt, er hatte es bereits akzeptiert; er wollte nur, dass sie es wusste, dass sie es verstand. Nicht zu wenig Liebe war der Grund gewesen – sondern zu viel.

»Ich sage dir was.« Sie stemmte wieder die Hände in die wohlgeformten Hüften und zog eine Augenbraue hoch. »Du denkst einfach mal ganz gründlich darüber nach, und ich nehme eine Dusche. Ich rieche nach Blut und Schweiß, und ehrlich gesagt schlafe ich nicht besonders, wenn ich stinke.«

Oh ja, da war sie wieder, die Klugschwätzerin. Dawn war sauer, und sie verbarg ihren Ärger nicht besonders gut. Seine Lippen zuckten beinahe belustigt. Er würde sich nie Sorgen machen müssen, ob sie nun wütend auf ihn war oder nicht – er würde es erkennen, wenn sie schnippisch wurde und völlig seinen männlichen Stolz ignorierte. Oder das, was von seinem Stolz noch übrig wäre, denn er wusste, sobald sie ihm gehörte, würde er ihr rund um die Uhr am Hintern kleben, begierig auf mehr.

Mit langsamem Kopfschütteln sah er zu, wie sie sich umdrehte, ins Bad marschierte und die Tür hinter sich zuschlug.

Niemand wird da sein, wenn Dawn erwacht. Cassie hatte das gesagt, und jetzt wusste Seth, wieso sein Verstand das Bedürfnis gehabt hatte, sie zu widerlegen. Denn er hatte die Absicht, in diesem Moment da zu sein, neben ihr, und sie in den Armen zu halten, ganz egal, wovon sie erwachte.

So viele Male war sie zu ihm gekommen, und er hatte sie abgewiesen. Er hatte sich ferngehalten, als er um sie hätte kämpfen müssen. Er hatte sie allein gelassen, als sie seine Arme gebraucht hätte.

Und jetzt hatte er keine andere Wahl, als zu ihr zu gehen, und er betete, dass sie ihn nicht zurückwies. Er hoffte es inständig, denn plötzlich sah das Leben ohne sie sehr trostlos aus.

Dawn stellte das Wasser so heiß ein, wie sie es gerade noch ertragen konnte, und trat nackt unter den harten Strahl von drei separaten Duschköpfen.

Wer um Himmels willen brauchte drei Duschköpfe in einer Dusche? Unerklärlich. So unerklärlich wie die Gefühle, die in ihr aufstiegen. Sie spürte das Bedürfnis zu weinen. Sie wollte den Kopf an die Duschwand lehnen und schluchzen, doch Dawn weinte kaum. Nicht wenn sie verletzt war, nicht wenn sie wütend war und nicht wenn Freunde starben oder fortgingen.

Sie war nicht zu Boden gegangen mit den Schreien, die in ihr aufstiegen, als sie erfahren hatte, dass ihr Gefährte nicht mehr ihr Gefährte war, und sie ließ den inneren Drang zu schreien auch jetzt nicht ausbrechen.

Denn sie wollte beten. Und wenn Dawn schon nicht weinte, dann würde sie ganz bestimmt auch nicht beten. Warum sollte sie zu einem Gott beten, der sie im Stich gelassen hatte? Der ihre Schreie als Kind nicht gehört und ihre Tränen nicht beachtet hatte? Sie glaubte an Seine Existenz, doch anders als andere Breeds glaubte sie nicht, dass Er mit ihrer Existenz einverstanden war.

Sie schüttelte den Kopf und schamponierte sich rasch das Haar, bevor sie den Kopf nach hinten legte, um es auszuspülen. Als sie den Kopf hob, öffnete sie ruckartig die Augen, und ihren Lippen entwich ein Keuchen.

Die Tür zur Dusche war offen, und Seth trat unter den Wasserstrahl. Kräftige Muskeln spielten unter seiner Haut, und sein Schwanz, hoch aufgerichtet, durchzogen von kräftigen Adern und mit dunkler Eichel, forderte ihre Aufmerksamkeit.

Leichter Haarflaum bedeckte seine Brust und zog sich wie ein Pfeil über seine Bauchmuskeln nach unten. Das Wasser perlte ihm über Arme, Oberschenkel und Beine, und während sie zusah, befeuchtete er langsam den Waschlappen in seiner Hand und seifte ihn mit einer wohlriechenden Seife ein.

»Vor zehn Jahren«, erzählte er, »fing ich an, Seifen für dich zu sammeln. Es waren schon etwa ein halbes Dutzend, bevor ich zu dem Glauben gelangte, dass du mich nicht wolltest und nie wollen würdest. Aber irgendwie ist diese Gewohnheit geblieben. Inzwischen sind es über zwei Dutzend Seifen. Einige davon sind ziemlich einzigartig, einmalige Düfte, die auf deine Billigung warten, bevor die Seifenmacher, die ich gefunden habe, mehr von denen herstellen, die dir gefallen.«

Ihre Lippen öffneten sich überrascht, während er die cremige Seife vorsichtig in eine Nische in der Wand legte.

»Die hier habe ich in Marokko gefunden.« Er trat einen Schritt vor und legte den Waschlappen an ihren Hals, bevor er sie zu waschen begann. »Sie hat einen ganz leichten Anflug von Sandelholz, auch wenn der oft für Männer verwendet wird. Als ich dich beschrieb, dachte der Seifenmacher, ein Duft, der sowohl Männer als auch Frauen bezeichnet, wäre angemessen. Eine Kombination von uns beiden.«

Dawn schwankte beinahe, während sie ihm ins Gesicht sah, fasziniert von dieser Information, von der Sanftheit und der Hitze in seiner Miene.

»Der Duft ist einfach Dawn«, sagte er leise. »Der Seifenmacher sagte, die Seife würde den Duft eines neuen Tages beinhalten. Frisch und neu, und berührt von Feuer.«

Und genau so duftete sie. Nicht blumig oder stark oder auch nur moschusartig. Sondern schlicht sauber und warm, und sie schäumte mit dichten Seifenblasen.

»Ich denke, die mag ich«, meinte er, und seine Stimme klang schroff trotz ihrer Sanftheit. »Sie duftet wirklich wie du, Dawn. Wie wir beide, zusammen.«

Sie stand da, völlig schockiert, als er sie von Hals bis Knöchel einseifte. Der reiche, duftige Seifenschaum schmiegte sich an ihre Haut und erfüllte den dampfenden Innenraum der Dusche mit dem Duft eines neuen Tages und eines erhitzten Mannes. Wie Seths Duft letzte Nacht, und das Verlangen, das er ausstrahlte, hüllte er sie ein und erhitzte sie durch jede Pore.

Er wusch ihren Bauch mit langsamen, sinnlichen Bewegungen. Dann spreizte er ihre Beine, und ihr stockte der Atem, als er sie dort wusch. Er tat es gründlich, ließ dann Wasser in die hohle Hand laufen und spülte den Schaum ab, und das mit aller Vorfreude und Ehrfurcht eines kleinen Jungen, der ein Weihnachtsgeschenk auspackt.

»Was tust du da?«, brachte sie schließlich flüsternd heraus, unsicher, wie sie reagieren sollte.

»Ich verführe dich, Dawn.« Er lehnte sich vor und küsste ihre Oberschenkel, hielt dann inne, um ihren Duft zu inhalieren, während sie spürte, dass sie langsam feucht wurde. »Jede Frau sollte bei ihrem ersten Mal mit ihrem Geliebten verführt werden. Sanft. Entspannt. Lustvoll.«

Sie schüttelte den Kopf bei dem Anblick des Wassers, das durch sein Haar rann, dort, wo ihre Hände sein sollten.

»Aber es ist nicht das erste Mal«, zwang sie sich, ihn zu erinnern. »Ich bin keine Jungfrau, Seth. Das weißt du.«

Er hatte die Aufnahmen gesehen, er hatte gesehen, was sie ihr angetan hatten. Nicht nur einmal. Mehr als einmal, bevor sie mit Callan fliehen konnte.

Er drückte die Lippen auf ihren Venushügel, und sie bebte vor Wonne, bevor er den Kopf hob und zu ihr aufsah. Sein Blick war dominant und besitzergreifend.

»Du irrst dich, Dawn«, sagte er. »Du bist eine Jungfrau. Voll süßer Unschuld, unberührt von den Händen eines Geliebten. All deine Wonne gehört mir, nicht wahr? Deine Leidenschaft für mich, dein Verlangen nach mir. Du bist eine Jungfrau, Liebes, mehr als dir klar ist.«

Sie blinzelte verwirrt, als er aufstand und über ihr aufragte, um sie umzudrehen. Das Wasser aus dem vorderen Duschkopf wusch den Schaum von ihrem Körper, während er begann, ihren Rücken einzuseifen. Das war sogar noch sinnlicher. Sie konnte ihn nicht sehen, nur fühlen. Den Schaum auf ihrer Haut, der sie liebkoste, noch während seine Hände sie streichelten, über ihre Haut strichen und sanft ihre Muskeln massierten.

»Einmal war ich in Russland«, flüsterte er an ihrem Ohr. »Es war kälter, als ich es mir je hätte vorstellen können, und da stand ich, auf dem Balkon meines Hotels und sah hinaus auf diesen makellosen, wundervollen schneebedeckten Wald. Und ich stellte mir vor, dass du da wärst und das mit mir teilst. Am nächsten Morgen ging ich los und suchte einen Seifenmacher. Und ich bestellte diesen Duft für dich. Den Duft von Wald am Abend, wenn die ersten Mondstrahlen auf den Schnee treffen. Wenn ich dich mit dieser Seife wasche, dann werde ich in dir sein. Damit du die Hitze fühlen kannst, die der Schnee in sich einschließt. Tief in der Erde, brennend und wartend auf den Frühling. Das werde ich sein, Dawn, das Feuer, das in dir brennt, während ich dich mit dem Duft von Schnee bade.«

Dawn spürte den kleinen Aufschrei, der aus ihrer Kehle drang, und ihr wurden die Knie weich. Im nächsten Augenblick lag sein Arm um ihre Taille und stützte sie, während dieser teuflische Waschlappen anfing, ihre Kehrseite zu waschen.

»Und das hier ist der wundervollste Hintern der Welt«, grollte er. »Ich hätte beinahe angefangen, Höschen für dich zu sammeln, aber irgendwie kam mir das dann doch zwanghaft vor, findest du nicht auch?«

Sie schüttelte den Kopf.

»Gut, dann bist du ja nicht überrascht, wenn ich die paar heraushole, die ich für dich gefunden habe – nicht mehr als ein paar Dutzend –, und dich bitte, sie für mich zu tragen. Seide, Satin und Spitze, so zart, dass sie kaum mehr als ein Flüstern auf deiner Haut sind. Ich komme schon fast, wenn ich nur daran denke, dass du so ein Höschen unter deinen Uniformhosen trägst. Sie haben auch Bänder. Und kleine Schleifen. Und ein paar sind offen im Schritt. Ich könnte gleich in dich gleiten und müsste mir keine Gedanken darum machen, es dir erst vom Körper zu reißen.«

Sie konnte kaum noch atmen. Sie schwitzte trotz des Wassers, das über sie strömte, und sie fragte sich, ob sie wohl gleich hier unter der Dusche dahinschmelzen würde.

Hitze durchströmte ihren Körper, und sie fühlte ihre Haut mit faszinierender Lust prickeln. Als würden seine Worte ihre Haut streicheln, über ihren ganzen Körper wandern, anstelle dieses schändlichen Waschlappens, der über ihren Po fuhr, immer und immer wieder.

Er tauchte in die Ritze zwischen ihren Pobacken ein, säuberte sie auch dort, und dann fühlte sie das Wasser, das sie abspülte. Es lief über ihre Haut, während er sie streichelte, ihre Pobacken umfasste und mit einem anerkennenden Brummen einen Kuss auf jede Rundung drückte. Er konnte nicht genug von ihr bekommen.

»Ich liebe deinen Po, Dawn.« Seine Stimme war rau und hungrig. »Ich schwöre, ich komme jedes Mal fast in meinen Hosen, wenn ich dich nur laufen sehe. Ich sehe, wie diese Muskeln sich bewegen und spielen und kann nur noch daran denken, wie ich sie festhalte, während du auf mir reitest.«

Sie konnte nicht schlucken und nicht stöhnen. Sie spürte die Schwäche in ihren zitternden Beinen, und als seine Zunge über die Rundung einer Pobacke glitt, wusste sie, dass sie gleich hier in der Dusche zu Boden sinken würde.

»Schön aufrecht bleiben, Liebes.« Er griff sie an den Hüften und hielt sie fest. »Bleib genau da stehen für mich. Ich brenne darauf, dich zu berühren, dich zu kosten. Mir läuft das Wasser im Mund zusammen für deinen Kuss, genauso wie für den Geschmack deiner süßen Scham. Ich will beides. Ich will deine hübsche Zunge in meinen Mund saugen, und ich will dich verrückt machen, während ich deine süße Lustperle in meinen Mund nehme.«

Sie musste – *irgendwas* tun. Sie hatte über dieses Gefühl gelesen, aber nirgendwo hatte etwas darüber gestanden, dass es so stark war, dass es ihren Unterleib in Krämpfe versetzte und qualvolle Wogen der Lust durch ihren Leib jagte, während ihre Klitoris vor Verzückung pochte.

Noch nie, niemals, hatte sie Wonne wie diese erfahren. Es gab nichts, was sich damit vergleichen ließ. Und sie hatte keine Ahnung, was sie tun oder sagen sollte.

»Ich will dich berühren.« Ihre Stimme war ein dünnes und flehendes Flüstern. Wenn sie ihn berührte, dann konnte er ihr nicht Teile ihrer Seele stehlen, ein Stückchen nach dem anderen, mit seinen Worten und seinen Berührungen.

»Nicht heute Nacht, Dawn.« Er erhob sich hinter ihr, und sie spürte seine Erektion, groß und warm an ihrer Kehrseite. Sie war kräftig, pochte, wie ihre Klitoris pochte, und ihr lief das Wasser im Mund zusammen. Und zugleich befreite sich das Hormon aus den Drüsen ihrer Zunge.

Das Aroma von Hitze erfüllte ihre Sinne. Sein Duft hüllte sie ein, und als sie spürte, wie das Wasser abgedreht wurde, fühlte, wie er sie rücklings an sich zog, verschmolzen die Frau und das Tier, um sich zu strecken, sich an ihm zu reiben und sie darauf vorzubereiten, von ihrem Gefährten in Besitz genommen zu werden.

11

Sie schnurrte. Seth hörte es und fühlte, wie seine Erektion zuckte und pochte, bevor ein kräftiger Schwall seines Samens ihre Kehrseite traf.

Er glaubte, er würde jeden Moment die Beherrschung verlieren. Sie hatte für ihn geschnurrt. Es hieß, dass weibliche Breeds nicht schnurrten. Die Männer konnten es, vor allem bei sinnlichen sexuellen Handlungen, aber nicht die Frauen.

Doch seine Frau tat es. Sie streckte sich in seinen Armen, und ihr vorlauter kleiner Hintern drückte sich an seine Oberschenkel, während ein tiefes, leises Grollen in ihrer Kehle oder unter diesen hübschen vollen Brüsten vibrierte – wo genau, konnte er nicht ausmachen.

Es war kein ständiges Grollen, nur etwa so lange wie ein Seufzen, aber es jagte wie ein Buschfeuer durch sein Blut. Sein Puma schnurrte. Seine grimmige, entschlossene, explosive kleine Gefährtin hatte für ihn geschnurrt.

Er biss die Zähne zusammen, als er die Tür zur Dusche öffnete, hielt sie mit einem Arm fest und zog das Handtuch von der Wärmestange an der Duschtür. Es war weich und warm, perfekt, um sie abzutrocknen. So wie das Duftöl, das er am Bett bereitgelegt hatte, um sie zu streicheln. Falls er genug Beherrschung fand, um ein wenig länger abwarten zu können, sie in Besitz zu nehmen, dann würde er es auch ausprobieren.

Er hatte Öle, die zu den Seifen passten. Wenn das nicht zwanghaft war, was dann? Gott im Himmel, was hatte ihn nur glauben lassen, er könnte je ohne diese Frau leben?

»Lass mich dich abtrocknen.« Er drehte sie in seinen Armen um, betrachtete ihre benommenen, sinnlichen Züge, während sie seinen Blick verwirrt erwiderte.

»Warum tust du das?« Sie sah ihn an, als sei ihr seine Antwort wichtig. Als würde es sie erstaunen, dass er das tat.

»Weil ich davon geträumt habe.« Seine Lippen verzogen sich wider Willen zu einem Lächeln. »Dawn, ich hatte Fantasievorstellungen davon. Sogar nachdem die Hormone des Paarungsrausches verschwunden waren, stand ich in der Dusche und habe Hand an mich gelegt, während ich daran dachte.«

»Selbst wenn du mit den anderen zusammen warst?« Zorn blitzte in den Tiefen ihrer Augen auf.

Seth fuhr mit dem Handtuch über ihren Rücken, ihren Po und sah sie ernst an. »Sogar dann, Dawn. Und selbst dann gab es keine Befriedigung für mich. Nur die Leere, die an mir zehrte, egal wohin ich ging oder was ich tat.«

Er hätte um sie kämpfen sollen, dachte er wieder. Er hätte Jonas und Callan sagen sollen, sie sollten zur Hölle fahren, statt sie mit seinen eigenen Ängsten spielen zu lassen. Das war sein Schwachpunkt gewesen. Sie war so klein und zierlich, und er war so viel größer, dass er ohnehin schon befürchtet hatte, er könne ihr wehtun. Und sobald er diese Bilder sah, hatte sich das Wissen, welchen Schaden er ihr zufügen konnte, tief in sein Gehirn gebrannt.

»Ich habe auch von dir geträumt«, flüsterte sie, und der Klang ihrer Stimme brach ihm das Herz. All die Einsamkeit, all die qualvollen Nächte voll Erregung und Kummer, die er empfunden hatte, hallten nun in ihrer Stimme wider. »Ich habe davon geträumt, dass du zu mir kommst.«

»Und ich bin zu dir gekommen.« Er trocknete sie langsam ab, bevor er mit dem Handtuch rasch über seinen eigenen Körper fuhr.

Als er sie in seine Arme hob, tat ihm tatsächlich das Herz weh. Sie keuchte überrascht auf, und ihre Hände umklammerten seine Schultern, als hätte sie noch nie jemand getragen. Und er hatte keinen Zweifel, dass es so war. Er bezweifelte, dass Dawn jemals mit Zuneigung oder Wonnen verwöhnt worden war.

»Was tust du da?« Ihre Stimme klang dünn und schwach, als er sie zum Bett trug.

»Ich verführe meine Gefährtin.« Er stemmte das Knie auf die Matratze und legte sie nieder. »Bist du bereit, dich verführen zu lassen, Gefährtin?«

Ihr Gesicht schien sich zu verwandeln. Es wurde sanfter, sinnlicher, während ihre Augen verführerisch schmal wurden.

»Du willst mich wirklich verführen?« In ihrer Stimme klang unschuldiges Erstaunen mit, die Überraschung und Wonne einer Frau. Die Sinnlichkeit einer Geliebten.

»Mehr als meinen nächsten Atemzug«, offenbarte er und wusste, dass das die Wahrheit war. Nichts war wichtig – nicht Reichtum oder Ruhm, nicht atmen oder leben –, außer diese Frau zu verführen.

Er hatte sein Leben gelebt, jedes Abenteuer durchgestanden, jede Prüfung und jeden Erfolg, für ein Ziel. Für dieses Ziel. Für diesen Augenblick, in dem alles, was er hatte, sich darauf konzentrierte, diese Frau zu verwöhnen.

Er schob sich über sie, sah, wie sie sich auf dem Bett zurücklehnte, verführerisch und natürlich sinnlich, als sie das Bein anzog und ihr Knie an seiner Hüfte rieb, während er die Arme neben ihr auf das Bett stützte und sich vorbeugte, um das Paradies zu kosten.

Ihren Kuss.

Magie und Feuer, reine Energie und Elektrizität – das alles war Dawns Kuss, der in seine Seele sank mit der Kraft einer

Flutwelle. Er schmeckte das Paarungshormon aus den Drüsen ihrer Zunge und brummte zustimmend bei der süßen Würze. Doch ihre Lippen, das Spiel ihrer Zunge an seiner, das Gefühl ihrer Hände und ihrer Nägel, die über seine Arme glitten – das war es, was ihn verzauberte.

Er wollte ihre scharfen Nägel an seinen Schultern spüren, an seinem Rücken, wenn sie sich in seine Haut gruben und lustvoll darüberkratzten.

Seth löste den Kuss, als er ein leises Stöhnen aus ihrer Kehle hörte, fuhr mit der Zunge über ihre Lippen und ließ sie seine Zunge mit ihrer verfolgen. Er knabberte an ihrer Unterlippe und spürte ihre Zunge über seine Oberlippe fahren. Sexy und sinnlich, verführerisch. Es war nicht die verschlingende, verzweifelte Gier ihrer letzten Küsse. Dieser hier war langsam und zärtlich, während er ihr in die Augen sah und diese verwirrte Unschuld ihre Züge erfüllte. Die verzückte und tiefe Lust, die Unsicherheit, ob er es vollenden würde.

»Lass es mich wissen«, flüsterte er an ihren perfekten, von Leidenschaft gezeichneten Lippen. »Sag es mir, Dawn, wenn ich dir Angst mache.«

Sie runzelte die Stirn. »Warum sollte ich Angst haben?«

In der Tat, warum.

Er küsste sie auf die Nasenspitze und fühlte, wie sie sich unter ihm streckte, während die Innenseite ihres Oberschenkels an seinem Bein rieb und ihre aufgerichteten Nippel seine Brust versengten.

Er konnte das Verlangen, sich tief in sie zu versenken, in seinem Unterleib spüren, doch noch stärker und tiefer in ihm war das Bedürfnis, sie einfach zu lieben. Ihr die Wonne, die Zärtlichkeiten, das immer stärker werdende Verlangen und die liebevolle Hingabe zu geben, wie er es sich immer erträumt hatte.

Seth hatte nie eine andere Frau geliebt. Er hatte mit ihnen

geschlafen, mit ihnen gespielt, doch bis jetzt, bis Dawn, hatte er nie geliebt.

Dawn konnte die Wonne gar nicht fassen, die all ihre Sinne erfasste, als Seth ihre Nase küsste, dann mit den Lippen an ihr Kinn und die empfindsame Haut an ihrem Hals wanderte.

Die Drüsen unter ihrer Zunge waren entspannt, da das Hormon daraus nun ihn erfüllte. Er hatte es aufgenommen, es von ihr aufgesaugt und alles mit Lippen, Zunge und seinem warmen Mund angenommen. Um es aufzuzehren und sie von der überwältigenden Wirkung zu befreien, die es mit sich brachte, wenn es ihre Sinne erfüllte.

Und noch immer berührte er sie ganz sanft. Seine Lippen wanderten über ihren Hals, während sie nach Luft rang; seine Hände ballten sich neben ihr auf dem Bett und hielten sein Gewicht über ihr in der Luft, während er sie mit den Lippen verwöhnte – nur mit den Lippen.

Er naschte von ihrer Haut und danach von ihren Brustwarzen. Er sog die festen, harten Knospen in seinen Mund und ignorierte ihren drängenden Aufschrei, als er sie tief in den Mund nahm.

»Seth. Oh, Seth. Das ist so gut.« Sie wusste nicht, ob sie diese Lust aushalten konnte. Sie fühlte jedes Saugen seines Mundes, das Strahlen der Lust in ihre Klitoris jagen. Feuchte tränkte ihre Vagina, sammelte sich an ihren Schamlippen und folterte ihre Klitoris.

Sie öffnete die Augen, starrte auf seine Lippen an ihrer Brust und betrachtete die Schweißperlen, die langsam an der Seite seines Gesichts herabrannen.

Die Hitze. Sie brannte in ihm, und sie kannte ihre vernichtende Kraft. Aber er war langsam und sanft, leckte über ihre Brustwarze und stöhnte, als ihre Hände über seine Schultern und seinen Rücken strichen.

»Oh ja, Dawn«, keuchte er, während seine Lippen über die Rundung ihrer Brüste hinab zu ihrem Bauch wanderten. »Berühre mich, Liebes. Ich träume von deiner Berührung. Von deinen Händen auf meiner Haut. So weich und sanft.«

Seine Lippen glitten tiefer, immer tiefer.

Dawn hielt den Atem an und sah zu, sah, wie er mit Küssen und Zungenstrichen über ihren Bauch nach unten wanderte. Seine Zunge tauchte in ihren Bauchnabel ein und glitt noch tiefer.

Sie hielt den Atem an, und ihre Beine öffneten sich, als seine breiten Schultern dazwischenglitten, und er zögerte. Schwer atmend hielt er über der feuchten Scham zwischen ihren Beinen inne. Eine Schweißperle lief ihm über die Wange, tropfte auf ihren empfindsamen Venushügel, und sie stöhnte auf.

Er hob den Blick zu ihr.

Dawn sah, wie er sich mit der Zunge über die Lippen fuhr; sie waren geschwollen vor Verlangen, seine Augen beinahe schwarz vor Lust, während sein Arm neben ihr sich auf dem Bett anspannte.

»Davon habe ich geträumt, Seth«, stöhnte sie. Sie wollte unbedingt das Gefühl kennenlernen, seine Lippen dort zu spüren. »Du hörst immer auf. Genau hier hörst du immer auf.«

»Ich kann nicht aufhören.« Seine Augen schlossen sich langsam, und seine dunklen Wimpern lagen einen Augenblick lang auf seinen Wangen, bevor sie sich wieder öffneten. »Gott helfe uns beiden, Dawn. Ich kann jetzt nicht aufhören.« Und er senkte den Kopf.

Beim ersten Strich seiner Zunge über ihre feuchte Spalte bäumte sie sich auf und rief seinen Namen. Beim zweiten Mal wand sie die Hände in sein Haar, um ihn an sich zu drücken. Nach dem dritten Mal verlor sie den Verstand.

Er schob sich zwischen ihre Beine und ließ die Hände unter

ihren Po gleiten, grub die Finger in ihre Rundungen und hob sie an seinen Mund.

Sie wand sich unter seinen Lippen, während er sie verwöhnte, mit seinem Mund, saugenden Küssen und drängenden Strichen seiner Zunge. Das war nicht nur Lust, es war Qual. Agonie und Ekstase zugleich, und alles verschwamm ineinander, und sie wollte, dass es nie endete. Sie würde sterben, wenn es endete. Es baute sich in ihrem Unterleib auf, in ihren Adern, es peitschte über ihre Nervenenden, durch jede Zelle ihres Körpers und jagte sie in einen Abgrund der Wonne.

Sie wand sich unter den neckenden Strichen seiner Zunge. Sie schrie auf, als er damit tief in ihre Vagina drang. Und als seine Lippen ihre Klitoris umschlossen und er mit tiefem Stöhnen daran saugte, explodierte sie.

Dawn hatte noch nie einen Orgasmus gehabt. Sie hatte nie dieses immer stärker werdende Drängen erfahren, diesen Höhenflug, diese Explosion, die durch ihren ganzen Körper und durch ihre tiefste Seele jagte. Es erschütterte sie von innen und außen, ließ ihre Muskeln zucken, und sie bäumte sich auf und krallte die Nägel in seinen Rücken, als er sie festhielt und mit seinen Lippen an ihr saugte, sie an Orte führte, die zu sehen sie sich nie hätte vorstellen können.

Seth brannte. Nicht das Brennen, das er in der Vergangenheit gekannt hatte. Nicht das Brennen, das er seit ihrem Kuss kannte. Er stand in Flammen. Sie leckten über seine Hoden, während Samen von seiner Eichel tropfte, und er schwor, die Hitze, die er in sich spürte, würde ihn zum Schmelzen bringen, noch bevor er in sie eindringen konnte.

Es war die wundervollste Mischung aus Schmerz und Lust, die er in seinem Leben je erfahren hatte.

Zehn Jahre. Zehn Jahre lang hatte er darauf gewartet. Um ihre Feuchte an seiner Zunge zu spüren und sie mit seinem

Mund zum Höhepunkt zu bringen. Um ihre Schreie in seinen Ohren zu hören und ihre Nägel zu spüren, die über seinen Rücken kratzten. Und kratzen konnte sie, oh ja. Er drängte sich dem leichten Schmerz entgegen, grollte und leckte erneut über ihre Spalte. Und wieder. Er nahm ihren Orgasmus in sich auf, das süße Aroma ihrer Lust, und als sie zurück aufs Bett sank, stöhnend über den langsamen Widerhall erneuter Lust, ging er auf die Knie und hob sie zu sich.

Er würde sich nicht auf sie legen. Er konnte sie nicht so nehmen und riskieren, dass die Erinnerungen einen von ihnen beiden quälten. Stattdessen lehnte er sich zurück, zog sie auf sich und sah ihr in die benommenen Augen.

»Reite mich, Dawn«, stöhnte er, so voll drängender Begierde, sie um seinen Schaft zu spüren, dass er drauf und dran war, sie anzuflehen. »Komm, Liebes, nimm mich auf.«

Er griff ihre Hüften, während sie rittlings über seine Oberschenkel kam, und sah zu, wie ihre Finger, so zierlich und anmutig, seinen Schaft umfassten und ihn an die zarte Pforte zwischen ihren Beinen führten.

Er war kurz davor, zu beten. Sie musste sich beeilen, oder er schwor, sein Herz würde vor Lust explodieren.

Er musste die Zähne zusammenbeißen, als sie die kräftige Eichel zwischen ihre Schamlippen führte, dann erreichte sie ihre Spalte, und er wurde ganz reglos. Er zwang jeden Muskel seines Körpers, sich nicht zu rühren, und betrachtete ihr Gesicht, die intensive Erregung darin, die benommene, drängende Lust in ihren Augen und ihren geröteten Zügen.

»Es ist kein Traum«, stöhnte sie, und er fühlte, wie sie sich auf seine kräftige Eichel drückte und ihn langsam in sich eindringen ließ. »Es ist kein Traum.«

Es war kein Traum. Dieses Mal war er hier. Dawn sah zu ihm hinab, während er sie festhielt. Würde er sie nicht halten, sie würde auf ihm dahinschmelzen wie Butter, über ihn hinwegfließen und in seine Poren sinken. Und dann wäre sie für immer ein Teil von ihm. Sie könnte ihn nie verlieren, wenn sie so tief in ihm war, wie er bald in ihr sein würde.

Sie spürte die Enge, sah zu, wie sich sein Gesicht vor Lust verzog, und sie wusste, wenn es schmerzte, falls es irgendwie sehr schmerzte, dann wäre das ganz unwichtig. Denn um diesen Ausdruck in seinem Gesicht zu sehen, würde sie mehr als ihren Körper geben – sie würde ihr Leben geben.

Aber es war kein Schmerz. Kein Schmerz, der einen in Stücke riss. Es war eine Mischung aus Schmerz und Lust. Qual und Ekstase, während sie um Atem rang, den Bewegungen seiner Hände folgte und spürte, wie ihre Feuchte ihm den Weg erleichterte und ihrer beider Haut nässte, als sie sich auf seinen harten Schaft sinken ließ.

Sein Glied pochte. Die kräftigen Adern pochten in ihrer Vagina und liebkosten sie auf ihre Weise. Die dicke Eichel öffnete sie, sein Schaft streichelte sie. Zentimeter für Zentimeter ließ sie sich auf ihn sinken und stöhnte vor Wonne. Vor Lust. In dem Gefühl, dass etwas endlich zusammenfand. Das etwas – jemand – endlich zu ihr gehörte.

Bis er sich schließlich in ganzer Länge in ihr versenkt hatte, rangen sie beide nach Luft. Schweiß bedeckte ihre Körper, und das Feuer, das zwischen ihnen tobte, verbrannte sie beide zu Asche.

»Seth, hilf mir!« Sie ballte die Fäuste an seiner Brust, und ein Aufschrei drang aus ihrer Kehle. »Bitte.« Sie hielt ihn umklammert, spürte, wie die Muskeln ihrer Vagina sich zusammenzogen und sie noch feuchter wurde. »Ich weiß nicht ...«, sie bäumte sich auf und rief: »Ich weiß nicht, was ich tun muss.«

Doch er wusste es. Er zog sie an sich, umfasste mit einer Hand ihren Kopf und zog ihre Lippen zu sich herab, und dann begann er, sich zu bewegen. Sie schrie in seinem Kuss auf und ließ ihre Zunge mit seiner spielen, während seine Zunge in ihren Mund stieß und die harten, drängenden Stöße zwischen ihren Schenkeln nachahmte.

»Dawn, o Gott ...« Er knabberte an ihren Lippen, während sein Schaft sich in sie schob, sie dehnte und ihre Nerven reizte, so empfindsam, dass sie schwor, jeder ekstatische Stoß würde sie vernichten.

Sie löste die Lippen von ihm und drückte sie an seinen Hals. Sie musste zu Atem kommen. Denn sie konnte spüren, wie sich das Brennen wieder aufbaute, so wie zuvor, als er an ihrer Klitoris gesaugt hatte, doch dieses Mal noch stärker. Sie konnte fühlen, wie es immer intensiver in ihrem Unterleib wurde, sich aufbaute und sich in ihrem ganzen Körper ausbreitete.

Sie würde zerbrechen. Die Lust zerschmetterte ihre Seele, und sie wusste nicht, wie sie sie aufhalten sollte. Ihre Hüften wanden sich, während er sie liebte. Er nahm sie hart, tief, mit jedem Stoß schneller, bis ein Feuerwerk aus Flammen in ihr ausbrach.

Dieses Mal konnte sie nicht schreien. Also biss sie zu. Ihre Zähne vergruben sich in seiner Schulter, und sie spannte sich bis zum Zerbrechen an. Sie war sicher, dass ihr Körper solche Lust nicht ertragen, nicht überleben konnte.

Doch sie überlebte es. Plötzlich verschmolz sie mit ihm, und die Explosion, die sie überwältigte, war jenseits aller Sinne. Die Ekstase ließ sie in ihn strömen, noch während er sich in sie verströmte. Tiefe, heiße Schübe seines Samens pulsierten in sie, während die Muskeln ihrer Vagina ihn umklammerten und an seinem harten Schaft molken, als er ihren Namen ausrief und sie schließlich erschöpft auf ihn sank.

12

Als Seth es endlich schaffte, Verstand und Körper wieder zusammenzubringen, hielt er Dawn fest umschlungen. Er drückte sie an sich, während sie träge über seine Schulter leckte, und er registrierte es – ein heiseres Lachen kam aus seiner Kehle: »Du hast mich schon wieder gebissen.«

»Hmmm.« Sie leckte über die Wunde.

»Damit sind es drei Male.« Er musste ein Gähnen unterdrücken, bevor er ihre Schulter küsste.

Sie lagen aneinandergeschmiegt da, feucht von Schweiß und schwindender Ekstase. Seth war noch immer in ihr, sie umschloss ihn immer noch, heiß und eng, und die Muskeln ihrer Vagina zuckten träge um sein noch immer steifes Glied.

Sie lag auf ihm wie eine schläfrige kleine Katze. Als er über ihren Rücken streichelte, hörte er wieder das leise Schnurren. Nur eine Sekunde lang, als sei es durch eine Art unbewusste Barriere geschlüpft.

»Das gefällt mir«, flüsterte er schläfrig.

»Was denn?«

»Dieses leise Schnurren.« Er rieb sein Kinn an ihrem Haar und drückte ihr einen Kuss auf die Ohrspitze. »Mir gefällt, wie das klingt.«

Sie schwieg und lag lange Sekunden still. »Das habe ich noch nie zuvor gemacht«, flüsterte sie, als sei die Tatsache, dass sie geschnurrt hatte, irgendwie beängstigend. »Es macht mich zu etwas Sonderbarem. Ich habe nie gehört, dass die anderen Breed-Frauen es tun würden.«

»Wen kümmert es, was sie tun? Ich liebe es, dich schnurren zu hören. Es klingt sinnlich und träge. Befriedigt.« Und ganz sein. Ihr erstes Schnurren gehörte ihm, und so Gott wollte, würde er in der Zukunft noch für viele, viele mehr sorgen.

Er strich mit den Händen über ihren Rücken, rieb zärtlich über ihre kessen kleinen Pobacken und bewegte sie träge an seinem noch immer harten Schaft entlang.

Er konnte warten, bis er mehr bekam. Er war erregt, hart und noch immer in ihr. Aber er konnte warten. Im Augenblick wollte er sie berühren. Er wollte spüren, wie sie sich an seiner Haut bewegte, wollte fühlen, wie ihr der Atem stockte und wie sie ganz leise erbebte, jedes Mal, wenn er sich an sie drückte.

»Ich bin nicht befriedigt.« Sie streckte sich langsam, hob leicht kreisend die Hüften, bevor sie sich wieder nach unten gleiten ließ und seinen Schaft fest umschloss.

»Nicht einmal ein kleines bisschen?« Er lächelte, als er ihr Lächeln spürte, während sie seine Schulter küsste.

»Nur ein klein wenig. Nur ein paar Sekunden lang.« Sie hob sich und stützte die Hände auf seine Brust. »Und du bist so überaus bereit, Seth. Wir könnten noch etwas spielen.«

In ihren Augen schimmerte Hitze und ein ganz leichtes Funkeln von Belustigung.

»Du willst also spielen, ja?« Er ließ die Hände von ihren Hüften an ihre vollen Brüste wandern.

Ihre Brustwarzen waren diamanthart Knospen, ihre Brüste leicht gerötet, und sie hoben und senkten sich schwer, als ihre Atemzüge tiefer wurden.

Tiefer, wo ihr Körper seinen umfing, tief in ihrer engen Vagina spürte er erneut ihre Reaktion. Ihre warme Scham umschloss ihn noch enger, wurde feuchter, falls das überhaupt noch möglich war, und trieb ihn in den Wahnsinn.

»Komm her«, flüsterte er. »Küss mich, Dawn. Tief und süß, wie nur du es kannst.«

Er sah die Freude, die in ihren Blick trat, noch während die Lust durch ihren Körper flutete. Er zog sie zu sich hinunter für den Kuss und fühlte, wie sie auf ihn herabsank, um ihn herum, in ihn hinein.

Du lieber Himmel, wie sollte er je überleben, wenn er wieder ohne das sein müsste? Wie hatte er je leben können, ohne ihren Kuss und ihre Berührung zu kennen?

Er sah zu, wie sie sich lange Momente später wieder aufrichtete. Ihre Augen waren schmale Schlitze, in deren goldbraunen Tiefen Hitze loderte. Sie war das Sinnlichste und Erotischste, was er je in seinem Leben gesehen hatte.

Nichts hatte ihn auf die Schönheit vorbereitet, die sich nun auf ihm bewegte und seiner Führung folgte, während er ihre Hüften umfasste und sie lehrte, seine Sinne zu vernichten, mit einem langsamen Abwärtsgleiten, einer Hüftbewegung, einem Anspannen ihrer Schenkel.

Sie knurrte, als er sie nach hinten drückte, ihre Hände führte, damit sie sich hinten auf seinen Beinen abstützte, während er mit dem Daumen langsam und zielstrebig ihre harte kleine Lustperle verwöhnte.

»Verdammt, ich liebe es, wenn du so knurrst.« Er sah zu, wie sein Schwanz in sie glitt und glitzernd von ihrer Feuchte wieder zum Vorschein kam, als sie sich aufwärts bewegte.

»Ich knurre nicht«, keuchte sie und gab denselben Laut erneut von sich. Ein leises Grollen, mehr als ein Schnurren. Ein Laut vollkommener Wonne.

Sie warf den Kopf in den Nacken, und die seidigen Strähnen ihres goldenen Haares flogen wie Federn um ihr Gesicht und ihren Hals, als sie den Rücken durchbog und er fühlte, wie sie sich um ihn anspannte.

Seth bewegte die Hüften stärker und stieß sich in sie, während sein eigener Atem keuchend aus seiner Kehle drang. Er zog sie an sich, eroberte ihre Lippen mit einem Kuss und spürte, wie sie dahinschmolz.

Sie schrie an seinen Lippen auf, rief seinen Namen, und der Klang trieb ihn in seinen eigenen Höhepunkt. Harte, kräftige Schübe seines Samens füllten sie. Die Lust jagte durch seinen Körper und ließ ihn noch lange Momente um Luft ringen.

Seth wusste, er sollte aufstehen. Er sollte sie von sich heben, sie beide säubern und sich dann mit ihr ins Bett kuscheln, aber er wollte sich nicht bewegen. Er wollte sie nicht wegschieben. Er wollte sie in den Armen halten. Auf eine Weise mit ihr verbunden, die seine Seele füllte.

Zehn Jahre hatte er gegen den Paarungsrausch angekämpft. Zehn Jahre, und er hatte aufgegeben zu glauben, dass Dawn je zu ihm kommen würde. Doch jetzt war sie hier, und er schwor sich, was es auch kosten würde, er würde sie halten.

Dawn schlief. Fester, als jemals zuvor in ihrem Leben. Geschützt in Seths starken Armen, eng an seine Brust geschmiegt. Sie fühlte sich sicher. Geborgen. Jetzt konnte sie schlafen, denn sie wusste, er würde die Nacht zurückhalten. Und sie schlief tiefer. So tief, dass sie die Vergangenheit loslassen konnte.

Plötzlich lag sie nicht mehr in Seths Armen, sondern stand mitten im grellen Licht und in einer Kälte, die ihr bis in die Knochen drang.

Ich habe Angst.

Sie drehte sich um und starrte das Kind an, das die Worte gesagt hatte. Die Kleine war fast substanzlos. Fast ein Geist. Nackt kauerte sie in der Ecke des Käfigs. Ihr langes Haar bedeckte den Großteil ihres Körpers, und ihre braunen Augen waren starr und blind vor Schmerz.

Sie war nicht nur irgendein Kind. Dawn wusste, wer es war. Sie selbst. Das Kind, das sie vergessen und so tief begraben wollte wie nur möglich.

Als sie das Kind anstarrte, fühlte sie sich verraten. Ein Verrat, der tiefer ging als der von Callan, als er Seth die Bilder gezeigt hatte. Er verletzte sie tiefer als jeder Verrat, an den sie sich erinnern konnte, doch sie konnte die Quelle nicht ausmachen. Und sie weigerte sich, nach der Quelle dieses Schmerzes zu suchen.

Sie schüttelte den Kopf. Sie war nicht hier. Es war nur ein Traum, nicht mehr. Sie war bei Seth. Er hielt sie in seinen Armen. Sogar als die Bilder des Albtraums ineinander verschwammen, konnte sie seine Arme spüren, ihre Wärme, die Sicherheit, auch wenn sie ihn nicht mehr sehen konnte.

Dawn blickte um sich und fühlte, wie das Entsetzen ihre Seele wieder mit Kälte erfüllte. Sie war nicht länger an einem sicheren Ort. Sie sah keine Schatten oder finsteren Umrisse mehr. Sie ahnte nicht mehr nur ein Gehege, sie fühlte es. Sie sah es.

Das unterirdische Labor der Anlage in New Mexico, aus dem Callan sie gerettet hatte. Doch das hier waren nicht die Trümmer, die nach der Flucht und den Explosionen übrig geblieben waren. Dies hier war das voll funktionsfähige Labor, mit piepsenden Monitoren und Computerbildschirmen, die die Käfige und Zellen zeigten. Die Käfige. Die Käfige, in denen die Kinder gehalten wurden, wenn sie widerspenstig waren oder über den Experimenten, die an ihren jungen Körpern durchgeführt wurden, vor Schmerz den Verstand verloren hatten.

»Ich will nicht hier sein«, flüsterte sie und fühlte, wie ihr die Worte im Hals stecken blieben.

»Spar dir das Beten«, flüsterte das Kind. »Wenn du betest, werden sie gemein. Und Er hört sowieso nicht zu. Du weißt, dass Er nicht zuhört.«

»Dann bete nicht«, *gab sie wütend zurück. »Halt deine verdammte Klappe.«*

Dawn war wütend auf das Kind, und sie wusste nicht genau, warum.

Warum sollte das Kind beten wollen? Warum einen Gott anrufen, der nicht zuhörte und die Breeds nicht beschützte? Er hatte sie nicht erschaffen, also warum sollte es Ihn kümmern, ob sie lebten oder starben? Ob sie überlebten oder ohne Albträume leben konnten?

Die kleine Breed lehnte den Kopf an die Gitterstäbe des Käfigs, und Niedergeschlagenheit und Hoffnungslosigkeit umgaben sie, während Dawn fühlte, wie sich ihre Brust vor Schmerz zusammenzog. Sie trat näher. Sie wollte sie trösten, auch wenn sie wusste, dass es keinen Trost gab, den sie geben konnte. Sie war einen Schritt näher gekommen, als das Mädchen wieder die Augen öffnete.

»Hast du seine Augen gesehen?«, flüsterte die Kleine. »Ich habe hingesehen, als er mir wehgetan hat. In seine Augen. Nur seine Augen. Ich will mich für immer an sie erinnern, damit du ihm die Kehle herausreißen kannst. Erinnere dich an seine Augen. Erinnere dich, Dawn, wir werden ihn umbringen. Wir reißen ihm die Kehle heraus und baden in seinem Blut. Wir haben es geschworen. Erinnere dich daran, wir haben es geschworen.« Qualvoller Schmerz, ein brutales, animalisches Knurren der Wut und Hilflosigkeit drangen durch den Raum, als die Worte sie trafen.

Dawn fuhr zurück. Sie erinnerte sich an den Schwur. Als die Erkenntnis durch ihren Verstand jagte, verschob sich alles um sie herum, der Boden unter ihr und die Welt um sie herum, und machten sie benommen.

Plötzlich wurde sie gefesselt. Unbarmherzige Hände packten sie an Armen und Beinen, während sie sich wehrte und um sich schlug. Hektisch sah sie sich um, starrte die dunklen Gestalten an. Sie trugen schwarze Masken und schwarze Hemden. Sie verbargen sich, aber Dawn konnte ihre Augen sehen. Sie konnte sie sehen, sie konnte sie wittern, und sie würde sie töten.

Sie fletschte die Zähne und knurrte vor Wut, und das Tier in ihr krallte sich mit scharfen Klauen in ihren Verstand und suchte nach einem Fluchtweg.

»Ich wittere euch«, schrie sie. »Ich wittere euch. Ich sehe eure Augen. Ihr werdet sterben. Ich töte euch.«

Sie schrie einen von ihnen an. Nur einen. Während er sich zwischen ihre Schenkel drängte, die mit Stahl gefesselt waren. Seine Lippen verzogen sich zu einem Grinsen, als er seine Hose öffnete. Und sie starrte in seine Augen.

»Ich bringe dich um.« Wahnsinnig vor Wut, ein Nebel aus blutroter Raserei erfüllte ihre Sinne, als er über sie kam, und sie wusste, welchen Schmerz er ihr zufügen würde. Nicht nur ihrem Körper, sondern auch der Seele, die die Breeds angeblich nicht hatten.

»Dazu musst du mich erst einmal finden.«

Eine Sekunde später begann sie zu beten. Furcht erfüllte sie, finster und schmierig, die über ihre Sinne glitt, als sie diese erste Berührung spürte.

»O Gott. Gott, rette mich ... Gott, rette mich ...«

»Gott kümmert sich nicht um dich.« Sein Grinsen war kalt und triumphierend. »Wann akzeptierst du das endlich? Gott kümmert sich nicht um das, was nicht Sein Geschöpf ist. Du bist nicht Sein Geschöpf. Du bist unseres ...«

Sie wachte auf. Ruckartig öffnete sie ihre Augen, und sie starrte in den wütenden, gequälten Blick des Mannes, den sie mehr liebte als ihr eigenes Leben.

»Wach auf, verdammt!« Er schüttelte sie, seine Gesichtszüge waren angespannt und sein Blick gequält.

Ihr Körper war stocksteif, und die bruchstückhaften Erinnerungen an den Traum waren fast, nur fast, verschwunden. Sie konnte sich beinahe erinnern. Noch immer konnte sie ihre eigene Furcht schmecken, ihre eigenen Gebete hören und die Antwort, die sie erhalten hatte.

Und als sie in Seths Augen sah, wusste sie, dass er es auch gehört hatte. Er wusste es. Er musste ihre Gebete gehört haben. Sie wusste, dass sie im Schlaf betete, während sie sich zu beten weigerte, wenn sie wach war. Sie betete nicht, denn sie wusste, dass Er nicht zuhörte.

Doch Seth hörte zu. Er hatte sie gehört, und er hatte sie aus dem Traum zurückgeholt. Er hatte verhindert, dass sie schrie und dass sie den Schmerz fühlte. In einem entfernten Teil ihres Bewusstseins war ihr das klar. Sie erinnerte sich vielleicht nicht an den Traum, aber sie kannte den Schmerz, von dem sie immer erwachte. Bis jetzt.

»Halt mich.« Ihre Stimme klang schroff und verzweifelt. »Lass mich nicht allein.«

Doch er drückte sie bereits enger an sich, und seine kräftigen Arme umhüllten sie, während jene Gebete, die Gebete eines Kindes, in ihrem Kopf widerhallten.

»Du wirst nie wieder allein sein«, flüsterte er ihr ins Ohr. »Weißt du denn nicht, Dawn? Gott hat mich zu dir geschickt. Sag mir, was ich tun soll, Baby, sag mir nur, was ich tun soll.«

»Halt mich einfach fest.«

Sie zitterte nicht und sie betete nicht. Sie hielt sich an ihm fest, als sei er ihre Rettungsleine, und sie fühlte, wie ein Knoten aus Furcht in ihrer Seele sich zu lösen begann. Denn sie erinnerte sich an die Augen, und sie wusste, sie wusste genau, dass sie, irgendwo, irgendwann, diese Augen wiedergesehen hatte.

Seth starrte in das dämmrige Zimmer und fühlte, wie Dawn langsam wieder in den Schlaf glitt. Immer noch strich er mit langsamen, leichten Kreisen über ihren Rücken, während er sie fest an seine Brust gedrückt hielt, in der sein Herz wütend hämmerte.

Der Schreck war ihm durch Mark und Bein gefahren, als sie aus seinen Armen hochgeschreckt war und ihre Arme und Beine sich aufs Bett gepresst hatten, wie von einer unsichtbaren Kraft niedergedrückt. Und dann hatte sie angefangen zu beten.

Entfernt erinnerte er sich an das Gerücht, dass Dawn niemals betete. Sie besuchte nie die Gottesdienste, die für Sanctuary abgehalten wurden, und sie weigerte sich, sich in Gegenwart des Pastors aufzuhalten. Sie war eine der wenigen, die die Auffassung vertraten, dass Gott die Breeds nicht erschaffen und dass Er sie nicht angenommen hatte.

Doch in ihren Träumen betete sie. Mit der gebrochenen Stimme eines Kindes, heiser vor Schmerz, betete sie. *Gott, rette mich ...*

Und er wusste, wofür sie um Rettung gebetet hatte. Sie hatte zu Gott gefleht, als sie sie vergewaltigt hatten, und sie hatten nicht aufgehört. Sie hatten sie verletzt, immer wieder. In diesem Labor war ihr eingetrichtert worden, dass sie keine Seele habe. Dass sie von Menschen erschaffen worden war und nicht von Gott. Dass Gott kein Interesse an Breeds habe. Ein Kind, das solche Dinge durchlitten hatte wie sie – wie konnte sie etwas anderes glauben, als dass das die Wahrheit sei?

Seine kleine Puma-Breed glaubte, Gott habe sie im Stich gelassen. Und dann auch noch alle anderen. Callan hatte sie Dayans Wahnsinn überlassen, und dann hatte Seth sie mit dem Paarungsrausch allein gelassen. Dawn hatte nur Verrat und Schmerz kennengelernt.

Und doch lag sie hier in seinen Armen, entspannt und tief schlafend.

Seth hatte monatliche Berichte über Dawn gefordert, nachdem er sie verlassen hatte. Jahrelang hatte er Jonas persönlich angerufen, dafür gesorgt, dass sie alles hatte, was sie brauchte, und zur Verfügung gestellt, was er konnte, damit sie sicherer war und sich wohler fühlte. Und all die Jahre hindurch hatte er Informationen über sie bekommen.

Er wusste, dass sie oft das ganze Anwesen mit ihren Schreien geweckt hatte, bis auf die letzten paar Jahre. Er wusste, dass sie die meisten Nächte überhaupt nicht schlief. Sie döste den Tag über, manchmal machte sie auch ein Nickerchen im Wald. Sie hatte nur wenige Freunde, sie trainierte gewissenhaft, und die männlichen Breeds in Sanctuary lebten fast in Furcht vor ihr. Jonas hatte nicht erwähnt, wieso. Dawn hatte amüsiert auf den Vorwurf reagiert, und in ihrem Blick hatte ein Lachen gestanden.

Er sah Anflüge von Schelmerei in ihr, und wenn jemand die Bezeichnung Klugschwätzerin verdiente, dann sie. Eine starke, eigensinnige, entschlossene Frau, bei Weitem anders als dieser Schatten eines gebrochenen Kindes, den er zehn Jahre zuvor erahnt hatte, als sein Chauffeur ihre Brüste befummelt und sie ein Spielzeug des Councils genannt hatte.

Und nun lag sie in seinen Armen, mehr Geliebte als jede andere Frau, die ihn je körperlich berührt hatte.

Doch noch immer geplagt von den Schatten einer Vergangenheit, an die zu erinnern sie sich weigerte, und einem Gott, von dem sie glaubte, dass er sie verlassen habe.

Er seufzte müde, küsste sie auf die Braue und lächelte, traurig und dankbar zugleich, als sie wieder für ihn schnurrte. Ein leises Grollen, als sie sich enger an ihn schmiegte, ihr Bein zwischen seine Schenkel gleiten ließ und ihre Finger sich an seiner Haut bewegten.

Sie gehörte ihm. Jetzt musste er einen Weg finden, sie zu retten.

»Schlaf, Baby«, flüsterte er, als sie an seiner Brust murmelte und sich umdrehen wollte. »Genau hier, Dawn. Bei mir bist du in Sicherheit.«

Wieder entspannte sie sich neben ihm, atmete leicht und langsam und gab ein paar Momente später erneut ein kleines Schnurren von sich. Und wie sehr er dieses Schnurren liebte.

Wie sehr er seine Puma-Breed liebte.

13

Mehrere Stunden später erwachte das Haus zum Leben. Die Tragödie der vergangenen Nacht war nicht vergessen, und unter den Gästen machten jede Menge abfällige Fragen und kühle Bemerkungen den Verstorbenen betreffend die Runde.

Wie es schien, gab es nur wenige Menschen, die Andrew Breyer wirklich gemocht hatten, abgesehen von Seth, Dane Vanderale und Ryan Desalvo. Die anderen Gäste gaben sich zwar äußerlich schockiert, manche wirkten gar untröstlich, doch in Wahrheit herrschte sensationsgierige Aufregung aufgrund der Tatsache, dass tatsächlich jemand ums Leben gekommen war.

Dawn fühlte die Aufregung unter den beinahe einhundert Gästen vibrieren. Vorstandstreffen als Urlaub, dachte sie, während sie Seth folgte und zusah, wie mühelos er den perfekten Gastgeber spielte.

Die Festivitäten des Abends bestanden in einer weiteren Party. Trotz ihrer Einwände war die dafür engagierte Band heute Nachmittag eingeflogen worden und hatte sich in dem riesigen Ballsaal auf einer Seite des Hauses aufgebaut. Die vielen Fenstertüren, die den Raum säumten, wurden geöffnet, und Kristallleuchter tauchten alles in einen goldenen Glanz.

Getränke flossen reichlich, und für diejenigen, deren Hunger beim vorherigen Barbecue draußen noch nicht gestillt worden war, hatte man ein Büfett aufgebaut. Viele Paare tanzten langsam in der Mitte des Saales auf der dafür eingerichteten Tanzfläche.

Dawn stand neben Seth und registrierte seine Hand tiefer an ihrem Rücken, während er einmal mehr mit dem Firmenchef von Foreman Motors über die Fahrzeuge sprach, mit denen sie Sanctuary versorgten. Timothy Foreman gehörte auch zum Vorstandsgremium von Lawrence Industries, und Dawn wusste, dass er zu denen gehörte, die Besorgnis wegen der Geschenke äußerten, die das Unternehmen den Breeds machte.

Sie trug wieder eine schwarze Uniform und registrierte die Blicke, die ihr die anderen Frauen plötzlich zuwarfen, nachdem Seth kein Geheimnis daraus machte, dass sie nun ein Paar waren.

Ungeachtet Dashs Anweisung, nicht von seiner Seite zu weichen, schien auch Seth sie an seiner Seite haben zu wollen.

Sie unterdrückte die plötzliche innere Unruhe, als Foremans Tochter sie noch einmal von oben bis unten musterte und eine missbilligende Grimasse schnitt.

Dawn erwiderte ihren Blick und hob spöttisch die Augenbraue. Patience Foreman stank nicht nach Korruption, lediglich ein wenig nach Egoismus. Ihre hellblauen Augen waren neugierig, ein wenig überheblich und eindeutig missbilligend, als sie den Blick erneut über Dawns Kleidung gleiten ließ.

»Möchten Sie eine?« Dawn deutete auf ihre Uniform. »Ich habe gehört, die wäre dieses Jahr der letzte Schrei bei Teenagern.«

Leider war das die Wahrheit.

Patience' Gesichtsausdruck war höchst konsterniert. »Wohl kaum. Ich hätte gedacht, Seth hätte genug Geld, um Ihnen ein paar anständige Kleider zu kaufen.«

»Warum sollte er?«, Dawn sah sie blinzelnd an. »Ich verdiene mit Jagen genug Geld, um mir selbst welche zu kaufen.«

Patience' Augen weiteten sich schockiert, und Dawn spürte, wie Seths Hand sich warnend an ihren Rücken drückte. Sie lächelte ihn gelassen an und registrierte das belustigte Aufblitzen in seinen Augen.

»Patience ist eine echte Dame«, warf Mrs Foreman stolz ein. »Sie hatte noch nie auch nur das kleinste Schmutzfleckchen an sich.«

Dawn warf Patience einen mitfühlenden Blick zu. »Das tut mir aufrichtig leid. Ich verspreche, dass ich es nicht weitersage.«

Wenn sie sich nicht irrte, war der Hustenanfall von Timothy Foreman komplett vorgetäuscht, und Seths Räuspern war nichts anderes als ein unterdrücktes Lachen.

Überraschenderweise zuckten Patience' Lippen amüsiert. »Das weiß ich zu schätzen«, antwortete sie heiter. »Und ich achte darauf, niemandem zu erzählen, dass Ihr Modegeschmack einiges zu wünschen übrig lässt.«

»Ja, es würde mir gar nicht gefallen, wenn das jemand herausfände«, gab Dawn zurück. »Könnte peinlich für meinen Beruf werden.«

In diesem Augenblick piepte ihr Headset fordernd. Dawn streckte die Hand nach oben aus und aktivierte es, bevor sie sich abwandte und das in ihrem Haar verborgene Mikro nach unten klappte. »Ich bin hier.«

»Neue Gäste sind angekommen«, berichtete Noble. »Vier Personen. Deine Anwesenheit in Dashs Suite wird verlangt.«

Dawn ließ den Blick durch den Saal schweifen. Sie lenkte Styx' Aufmerksamkeit auf sich und bedeutete ihm, dass er ihre Position in Seths Rücken einnehmen solle. Mit einem raschen Nicken steuerte Styx durch den Saal, und seine kräftige, unerschrockene Präsenz brachte ihm mehr als nur ein paar anerkennende Blicke der Damenwelt ein.

»Ich bin gleich zurück«, wandte sie sich an Seth, der sich zu ihr lehnte und sie besorgt ansah. »Styx leistet dir so lange Gesellschaft.« Sie warf ihm ein Grinsen zu, als er das Gesicht verzog.

»Wenn Sie mich bitte entschuldigen.« Sie nickte den Foremans höflich zu.

Rasch verließ sie die Gruppe und ging durchs Haus nach oben. Für dieses Haus bräuchte man eine Landkarte, dachte sie, als sie sich an den anderen Gästen vorbeischob und dann rasch die Treppe nahm, bevor sie durch die Korridore auf Dashs Suite zusteuerte.

Sie klopfte kurz an die Tür und wartete, bis geöffnet wurde. Als sie Dashs Miene und das Mitgefühl in seinen Augen sah, war ihr klar, dass ihr das, was sie erwartete, nicht gefallen würde.

Nichtsdestotrotz trat sie ein und registrierte, wie die Tür hinter ihr zuging, während sie sich den beiden Männern gegenübersah, denen sie gehofft hatte aus dem Weg gehen zu können – am liebsten auf ewig.

»Tja, welch Ehre«, meinte sie spöttisch. »Rudelführer Lyons und sein Scherge Director Wyatt. Welchem Umstand verdanken wir das Vergnügen? Oder wolltet ihr nur mal auf eine echt coole Party gehen?«

»Dawn«, warnte Dash, und seine Stimme klang finsterer und befehlender als sonst.

»Ach ja, die Sache mit dem Respekt.« Sie zuckte mit den Schultern und schob die Hände in die hinteren Taschen ihrer Uniformhose. »Tut mir leid deswegen, Dash. Ich muss wohl zu wenig Schlaf bekommen haben, oder so.« Oder Toleranz. Versöhnlichkeit. Oder vielleicht war sie gerade nur knapp an Verständnis. Verständnis dafür, wie ihr Bruder, der Mann, auf den sie sich absolut verlassen hatte, sie so verraten konnte, wie er es getan hatte.

Sie sah die Skepsis, die in seinen schönen goldenen Augen

aufblitzte, das Bedauern und den Zorn. Bei Wyatt sah sie nur kalte Silberaugen, die ihr aus einem unbarmherzigen Gesicht mit animalischen Zügen entgegenstarrten.

»Ich bin gerade beschäftigt«, erklärte sie den beiden. »Also, falls ihr nur Hallo sagen wolltet, betrachtet es als getan, und ich gehe zurück zur Party. Sie ist wirklich toll. Meine Uniform ist der letzte Schrei.«

Sie schluckte den Schmerz hinunter und die unglaubliche Wut darüber, dass diese beiden Männer mit Seth in dem Büro in Sanctuary gestanden hatten. Dass sie ihm die Aufnahmen gezeigt hatten, die Bilder des Kindes, das sie gewesen war, des Tieres, zu dem das Labor sie gemacht hatte.

Callan verzog das Gesicht, und seine Reißzähne blitzten auf, als er sich mit den Händen durchs Haar fuhr und Dash einen Blick zuwarf. Darin lag ein Versprechen von Vergeltung.

Dawn sah ihn an: seinen Seidenanzug, die kräftigen Muskeln, die gefährlich darunter spielten, und sie wusste, sie musste vorsichtig sein. Callan war für gewöhnlich ein geduldiger Rudelführer, aber Respektlosigkeit duldete er niemals. Und das war heute Abend nur zu schade.

»Dash, du wirst gerade nicht gebraucht.« Callan warf dem Wolf-Breed einen Blick zu. »Ich kümmere mich darum.«

Dash verschränkte die Arme und sah Callan in die Augen. »Hier bin ich ihr Befehlshaber, Callan, das hebt deine Autorität über sie außerhalb Sanctuary auf«, betonte er.

»Dann sage ich dir, dass du gehen sollst«, grollte Jonas. »Ich bin dein Vorgesetzter.«

Daraufhin lachte Dash. »Wenn du mich herausfordern willst, Jonas, können wir das gleich hier austragen, ich bin sofort dabei. Aber das ist nichts, was du tun willst.«

»Also, diese ganzen männlichen Breed-Muskelspiele sind ja recht entzückend«, warf Dawn zuckersüß ein, »aber absolut pubertär. Kann ich jetzt zurück zur Party? Seth hat mir einen Tanz versprochen, wisst ihr.«

»Wir müssen reden«, fauchte Callan. »Jetzt.«

»Wir haben nichts zu bereden, Rudelführer Lyons«, erklärte sie kalt. »Der Zeitpunkt, um mit mir zu reden, war, oh, ich würde sagen, vor etwa zehn Jahren.«

Sie starrte ihrem Bruder ins Gesicht und stellte zu ihrem Erstaunen fest, dass sie am liebsten weinen wollte. Es war ein Unterschied, ob man gegen Tränen ankämpfte oder ob man sich wünschte, Tränen vergießen zu können. Und jetzt wünschte Dawn, sie könnte die Tränen weinen und vielleicht so die Qual lindern, die sie erfüllte, als sie ihn ansah.

Jonas spielte keine Rolle. Er war nur ein Scheißkerl, und jeder wusste es. Ein berechnender, manipulierender, Spielchen spielender Sohn eines Mitglieds des Councils. So kannte ihn jedermann, also kein Problem. Von ihm konnte ein Breed eine derart bösartige Tat erwarten. Aber Callan. Callan, von dem sie gedacht hatte, dass er sie liebte, und das wollte ihr nicht in den Kopf.

»Dash hätte es dir nicht sagen sollen«, seufzte Callan kopfschüttelnd. »Noch nicht.«

»Ach wirklich?« Sie sah ihn blinzelnd an, als sei sie erstaunt, während sie ihn in Wahrheit wütend anschreien wollte. »Vielleicht hätte er es mir früher sagen sollen, Callan. Denn vielleicht, nur vielleicht, hätte mein Gefährte mich dann nicht hinter sich gelassen. Vielleicht hätte er dann nicht mit anderen Frauen geschlafen statt mit mir.« Ihre Stimme wurde lauter, bevor sie wütend die Zähne zusammenbiss. »Oh, wie ruhig und bedauernd du doch warst, bevor ich hierherkam«, flüsterte sie. »Hast mir erzählt, dass mein Gefährte, mein verdammter Gefährte, mit anderen Frauen schläft. Dass er eine andere heiraten würde. Dass er ein Leben abseits von mir *verdient*.« Inzwischen zitterte sie. Sie nahm die Hände aus den Taschen, und bevor sie es verhindern konnte, zeigte sie anklagend mit dem Finger auf ihn. »Deine verdammte Einmischung hat mich fast alles gekostet, was mir lieb war.«

»Oder habe ich deine geistige Gesundheit bewahrt, zu einer Zeit, als du es dir nicht leisten konntest, deine Kraft aufzuteilen zwischen einem Gefährten, der deine Anwesenheit in seinem Bett verlangte, und der Kraft, die du brauchtest, um mit dem fertigzuwerden, was Dayan dir angetan hatte, um dich zu zerstören?«, fragte Callan. »Sag mir aufrichtig, dass du mit ihm hättest schlafen können, Dawn, und ich akzeptiere, dass du mein Handeln verurteilst.«

Sie hasste diesen Tonfall. Das Echo von Kummer, den Schmerz in seinen Augen, als er sie ansah. Die Art, wie er die Fäuste ballte.

Sie erinnerte sich an den Tag, als er die Aufnahmen gefunden hatte. Wie er sie allein in ein Zimmer geführt, die Tür geschlossen und die Aufnahmen langsam auf den Tisch gelegt hatte, wo sie sie entsetzt anstarrte.

Eine Träne war über seine Wange gelaufen. Eine einzelne Träne, als er sie mit einer Stimme, ganz rau vor Emotionen, gefragt hatte, warum sie nicht zu ihm gekommen war.

Dawn schüttelte den Kopf, jetzt wie damals. »Ich weiß es nicht. So wenig, wie ich wusste, wie ich reagieren würde, als ich hierherkam. Doch da die Frage jetzt zu jedermanns Zufriedenheit beantwortet ist, wäre es damals vielleicht auch gegangen.«

»Du hast uns immer noch fast jede Nacht mit deinen Schreien geweckt«, knurrte er. »Du konntest es nicht ertragen, dich mit dem Mann im selben Raum aufzuhalten, ohne vor Angst zu zittern, und da fragst du mich, wie ich dir so etwas antun konnte? Wie konnte ich nicht?«

»Weil es nicht deine Entscheidung war«, knurrte sie zurück. »Er war mein Gefährte. Kein gieriges Monster ohne Selbstbeherrschung. Du hättest ihm vertrauen sollen. Und du hättest mir die Chance geben sollen.« Sie ballte die Fäuste, und der Zorn drohte sie zu verschlingen. »Du hast mir die Entscheidung abgenommen, Callan. Und das war falsch. Du hast mir den Gefährten genommen, als ich mich nach ihm sehnte und ihn brauchte. Und du hast mir die Entscheidung genommen.«

So wie ihr schon so viele Male zuvor die Entscheidung genommen worden war.

»Dieser grinsende Hundesohn. Er stolzierte so arrogant in Sanctuary herum, als würde ihm alles dort gehören, und er hat dich beobachtet wie ein hungriger Hund. Du warst zu zerbrechlich. Damals hatte er nicht die Beherrschung, Dawn. Er hatte nichts als seine Gier und seine Überzeugung, dass ihm alles gehören würde, was er wollte.«

»Wenn das wahr wäre, dann hätte er darauf gepfiffen, was du wolltest«, brüllte sie zurück. »Du hast zugelassen, dass deine Schuldgefühle mich fast zerstört haben, Callan. Du wolltest nicht, dass ich mit Seth zusammen bin, denn wäre ich gegangen, hättest du nicht Wiedergutmachung leisten können für all die Jahre, in denen *ich*, ich selbst und niemand sonst, zugelassen habe, dass Dayan mich zerstörte.«

Stille im Raum, als sie geendet hatte. Sie erwiderte Callans gequälten Blick und wandte sich dann einem schweigenden Jonas zu.

Er erwiderte ihren Blick ausdruckslos, so kalt und unbewegt wie ein Eisberg. Sie respektierte ihn, aber sie mochte ihn nicht besonders. Es gab nur sehr wenige, die ihn mochten.

»Ich wollte dich schützen, Dawn.« Callan atmete hörbar aus. »Das will ich immer noch. Ich wollte dich beschützen, aber nicht derart, dass ich dich von deinem Gefährten ferngehalten hätte, wenn ich auch nur eine Sekunde lang geglaubt hätte, dass ein Zusammensein mit ihm dich nicht noch mehr traumatisieren würde. Ich tat das, was ich fühlte tun zu müssen.«

So viele Gefühle standen in seinen goldenen Augen: Zorn, Bedauern und Macht. Callan trug seine Macht leicht. Seine Schultern beugten sich nicht unter ihrem Gewicht, und er schreckte nie vor dem zurück, was er tun musste. Callan war nie schwach, und er scheiterte nie. Und sie wusste, dass er die Entscheidung, die er vor so langer Zeit getroffen hatte, nicht bereute. Nichts, was sie sagte, nichts, was sie fühlte, würde das jemals ändern.

»Du und Jonas gebt ein gutes Paar ab«, flüsterte sie schließlich traurig. »Ihr kümmert euch nicht um einzelne Breeds, für die ihr Entscheidungen trefft. Alles, was euch kümmert, ist eure eigene Vorstellung von dem, was ihr für richtig für sie haltet.«

»Das ist nicht wahr«, knurrte Callan wütend.

»Natürlich ist es wahr«, widersprach sie ruhig, obwohl sie sich innerlich zerbrochen fühlte. Sie fühlte sich, als hätte sie etwas ungemein Wichtiges für ihr Leben verloren, und ihr war klar, dass es wirklich so war. Sie hatte den Bruder verloren, von dem sie wusste, dass sie sich auf ihn verlassen konnte – egal, was passierte, sie hatte geglaubt, Callan wäre für sie da. Und sie hatte sich geirrt.

»In jenem ersten Jahr ohne Seth hätte ich Sanctuary fast verlassen«, sagte sie. »Ich wäre beinahe fortgegangen, denn ich konnte es nicht ertragen, jedes Mal, wenn er nach Sanctuary kam, seinen Duft zu wittern und zu glauben, dass er nicht einmal so viel Interesse an mir hat, um mich wenigstens kurz zu besuchen und Hallo zu sagen.« Sie schüttelte schmerzerfüllt den Kopf. »Du und Jonas habt über mein Leben entschieden und damit auch fast über meinen Tod. Hätte Seth eine andere geheiratet, hätte er diese Kuh geschwängert, die versucht hat, ihn in eine Ehe zu locken, dann hätte mich das mehr als alles andere zerstört. Ist es das, was du für mich wolltest?«

»Ich wollte, dass du heil bist«, stieß er hervor und fuhr sich mit den Händen durchs Haar, während er Dash erneut einen finsteren Blick zuwarf. »Das ist alles, was ich je für dich wollte, Dawn.«

»Jetzt bin ich ja heil«, versicherte sie schnippisch. »Du kannst also mit reinem Gewissen zurück nach Sanctuary fliegen. War schön, dich zu sehen. Grüß Merinus von mir.«

»Spiel hier nicht die Klugschwätzerin«, knurrte er. »Das ist nicht nett.«

»Ach, das hältst du für nicht nett?« Sie machte große Augen und sah ihn ungläubig an. »Wow, Callan, soll ich dich jetzt um Vergebung bitten? Ich schätze, einstweilen wirst du es akzeptieren müssen, denn dich anzugreifen ist keine Option. Merinus könnte mir dafür wehtun.«

Darauf rührte sich Jonas. Ein geschmeidiges Spielen von Muskeln, keine Anspannung, aber eine Warnung. Dawn wandte sich ihm zu und lächelte kalt.

»Wenn du deine Gefährtin findest, dann will ich dabei sein«, knurrte sie.

Er hob eine Augenbraue. »Ich bezweifle, dass sie mir so viele Probleme machen würde, wie du sie denen zu bereiten pflegst, die dich lieben, Dawn.«

»Ich wette, sie gräbt ein sehr tiefes Loch und tut, was sie kann, um sich darin vor dir zu verstecken«, gab sie frech zurück. »Und ich könnte es ihr nicht verübeln. Denn ihr Leben wäre nur noch ein Versuch nach dem anderen, deinen Intrigen aus dem Weg zu gehen. Sag mir, Jonas, was hattest du davon, mich von Seth fernzuhalten? Irgendwas muss es gewesen sein, sonst hättest du das nie getan. Brachte es weiter Geld ein?

Dachtest du, Seth wäre großzügiger, solange er glaubte, er würde seine Frau beschützen, als wenn er sie bei sich hätte?«

Sie ballte die Hände zu Fäusten, als die Wut schmerzhaft durch ihren Verstand jagte. Sie kannte Jonas und wusste, wie berechnend er sein konnte. Der Schmerz einer einzelnen Person wäre nicht einmal ein Leuchtimpuls auf seinem Radar, wenn es um das Wohl der Breed-Gemeinschaft als Ganzes ging.

»Es war meine Entscheidung, Dawn, nicht die von Jonas«, erklärte Callan fest.

Dawn sah ihren Bruder an. Sie hatte immer seine Stärke bewundert, seine Integrität, seine Entschlossenheit, nicht nur die Breeds als Rasse überleben zu sehen, sondern auch das Überleben eines jeden individuellen Breeds ganz und unversehrt. Außer ihr.

»Wieso, Callan?«, flüsterte sie. »Warum solltest du mir das antun?«

Bevor er antworten konnte, erstarrte Dawn, als sie den Duft ihres Gefährten vor der Tür witterte. Nur eine Sekunde später öffnete sich die Tür hinter ihr, und Seth kam herein.

»Willst du dich der Party anschließen?« Sie drehte sich zu ihm um, mit strahlendem Lächeln und einem krampfartigen Gefühl im Bauch. Die Erregung war da, doch der Schmerz auch. »Komm rein. Es wird gerade lustig.«

Er sagte kein Wort. Er ging zu ihr, umfasste mit seinen großen Händen ihre Schultern, als sie sich umdrehte, und zog sie mit dem Rücken an seine Brust. Sie spürte seinen Herzschlag und seine Wärme. Sein Duft und seine Stärke hüllten sie ein, und ihr stockte der Atem bei dem neuerlichen Schmerz, der ihr in die Seele drang.

»Callan.« Sie fühlte, wie Seth hinter ihr nickte, während Callan ihn finster, mit einem Aufflackern von Zorn in den goldenen Augen, ansah.

»Sie waren nicht zu diesem Treffen eingeladen, Mr Lawrence«, sagte Jonas mit finsterer, beherrschter Stimme.

»Es ist mein Haus«, gab Seth schulterzuckend zurück, bevor Dawn den Breed-Director anknurren konnte. »Ich brauche keine Einladung.«

Dawn holte hörbar Luft und sah Callan weiter in die Augen, während sie sich langsam aus Seths Umarmung löste. Sie würde sich ihnen allen zu ihren eigenen Bedingungen stellen. Sie brauchte keinen Beschützer, sondern einen Partner.

»Wir haben gerade über alte Zeiten gesprochen«, informierte sie Seth strahlend und verschränkte die Arme vor der Brust, während er die Hände in die Hosentaschen steckte. »Du weißt schon, diese hässlichen Bilder, mit denen sie dich dazu gebracht haben, wegzulaufen, ohne mir davon zu erzählen.« Sie sah ihm in die Augen, und es tat weh. Darin stand nüchterne Akzeptanz.

»Ich hatte ein Recht, es zu erfahren, Dawn«, sagte er ihr. »Callan hat nichts Falsches getan, als er mich die Hölle sehen ließ, durch die man dich gejagt hat. Ich habe das Falsche getan, als ich ging.«

Sie zuckte zusammen. Plötzlich, nur eine Sekunde lang, waren diese Bilder mehr als nur die Bilder einer Breed, die gequält wurde – sie waren *sie*.

Für eine Sekunde verschob sich der Schutzschild, den sie zwischen sich und die Vergangenheit gestellt hatte, und sie fühlte sich eingesaugt in eine Wut, ein Entsetzen, eine überwältigende Beschämung, so tief und qualvoll, dass sie sich von den anderen wegdrehen musste, um einen Aufschrei zu unterdrücken.

Gleich darauf war das Gefühl wieder verschwunden, doch nicht bevor sie das leise Fluchen und das wütende Knurren von Callan hörte. In der Vergangenheit waren es seine Arme gewesen, die sie beschützt hatten, wenn sie sich verletzt fühlte; jetzt waren es die Arme ihres Gefährten. Sie legten sich um sie, stärkten die Beherrschung, um die sie kämpfte, und gaben ihren Gliedern die Kraft zurück. Wie war es dazu gekommen? Diese Gefühle, so intensiv, dass sie in ihr innerstes Selbst schnitten? Wie waren sie hindurchgekommen?

»Ich würde für dich sterben«, flüsterte Seth an ihrem Ohr, »und er würde dasselbe tun.«

Dawn schüttelte den Kopf; das wusste sie. Diese schmerzhafte Erkenntnis war alles, was sie vor dem Zusammenbruch bewahrt hatte, an dem Tag, als sie von Callans Verrat erfahren hatte.

Sie straffte ihre Schultern und drehte sich wieder zu Callan um.

Und all der aufgestaute Zorn in ihr brach heraus. Jahre des Wissens, des Hasses, des Schmerzes, die sie dazu trieben, so lange zu rennen, bis sie das Gefühl hatte, umzufallen. All das Verlangen, die Ängste, der Schmerz explodierten in ihrem Kopf, bis sie sich nur noch an dem Tier festhalten konnte, das sich in ihre Emotionen krallte.

»All die Jahre dachte ich, es gebe einen Mann, dem ich in die Augen sehen und sicher sein kann, dass sie diese furchtbaren Aufnahmen nicht gesehen haben. Einen Mann, der nicht wusste, wie ich zu einem Gott gefleht habe, den es nicht kümmerte.« Callans Augen weiteten sich vor Schock über den erstickten Aufschrei aus ihrer Kehle. »Du hast es ihn sehen lassen. Du hast ihn sehen lassen, wie ich zum Tier wurde. Du hast ihn sehen lassen, wie wenig wir galten in den Augen des Gottes, der uns nicht erschaffen und ganz bestimmt nicht als seine Geschöpfe angenommen hat. Zur Hölle, Callan. Du hattest kein Recht dazu.«

Sie konnte nicht länger hier stehen, so voll Schmerz. Sie konnte nicht akzeptieren, was er getan hatte, nicht jetzt und vielleicht niemals. Und die animalische Wut, die in ihr aufstieg, durfte keine Chance bekommen, auszubrechen. Niemals wieder.

»Dawn, das reicht.« Seths Stimme klang standhaft und beherrscht, während sie sich doch alles andere als beherrscht fühlte.

»Ja, es reicht.« Sie zog die Tür auf und ging rasch hinaus. Sie ging, sie rannte nicht – aber alles in ihr schrie, sie sollte rennen. Sich antreiben, um Distanz zwischen sich und den Schmerz zu bringen.

»Du wirst mir nicht so den Rücken zudrehen.« Callan packte sie am Ärmel ihrer Uniform, drehte sie um und starrte sie wütend knurrend an.

Callan war ein gefährlicher Anblick, wenn er wütend war. Dann schimmerten seine Bernsteinaugen fast rot. Seine Lippen waren zurückgezogen und entblößten die Furcht einflößenden Reißzähne, kräftig und scharf, während er knurrte wie ein wildes Tier.

»Warum nicht?«, zischte sie zurück. »Du hast mir den Rücken zugedreht, als du es gewagt hast, mich derart zu hintergehen. Als du einem anderen Mann gezeigt hast, was die mir angetan haben. Nicht nur meinem Gefährten, Callan – jedem!« Sie zitterte, und sie fühlte – etwas. Etwas, das schlimmer war als Wut, schlimmer als Verrat, baute sich in ihr auf. »Die haben mich vergewaltigt. Sie haben mich gezwungen, mich wie ein Tier zu verhalten, und du hast es ihn sehen lassen. Verdammt, wieso schickst du das Ganze nicht an diese verdammten Bastarde, die Dokumentationen daraus machen, und dann kann es die ganze Welt sehen? Mensch ja, wieso nicht? Wieso sich jetzt noch darum scheren?«

Sie riss sich von ihm los und eilte über den Korridor. Sie musste laufen. Sie musste jagen. Doch diese Optionen waren ihr verwehrt. Als sie zurück zu Seths Suite ging, war ihr klar, dass sie das Haus nicht verlassen konnte. Sie durfte sich nicht in der schattigen Vegetation verlieren, die die Insel umgab, denn dann würde Seth nach ihr suchen. Er würde nach ihr suchen, obwohl sein Leben in Gefahr war und ein Attentäter nur darauf wartete, ihn zu Gesicht zu bekommen.

14

Seth hielt Callan am Arm zurück, als der ansetzte, hinter Dawn herzulaufen. Er hatte gesehen, was Callan, wie er wusste, nicht erkennen wollte. Wie sie mit ihrer Vergangenheit kämpfte und mit dem Kind, das sie vergessen wollte.

Schnell stellte er sich vor Callan und ignorierte die kräftige Hand, die seinen Hals umfasste, und die scharfen Reißzähne, die sich warnend entblößten.

»Es ist nicht mehr an dir, sie zu beschützen«, warnte er Callan leise und erwiderte entschlossen dessen Blick.

Callan war kein Mann, gegen den er kämpfen wollte, aber er würde es tun. Die Breeds waren verdammt stark, sie waren für Kraft und Ausdauer gezüchtet, doch Seth hatte herausgefunden, dass das Hormon des Paarungsrausches mehr als nur ein paar Vorteile mit sich brachte. Auch er war in den vergangenen zehn Jahren stärker geworden, seine Muskeln flexibler, und er hatte an Kraft und Ausdauer gewonnen.

Vor zehn Jahren wäre er kein Gegner für den Rudelführer gewesen, doch jetzt konnte er ihm zumindest einen verdammt harten Kampf liefern.

»Es wird immer an mir sein, sie zu beschützen«, knurrte Callan, zog die Hand zurück und warf einen frustrierten Blick über den Flur. »Jetzt wird sie weglaufen. Sie wird jagen wollen. Ihre Sinne sind beeinträchtigt, und am Ende wird sie nur verletzt, falls dieser verdammte Attentäter da draußen ist.«

»Sie wird das Haus nicht verlassen, Callan.«
»Und das weißt du woher?«

»Weil ich ihr Gefährte bin. Sie weiß, dass ich ihr dann folgen würde. Du hast sie verletzt, und sie versteht nicht, warum«, erklärte Seth. »Ich verstehe es. Aber auf die Weise wirst du sie nicht dazu bringen, es zu akzeptieren. Lass sie von allein darauf kommen. Du bist zu sehr ein Teil ihres Lebens, als dass sie sich für immer von dir abwenden könnte. Es sei denn, du bedrängst sie.«

»Du verstehst es, ach wirklich?« Callan biss wütend die Zähne zusammen. »Du bist genauso verdammt arrogant wie damals, eingebildeter Bastard.«

»Und du bist genauso der frustrierte Vater, der Dinge wiedergutmachen will, die nicht seine Schuld waren«, konterte Seth. »Jetzt weiß ich auch, woher Dawn ihre Klugschwätzerei hat. Sie ist kein Kind mehr, und ich bin nicht der große, böse Verführer, der ihr das Herz brechen will. Ich bin der Allerletzte, vor dem du sie beschützen musst.«

Er gab dem Löwen-Breed keine Chance, darauf zu antworten, sondern drehte sich um und folgte seiner Gefährtin eilig über den Flur. Der Rudelführer war dabei, einer Grenzlinie zu nahe zu kommen, deren Existenz Seth bis dahin gar nicht bewusst gewesen war. Dies war schon einmal geschehen, vor zehn Jahren, als Callan ihm vorgeworfen hatte, er wolle Dawn kaufen.

Diese verdammten Breeds hatten mehr Stolz und Mumm als jeder andere, dem Seth je begegnet war, und so langsam hatte er es echt satt, dass sie ständig ihre Nase in sein und Dawns Leben steckten.

Callan hatte sie leiden lassen, als Seth hätte da sein und versuchen können, ihren Schmerz zu lindern und der Gefährte zu sein, den sie brauchte. Seine Schuldgefühle und seine Ängste um sie hatten alles andere überwältigt. Und Seth verstand, warum Callan es hatte tun müssen, doch genug war genug.

Er ging zu seinem Zimmer, denn er wusste, dass Dawn dort warten würde. Sie würde sein Leben nicht in Gefahr bringen, und sie wusste, dass er ihr folgen würde. Er würde ihr immer folgen, ganz gleich, wohin sie ging.

Er trat in den Raum und sah zu, wie sie ihren Uniformgürtel auf die Couch warf. Er hatte die Bemerkung mitgehört, die Patience Foreman bezüglich Dawns Kleidung gemacht hatte, und er fragte sich, wie sie wohl auf die Lieferungen heute Morgen reagieren würde. Die Kleider, in die sie zu hüllen er immer geträumt hatte. Seide und Satin, in den Farben von Erde und Morgendämmerung.

»Ich will nicht darüber reden.« Sie drehte sich zu ihm um, und ihr ganzer Körper vibrierte vor Zorn und Schmerz.

Seth schloss die Tür ab, bevor er die Arme verschränkte und sich mit dem Rücken dagegen lehnte, die ganze Zeit über schweigend.

Das trübe Licht der Lampe, die er zuvor angelassen hatte, warf einen sanften Schatten um sie, doch nichts konnte das Feuer dämpfen, das in ihren Augen schimmerte.

»Ich meine es ernst«, knurrte sie, und das kurze zornige Fauchen erregte ihn eher, als dass es ihn abschreckte.

Sie drehte ihm den Rücken zu. Schlanke, angespannte Hände in die Hüften gestemmt, während sie durchs Zimmer ging und ihm mit wütend zurückgezogener Lippe einen Blick über die Schulter zuwarf. Aus irgendeinem Grund dachten Breeds immer, es würde einschüchternd wirken, wenn sie ihre Reißzähne aufblitzen ließen. Seth fragte sich, was sie wohl denken würde, wenn sie wüsste, dass der Anblick ihrer Reißzähne ihm nur einen Ständer bescherte.

»Musst du nicht auf eine Party?«, fragte sie spöttisch. »Also, geh ruhig und kümmere dich ums Geschäft, Seth. Ich bleibe genau hier sitzen, wo ich dich mit meiner Uniform und meinem Mangel an Format nicht in Verlegenheit bringen kann.«

Darüber musste er fast schnauben. Doch stattdessen legte er nur den Kopf schief und musterte sie. Zuerst musste sie ihren Zorn abreagieren, und er wollte verdammt sein, wenn er zuließ, dass sie zu diesem Zweck mit ihm stritt.

Ein wütendes Knurren stieg in ihrer Kehle auf, bevor sie fest die Lippen zusammenpresste und ihm den Rücken zuwandte. Eine Sekunde später wich die Spannung aus ihren Schultern, und sie ließ sie offenbar niedergeschlagen hängen. Und das brach ihm das Herz. Er empfand Schmerz für sie, mit ihr. Seine kleine Dawn. Sie verstand Callans Liebe zu ihr nicht besser, als sie verstand, wie sie mit den Emotionen umgehen sollte, die sich nur zwischen ihr und Seth entwickelten.

Er zwang sich, da stehen zu bleiben, wo er war, und sie das anfängliche Feuer verarbeiten zu lassen.

»Dayan hat mich gezwungen, diese Aufnahmen anzusehen«, flüsterte sie schließlich, und Seth zuckte zusammen, als er den puren Schmerz in ihrer Stimme hörte. »Jahrelang. Jahr um Jahr, immer und immer wieder. Er hat mich gezwungen, sie anzusehen. Ich habe mich nie daran erinnert, was die mit mir gemacht haben, aber ich erinnere mich daran, dass ich diese Aufnahmen sah.«

Dayan war geisteskrank gewesen. Seth dankte Gott, dass er tot war, denn es ersparte ihm die Mühe, mit Callan um das Recht auf den Todesstoß zu streiten.

»Nach der Flucht habe ich geschlafen. Callan sagte, ich hätte tagelang geschlafen. Als ich wieder aufwachte, erinnerte ich mich nicht mehr. Ich erinnerte mich an das Labor, an die Schläge, den Drill und den Schmerz. Aber ich erinnerte mich nicht deutlich an die Vergewaltigungen.« Ihre Stimme war fast nur noch ein Flüstern, ihr Tonfall verwirrt. »Wie vergisst man so einfach etwas, das einen geformt hat?« Sie drehte sich wieder zu ihm um, und der Schmerz und der Verlust in ihrem Gesicht rissen an seiner Seele.

»Manchmal gibt Gott uns Kraft, Dawn, wo wir nur Schwäche wahrnehmen.«

Darauf lachte sie spöttisch. »Gott hat mich nicht erschaffen, Seth. Komm mir nicht damit. Er hatte nichts damit zu tun.«

Daraufhin schüttelte er den Kopf. »Davon kannst du mich nicht überzeugen, Dawn. Willst du wissen, wieso?«

»Ich schätze, du wirst es mir sagen, ob ich will oder nicht«, gab sie gereizt zurück.

»Der Mensch kann keine Seele erschaffen, Dawn, das kann nur Gott. Und ohne eine Seele kann man nicht leben. Das weißt du so gut wie ich. Wenn das, was du sagst, stimmt, dann wären die Breeds lediglich die Automaten, von deren Erschaffung das Council geträumt hat, und nicht freie Wesen, die darum kämpfen, zu leben und zu lieben.«

Mit diesen Worten ging er auf sie zu. Sie begegnete seinem Blick, und Ablehnung und wütender Schmerz standen in ihren Augen. Diese wunderschönen Augen. Sie hatten nicht die Farbe von Bernstein wie Callans Augen, sondern die Farbe von süßem Honig, berührt von Feuer. Und die Schatten darin brachen ihm das Herz, selbst jetzt, da die Hitze, die immer gegenwärtig schien, in seinem Blut schwelte.

Sie war nun ein Teil seiner Seele, und er fragte sich, ob ihr überhaupt klar war, wie sehr sie ein Teil von ihm war, wie sehr sie Teil voneinander waren. Heute Morgen, als es dämmerte und das erste schwache Licht des neuen Tages ins Schlafzimmer schien, hatte er es gefühlt. Er hatte es gefühlt, als sie sich an seiner Haut räkelte und für ihn schnurrte.

»Ich wollte zu dir kommen – ohne diese Bilder zwischen uns«, flüsterte sie heiser, und er wusste um die Tränen in ihr, die sie sich zu weinen weigerte. »Ich wollte, dass du mich berührst, ohne dabei an sie zu denken, ohne zu sehen, wie mich ein anderer Mann anfasst.«

Die Scham, die sie umtrieb, ließ sie beinahe in die Knie gehen. Sie hatte keine Ahnung, was sie mit den Emotionen, die in ihr aufwallten, anfangen sollte. Das Verlangen nach etwas, das sie nicht benennen konnte, und der plötzliche Schrecken, dass die Schatten, die sie auf ihren Verstand eindringen fühlte, Erinnerungen waren, die sie nicht sehen wollte.

»Und du glaubst, dass ich das gesehen habe, Dawn?«, fragte er sanft, legte ihr die Hände auf die Schultern und ließ sie dann sachte über ihre Arme hinabgleiten. »Ich habe keinen anderen Mann gesehen, der dich angefasst hat. Ich sah ein Monster, das versuchte, etwas zu zerstören, das so rein und so unschuldig war, dass ich gar nicht in der Lage bin, es zu beschreiben. Und ich sah, dass das Monster sein Ziel nicht erreichte. Denn die Seele dieses Kindes war zu stark und zu gut behütet durch das Wesen, das ihm seine Seele gegeben hatte. Du bist rein. So unschuldig wie der Atemzug eines Babys, und du bist, ob du es glaubst oder nicht, Liebes, behütet von dem mächtigsten Wesen des Universums.«

Dawn schüttelte den Kopf. Das konnte sie nicht glauben. Nicht mehr. Nie wieder. Denn wenn sie das wagte, dann würde sie vielleicht auch wieder Vertrauen aufbringen, und wenn sie auf Seine Hilfe vertraute, dann konnte sie ebenso gut auf die eines Kojoten vertrauen.

»Oh ja, wirklich rein und unschuldig«, antwortete sie stattdessen spöttisch. »So rein, dass du davongelaufen bist, kaum dass du es gesehen hast. Du hast einfach Callans Wort geglaubt, ich sei zu schwach, um eine Gefährtin zu sein. Zu sehr beschädigt, um deine Frau zu sein.«

»Er liebt dich, Dawn. Wie ein Bruder. Wie ein Vater. Wie der

Mann, der es nicht geschafft hat, dich zu beschützen, als du ihn am dringendsten gebraucht hättest, und er war entschlossen, nicht noch einmal zu versagen. Willst du euch beide bestrafen, indem du dich weigerst, ihm zu vergeben?«

Dawn riss sich von Seth los und warf ihm einen empörten Blick zu, während sie zur Bar ging und aus dem kleinen Kühlschrank dort ein Wasser holte. Mehr um Zeit zu gewinnen als aus Durst.

Während sie trank, kämpfte sie innerlich gegen die Logik, die er gegen sie anwandte, ebenso wie gegen die Hitze, die sich langsam in ihr aufbaute. Sie wollte sich gegen diese Logik wehren. Sie wollte mit Seth, Callan und Jonas streiten. Sie wollte ihnen sagen, dass sie sich alle verpissen und sie, verdammt noch mal, in Ruhe lassen sollten. Doch sie konnte es nicht. Sie konnte nicht, denn sie liebte sowohl Callan als auch Seth zu sehr.

»Ich hätte eine Wahl haben müssen«, flüsterte sie, als sie das Wasser wieder zuschraubte und auf die Bar stellte.

Sie zog die Schultern hoch, um sich gegen den Schmerz abzuschirmen, der sich durch ihre Eingeweide fraß. »Jemand hätte mir die Wahl lassen sollen.« Die Wahl, ihren Gefährten zu akzeptieren und an seiner Seite an Stärke zu gewinnen, statt ohne ihn.

»Ja, das hätten wir tun sollen.«

Seine Antwort überraschte sie. Doch es überraschte sie nicht, dass er ihr folgte, ihre Wange streichelte und sie mitfühlend ansah.

»Du hattest die Chance, für dich selbst zu entscheiden, verdient, und ich werde diese Schuld auf mich nehmen, Dawn. Callan sollte das nicht tun müssen. Ich war derjenige, der ging, obwohl ich es hätte besser wissen müssen. Ich ging, weil ich Angst davor hatte, der Grund für die Furcht in deinen Augen zu sein, und weil ich wusste, dass ich zu schwach wäre, um es zu ertragen, die Furcht darin zu sehen.«

Und auch sie war schwach. Zu schwach, es sich anzuhören. Zu verletzt und verunsichert durch die Emotionen und den Anflug von Panik, die sie in sich aufsteigen fühlte.

»Siehst du Furcht?«, fauchte sie ihn an.

Seine Lippen verzogen sich traurig zu einem schiefen Lächeln. »Ich sehe keine Furcht, Dawn.«

Sie streckte die Hand aus, vergrub ihre Finger in seinem Haar, packte die seidigen Strähnen und zog seine Lippen an ihre.

»Beweise es.«

Sie strich über seine Lippen und schob dann ihre Zunge dazwischen, als sie sich öffneten – um zu streiten oder um sie zu küssen, das wusste sie nicht, und es war ihr auch egal. Das Paarungshormon verteilte sich nun schon seit Stunden in ihrem Organismus und zerrte an ihrer Beherrschung, auf die sie so stolz war.

Jetzt musste sie keine Selbstbeherrschung üben. Sie musste nicht warten oder im Stillen leiden. Hier war ihr Gefährte, und sie war des Wartens müde.

»Fuck!« Seth warf ruckartig den Kopf in den Nacken, doch sie wusste, dass auch in ihm das Feuer loderte. Sie hatte es an ihm gewittert und konnte es in seinem Kuss schmecken.

»Ja, fuck«, zischte sie. »Genau hier. Und genau jetzt.«

Sie öffnete seinen Gürtel, während er sie überrascht anstarrte, und nur eine Sekunde später hatte sie den Reißverschluss auf. Bevor er die Worte aussprechen konnte, die ihm auf der Zunge lagen, hatte sie seinen Schwanz befreit und ging auf die Knie.

Schon die ganze Zeit hatte sie ihn unbedingt kosten wollen. Jahrelang hatte sie davon geträumt, ihn zu schmecken, ihn mit

Mund und Zunge zu nehmen und das Paarungshormon auf seiner harten Erektion zu verteilen, nur um zu sehen, wohin das führte.

»Oh Hölle, Dawn.« Ein ersticktes Stöhnen drang aus seiner Kehle, als sie den harten Schaft mit beiden Händen umfasste und den Kopf senkte, um die pochende Eichel mit dem Mund zu umschließen.

Drängende Finger wanden sich in ihr Haar. Seths Finger. Sie packten ihr Haar und ballten sich zu Fäusten, gerade fest genug. Gerade so fest, um an ihrer Kopfhaut zu prickeln, doch nicht fest genug, um sie Schmerz oder Furcht fühlen zu lassen. Nur so fest, um sicherzugehen, dass sie ihn nicht losließ.

Sie hatte nicht die Absicht, ihn loszulassen. Das Aroma männlicher Lust und Kraft füllte nun ihren Mund, und sie stellte fest, dass sie eine hungrige Frau war.

Es war ein Festmahl, das ihren Hunger stillen sollte. Ein Festmahl der Männlichkeit, steif und erregt allein zu ihrem Vergnügen. Mit dicken Adern, pochend vor Verlangen, und einer kräftigen dunklen Eichel, von der kostbare Tropfen Vorsamen fielen, die ihren Mund, ihre Sinne und ihr verzweifeltes Herz füllten.

Er gehörte ihr. Zehn Jahre lang hatte sie gewartet. Zehn Jahre lang, um seine Berührung zu fühlen und seine Leidenschaft kennenzulernen, und sie wollte verdammt sein, wenn sie ihn jetzt gehen ließ.

»Dawn, wir müssen reden.« Seth atmete schwer, als er die Worte stöhnte.

Aber seine Hände rührten sich nicht von der Stelle. Er ließ ihr Haar nicht los, und er hörte nicht auf, sich ihren Lippen entgegenzudrängen. Sie mussten nicht reden. Sie mussten sich berühren und dieses Feuer stillen, das zwischen ihnen tobte und sich durch all ihre Schutzwälle fraß.

Als sie spürte, wie sein Glied an ihrer Zunge pochte, schob sie sie an die empfindsame Haut darunter und strich darüber, bevor sie sich zurückzog. Langsam, ganz langsam, während sie zu ihm aufblickte, das Glitzern in seinen Augen sah und wusste, mit Gewissheit fühlte, dass er ihr gehörte.

Das Hormon, das jetzt durch sein Blut rann, würde er nie mehr los. Nie wieder würde er sie verlassen und in die Arme einer anderen Frau sinken. Er würde es nie mehr wollen, selbst wenn er könnte. Er gehörte nun ihr. Es stand in seinen Augen, in seinen Zügen, in dem leisen lustvollen Stöhnen und den harten Händen in ihrem Haar.

Er war ihr Gefährte.

Seth konnte nicht glauben, was er da sah und fühlte. Dawns Lippen umschlossen seine Eichel, saugten sie in ihren heißen Mund, während sie ihn mit der Zunge liebkoste.

Ihre unerfahrenen Liebkosungen waren heißer als alles, was er je kennengelernt hatte. Ihre Lust dabei, die er in ihren Augen sehen und in ihrem kleinen maunzenden Stöhnen hören konnte, war beinahe zu viel für ihn. Denn ihr Stöhnen vibrierte über seine viel zu empfindsame Haut, jagte in seine Hoden und zerstörte beinahe seine Selbstbeherrschung.

Da stand er in seinem Wohnzimmer, Hose und Unterwäsche heruntergeschoben, in seinem Blick ihr vertiefter, leidenschaftlicher Gesichtsausdruck. Augen aus dunklem Gold schimmerten im trüben Licht des Zimmers; ihr Gesicht war gerötet, ihre Lippen immer voller, als sie langsam seinen harten Schaft hinauf und wieder hinunter glitten.

»Das halte ich nicht aus.« Er konnte kaum noch atmen.

Hitze lief ihm über den Rücken, und er konnte spüren, wie seine Hoden sich im Beben seines nahenden Orgasmus zusammenzogen, und fragte sich, ob er wohl sterben würde, wenn er nicht bald käme.

Erneut stöhnte sie für ihn. Halb ein Schnurren, halb ein feminines Summen aus Befriedigung und Lust.

Sie war immer noch angezogen, um Himmels willen, so wie er auch. Er wollte sie nackt. Er wollte zusehen, wie ihre nackten Brüste sich hoben und senkten, wollte ihre harten und geröteten Brustwarzen sehen. Und er wollte ihre Spalte sehen. Feucht und heiß vor Verlangen, bereit, ihn aufzunehmen, während er seinen Schwanz Zentimeter für Zentimeter in sie schob.

»Gott, ist dein Mund heiß«, keuchte er, unfähig, die Worte zurückzuhalten, während diese Hitze, ihr saugender Mund und ihre süßen Lippen ihn vor Lust in den Wahnsinn trieben. »So süß und heiß, Dawn.«

Erneut ballte er die Fäuste in ihrem Haar und spürte, wie ihm der Schweiß über den Rücken lief. Diese Wirkung hatte sie immer auf ihn gehabt, sogar schon vor dem Einsetzen des Paarungsrausches. Er musste nur in ihrer Nähe sein, ihren süßen Duft riechen, und er begann zu schwitzen. Sich zu sehnen. Sie hatte ihn damals schon verrückt gemacht und jetzt noch mehr.

Er würde alles tun, um sie zu berühren. Er würde jeden töten, nur um sicherzustellen, dass er sie für immer in seinem Leben haben konnte.

»Dawn.« Er stöhnte ihren Namen und biss die Zähne zusammen, während sie an ihm leckte und saugte und ihn vor Verlangen, zu kommen, ganz verrückt machte. »Lass mich dich lieben.«

Ihr Stöhnen darauf war definitiv verneinend.

»Liebes, ich komme gleich.« Jede Sekunde. Und statt zu versuchen, sich von ihr zu lösen – was tat er? Er hielt sie fest und stieß in ihren Mund, während er fühlte, wie seine Hoden zu explodieren drohten.

»Dawn, um Himmels willen.« Er biss die Zähne zusammen und bemühte sich um Zurückhaltung.

Die Lust war unglaublich. Sie peitschte durch seine Sinne, brannte sich durch seinen Organismus, und bevor er eine Chance hatte, zu Atem zu kommen, brach seine Selbstbeherrschung zusammen.

Sein Körper spannte sich fast bis zum Zerreißen an, sein Kopf fiel in den Nacken, und bevor er wusste, wie ihm geschah, jagten heiße, heftige Schübe seines Samens in ihren Mund.

Und sie schluckte. Sie stöhnte, leckte und saugte jeden Tropfen von seinem Körper.

Er hatte sich so lange zurückgehalten. So viele Jahre lang hatte er gegen die immer stärker werdende Macht von Lust, Verlangen, Liebe und Begierde angekämpft, um nun zu erkennen, dass er nicht länger in der Lage war, zu kämpfen.

Irgendwie schaffte Seth es, sich aus ihrem Mund zu lösen, doch sein Schaft war immer noch hart und verlangte drängend nach mehr. Er hob sie auf die Füße und zerrte an ihrer Hose, so voll gewaltiger Erregung, dass er sich mit ihren Schuhen erst gar nicht aufhielt. Er schob ihre Hose bis zu den Knöcheln hinunter, drehte sie um und ließ, während ihr hübscher Hintern sich seinem lustvollen Blick entgegenreckte, die Hand zwischen ihre Schenkel gleiten.

»Du bist feucht, Dawn«, stieß er hervor, als er den süßen, warmen Nektar fand.

»Na so was.« Sie keuchte, drängte sich seiner Hand entgegen und stöhnte, als seine Finger über ihre Klitoris strichen.

Das brauchte sie. Dawn hatte noch nie etwas so unbedingt gebraucht, wie sie jetzt Seth in sich brauchte. Sie brannte, stand in Flammen vom Geschmack seiner Lust und ihres eigenen Verlangens. Es versengte ihre Haut, strich über ihre Nervenenden und versetzte ihren Unterleib in harte Krämpfe.

»Klugscheißerin.« Er beugte sich über sie und knabberte an ihrem Ohr, und Dawn kam beinahe an seiner Hand.

Sie rieb sich daran, rang keuchend um Atem und ließ den Kopf nach hinten an seine Brust sinken. Als er seine Finger wegzog, schrie sie verzweifelt auf, doch nur eine Sekunde später teilte die kräftige, pulsierende Eichel seines Gliedes ihre empfindsamen Schamlippen und drängte sich an ihre enge Spalte.

»Worauf wartest du?«, rief sie und spreizte die Beine weiter, als sie spürte, wie er hinter ihr die Knie beugte. »Auf das neue Jahr?«

»Klugscheißerin«, stöhnte er wieder.

»Dann verhau mich doch. Später.« Sie ließ die Hüften kreisen und knurrte, das schwere Knurren einer Raubkatze, das sie beinahe schockierte.

»Ich verhaue dich jetzt.« Seine Hand traf seitlich auf ihren Po, und zugleich stieß er die Hüften vorwärts und sie spürte einmal mehr das heiße Dehnen.

Ihr stockte der Atem, und dann keuchte sie auf, als seine Hand sie erneut traf. Feste kleine Klapse, keine echten Schläge, sondern eine brennende Liebkosung, die durch ihre Sinne jagte, während ihre Muskeln sich um seinen Schwanz zusammenzogen.

Sie brauchte ihn tief in sich. Er musste sie ausfüllen. Hier und jetzt.

»Dawn, Baby.« Seine Stimme klang heiser, fast gebrochen vor Begierde.

»Tu es«, knurrte sie. »Komm schon, nimm mich.«

Und er nahm sie. Langsam. Zu langsam.

»Ist es das, was du willst, Baby?« Er schob sich Zentimeter um Zentimeter tiefer, und der lustvolle Schmerz ließ sie aufschreien.

»Ist es das, was du willst, Dawn?« Er drang tiefer in sie. »Ich habe noch mehr, Liebling. Brauchst du mehr?«

»Mehr.« Sie wollte es hinausschreien, doch sie benötigte all ihren Atem, um bei Bewusstsein zu bleiben, während die Lust durch ihre Sinne tobte wie ein irrsinniger Tornado.

»Wie viel mehr? Ein wenig mehr?«

Er reizte sie, zerstörte sie. Doch mit jedem Wort von seinen Lippen hörte sie, wie auch er immer tiefer in das Inferno eintauchte und mit ihr brannte, während ihre Beherrschung sich auflöste.

Mit dem nächsten Stoß füllte er sie ganz aus. Ein Raubkatzenschrei entwich ihrer Kehle, als sie rücklings gegen ihn prallte, sich an seinen Hüften rieb, während sich ihre Hände in das Leder des Barhockers vor ihr krallten.

»Seth, ich brauche dich.« Sie drückte die Stirn auf die gepolsterte Front der Bar und stöhnte drängend auf. »Bitte, Seth, mehr als ich dich je gebraucht habe.«

Seine Hände hielten sie an den Hüften, und seine Finger gruben sich in ihre Haut, bevor er hinter ihr aufstöhnte und sich zu bewegen begann.

Dieses Mal nahm er sie nicht langsam. Nicht so wie am Morgen, als jede seiner Berührungen eine Verführung gewesen war. Das hier war keine Verführung, sondern Inbesitznahme, das war Dawn klar. Die Frau in ihr verstand es, und tief in ihr streckte sich das Tier, das so sehr ein Teil von ihr war wie ihr Duft und ihre Haut, und knurrte vor quälender Lust.

Das Geräusch feuchter Haut, die auf feuchte Haut traf, Lust und Begierde, die auf Lust und Begierde traf, erfüllte den Raum. Ihr grollendes Stöhnen und sein tiefes männliches Ächzen.

Jeder Stoß reizte verborgene Nerven, jagte ihr Flammen qualvoller Verzückung durch den Leib. Ihr Unterleib spannte sich an, und ihre Vagina pulsierte um seinen eindringenden Schaft. Sie schrie auf, als das Gefühl immer stärker in ihr wurde, sie sich entflammt fühlte, außen und innen, bis sie in einem einzigen feurigen Ausbruch unter ihm kam.

Sie fühlte, wie die Muskeln ihrer Vagina ihn umklammerten, in harten, drängenden Schüben pulsierten, und eine Sekunde später stieß sich Seth tief in sie hinein, spannte sich noch mehr an, und der heiße, heftige Schub seines Samens in sie trieb sie noch höher in einen weiteren Orgasmus, der sie beinahe ohnmächtig werden ließ.

Sie zuckte in seinen Armen, bäumte sich auf, molk ihn, und als sie beide erschöpft waren, sank sie über den Barhocker auf den Tresen.

Hinter ihr rang Seth um Atem, und sie wünschte ihm Glück dabei, denn sie glaubte nicht, dass sie selbst je wieder genug Luft bekommen würde.

»Du machst mich verrückt.« Er knabberte an ihrem Ohr, bevor er sich stöhnend zum Rückzug zwang.

Dawn wimmerte, als sein Schaft aus ihr glitt, eine letzte Liebkosung, und sie fragte sich, ob sie überhaupt noch mehr aushalten könnte.

»Na komm, kleine Wildkatze.« Er schlang den Arm um sie und brachte sie dazu, sich aufzurichten. »Dusche. Bett.«

»Erst Bett, dann Dusche«, murmelte sie und lehnte sich an ihn, um wieder zu Kräften zu kommen.

»Nur in deinen Träumen«, schmunzelte er und führte sie trotz ihres schwachen Protests ins Badezimmer. Kraft- und wehrlos ließ sie es geschehen.

»Du bist gemein zu mir«, sagte sie mit Schmollmund, als sie in das luxuriöse Badezimmer traten und er sie auf den gepolsterten Hocker neben der Duschkabine setzte.

»So denkst du nicht mehr, wenn du die Seife riechst, die

ich in Paris für dich gekauft habe. Die Stadt der Liebe, mein Schatz. Wollen doch mal sehen, was wir da haben.«

Ihr Interesse war geweckt. Sie liebte die Seifen, die Seth für sie gesammelt hatte, über alles.

Durch dichte Wimpern sah sie zu ihm auf, als er die Schublade unter dem Waschbecken öffnete und ein kleines Stück herausholte. Schon der Duft ließ sie bei dem Gedanken an die bevorstehende Wonne aufseufzen.

»Du wirst mich baden?« Sie sah zu, wie er die Seife auswickelte.

Ein sündiges, erotisches und absolut männliches Lächeln umspielte seine Lippen. »Auf eine Weise, die du dir gar nicht vorstellen kannst, Dawn. Einfach unvorstellbar.«

Sie hatte keine Vorstellung gehabt. Aber es dauerte nicht lange, und sie schmiegte sich erneut an ihn und grub die Nägel in seine Schultern, während das Wasser um sie herum spritzte und der Duft von Liebe die Luft erfüllte.

15

Am nächsten Morgen hatte Seth keine andere Wahl, als die Meetings zu besuchen, die für die zweiwöchige Hausparty angesetzt waren. Zu viel war geschehen, und die anderen Vorstandsmitglieder wurden langsam unruhig und wütend.

Der leise grollende Widerwillen gegen die Anwesenheit der Breeds wurde zunehmend lauter, und viele Vorstandsmitglieder glaubten, dass der Grund für Breyers Ermordung in eben dieser Präsenz lag.

Nur Dash, Seth, Callan und Dawn wussten es besser. Denn sie hatten die Notiz, die Breyer bei sich gehabt hatte. *Sag es Seth, sofort!*

Doch was sollte er Seth sagen? Dawn und Dash hatten die Suite der Breyers durchsucht; sie hatten die Familie befragt, jedes Kleidungsstück und jede Schublade durchgesehen und nach einem Anzeichen für die Informationen gesucht, die Breyer hatte. Sie hatten nichts gefunden.

Doch es gab noch einen Ermittler, mit dem sie sich befassen mussten. Während Seth mit den Meetings fortfuhr, warteten Dawn und Dash beim Landeplatz auf die Ankunft des Helijets des Chefermittlers. Detective Bryan Ison, wie sich Dawn erinnerte.

»Welchen Eindruck hast du von Ison?«, fragte Dash.

»Council.« Dawn zuckte mit den Schultern.

Es war leicht, die Gesetzeshüter zu erkennen, die auf der Seite des Genetics Councils und dessen Lakaien, der von ihm finanzierten Rassistengruppierung, standen.

Dash schnaubte, und als Dawn ihm einen Blick zuwarf, sah sie sein finsteres Gesicht.

»Er wird versuchen, die Schuld für den Mord eher auf die Anwesenheit der Breeds zu schieben als auf einen Mordversuch an Seth. Sollten wir einen Verdächtigen fassen, wird er verlangen, dass der in seinen Gewahrsam überstellt wird, und dann wird derjenige irgendwie verschwinden, so wie es in diesen Situationen immer passiert.«

»Der Detective hat vorher angerufen«, erklärte Dash.

Dawn sah ihn neugierig an. »Das hätte ich nicht erwartet.«

»Er will unsere Enforcer befragen.«

Dawn erstarrte. »Er will einem unserer Enforcer die Schuld in die Schuhe schieben. Hat er erwähnt, welchem?«

Dash verschränkte die Arme vor der Brust, und sein Gesicht wurde noch finsterer. »Er hat Merc erwähnt.«

Dawns Augen weiteten sich überrascht und wurden dann wieder schmal, als ihr der Grund unvermittelt klar wurde. Mercury Warrant war eine Anomalie unter den Breeds. Der Mann könnte kleine Kinder auf der Straße in Angst und Schrecken versetzen, wenn die nicht immer so verdammt neugierig wegen seiner beinahe löwenhaften Züge wären. Die schmaleren Lippen, die breitere Nase, unglaublich hohe Wangenknochen und schräg stehende Augen. Seine Löwenmähne fiel ihm bis auf die Schultern, und seine Reißzähne waren kräftiger und stärker ausgeprägt als bei den meisten Breeds. Er sah gefährlich aus, und wenn man ihn genug reizte, dann war er auch gefährlich. Außerdem war Mercury als einer der eigenwilligsten, stursten und entschlossensten Breeds bekannt, wie Dawn wusste.

Mercury tötete nur, wenn es keine andere Wahl gab. Er verteidigte. Er verwundete, schüchterte ein, brüllte den Feind wütend an und versetzte ihn in Angst, doch er war der Breed, den man am unwahrscheinlichsten für einen Mord wählen könnte.

Der Welt war das nicht bewusst. Dieser Ermittler hatte keine Ahnung, worauf er sich einließ, falls er sich mit Mercury anlegen wollte. Mercury spielte gern mit dem Verstand eines Feindes. Er liebte es, sie einzuschüchtern und zu verwirren.

»Das ist genau das, was wir jetzt brauchen. Ein Weichei von Council-Arschkriecher, der das Ganze Mercury anhängen will.«

»Er hat einen Antrag beim Büro gestellt, ihn zu befragen«, teilte ihr Dash mit.

»Und Jonas ist hier, was bedeutet, er ist nicht in seinem Büro und nimmt dämliche Memos entgegen.«

»Und der Ermittler weiß, dass sowohl Jonas als auch Callan hier sind. Er versucht, mich zu übergehen.«

»Das wird Callan nicht zulassen.« Dawn schüttelte sofort den Kopf.

Das lachende Schnauben aus Dashs Mund ließ ihre Lippen zucken.

»Mann, ich wünschte, er würde es zulassen«, brummte er. »Vielleicht könnte ich dann wenigstens einmal mit meiner Frau tanzen, während ich hier bin, statt immer Schiedsrichter zwischen Jonas und den Enforcern von Sanctuary zu spielen. Sie kommen nicht immer so gut miteinander aus.«

»Kommt denn überhaupt irgendwer mit Jonas aus?« Dawn runzelte die Stirn. Ihr fiel niemand ein.

»Seine gegenwärtige Flamme?« Dash hatte denselben fragenden Ausdruck im Gesicht.

»Das Letzte, was ich gehört habe, war, dass ihm die Flammen ausgegangen sind.« Dawn kicherte. »Diese Anwältin, von der er so fasziniert wirkte, kam aus seinem Büro und hat ihm im Hinausgehen den Mittelfinger gezeigt.«

Darüber lachte Dash und schüttelte dann den Kopf. »Callan und Jonas sollten Merc inzwischen dargelegt haben, was los ist. Hoffentlich können wir Ison hinhalten oder ablenken.«

Der Helijet schwebte lange Sekunden über ihnen, bevor er auf dem Landeplatz aufsetzte. Sein Bronzeton reflektierte die Nachmittagssonne, die Tür öffnete sich, und der Ermittler und sein aalglatter blonder Assistent stiegen aus.

»Großartig«, brummte Dash. »Zwei zum Preis von einem. Können wir überhaupt noch mehr Glück haben? Geh zurück zu den Besprechungsräumen«, wies er Dawn an. »Seth wird bald herauskommen, und ich will keine Wiederholung von neulich Nacht riskieren. Wenn möglich, bring ihn dazu, im Haus zu bleiben.«

Dawn nickte rasch, drehte sich dann um und ging zurück zum Haus. Seth dazu zu bringen, im Haus zu bleiben, wäre kein Problem. Das Problem war, ihn von Chefermittler Ison fernzuhalten. Sobald er erfuhr, dass die Ermittler eingetroffen waren, wäre er genau dort, mitten im Geschehen.

Rückzug lag nicht in Seths Natur, ebenso wenig wie Aufgeben. Und doch hatte er beides getan, als er glaubte, es würde ihr Schaden zufügen, wenn er mit ihr zusammen wäre. Und obwohl sie das ärgerte, lief ihr dabei doch eine Woge der Wärme durch den Körper.

Aber in dieses Gefühl mischte sich auch ein Anflug von Sorge. Bei aller Romantik und sanfter Verführung hatte Seth ihr noch nicht gesagt, dass er sie liebte. Oder auch nur angedeutet, dass er die Dauerhaftigkeit des Paarungsrausches verstand. Oder eine Zukunft mit ihr diskutiert. Es war, als existierten alle Absichten und Gedanken an diese Zukunft nicht innerhalb der Beziehung, die sie in seinem Schlafzimmer aufbauten.

Den Breeds war eingebläut worden, dass es Dinge wie Beziehungen oder Heirat für sie nicht gab. Doch Dawn musste zugeben, dass in ihr ein kleiner Hoffnungsschimmer flackerte, dass das nicht stimmen könnte. Warum, konnte sie sich nicht erklären. Man hatte ihnen auch eingetrichtert, dass Gott nicht für sie da sei, und hatte Er ihr nicht den Rücken gekehrt, genau so wie die Wissenschaftler gewusst hatten, dass Er das tun würde?

Sie musste dieses Begehren nach mehr als nur Paarung auslöschen. Es aus ihrem Herzen zu verbannen war der größte Gefallen, den sie sich tun konnte.

Zumindest hatte sie sich das fast erfolgreich eingeredet, bis Seth aus diesem Besprechungsraum kam.

Er sprach gerade mit Dane Vanderale, und beide sahen ernst und konzentriert drein. Seths Miene war etwas finster, doch als er ihrem Blick begegnete, wichen die Wolken einem kaum sichtbaren Lächeln, während er weiter Dane zuhörte. Und Dawn wusste, ihr eigenes Herz war verloren.

Sie spürte es heftig in ihrer Brust pochen, fühlte die Hitze durch ihre Adern lodern, als der Paarungsrausch in ihr stärker wurde. Und sie wusste, dass es ihr nie genug wäre, nur seinen Körper zu haben.

Sie brauchte ihn ganz und gar, und das so sehr, dass es wie ein physischer Schmerz in ihr hämmerte.

Sie brauchte seine Liebe.

»Ah, und da ist unsere liebreizende Dawn.« Danes Augen funkelten, und er lächelte. »Ich muss sagen, Seth, du hast es geschafft, das Interesse der faszinierendsten Frau auf dich zu ziehen, die im Augenblick diese Insel bewohnt.«

Dawn errötete nicht und achtete kaum auf Dane Vanderales offensichtliche Flirtversuche. Wenn Dawn jemals einem Casanova begegnet war, dann Dane. Ansehnlich, charmant und großzügig, aber trotzdem ein Casanova.

»Hör auf, mit Dawn zu flirten, Dane«, meinte Seth, während

er über den Flur zu Dawn ging, die am Geländer stand, das um den oberen Treppenabsatz verlief.

Die Wärme seines harten Körpers umgab sie, und seine Hand an ihrer Hüfte zog sie an ihn, während sie weiter Dane musterte.

Etwas an ihm war anders; etwas, das sie nie genau benennen konnte.

»Flirten mit Dawn ist leicht.« Kräftige Zähne blitzten in einem merkwürdig raubkatzenartigen Lächeln auf. »Sie ist schon vergeben. Um sie muss ich mir keine Sorgen machen.«

»Außerdem hat sie es langsam satt, dass über sie gesprochen wird, als sei sie gar nicht da«, erklärte sie beiden Männern.

Dane schmunzelte, und dann sah Dawn, wie er sich anspannte. Sein Gesichtsausdruck veränderte sich nicht, und auch seine Körperhaltung änderte sich nicht. Es war die Wahrnehmung eines Tieres von Gefahr, die ihre Sinne erreichte.

Ihr Blick glitt neben ihn, und sie sah, wie Marion Carrington, Carolines Vater, vor Seth stehen blieb.

Es war offensichtlich, dass Caroline ihr Aussehen nicht von ihrem Erzeuger geerbt hatte. Marion war breit gebaut, fit für einen Mann in den Fünfzigern. Seine Gesichtsfarbe war rötlich, die wässrigen blauen Augen schmal vor Zorn, und sein Zorn richtete sich erkennbar gegen Seth.

»Mein Helijet wird mich heute Abend hier wegbringen«, fuhr er Seth an. »Sie können mein endgültiges Wort in dieser Sache als ein Nein betrachten. Ich werde nicht billigen, dass Lawrence derart Ressourcen verschwendet.« Er warf Dawn einen beleidigenden Blick zu.

»Und Sie kennen meinen Standpunkt dazu, Marion. Wir können darüber verhandeln, oder ich kann die Testamentsverfügung bezüglich der Anteile einfordern. Es ist Ihre Entscheidung. Mein Vater hat dafür gesorgt, dass niemand von euch mich überstimmen kann, wenn es um Dinge geht, die nicht nur für Lawrence Industries wichtig sind, sondern auch für die Familie.«

Marion Carringtons Gesicht wurde noch eine Spur dunkler, und sein Körper vibrierte vor Zorn. »Sie brauchen zwei weitere Stimmen, um die Verfügung in Kraft zu setzen, Seth.«

Seth neigte langsam den Kopf. »Das stimmt, und ich bin zuversichtlich, dass ich die bekommen werde.«

»Ich denke, wir wissen alle, dass er eine dieser Stimmen bereits hat«, warf Dane daraufhin ein. »Die Verhandlungspunkte sind wichtig, da Vanderale gern an den künftigen Profiten teilhaben möchte, die meiner Überzeugung nach von diesen Anteilen kommen werden. Ein Unternehmen ist nicht der richtige Ort, um persönlichen Konflikten Raum zu geben, Carrington. Ihr Unternehmen, Carrier Resources, könnte sich selbst schaden, sollten Sanctuary und Haven anfangen, ihre Kontrakte einzuholen. Das ist etwa so, als würden Sie sich ins eigene Fleisch schneiden, mein Freund.«

Haven war die Basis der Wolf-Breeds in Colorado. Sowohl Haven als auch Sanctuary arbeiteten daran, sich als Unternehmen zu etablieren, die aus eigener Kraft lebensfähig sind. Sie hatten Fähigkeiten, für die ein lachhaft hoher Betrag an Geld auf der ganzen Welt gezahlt wurde: Sicherheitsdienste, persönlich, geschäftlich, elektronisch und militärisch. Das künftige Wachstum ihrer Dienstleistungen wie auch ihres Rufes konnte nicht nur den jeweiligen Gemeinden Milliarden einbringen, sondern auch deren Unterstützern.

Carrington beeindruckte das nicht.

»Denken Sie an meine Worte, Seth.« Er deutete gebieterisch mit dem Finger auf ihn. »Das werden Sie bereuen, noch mehr als alles andere. Ich werde mich Ihnen entgegenstellen. Verfügung hin oder her, das werden Sie nicht tun.«

Seth straffte sich überheblich und durchbohrte ihn mit seinem Blick aus gefährlich schmalen Augen.

»Die Verfügung enthält noch andere Klauseln, Carrington. Ich schlage vor, Sie gehen sie mit Ihrem Anwalt sorgfältig durch, bevor Sie mir weiter drohen. Mein Vater mag schlecht beraten gewesen sein, als er das Council unterstützte, bevor wir erfuhren, was es war. Aber jetzt wissen wir es, und als er vor seinem Tod die Anteile an das Unternehmen verkauft hat, hat er dafür gesorgt, dass ich ohne Einschränkungen tun kann, was ich tun muss, um seine Familie und seine künftigen Enkel zu schützen. Unterschätzen Sie nicht meine Entschlossenheit, genau das zu tun.« Seine Stimme zeugte von stählernem Willen.

Kinder, dachte Dawn. Sie hielt sich davon ab, die Hand auf ihren Bauch zu drücken. Die Hormonbehandlungen, die sie jahrelang durchlaufen hatte, würden jede Schwangerschaft verhindern ... vielleicht.

Stattdessen konzentrierte sie sich auf Carrington und witterte seine Unsicherheit und die unterdrückte Wut, die in ihm brodelte. Er war gierig, doch sein Zorn über das Ende der Beziehung zwischen Seth und seiner Tochter war mehr als offenkundig, und der brachte seine Entscheidung, Seth zu unterstützen, ins Wanken.

Der Frust war Carrington deutlich ins Gesicht geschrieben. Dann huschte sein Blick zu Dawn, und sie sah den Hass in seinen Augen. Reinen, bösartigen Hass. Dieser Mann hatte gewusst, was das Council war, wen und was er da unterstützte. Und er verurteilte die Zuwendungen, die die Breeds nun erhielten, die Geschöpfe, die seiner Ansicht nach ihr Blut und ihre Würde bereitwillig den Monstern hätten opfern sollen, die sie erschaffen hatten.

Sie erwiderte seinen Hass. Aber sie musste ihn ja nicht mögen, und sie musste sich nicht mit ihm herumschlagen, sondern Seth. Und solange sie an Seths Seite stand, würde Carrington keinen Zentimeter nachgeben.

»Entschuldigen Sie mich bitte, Gentlemen, dann lasse ich Sie weiterreden.« Sie ignorierte den Druck von Seths Hand an ihrer Hüfte und entfernte sich, ohne Eile und ohne Bedauern zu zeigen. Obwohl sie Bedauern empfand.

Sie bedauerte den Verlust seiner Nähe und seiner Körperwärme. Er linderte das Verlangen, das in ihr aufstieg, und beruhigte das Tier, das ihre Begierde nährte.

Seth sah zu, wie sie zum Flur ging, den Rücken gerade, die Schultern steif. Sie würde in der Nähe bleiben. Seth wusste, dass sie sich nicht weit entfernen würde. Aber das verringerte nicht sein Verlangen, sie zu berühren und sie in seinen Armen zu halten.

Er wandte sich wieder an Carrington und sah ihn kalt an.

»Beleidigen Sie sie noch einmal, und ich erzwinge den Verkauf Ihrer Anteile.« Er achtete darauf, nicht laut zu werden, obwohl es ihm verdammt egal war, wer hören konnte, was er zu sagen hatte.

Er sah, wie Carrington der Schweiß ausbrach, ein eindeutiges Anzeichen, dass der Mann immer besorgter wurde. Sollte er sich ruhig Sorgen machen. Sollte er sich ruhig nachts im Bett wälzen und um künftige Profite bangen. Seth wälzte sich im Geiste jede verdammte Nacht hin und her, wenn er daran dachte, was das Council Dawn angetan hatte; wenn er die Bastarde hasste für jede Sekunde des Schmerzes, die sie ihr als Kind zugefügt hatten.

»Das hat nichts mehr mit Geschäft zu tun«, fuhr Carrington auf. »Sagten Sie nicht, man müsse das auseinanderhalten?«

Seth trat einen Schritt vor. »Haben Sie eine Seele, Carrington?« Er knurrte. »Wollen doch mal sehen, ob Sie eine haben.

Gehen Sie zurück in diesen Raum.« Er zeigte auf den Besprechungsraum. »Laden Sie diese Discs noch einmal, und sehen Sie sie an. Sehen Sie sie an und seien Sie gewiss, dass sie die Wahrheit zeigen. Stellen Sie sich die Peitschenhiebe auf Ihrer eigenen Haut als Kind vor. Als ein Baby, zu jung, um sich zu verteidigen. Und dann stellen Sie sich die Aufnahmen vor, die Sie nicht da drin gesehen haben. Die, auf denen Kinder zu Tode vergewaltigt werden.« Er ballte die Fäuste, um sich davon abzuhalten, sie an dem Mann zu gebrauchen. »Stellen Sie sich Ihr eigenes Kind vor, Ihre kostbare Caroline, wie sie im Angesicht des Todes in die Kamera starrt, nachdem jede Grausamkeit, die man ihrem jungen Körper antun konnte, begangen wurde.« Heiße Wut brannte in ihm.

Bevor er sich davon abhalten konnte, bevor er die brutale, klauenscharfe Wut, die sich in seinen Verstand krallte, unterdrücken konnte, packte er Carrington am Kragen, riss ihn an sich, Nase an Nase, und ließ ihn die mörderischen Emotionen sehen, die in ihm brannten.

»Hast du eine Seele, du rückgratloser Wichser, oder bist du genauso verdammt geisteskrank wie die Bastarde, die du all die Jahre mitfinanziert hast?«

Carringtons Gesicht verlor jede Farbe. Entsetzt starrte er Seth an.

»Diese Kinder, die sie vergewaltigten, haben sie Ihnen nicht gezeigt, nicht wahr, Carrington?«, knurrte er. »In all den Jahren, in denen sie Berichte an die Leute geschickt haben, deren vollkommener Unterstützung sie gewiss waren, haben sie nie diese armen, erbarmungswürdigen blutverschmierten Körper gezeigt. Aber wissen Sie, was aus denen wurde, die überlebt haben? Ein paar von ihnen wurden den Monstern, die das Council unterstützten, zur Verfügung gestellt. Waren Sie einer von denen?«

Carrington schüttelte langsam, fast schockiert, den Kopf. »Das war Propaganda«, schnaufte er. »Die Breeds, die haben gelogen.«

Seth gab ihm einen kleinen Schubs. »Beruhigen Sie damit Ihr Gewissen?«, stieß er hervor und musterte dann die ungläubigen Mienen der Vorstandsmitglieder, die die Szene verfolgten. »Ist es das, was das Council und seine verdammten Marionetten, die mich durch euch beiseiteräumen wollen, euch erzählen? Propaganda? Ich sage euch was über Propaganda. Ich kann euch erzählen, wie sie Babys vernichtet haben, verdammt.« Seine Züge verzerrten sich, als ihm die Bilder dessen, was man seiner Dawn, seiner Frau, angetan hatte, durch den Kopf gingen. »Wie viele von euch haben für das Privileg bezahlt, dabei helfen zu dürfen? Bei Gott, lasst mich herausfinden, dass einer von euch, nur ein Einziger, so etwas getan hat, und ich mache ihn kalt. Betet zu Gott, fallt auf die Knie und fleht ihn an, mich nicht herausfinden zu lassen, dass irgendwer von euch derart darin involviert war, oder ich schwöre euch, die Hölle selbst kann nicht so wüten, wie ich über euch kommen werde. Über jeden Einzelnen von euch, der es gewagt hat, bis zum Letzten.«

»Es wurde bewiesen, dass diese Aufnahmen falsch waren.« Carrington schüttelte immer noch den Kopf. »Die Breeds haben das selbst getan. Es wurde bewiesen. Die Breeds widerlegen es nicht. Sie weigern sich, darüber zu sprechen.«

»Ich sage Ihnen was, lassen Sie mal Ihre Tochter vergewaltigen, bis sie fast wahnsinnig vor Schmerz ist. Bis ihr das Blut aus dem Körper rinnt, ihre Augen leblos werden, und dann sehen wir mal, wie vielen Ihrer guten Kumpel Sie das zeigen wollen, Carrington.« Ihm war schwer ums Herz, und der Zorn tobte in ihm. »Irgendeiner von euch. Glaubt ihr, die Überlebenden wollen, dass ihr ihre Schmerzen seht? Glaubt ihr denn, dass es sie noch interessiert, was Männer wie ihr glaubt? Leute, die diese Monster unterstützt haben? Ihr könnt mich mal. Jeder verdammte Einzelne von euch. Die Verhandlungen sind beendet. Meine Anwälte werden nächste Woche eure kontaktieren. Ich verhandle nicht mit Pädophilen oder Leuten, die sie verteidigen. Macht, dass ihr von meiner Insel kommt!«

Seth drehte sich um und entfernte sich von der Gruppe. Sein Körper vibrierte in mörderischem Zorn, während Dawn aus dem Korridor trat, stehen blieb und ihn beobachtete, mit vor Schmerz verdunkelten Augen und blassem Gesicht. Und besorgt.

Sie warf einen Blick auf die Vorstandsmitglieder, und für einen Augenblick, nur ganz kurz, glaubte er, Tränen in ihren Augen glitzern zu sehen, bevor sie sie wegblinzelte.

»Seth, warte.« Dane war hinter ihm. Er hielt Seth am Arm fest und brachte ihn dazu, stehen zu bleiben, als er Dawn erreichte.

»Geh weg, Dane.« Seth befreite sich aus dem Griff des Mannes und drehte sich wieder weg.

»Lass mich jetzt mit ihnen reden, Seth«, zischte Dane leise. »Hör mir zu, du hast ihnen Angst gemacht, jetzt lass mich sie an Land holen. Wenn wir jetzt zuschlagen, wird es keinen Kampf geben.«

»Hör auf ihn, Seth.« Dawn rührte sich nicht vom Fleck. Ihre Stimme klang leise, aber es lag Schmerz darin. »Zieh nicht in den Krieg, wenn es nicht unbedingt sein muss.«

Seth hielt inne. Sein Körper bebte vor Verlangen, genau das zu tun. Krieg. Alle diese Vorstandsmitglieder, ausgenommen ein paar wenige, hatten das Genetics Council jahrelang persönlich unterstützt. Er wusste, dass er einige von denen niemals dazu bringen würde, sich gegen das Council zu wenden, doch falls er eine Mehrheit erreichen konnte, wenn sie die richtigen

Stimmen für sich gewannen, dann hätten diese wenigen keine andere Wahl, als mitzuziehen.

»Ich weiche keinen Schritt zurück.« Er fühlte Mordlust. Er wollte diese Bastarde in Stücke reißen. Er wollte zurückgehen, und er wollte jeden verdammten Wissenschaftler und Soldaten auslöschen, der es gewagt hatte, Dawn oder irgendein anderes Kind anzurühren.

»Lass mich diesen Punkt schlichten«, drängte Dane wieder. »Lass mich sie bearbeiten, jetzt, wo du ihnen Angst eingejagt hast. Darin, mein Freund, bin ich richtig gut.«

Seth nickte knapp. »Keine Verhandlungen, Dane. Die sind vorbei. Ich will die vollständigen Zugeständnisse, um die ich gebeten habe. Punkt. Oder die können sich verpissen.«

Damit drückte er Dawn enger an sich und steuerte mit ihr auf seine Suite zu. Er wollte nicht, dass die sie anglotzten oder auch nur dieselbe Luft wie sie atmeten. Die waren eine Beleidigung für ihre Gegenwart und für jedes lebende Kind, Breed oder nicht Breed.

Dawn war sein. Seine Frau. Seine Luft zum Atmen. Es war ihm nicht klar gewesen, bis sie zu ihm kam. Er hatte nicht erkannt, wie lange er gewartet, wie sehr er gehofft hatte, dass sie zu ihm kommen würde. Er wollte verdammt sein, wenn er jetzt auch nur einen Zentimeter nachgab. Dawn und ihre Leute waren nicht die Einzigen, die sich auf ihn stützten. Die Kinder, die er mit ihr haben würde, brauchten ihn, damit er jetzt für sie einstand. Wenn er es nicht tat, wer würde es später tun?

Dane sah zu, wie Seth und seine Gefährtin um die Ecke bogen und verschwanden. Dann fuhr er sich mit den Fingern durchs Haar und warf über die Schulter einen Blick auf die Vorstandsmitglieder, die ihn besorgt musterten, weil er so unentschlossen wirkte.

Wirkte, wohlgemerkt, denn er war nicht im Geringsten unentschlossen. Er hatte erwartet, dass es so kommen würde, und er hatte für diesen Fall vorgeplant. Jeder, der sich in Bezug auf die Breeds auf dem Laufenden hielt, wusste, dass Dawn Seths Gefährtin war. Besonders jemand mit Danes Sinnen. Breed-Sinne, Sinne, die durch das menschliche Blut, das in seinen Adern floss, noch stärker waren.

Dane war die schlimmste Sorte Raubtier. Er stürzte sich auf die emotionalen Schwachstellen seiner Feinde. Auf ihre Gier. Ihren Machthunger. Er stürzte sich auf diese Dinge, schwächte sie und baute sie dann wieder auf, wie er es brauchte. Er brauchte diese Männer an der richtigen Stelle, doch nicht auf die Gefahr hin, dass die Breeds, die sie fördern sollten, zerstört wurden.

Er atmete hörbar aus und spielte die Rolle des besorgten Geschäftsmannes und widerstrebenden Vermittlers. Diese Rolle beherrschte er überaus gut.

Rye, Ryan Desalvo, sein Leibwächter und Freund, kam ihm auf halbem Wege entgegen.

Dane senkte den Kopf an Ryes Ohr. »Hol die Aufnahmen.«

Er spürte, wie Rye sich versteifte. »Dafür schneidet Seth dir das Herz heraus.«

»Und verspeist es zum Abendessen, da bin ich sicher«, antwortete Dane. »Hol sie her.«

Sie hatten die Aufnahmen als Rückversicherung mitgebracht, für alle Fälle. Für den Fall, dass es so kam, wie es nun gekommen war. Für den Fall, dass die benötigte Anzahl an Stimmen nicht zusammenzukommen schien. Denn die Mehrheit dieser Männer wusste nichts über das wahre Ausmaß der Gräueltaten, die das Council begangen hatte, und klammerte sich an die Hoffnung, dass es sich bei den Behauptungen, dass diese Dinge geschehen waren, tatsächlich um Breed-Propaganda handelte.

Wie schon so oft in der Vergangenheit beugten jene mit bösen und heimtückischen Absichten die Wahrheit, damit sie deren eigenen Zwecken diente. Die Aufnahmen über das wahre Ausmaß der Grausamkeiten, die an weiblichen Breeds verübt worden waren, lagen größtenteils in der Basis der Breeds unter Verschluss. Doch Dane war ein geschäftstüchtiger Bursche. Er hatte viele von ihnen gefunden. Und nun wurden sie gebraucht.

Lawrence Industries und Vanderale Industries waren die größten Unterstützer der Breeds. Wenn sie wegfielen, würden noch viele andere zu Fall kommen.

Während Rye über den Flur ging und in Richtung ihrer Zimmer abbog, ging Dane zurück zu den Vorstandsmitgliedern.

»Das meint er sicher nicht ernst«, meinte Brian Phelps, Besitzer und Firmenchef eines großen Import-Export-Unternehmens, das Lawrence unter seine Fittiche genommen und refinanziert hatte. Phelps hatte einen Sitz im Gremium erhalten, während sein Unternehmen zu einem drastisch reduzierten Preis Teil von Lawrence Industries geworden war.

»Ich glaube, vielleicht doch«, gestand Dane und seufzte. »Lassen Sie uns noch einmal zusammenkommen, Gentlemen, und sehen, was wir tun können, um Seth an den Verhandlungstisch zurückzubringen.« Er warf einen gespielt besorgten Blick in die Richtung, in die Seth gegangen war, doch in Wahrheit war er fast euphorisch, dass Seth die Vorstandsmitglieder endlich so weit getrieben hatte, die Sache zu klären. Jetzt würden sie erfahren, wer ihre Verbündeten waren und wer vom Council unterstützt wurde.

Seth hatte es ernst gemeint, das hatten die Leute sehen können. Seth regte sich nur selten auf; er brach nie Verhandlungen ab, sondern focht die Dinge stattdessen aus. Dane erinnerte sich an das höllische Jahr, das er daran gearbeitet hatte, Mitglied dieses Gremiums zu werden. Es war fast unmöglich gewesen, Seth an Land zu ziehen. Der Mann hatte ihn echt ins Schwitzen gebracht, und es war nicht immer angenehm gewesen.

»Soll er doch die Verfügung in Kraft setzen«, warf der Mann, der Dane am meisten Sorgen machte, arrogant und viel zu selbstgefällig ein: Theodore Valere.

Valere besaß die Mehrheit der pharmazeutischen Unternehmen in Spanien. Unglücklicherweise hatte er den überaus großen Fehler gemacht, seinem Bruder einen großen Anteil dieser Unternehmen zuzugestehen. Dieser Bruder hatte seine Anteile dann an Aaron Lawrence verkauft, nachdem Valere sich geweigert hatte, ihm bei einer ziemlich großen Spielschuld zu Hilfe zu kommen.

Deshalb war Valere überhaupt Teil des Gremiums. Er konnte die Anteile nicht zurückkaufen; er konnte lediglich seine Meinung oder seine Stimme über die Verwendung der Mehrheitsgewinne von Lawrence Industries abgeben. Und das auch nur, wenn Aaron oder Seth verhandlungswillig waren. Die Verfügungsklausel zur Großaktionärsvereinbarung war vollkommen legal und erzwingbar.

»Theodore, wenn Seth die Verfügung in Kraft setzt, dann können wir uns beim nächsten Mal, wenn unsere eigenen Unternehmen ein Problem haben, gleich einen Strick nehmen.«

»Das wird Vanderale wohl kaum betreffen. Lawrence Industries ist für Sie nicht mehr als ein Lieblingsprojekt, Dane. Geben Sie es zu«, mischte sich Carrington barsch ein. »Die Anteile, die Lawrence von Ihnen gekauft hat, gehörten auf keinen Fall zu Vanderale.«

»Vater kann ein klein wenig besitzergreifend sein, wenn es um seine Anteile geht.« Dane seufzte, als sei er der unbekümmerte Playboy, für den man ihn hielt. »Er erwartet hier Ergebnisse von mir, und er hat eine Schwäche für die Breeds. Es wäre nicht in meinem Interesse, ihn hier zu enttäuschen.«

Oder im Interesse der anderen. Die Welt war größer geworden, und Vanderale Industries hatte das immer im Blick gehabt. Sie hatten fast überall die Hände im Spiel, genauso wie Lawrence Industries. Und nun starrten viele dieser Spielfiguren Dane an, schwitzend und unsicher, ob sie ihre Positionen behaupten oder Seths Maßnahmen zur weiteren Unterstützung der Breeds genehmigen sollten.

Dane wusste genau, dass es eine geschäftlich kluge Entscheidung war, Sanctuary und Haven zu unterstützen. Callan Lyons und der Anführer der Wolf-Breeds, Wolfe Gunnar, waren ausgezeichnete Führungspersonen und Strategen. Sie würden die Breeds in eine Zukunft führen, die sie eines Tages nicht nur in Sicherheit, sondern auch in der Lage sehen würde, sich selbst zu finanzieren und Gewinne zu erwirtschaften.

»Ah, da ist ja Rye«, meinte Dane leise und warf einen Blick in die Runde. Oh ja, die Mitglieder von Seths Vorstandsgremium würden gleich ein äußerst rüdes Erwachen haben. »Ein paar Aufnahmen, die ich selbst von ein paar sehr gierigen Soldaten des Councils erwerben konnte. Wollen wir sie mal ansehen?« Er streckte den Arm in Richtung Konferenzraum aus, während die anderen ihn mit fast furchtsamer Neugier ansahen.

Valere sagte nichts, aber in seinen schwarzen Augen erkannte Dane das Böse, das er an dem Mann witterte wie verfaultes Fleisch.

Theodore Valere gehörte zur spanischen Aristokratie. Seine Familie konnte ihre Wurzeln bis ins Mittelalter zurückverfolgen. Hurra, hurra. Danes Vater hatte die Wurzeln der Familie Valere ebenfalls nachverfolgt und dabei eine Geschichte voll Verdorbenheit und kleinlicher Grausamkeit gefunden. Das

Geld dieser Familie hatte über die letzten drei Generationen die Koffer des Genetics Council gefüllt.

Das Council hatte die Breeds mit eiserner Hand beherrscht und seine Geschöpfe zerstört, trotz der Milliarden, vielleicht sogar Billionen an Dollar, die in ihre Erschaffung geflossen waren. Die Wunder, die dabei entstanden waren, wurden ignoriert. Die Wissenschaftler sahen sie nicht als Wunder, sondern nur als Werkzeuge und Wegwerfsoldaten.

Die Aufnahmen, die Dane erworben hatte, waren von den herausragendsten Experten der Welt auf dem Gebiet der Produktion, Verbesserung und Duplizierung von Video- und Audiomaterial als authentisch identifiziert worden. Es gab keinen Zweifel daran, dass jeder Vorgang, jeder markerschütternde Schrei, jedes wahnsinnige Flehen um Gnade darauf echt war.

Das Blut, das in den Laboren geflossen war, die kalten Mienen von Wissenschaftlern wie Soldaten, die absolute Unmenschlichkeit der Experimente, und das alles im Namen der Wissenschaft – das alles waren Geschehnisse, die selbst der gesündeste Magen nicht aushielt.

Und dann die Mädchen. Die Gesichter junger weiblicher Breeds. Die waren am schwersten zu ertragen. Dane stand neben dem Bildschirm und musterte die Vorstandsmitglieder mit hartem Blick, während das qualvolle Wimmern in seinem Kopf widerhallte, so wie immer, selbst in seinen Albträumen.

Alle, außer Valere, wandten sich ab. Er starrte auf die Bilder, ein tiefes Stirnrunzeln im Gesicht und ein Schimmern von Genuss in den Augen. Und Dane schwor sich: Nicht mehr lange, und er hätte den Beweis, den er brauchte. Und wenn er ihn hatte, würde Valere sterben.

Dane war nicht an Breed Law gebunden. Er musste seine Beweise nicht an Breed-Rat, Strafverfolgungsbehörden oder Senatoren übergeben. Er musste lediglich seinem eigenen Gewissen Rechenschaft ablegen. Und sobald dieser letzte Fetzen Zweifel verschwunden war, dann würde Valere-Blut fließen.

So wie Breed-Blut geflossen war.

Immer und immer wieder.

16

»Ich sollte damit anfangen, jeden Einzelnen von denen aufs Festland fliegen zu lassen«, grollte Seth, als sie die Suite betraten. Sein angespannter Körper vibrierte vor Zorn, als er ihren Arm losließ und an die Bar ging.

Dawn beobachtete ihn; ihr war schwer ums Herz. Es schmerzte, als sie zusah, wie er sich einen Drink einschenkte und schwer durchatmete.

»Vorstandsmitglieder sind wie Tod und Steuern. Man wird sie nicht los«, zitierte Dawn ihn. Es war eine Bemerkung, die er vor Jahren gemacht hatte, auf einer Party, die er in Sanctuary besucht hatte.

Er sah sie finster an, doch seine Schultern schienen sich ein klein wenig zu entspannen.

»Bastarde«, brummte er schließlich, nippte dann an seinem Whiskey und drehte sich wieder zu ihr um.

Der Ausdruck in seinen Augen versetzte augenblicklich ihr Blut in Wallung. Er ließ sie an die Seife aus Paris denken und an den wilden Duft seiner Lust, der ihrem Körper anhaftete.

»Die Vorstandsmitglieder sind nicht unser einziges Problem«, erklärte sie, und sie hasste es, die Lage noch schlimmer machen zu müssen. Zumindest in seinen Augen. »Chefermittler Ison kam an, kurz bevor ich mich mit dir in der Halle traf. Dash und Callan sind bei ihm, aber man will Merc über den Tod deines Vorstandsmitglieds befragen.«

Er stellte das Whiskeyglas vorsichtig zurück auf die Bar. »Man will Breyers Tod also einem Breed anhängen?«

»Den Verdacht haben wir. Mercury gäbe ein ausgezeichnetes Ziel ab. Lass sein Bild weltweit im Fernsehen auftauchen, und Eltern bekommen nicht nur Angst um ihre Kinder, sondern auch um sich selbst. Ich denke, man will das gegen uns verwenden.«

Seth schloss die Augen und kniff sich in den Nasenrücken. Er war müde, dachte sie. Keiner von ihnen hatte letzte Nacht viel geschlafen – oder heute Morgen. Der Paarungsrausch hatte sie in seinem Griff gehabt und ihnen jedes bisschen Energie abverlangt.

Der Gedanke an jene Stunden ließ ihre Beine schwach werden und ihre Vagina verlangend pulsieren.

»Wo ist Chefermittler Ison?«, fragte Seth spöttisch.

»Wir haben die Bibliothek vor seiner Ankunft absichern lassen. Dash hofft, dass er und Callan ihn ablenken oder die Richtung der Untersuchung irgendwie ändern können.«

Er biss die Zähne zusammen. »Gehen wir. Verdammt will ich sein, wenn ich nur hier herumsitze und zusehe, wie jemand versucht, Breyers Tod einem Unschuldigen anzuhängen. Hat Dash schon seinen Hintergrund überprüfen lassen?«

Dawn nickte. »Wir haben Anscheinsbeweise für eine Verbindung zu mehreren Kontaktpersonen des Councils gefunden, doch diese Kontakte sind nicht verifiziert. Im Moment wäre es in den Augen des Gesetzes reine Spekulation.«

»Mehr brauche ich nicht.«

Plötzlich wirkte er größer, breiter und härter. Er sah aus wie ein Mann, den die meisten Leute nicht noch weiter reizen würden.

Und Dawn musste zugeben, dass sie ein leichtes Gefühl der Beklemmung verspürte. Keine Sorge um ihre Person, sondern eher ein Bauchgefühl, dass es Tote geben könnte, sollte Seth die Kontrolle verlieren.

»Hast du seine Akte auf deinem schicken Organizer?« Er wies mit dem Kopf auf das Gerät.

Dawn holte es aus ihrem Uniformgürtel, aktivierte es und rief Chefermittler Isons Datei auf, bevor sie das Gerät an Seth weitergab.

Er nahm es und ging die Informationen durch. Sein Kiefer war angespannt und seine Nasenflügel weiteten sich, während er las.

»Sein Bruder hat die Schwester eines mutmaßlichen Councilsoldaten geheiratet«, brummte er. »Militärkarriere in der Vergangenheit, Beteiligung am Council und/oder Laboren möglich.« Er sah Dawn an. »Und Dash lässt diesen Hundesohn am Leben?«

Dawn zuckte mit den Schultern. »Breed Law geht in beide Richtungen. Es dient dem Schutz der Breeds genauso wie derer, die keine sind, Seth. Bis wir Beweise für eine Beteiligung nach Inkrafttreten des Breed Law haben, können wir nichts tun, außer ihre Namen öffentlich zu machen.«

Seth rieb sich übers Kinn, und Dawn holte erregt Luft, als seine großen Hände mit den langen männlichen Fingern über die von Bartstoppeln dunkle Haut strichen.

Sie wollte ihn. Sie wollte ihn in sich.

Er sah vom Organizer auf, und seine Augen verdunkelten sich.

»Trägst du gerade das Höschen, das ich dir heute Morgen geschenkt habe?« Seine Stimme klang unvermittelt tief und dunkel vor Lust.

Dieses Höschen bestand aus nichts als Spitze, und zwar der weichsten, zartesten Spitze, die Dawn je gefühlt hatte. Der Tanga passte perfekt, der schimmernde Stoff umhüllte ihren Venushügel wie eine Wolke. Noch nie im Leben hatte sie etwas getragen, das so sündhaft sexy war.

Sie spürte, wie ihr Gesicht heiß wurde. »Ja, tue ich.« Sie räusperte sich. »Dieses Höschen ist dekadent, Seth.«

»Ist es feucht?« Noch immer den Organizer in der Hand, kam er näher, und seine Miene war plötzlich sinnlicher und sein Blick so sündig wie das Höschen. »Hast du die weiche Seide schon feucht gemacht?«

Ihr Gesicht wurde flammend heiß, denn natürlich hatte sie das. Sie wurde ja schon feucht, wenn sie ihn nur ansah.

»Du bist irre«, keuchte sie, nahm den Organizer aus seiner Hand und steckte ihn rasch zurück in die Lederhülle an ihrem Gürtel.

Sein Blick glitt über ihren Körper und ruhte dann auf ihren Oberschenkeln. »Ich will deine süße, weiche Haut lecken. Weißt du, dass du zwischen den Beinen noch weicher als Spitze bist, Dawn?« Er legte ihr die Hände auf die Schultern und strich über ihren Rücken, während er sie an sich zog und ihr in die Augen sah. »Schmerzt deine Zunge, Baby? Brauchst du meinen Kuss?« Er senkte den Kopf und berührte neckend ihre Lippen mit den seinen.

»Wenn du mich jetzt küsst, dann schaffen wir es nie wieder hier raus.« Ihre Wimpern senkten sich, als er mit der Zunge über ihre Lippen strich.

Sie wollte seinen Kuss. Sie wollte, dass er mit diesen neckenden Zungenstrichen aufhörte, damit sie seine Lippen auf ihren spüren konnte. Nicht, um die Schwellung der Hormondrüsen unter ihrer Zunge zu lindern, sondern weil sie ihn *fühlte*, wenn er sie küsste. Dann fühlte sie sich ihm verbunden, als ein Teil von ihm.

»Ich sehne mich nach deinem Kuss«, flüsterte er an ihren Lippen. »Nach dem Gefühl, nach der Wärme. Danach, wie du diese kleinen zarten Laute von dir gibst, wenn meine Zunge deine berührt.«

Sie öffnete ihre Lippen. Sie brauchte ihn, sie brauchte die Berührung seiner Zunge an ihrer, das Gefühl seines Kusses, das sie vor Begierde verrückt machte. So verrückt danach, alles von ihm zu fühlen und zu berühren, dass nichts mehr wichtig war. Sie hatte keine Angst vor den Schatten, die begonnen hatten, in ihren Erinnerungen aufzutauchen, wenn er sie in seinen Armen hielt. Sie wusste, diese Schatten waren voll Schmerz, Entsetzen und den Schreien des kleinen Mädchens, an das sie sich nie mehr erinnern wollte.

Als seine Zunge über ihre Lippen strich, piepte ihr Headset fordernd.

Dawn stöhnte ablehnend auf, grub die Hände in Seths kräftige Oberarme und bemühte sich, das Piepen zu ignorieren. Doch es piepte wieder, und dann erneut auf dem gesicherten Privatkanal. Das musste Dash oder Callan sein. Nur sie würden sie privat kontaktieren, und es musste etwas mit der Ermittlung unten zu tun haben.

Sie wollte sich nicht mit ihnen befassen. Sie wollte hierbleiben, in Seths Armen, und den Kuss fühlen, mit dem er sie reizte.

Seth löste sich mit wissendem Grinsen von ihr und führte ihre Hand an den kleinen Aktivator hinter ihrem Ohr.

»Dawn hier«, meldete sie sich unwirsch, nachdem sie das Mikro heruntergeklappt hatte.

Das sollte besser wichtig sein.

»Wie komme ich in diese Leitung, das sollte deine erste Frage sein.« Eine offensichtlich verstellte Stimme, die ihr kalte Schauer über den Rücken jagte, flüsterte die Worte. »Welchen deiner so überaus gut ausgebildeten Enforcer habe ich ausgeschaltet, kleines Mädchen?«

Dawn fühlte das Aufblitzen einer Erkenntnis, die ihr Übelkeit verursachte, eine Erkenntnis, die sie nicht fühlen und nicht hören wollte.

»Wer ist da?« Sie spürte, wie ihr die Übelkeit in die Kehle stieg.

»Ah, Dawn, süßes Ding. Erinnerst du dich nicht an deinen Ersten? Der erste Schnitt ist immer der tiefste, Süße. Ich habe diesen ersten Schnitt gemacht, und jetzt werde ich dir den letzten beibringen. Denk daran, Dawn, ich habe es dir versprochen. Dass du immer für mich da sein würdest. Du bist mein Sexspielzeug, kleines Mädchen. Für immer meins.«

Ihr war schlecht. So schlecht.

Dawn war nur noch Instinkt, reiner Instinkt und Training. Sie eilte an den Laptop und rief das Positionsprogramm für die Insel auf. Alle Headsets der Breeds hatten einen Positionsanzeiger, ein Signal, mit dem sie sie aufspüren konnte. Dieses Positionssignal war auf einen Einsatz in dem Breed-Aufnäher auf ihren Uniformen abgestimmt. Wenn das Headset vom Breed getrennt war, würde sie es finden.

Es war eine Sicherheitsmaßnahme für den Fall, dass ein Breed von der Verbindung getrennt wurde oder das Schlimmste passierte und der Feind sich Zugang verschaffen konnte.

»Suchst du nach mir, Dawn? Komm und hol mich, Baby. Du warst der beste Fick, den ich je hatte, und ich werde auch dein letzter sein.«

Sie war kurz davor, sich zu übergeben. Diese Stimme hallte in ihrem Kopf, immer wieder.

Schrei für mich, Kätzchen. Kleines Mädchen.

Sie riss sich das Headset vom Kopf. Sie hörte nicht zu. Sie konnte nicht weiter zuhören. Sie drückte auf einen Befehl, die Positionssignale zu koordinieren, und sah zu, wie sie alle anfingen, sich aufzureihen.

Alle bis auf eines.

»Moira«, flüsterte sie, entsetzt und voll Schrecken, als sie auf den Bildschirm starrte und den elektronischen Notfallzugriff auf alle Headsets bis auf Moiras eintippte.

Moira war gut ausgebildet. Sie war eine der Löwinnen, die Dawn persönlich mit ausgebildet hatte. Wieso hatte sie die Frau so im Stich gelassen? Wieso hatte sie ihr nicht beigebracht, so etwas zu verhindern?

Es war ihre Schuld. Irgendwie war es ihre Schuld. Sie hatte Moira ausgebildet. Die zart gebaute Breed war beinahe völlig gebrochen nach Sanctuary gekommen, aber sie hatte lachen gelernt. Doch jetzt war sie außer Gefecht, und Dawn hatte es nicht geschafft, sie zu schützen.

Sie hörte Seth fluchen. Ein böser, wütender Fluch, der ihren Blick ruckartig auf ihn lenkte, und Entsetzen jagte ihr durch den Kopf. Er hörte mit. Er hörte jedes bösartige, schmutzige Wort mit, das aus dem Headset kam.

»Hier«, zischte sie und zeigte auf das regelmäßige Blinken des Positionssignals. »Südspitze, in den Pflanzen versteckt.«

Sie schickte den Befehl an die Headsets; das elektronische Signal würde den anderen die Richtung auf den Organizern zeigen, die sie mit Sicherheit aktivierten, sobald sie das Notsignal empfingen.

Dann drehte sie sich rasch zu Seth um, von ihrem Instinkt gewarnt. Doch sie konnte nicht verhindern, dass er das Headset hinwarf und aus dem Schlafzimmer rannte, in der Hand eine Waffe, von der sie gar nicht gewusst hatte, dass er sie besaß.

»Nein! Nein!« Sie schüttelte verzweifelt den Kopf, schnappte sich das Headset vom Boden, setzte es auf und rannte hinter ihm her.

Sie musste ihn einholen. Das durfte er nicht tun, nicht ohne sie. Seth durfte jetzt nichts zustoßen. Wie sollte sie denn dann weiterleben? Wie zur Hölle sollte sie sich den Nächten ohne ihn stellen? Was würde dann die Albträume fernhalten und sie mit Wärme umgeben, wenn Seth etwas zustieß?

Ihr Finger schwebte noch über dem Aktivierungsknopf für den Hauptkanal, als sie ein Lachen in der Leitung hörte.

»Ist dein Liebster schon unterwegs? Ich warte auf ihn, Dawn. Und diesmal ist er derjenige, der stirbt. Du gehörst mir, kleines Mädchen.«

Sie deaktivierte, drückte auf Reset und löschte alle Kanäle des Teams, bevor sie einen Kanal reaktivierte, der nun für das entwendete Headset blockiert war.

»Alarm. Alarm an alle Agents. Seth verlässt das Haus. Ich wiederhole, er ist auf dem Weg zur Positionsanzeige. Sammeln und abschirmen. Ich will ihn zurück im Haus haben. Styx, orte Moira …«

»Schon passiert. Betäubt und bewusstlos, aber am Leben. Dash und Callan sind unterwegs zu Lawrence am Hintereingang. Ich wiederhole, sie ist betäubt, und dem Geruch nach zu urteilen ist es starkes Zeug.«

Dawn nahm zwei Stufen auf einmal, kam ins Foyer, stolperte und fing sich innerhalb einer Sekunde wieder, um hinten aus dem Haus zu eilen, immer Seths Duft nach. Panik ergriff sie. Da draußen war ein Attentäter, der auf Seth wartete, und jetzt hatte er einen Weg gefunden, ihn hinauszulocken.

»Dawn, Position halten.« Das war Dash in der Leitung. »Wir decken Seth. Das ist ein Befehl. Bleib in Position.«

»Nein! Nein!«, schrie sie ins Headset und eilte zur Küche. »Bringt ihn zurück.«

»Dawn, du kannst ihn nicht einsperren«, antwortete Callan. »Lass ihn diesen Kampf ausfechten.«

»Nein!« Sie verließ das Haus, fand Deckung und folgte ihnen. »Tu das nicht, Callan. Bring ihn nicht so in Gefahr. Tu das ja nicht.« Sie flehte ihn an. Sie hörte das Flehen in ihrer Stimme, die Forderung.

Er antwortete in kaltem Ton. »Er ist dein Gefährte, Dawn, nicht dein Besitz. Zurück auf Position und warte auf Befehle.«

Dawn zitterte vor Wut und Angst beim Klang von Callans Stimme. Warum sollte er das tun? Warum sollte er ihrem Gefährten erlauben, sein Leben so aufs Spiel zu setzen?

Ihr Atem ging stockend, und ihr Herz hämmerte unkontrolliert, als sie die Hintertür erreichte. Callan würde Seth doch sicher nicht absichtlich in Gefahr bringen? Er würde ihren Gefährten nicht in einen Hinterhalt marschieren lassen, oder? Konnte er das? Hasste er Seth so sehr?

Sie schüttelte den Kopf. Er war arrogant, er war kampfstark, aber er war kein kaltblütiger Killer. Er war ein Mann, so wie Seth auch.

Zur Hölle, war das jetzt ein Augenblick männlicher Verbrüderung, oder was?

Sie hatten einen Vorsprung, und obwohl Dawn die Position des Headsets kannte, hatte sie keine Ahnung, welche Richtung die beiden genommen hatten. Dawn blieb geduckt, ihr Herz schlug ihr bis zum Hals, und Furcht vernebelte ihre Sinne, während sie von Deckung zu Deckung sprintete, bis sie die Baumgrenze erreichte. Dort angekommen ließ Dawn das Tier in sich frei.

Die instinktive, raubtierartige Hälfte von ihr, die sie so streng an der kurzen Leine hielt, gab ein kurzes, zischendes Knurren von sich, als sie sich in die Schatten kauerte. Sie hob den Kopf, weitete die Nasenflügel und suchte nach dem Duft ihres Gefährten.

Sie konnte immer noch den Klang dieser Stimme hören. Böse und grausam hallte sie in ihrem Kopf wider. *Kleines Mädchen. Wehr dich, Kätzchen …*

Sie schüttelte den Kopf. Sie würde sich nicht daran erinnern. Das ließ sie nicht zu. Dieses Kind hatte sie vor Jahren aus ihrer Existenz verdrängt, und sie wollte verdammt sein, wenn sie es nun zurückkehren ließ.

Sie überließ sich dem Tier. Der menschliche Teil ihres Verstandes glitt zur Seite und ließ den Instinkt die Regie übernehmen. Dafür hatte sie trainiert. Zehn Jahre lang hatte sie sich den Allerwertesten abgearbeitet und sich mit den besten Fährtenlesern und den besten Attentätern gemessen, die Sanctuary beherbergte.

Sie war ein Raubtier. Sie konnte Spuren verfolgen, und sie konnte töten. Sie wäre bei ihrem Gefährten, an seiner Seite. Wenn er dumm genug war, sich in Gefahr zu begeben, dann konnte er auch akzeptieren, dass sie bei ihm war.

Mit geschärften Sinnen bewegte sie sich durch das Unterholz. Sie hatte Seths Duft klar im Kopf, als sie in der Brise danach suchte. Jeder winzige Teil ihres Wesens konzentrierte sich auf ein Ziel, auf einen einzigen Zweck: den Schutz ihres Gefährten. Des Mannes, der sie zum Leben erweckt hatte. Der sie ohne Scham berührte, der ihr Seifen schenkte, die nach Gefühlen dufteten, und Höschen, so weich wie das Seufzen eines Geliebten.

Sie bewegte sich in Richtung des Headsets, ließ ihre Sinne in alle Richtungen schweifen und suchte nach den Duftnoten, die sie brauchte. Seths Duft. Den Geruch einer Waffe, den Geruch nach Gefahr und Bösem.

Ihre Schusswaffe hielt sie dicht am Bein, und ein Messer war in Griffnähe, eines in jedem Stiefel und ein weiteres an das andere Bein geschnallt.

Als ein großer Farnwedel in der Brise wehte, glitt sie mit der Bewegung mit, und ihr Schatten verschmolz mit dem Schatten des Blattes und verbarg sie vor den Augen eines Attentäters.

Die Elektronik, die in ihre Uniform integriert war, würde sie vor hitzesuchenden Visieren oder elektronischer Erfassung tarnen. Nur Augen konnten sie sehen, aber ihr Training, kombiniert mit ihrer tierischen Hälfte, sorgte dafür, dass weder die Augen eines Menschen noch die eines Breeds sie entdeckten.

Als sie durch die trüben Schatten der dichten Pflanzen und Bäume schlich, erreichte sie ein Duft. Der Geruch eines kaum unterdrückten Zorns, der Wut eines Mannes, der Entschlossenheit eines Geliebten, zu beschützen.

Seths Duft. Sie hob den Kopf, und sein Duft überflutete ihre Sinne, nur eine Sekunde, bevor ein anderer Geruch, schärfer und bitterer, ihre Nase traf. Und der war näher.

Sie wirbelte herum und knurrte, als ein harter, scharfer Schmerz durch ihre Schulter jagte.

Ihr Blick richtete sich auf den Wurfpfeil, der in ihrer Haut steckte, und einen Augenblick lang blitzte eine Erinnerung in ihrem Geist auf. Das Stechen einer Nadel, die Drogen, die durch ihren Organismus jagten und dafür sorgten, dass ihr Körper zwar schwach, ihre Sinne jedoch hellwach waren. Die Drogen, die das Council bei seinen Experimenten einsetzte, um die Sinne der Breeds zu beeinträchtigen und sie leichter kontrollierbar zu machen.

Einen Augenblick später flog sie durch die Luft, ein Schatten packte sie und warf sie zu Boden, während sie knurrend in diese Augen starrte.

Augen, die das Kind in ihr, das sie für immer besiegt geglaubt hatte, erkannte.

Ein wütendes Raubkatzenfauchen drang über ihre Lippen, als sie die Waffe an ihrer Seite packte, sie schwach aus dem Holster zog, hob und feuerte. Sie hielt den Finger am Abzug, aber ihre Sinne waren aus dem Gleichgewicht vom Betäubungsmittel, ihre Sicht benommen, ihre Reaktionen unzusammenhängend und unkoordiniert, als sie durch die Stille der üppigen dschungelartigen Umgebung schoss.

Ein Fuß traf die Waffe, kickte sie ihr aus der Hand, woraufhin ihre Finger taub wurden, und ein grobes Lachen schien in ihrem Kopf zu hallen.

»Wehr dich, Kätzchen«, lachte er, als er sie an sich riss und rittlings über ihren kleineren Körper kam.

Der Schmerz seiner Berührung explodierte in ihren Sinnen. Sie konnte sich nicht erinnern, jemals solche Qual gespürt zu haben. Tausend Dolche, die auf ihre Haut einstachen, als er sie begrabschte.

Sie konnte die Gerüche oder Geräusche in ihrem Kopf nicht trennen. Sie konnte seinen Duft nicht erfassen. Aber sie konnte seine Augen sehen. Diese Augen kannte sie.

O Gott ...

Sie unterdrückte das Gebet und tastete mit den Fingern nach dem Messer an ihrem Oberschenkel, bis grobe Hände ihr Handgelenk packten und es beinahe brachen, bevor ihr beide Arme über den Kopf gerissen wurden.

Sie wand sich unter ihm. Der Schmerz war die reine Qual. Er brannte, warf Blasen, schälte ihr die Haut von den Knochen und ließ sie darum kämpfen, zu schreien.

»Du hast vergessen, wem du gehörst, nicht wahr, Dawn?« Ein Grinsen zeigte sich unter der schwarzen Maske über dem Gesicht. Eng sitzender, leichter Stoff. Genauso, wie sie ihn im Labor auf diesen Aufnahmen getragen hatten, um das Gesicht des Bösen zu verstecken.

Sie fauchte, versuchte sich unter ihm aufzubäumen und kämpfte gegen die Stärke seiner Arme an, als er ihr das Shirt aufriss.

Der Uniform-BH darunter verbarg ihre Brüste. Der Stoff

umschloss sie, spannte sich darüber und umfasste ihren gesamten Brustbereich.

»Erinnere dich daran, wem du gehörst, Schlampe.«

Sie wollte ihn verfluchen, ihre Wut hinausschreien, als er ihre Brustwarze schmerzhaft verdrehte.

Das Gefühl jagte durch ihr Gehirn, und die Erinnerungen drohten sich zu befreien. Verzweiflung bemächtigte sich ihres Körpers, krallte sich in ihren Geist und kämpfte darum, Adrenalin in ihren Organismus zu jagen.

Sie war stärker als das. Der lähmende Effekt, der da durch ihren Körper jagte, war nichts weiter als Furcht. Sie war darauf trainiert worden, Betäubungsmittel zu bekämpfen und so lange wie möglich zu funktionieren. Sie hatte gelernt, wie man Gefangennahme verhinderte, dem Feind entfloh und sich wehrte, und das alles unter Drogen. Sie hatte gelernt, wie es ging. Und jetzt konnte sie es anwenden. Sie musste, denn sie wusste, die Alternative würde sie zerstören. Sie und Seth.

Mit einem letzten Aufbäumen von Kraft brachte sie die Beine nach oben, schlang sie um seinen Hals und drückte ihn nach hinten, während sie sich drehte. Als sie spürte, wie er sich mühelos aus ihrem Griff befreite, versuchte sie, hastig davonzukommen. Doch eine Sekunde später krallte er seine Hände an ihre Hüften, an den eng anliegenden Hosenbund, um ihr die Hose vom Leib zu reißen.

Er würde sie nicht vergewaltigen. Schmerz strahlte durch jede Zelle ihres Körpers bei seiner Berührung, und Todesqual drang durch das Betäubungsmittel zu ihr durch. Der Schmerz beeinträchtigte die Wirkung des Mittels und gab ihr die Kraft, einen knurrenden Schrei auszustoßen. Den Wutschrei eines Tieres, den jeder einzelne Breed auf dieser Insel wahrnehmen würde.

»Schlampe.« Eine Faust traf ihren Kopf. »Verfluchte Hure.«

Splitter lähmenden Schmerzes bohrten sich in ihren Kopf. Der Schmerz trübte ihre Sicht, jagte ihr Übelkeit durch den Magen und trieb ihr alle Kraft aus den Gliedern, als er sie erneut auf den Rücken warf.

»Mal sehen, ob wir der Welt nicht zeigen können, wem du gehörst.« Er hob ihr Messer, und die Klinge schimmerte über ihr. »Ich markiere dich, bis kein anderer auch nur daran denkt, dich anzufassen. Ganz meins, kleines Mädchen.«

Er würde schneiden. Ihr Narben zufügen und sie zeichnen.

Ein Schuss fiel. Ihr Angreifer zuckte zusammen, fluchte und warf sich nach hinten.

Das Gewicht war so schnell verschwunden, wie es über sie gekommen war. Der quälende Schmerz männlicher Berührung ging zurück und wich dem Schmerz durch den Schlag auf ihren Kopf.

Dawn schüttelte den Kopf und wimmerte, während sie spürte, wie die Bewusstlosigkeit nach ihr griff. Sie durfte nicht ohnmächtig werden. Der Feind war hier. Er war hier, und ihr Gefährte war in Gefahr. Sie musste kämpfen.

Sie wollte aufschreien, wollte die Kraft finden, ihr Headset ausfindig zu machen und Hilfe zu rufen. Sie musste Seth erreichen.

»Seth.« Sie hörte, wie ihr der Name über die Lippen kam, ein Flüstern des Schreies, den sie so unbedingt von sich geben wollte.

Ihr ganzer Körper schmerzte. Sie spürte die Qual in ihrem Handgelenk und ihrem Hinterkopf. Ihr Knöchel fühlte sich taub und zugleich glühend vor Schmerz an.

Ein maunzendes Stöhnen drang über ihre Lippen – sie hasste diesen Laut. Sie klang wieder wie ein Kind, wie ein wertloses Tier, das vor Schmerz wimmerte.

Sie wollte sich auf die Knie hochrappeln, auf die Füße kommen, doch erneut brach sie zusammen und grub die Fingernägel in die Erde, während sie darum kämpfte, bei Bewusstsein zu bleiben.

Sie musste ihren Gefährten finden.

Sie hörte noch mehr Schreie, wütendes Brüllen und einen männlichen Kampfschrei, der ihre Sinne hätte erstarren lassen, hätte sie denn überhaupt noch genug Sinne beisammen, um erstarren zu können.

Sie schüttelte den Kopf und versuchte den Nebel darin zu verscheuchen.

Das Löwenbrüllen erklang erneut. Aber es war der menschliche Aufschrei der Wut, der ihr kalte Schauer über den Rücken jagte. Dann fielen Schüsse, und das antwortende Brüllen von Breeds war zu hören – Löwe, Jaguar und Wolf. Das alles drehte sich in ihrem Kopf, während sie sich auf die Knie zu stemmen versuchte.

Sie wankte, und die Welt um sie herum drehte sich, bevor ihr schwarz vor Augen wurde und sie zu Boden fiel. Das Letzte, was sie hörte, war ihr Name und die Stimme ihres Gefährten, voll Wut und qualvollem Schmerz.

Er war am Leben. Er lebte.

Dawn schloss die Augen und überließ sich der Dunkelheit.

»Dawn!« Seth glitt zu Boden, fuhr rasch mit den Händen über ihren Körper, um sie auf Knochenbrüche oder blutende Wunden zu untersuchen. Vom Hals über ihren Rücken abwärts bis zu den Beinen.

Er drehte sie vorsichtig um und spürte, wie sein Atem zu einem wütenden Aufschrei wurde. Ihr Shirt war aufgerissen, Kratzer verunstalteten ihren Oberkörper und das Schlüsselbein.

Er war sich der Breeds bewusst, die sie umgaben, zwei

Teams mit dem Rücken zu Seth, Dash und Callan, die Dawn ebenfalls rasch auf Verletzungen untersuchten.

»Ich will einen gesicherten Zugang zum Haus. Finde diesen verdammten Schützen, Styx, oder ich ziehe dir das Fell von den Knochen«, brüllte Callan ins Headset, während Seth Dawns Handgelenk besah.

Es schwoll an, war aber nicht gebrochen. Ihr Knöchel war verdreht. Sie hatte Kratzer an Armen, Oberkörper und Bauch, aber keine Wunden. Am Hinterkopf hatte sie eine Beule. Der Bastard hatte sie geschlagen.

Dieser Hundesohn hatte alle mithören lassen, als er sie angriff. Er hatte sie wissen lassen, dass er sie hatte. Seth hatte den Unterton von Besitzgier in seiner Stimme gehört, die wahnsinnige Lust, und er hatte einen nie dagewesenen Schrecken gefühlt.

»Ich habe euch gesagt, dass sie uns folgen würde«, erinnerte Dash ihn und Callan. »Wie kommt ihr beide auf die Idee, dass eure Frauen einfach nur dasitzen und Däumchen drehen, wenn ihr in Gefahr seid?«

Seth warf ihm einen wütenden Blick zu, zog hastig Dawns Shirt über ihre Brüste und knöpfte es notdürftig zu.

»Ist der verdammte Weg frei?«, fauchte Callan ins Headset und wandte sich mit blitzenden Augen an Seth. »Heb sie auf. Sie werden uns vier umringen und ins Haus bringen.«

Seth hob sie sanft hoch und biss die Zähne zusammen, als der Schmerz über ihren schlaffen Körper durch seine Seele jagte. Schutzlos. Gott, wie sollte er jemals die Narbe auf seiner Seele wieder loswerden, dass er sie hierher geführt hatte? Dass er das zugelassen hatte.

»Seth, bleib unten.« Dash legte ihm die Hand auf die Schulter, als er aufstehen wollte. »Die anderen müssen über uns bleiben. Wir bewegen uns vorsichtig zur Lichtung, und dann werden sie uns vollständig umringen. Wir haben einen Schützen in den Bäumen.«

Seth nickte, unfähig, seine Kiefer so weit zu entspannen, dass er sprechen konnte. Wenn er könnte, würde er aufheulen und die Wut herauslassen, die in ihm brannte.

Er blieb unten, hielt den Kopf unter Schulterhöhe der Breeds, die sie umgaben. Als sie sich durch die natürliche Deckung arbeiteten, verstand er. Die Breeds um sie herum hatten keine Gefährtinnen, die innerhalb des Schutzkreises schon. Die Breeds waren so sehr auf den Schutz ihrer Frauen bedacht, dass die gepaarten Männer ebenfalls extrem vorsichtig in Bezug auf ihre eigene Sicherheit waren. Denn das Überleben der Frauen, so hatte er erfahren, hing von diesen Paarungen ab. Sollte ein Gefährte verlorengehen, würde sein Partner leiden, und die Konsequenzen dieses Verlustes konnten verheerend sein.

»Unsere Breed-Ärztin fliegt ein«, teilte Callan mit. »Elizabeth hat sofort Sanctuary kontaktiert. Der Helijet wird innerhalb von Minuten auf dem Weg sein, geschätzte Ankunftszeit weniger als zwei Stunden.«

»Sie ist stabil.« Endlich war Seth in der Lage zu sprechen, während er beinahe gebückt lief. »Blutergüsse, Kratzer, einige Schwellungen, keine Brüche. Er hat sie am Hinterkopf getroffen, möglicherweise Gehirnerschütterung.«

»Wir halten sie stabil, bis Doc Morrey hier ist.« Sie kamen zur Lichtung, die zum Haus führte.

»Jonas hockt mit seinem Gewehr auf dem Dach«, teilte Callan ihnen mit. »Wir gehen direkt zum Haus. Bleibt in Bewegung. Gott verhüte, dass einer von euch zu Boden geht, aber falls doch, bleibt unten und rührt euch nicht, bis wir euch holen können«, befahl er den ungepaarten Breeds.

Jonas meldete sich. »Kommt raus. Ihr habt freies Feld.«

Sie schafften es über die Lichtung, und die Breeds brachten sie eilig von hinten ins Haus, während die Gäste sich versammelten, schockiert, besorgt – und ignoriert von Seth, der die hintere Treppe hinauf in den ersten Stock lief, zu seiner Suite.

Sie musste in ihrem gemeinsamen Bett liegen. Eingehüllt in den Duft ihrer beider Körper. Sie musste wissen, dass sie in Sicherheit war.

Gott helfe ihm; wie konnte sie sich denn je wieder in seiner Obhut sicher fühlen?

17

Sie kam langsam wieder zu sich, nicht von einem Moment auf den anderen. Der Klang von Stimmen stieg empor aus dem Nebel ihrer eigenen Schreie und der brutalen, finsteren Augen, die sie anstarrten.

Als sie den Stich in ihren Arm spürte, die Erkenntnis, dass eine Nadel ihre Haut durchbohrt hatte, reagierte ihr Verstand sofort. Ihre Hand schoss vor, ihre Finger umklammerten einen schlanken Hals und drückten zu.

Ihre Augen gingen ruckartig auf, doch ihre Sinne waren immer noch benommen, ihre Sicht vage.

»Dawn. Lass die Ärztin los.« Eine harte Hand glitt über ihr Handgelenk. Kein Zupacken, nur Berührung.

Seths Berührung.

Sie blinzelte, ließ die Finger langsam wieder locker, als sie ihre Hand in seiner spürte und ihre Sicht langsam klar genug wurde, um Dr. Morrey vor sich stehen zu sehen.

Elys Gesicht war blass, und ihre dunklen Augen blickten besorgt, als sie die Hand mit der Spritze zurückzog.

»Was ist das?«, wollte Dawn benommen wissen.

»Nur etwas, um den Kopf klar zu bekommen.« Ely hustete leicht und hob eine Hand an ihren Hals, um die gerötete Haut zu massieren. »Ich hatte nicht erwartet, dass du die Kraft hättest, so schnell zu reagieren.«

Dawn blinzelte benommen und fühlte die Auswirkungen des Betäubungsmittels immer noch in ihrem Organismus, als ihr Blick Seth suchte. Er saß auf dem Bett neben ihr. Seine Augen blickten finster, und in ihren umwölkten Tiefen standen Zorn und Besorgnis.

»Hat ihn jemand erwischt?«, fragte sie.

Seth schüttelte den Kopf, und seine Kinnmuskeln spannten sich an. »Er ist entkommen.«

»Moira?« Sie hatte fast Angst, nach der irischen Löwin zu fragen.

»Unverletzt. Benommen, aber sie erholt sich schnell.«

Dawn drehte den Kopf und starrte Dash an, der auf der anderen Seite des Bettes stand. Neben ihm war Callan, schweigend, und seine goldenen Augen flammten vor Zorn.

»Gut.« Sie drehte sich weg.

»Dawn, dreh dich nicht weg von mir«, knurrte Callan.

Sie sah ihn wieder an. »Ich habe deine Gefährtin mit meinem Körper geschützt«, flüsterte sie heiser. »Und du hast meinen Gefährten in Gefahr gebracht und mir befohlen, zurückzubleiben.« Daran erinnerte sie sich, ganz deutlich. »Was ist mit dir passiert, Callan? Früher, vor langer Zeit, hättest du mich nie verraten.«

Dieses Wissen tat weh. Das Wissen, dass er vor zehn Jahren das Eine getan hatte, was Seth garantiert dazu zwang, aus ihrem Leben zu verschwinden, war schon schlimm genug. Aber jetzt, dieses Mal, hatte er Seth in Gefahr gebracht.

»Callan kontrolliert mich nicht, Dawn. Glaube niemals, dass das möglich wäre.« Seths Stimme klang nun hart und kalt. »Und wenn du das nächste Mal deinen Hintern so nach draußen bewegst, versohle ich ihn dir.«

Sie drehte sich wieder zu Seth um, und ihre Antwort kam immer noch langsam, während sie die Stirn runzelte. »Dazu bin ich ausgebildet.«

»Und du denkst, ich nicht?« Er presste seine Lippen zusammen. »Du beschützt mich nicht. Begreif das endlich. Du wirst dich niemals zwischen mich und eine Gefahr stellen, oder du wirst eine Woche lang nicht sitzen können, wenn ich mit dir fertig bin.«

Ihr Stirnrunzeln vertiefte sich. Er wagte es, ihr Schläge auf den Hintern anzudrohen?

»Ich werde dich erschießen«, murmelte sie.

Callan schnaubte, und Dawn wollte grinsen, als sie die Belustigung darin hörte. Doch sie konnte nicht. Sie musste gegen das plötzliche Aufblitzen von Entsetzen in ihrem Kopf anblinzeln. Das Gefühl von Fesseln an ihren Handgelenken und Knöcheln. Kalter Stahl, der sie festhielt. Sie zuckte zusammen, bevor sie die Reaktion unterdrücken konnte.

»Alles in Ordnung?« Ely, immer aufmerksam, prüfte ihren Puls, die Hände sorgfältig von den dünnen Handschuhen bedeckt, die sie speziell für die Untersuchung von Breed-Gefährtinnen beschichtet hatte.

Ihre Berührung verursachte keinen Schmerz, nur ein Gefühl des Unbehagens.

»Es geht mir gut.« Sie schüttelte die Ärztin ab. »Geh und ärgere Moira, und lass mich in Ruhe.«

Darüber musste Ely grinsen.

Und dann blitzten brutale Augen in Dawns Erinnerungen auf. Haselnussbraun, voll selbstgerechter Zufriedenheit und grausamer Lust, dazu dünne grinsende Lippen. Ein Triumphlächeln hinter einer schwarzen Maske.

»Wir verfolgen das Betäubungsmittel zurück, das wir neben dir gefunden haben«, erklärte Dash und lenkte ihre Aufmerksamkeit auf sich. »Der Angreifer hat das, was er bei Moira benutzt hat, mitgenommen, aber wer auch immer auf ihn geschossen hat, hat ihn verjagt, bevor er den Pfeil, den er auf dich abgeschossen hat, mitnehmen konnte. Wir hoffen, dass wir ihn damit aufspüren können.«

»Welcher Schütze?« Sie wollte den Kopf schütteln, aber sie fürchtete, dass jede Bewegung ihres Körpers ein weiteres Aufblitzen von Entsetzen in ihrem Körper auslösen würde.

»Jemand hat auf deinen Angreifer geschossen. Jemand, der in den Bäumen Position bezogen hatte, vermuten wir. Wir haben weder ein Zeichen von ihm noch von seinem Duft gefunden. Wir hofften, du hättest etwas wahrgenommen.«

Dawn sah Dash blinzelnd an. »Da draußen war noch ein Unbekannter?«, fragte sie schwach. »Das kann nicht sein.«

»Alle Gäste waren vollzählig, als wir zum Haus zurückkamen«, fuhr Dash fort. »Niemand fehlte. Unsere Leute waren auch alle vollzählig, und keiner von ihnen hat den Schuss abgegeben. Wir waren auf dem Weg zu dir, als er abgefeuert wurde.«

»Er wollte mich mit dem Messer verletzen.« Die Klinge über ihrem Gesicht blitzte vor ihrem geistigen Auge auf. »Markieren.«

»Das haben wir gehört.« Die Wut in Seths Stimme war beängstigend. Noch nie hatte sie ihn so kalt, so mordlustig erlebt.

»Wir haben alles über die Leitung mitgehört«, erklärte Callan, und seine Stimme klang ebenso gefährlich und todversprechend. »Als der Schuss fiel, verschwand er.«

»Gerüche?« Dawn runzelte die Stirn. Jemand von ihnen hatte doch sicher etwas gewittert.

»Verdeckt. Eine Kombination dezenter Abwandlungen, die wir an den Gästen nicht wahrnehmen konnten. Wir konnten den Duft darunter noch nicht zuordnen«, erklärte Callan.

»Capsaicin.« Sie fuhr sich langsam mit der Zunge über die trockenen Lippen. »Ich konnte es an ihm wittern, aber da wurde es schon schwächer. Ich habe den darunterliegenden Duft erkannt.«

Sie musste die Zähne zusammenbeißen, um die Furcht und

die Panik zurückzuhalten, die in ihr aufsteigen wollten. Zehn Jahre Ausbildung, und trotzdem wäre es ihr beinahe entgangen.

»Wer?« In diesem einen Wort aus Seths Mund hallte Blutdurst mit.

Sie sah ihn kläglich an und wünschte, sie könnte die Worte zurückhalten und verbergen, was sie wusste.

»Dawn?« Dashs leisere Stimme klang befehlend. »Was hast du erkannt?«

Sie drehte sich zu ihm um. Es war besser, in seine Augen zu sehen als in die von Seth.

»Das Labor«, flüsterte sie, und ihr Blick huschte zu Callan. »Die Augen, die Stimme, der darunterliegende Duft. Es war der Soldat …« Sie holte hörbar Luft, wendete den Blick von ihnen ab und biss die Zähne zusammen.

»Nein.« Callans Grollen vibrierte in seiner Kehle. »Er ist tot. Sie sind alle tot, Dawn.«

Sie schüttelte den Kopf. »Er ist nicht tot.«

Sie wusste, dass er nicht tot war. Er hatte sie gepackt und zu Boden gedrückt. Sie hatte seine Augen und sein Grinsen gesehen, und da hatte sie es gewusst. Und unter dem betäubenden Geruch von Capsaicin war der Geruch einer spezifischen Fäulnis gewesen, eines Bösen, an das sie sich nicht erinnern wollte.

»Du erinnerst dich an das Labor?«, fragte Dash darauf.

»Ich erinnere mich an ihn.« Die Erinnerungen kamen zurück, das war ihr klar. Sie konnte spüren, wie sie sich in ihr rührten, sich mit scharfen Klauen in ihre Seele krallten und daran rissen.

Der Schmerz war so stark, dass er ihr fast den Atem raubte. Sie weigerte sich, Seth anzuschauen, und sie weigerte sich, ihn wieder Furcht in ihren Augen sehen zu lassen.

»Dawn, das ist nicht möglich«, fauchte Callan. »Ich habe dafür gesorgt.«

Sie holte hörbar Luft und wandte sich ihm zu. »Ich habe die Aufnahmen gesehen, immer wieder, jahrelang«, flüsterte sie. »Dayan hat mich dazu gezwungen, Callan. Stundenlang, ohne Ende. Ich kenne seine Stimme. Ich erinnere mich an seine Augen und an seinen Geruch. Wie eine verfaulende Seele gemischt mit dem Geruch nach Mann. Ich erinnere mich daran.« Sie sah ihm in die Augen und zuckte zusammen, als sie den Schmerz darin sah. »Er konnte entkommen, oder er war nicht dort, als das Labor in die Luft ging. Aber er war es. Kein Zweifel.«

Callan ballte die Fäuste und sah Seth an. Dawn weigerte sich, seinem Blick zu folgen und Seth sehen zu lassen, was sie empfand: die Panik, die in ihr aufzusteigen begann, die Furcht, die durch ihren Magen wallte und ihr die Übelkeit in die Kehle steigen ließ.

»Es tut mir leid«, flüsterte Callan plötzlich, und sein Gesicht wurde kalt und ausdruckslos. »Ich habe dich schon wieder im Stich gelassen, nicht wahr?«

Dawn seufzte. »Du bist nicht Superman, Callan. Was damals oder heute passiert ist, ist nicht deine Schuld.«

Sie ignorierte Seths leise gemurmeltes Schimpfwort und Elys besorgten Blick, als sie sich aus dem Kissen hochstemmte. Ihr Handgelenk war verbunden, ihr Knöchel schmerzempfindlich, und ihr Kopf pochte, als würden Gremlins ihr Löcher ins Gehirn reißen.

»Ely, ich habe Kopfschmerzen.« Sie seufzte müde. »Hast du etwas dagegen?«

»Eine Injektion«, antwortete Ely. »Du hast eine Gehirnerschütterung. Um die muss ich mich noch kümmern.«

»Dann tu das, bevor diese Spitzhacken in meinem Hirn noch echten Schaden anrichten.« Sie hob die Hand und befühlte vorsichtig die Beule an ihrem Hinterkopf.

»Dawn, rede mit mir«, stieß Callan hervor. »Du musst dich irren.«

Dawn schloss die Augen, während Ely die Injektion vorbereitete. Sie irrte sich nicht. Sie wollte es. Die hatten keine Ahnung, wie gern sie sich irren wollte, aber all ihre Sinne waren auf ihre Umgebung abgestimmt gewesen. Das Tier, das sie zu kontrollieren gelernt hatte, hatte alles in sich aufgenommen.

»Er ist jetzt älter«, meinte sie nachdenklich. »Nicht mehr so stark, aber genauso arrogant und genauso dreist. Und vielleicht durchgeknallter denn je. Er war besitzergreifend. Du hast das gehört?«

»Er spielt mit dir«, knurrte Callan. »Es ist nicht derselbe Mann.«

»Doch, er war es.« Sie wappnete sich, als Ely die Spritze an ihren Arm setzte und das Medikament injizierte.

Sie fühlte sich weit weg, getrennt von dem, was sie wusste und was sie fühlte.

»Er trug Handschuhe und Tarnkleidung«, sagte sie. »Eine schwarze Maske. Die Kleidung war präpariert, um seinen Duft abzuschirmen, und der Geruch nach Capsaicin war am Verfliegen. Seine Stimme war ein wenig heiserer, aber sie hatte einen deutlichen Klang von Lust.« Beinahe, nur beinahe, zuckte sie zusammen, als die Stimme aus der Vergangenheit in ihr nachhallte. »Die Augen waren dieselben, aber in ihnen stand noch mehr Wahnsinn, als habe er eine Grenze überschritten, an der er früher nur entlangtaumelte.«

»Du erinnerst dich nicht in allen Einzelheiten an das Labor«, bemerkte Seth heiser neben ihr. »Du sagtest, dass du dich nicht erinnerst.«

Dawn schluckte schwer. Sie fühlte sich taub, die Taubheit, die vor der Erkenntnis kommt.

»Du hättest die Stimme erkennen müssen, Callan. Du willst

nur nicht. Ich gebe dir nicht die Schuld daran, dass er da draußen ist. Du kannst sie nicht alle töten.« Sie zuckte mit den Schultern, als spiele es keine Rolle.

Der Schmerz in ihrem Kopf ließ nach, und der Druck verschwand, als Elys Medikament den Kopfschmerz und die Schwellung in ihrem Gehirn reduzierte.

Sie ballte die Fäuste in die Decke unter ihr, als sie diese Fesseln wieder an ihrer Haut fühlte und ihr eigenes Blut, das ihre Haut benetzte.

Das würde übel werden, dachte sie sich. Konnte sie den Schmerz und die Angst kontrollieren, die sie überkommen würden, wenn diese Erinnerungen zurückkehrten?

Sie griff sich an die Stirn und kämpfte sie nieder. Es brauchte nur Kontrolle. Im Augenblick war sie geschwächt; sie wusste, wie schwach sie bei einer Gehirnerschütterung wurde, wie schwer es war, nicht unter den Nebeln der Erinnerungen zu ertrinken, die sie überrollen wollten.

»Er hat mein Messer.« Dawn spürte das fehlende Gewicht an ihrem Oberschenkel.

Callan wandte sich fluchend ab und ging im Zimmer hin und her. Dash musterte sie schweigend, und sie fühlte Seth an ihrer Seite, seine kaum unterdrückte Wut, als er sich gegen die Information wehrte.

»Wir haben jeden Zentimeter dieser Insel abgesucht«, sagte Dash schließlich. »Wir haben nichts gefunden. Wer auch immer er ist, er versteckt sich gut.«

»Wir räumen die Insel«, gab Seth zurück. »Wir schaffen die Gäste von hier weg und sehen, was er dann tut.«

»Nein.« Dawn hätte den Kopf geschüttelt, aber ihr Gehirn fühlte sich immer noch etwas gereizt an.

»Sag du nicht nein, Dawn«, fauchte Seth wütend. »Ich werde dein Leben nicht derart aufs Spiel setzen.«

»Und ich nicht deins«, antwortete sie ruhig.

Sie fühlte sich viel zu ruhig. Aber sie wusste, was kommen würde. Es würde nicht lange dauern, bis die Wirkung einsetzte.

»Wir räumen die Insel.«

»Dann bringen wir dich nach Sanctuary und sperren dich zu deinem eigenen Schutz in einen Bunker.«

»Das willst du nicht ausprobieren«, warnte er sie leise, doch in seiner Stimme schwangen Entsetzen und Wut mit.

Darauf drehte sie sich zu ihm um. Sie liebte ihn. Sie liebte ihn, bis sie glaubte, ihr Herz würde zerbersten.

»Wir fechten das hier aus.« Sie schob sich an den Bettrand. »Ich brauche eine Dusche, falls es euch nichts ausmacht. Ich muss den Gestank abwaschen. Dash, lass Byron, unseren Scharfschützen, einfliegen. Er hat die besten Augen, noch bessere als Jonas. Ich will ihn auf dem Dach des Hauses haben.«

»Er ist schon hier«, knurrte Callan.

Die Wut hier im Zimmer würde sie noch ersticken. Sie legte sich auf sie wie eine schwere nasse Decke, während das Testosteron der drei Männer sie beinahe überwältigte.

»Moira soll heute Abend wieder in Dienst gehen. Ich will sie bei Styx haben. Sag ihm, wenn er sie bemuttert, gibt es keine Schokolade mehr für ihn. Ich will sie in Topform. In ein paar Stunden treffe ich mich mit dem Team …«

»Du hast nicht mehr die Leitung, Dawn«, erinnerte Dash sie ruhig.

»Krieg dich wieder ein, Dash«, schnaubte sie, als sie die Badezimmertür erreichte. »Ich habe dafür trainiert. Er ist mein Gefährte. Wenn dir das nicht gefällt, dann geh und knurr Elizabeth an, denn ich höre es mir nicht an.«

»Elizabeth knurrt zurück«, brummte er, als sie die Tür hinter sich schloss und sich dagegen lehnte.

Jetzt begann das Zittern. Die Zuckungen jagten durch ihre

Muskeln, und sie musste schwer schlucken, bevor sie das heiße Wasser aufdrehte und flüssige Duftseife in das Becken laufen ließ. Der Duft war stark, hoffentlich stark genug, um den Geruch von Furcht vor Dash und Callan zu überdecken. Denn sie hatte Angst. Mehr denn je seit Dayans Tod.

Die Vergangenheit kam mit aller Gewalt zurück, und sie wusste nicht, ob sie sie ertragen konnte.

Seth starrte auf die geschlossene Tür und musterte dann die Breeds, die ebenfalls dorthin blickten.

»Sie hat Todesangst«, sagte er leise.

Callan seufzte schwer und fuhr sich mit den Händen durchs Haar. Dann sah er ihn grimmig an. »Seit wir im Labor waren, habe ich nie wieder solche Wellen der Angst von ihr gewittert. Und das macht mich verrückt. Verdammte Scheiße. Diese Bastarde dort haben sie fast zerstört.« Er marschierte durchs Zimmer. »Wir konnten nichts tun. Keine Chance, ihr zu helfen. Und auch jetzt können wir ihr nicht helfen.«

»Doch, wir können«, sagte Dash. »Wir finden ihn und schneiden ihm die Kehle durch. Ganz einfach.«

»Ihr Blutdruck ist ebenfalls erhöht, und die Hormonlevel in ihrem Blut gehen durch die Decke«, warf Ely ein und bewegte sich von dem kleinen Tisch weg, auf dem sie die mitgebrachten Analysegeräte aufgebaut hatte. »Wenn sie demselben Muster folgt wie bei den Albträumen, dann wird sie in der Dunkelheit auf Jagd gehen.«

»Einen Teufel wird sie tun.« Davon wollte Seth nichts wissen. Er sah erst die Ärztin und dann Dash und Callan finster an. »Sie wird dieses Haus nicht verlassen.«

»Dann ist es dein Job, dafür zu sorgen.« Dash zuckte mit den Schultern. Seine Miene war grimmig, doch in seinen Augen schimmerte ein Anflug von Belustigung. »Versuch, sie in den Kraftraum zu bringen, den du im Keller hast. Lass sie sich dort abreagieren, sonst wird das Adrenalin sie verrückt machen. Dawn hat überlebt, Seth, wie durch ein Wunder, indem sie sich selbst wieder aufgebaut hat. Versuch nicht zu ändern, wer und was sie jetzt ist. Lass sie das ausfechten, selbst wenn sie mit dir kämpfen muss.«

»Sie wird kämpfen müssen«, warf Callan ein. »Sie muss den Zorn herauslassen, sonst nagt er an ihr und beschert ihr die schlimmsten Albträume.«

»Ich kümmere mich um Dawn. Ich will, dass dieser Schütze und der Bastard, der sie angegriffen hat, gefunden werden«, sagte Seth barsch. Er war wütend, sowohl angesichts der ganzen Situation als auch auf die Männer, die ihm so leichthin Ratschläge erteilten.

Sie wollten sie immer noch verhätscheln, und Seth gab zu, er selbst wollte nichts mehr auf der Welt, als sie zu beschützen. Doch Dawn würde sich nicht beschützen lassen. Sie war zehn Jahre über die Fähigkeit hinaus, irgendwen zwischen sich und irgendwelche Gefahren kommen zu lassen.

Was nicht bedeutete, dass er es nicht versuchen würde.

Und sie war jetzt schon lange genug allein in diesem Badezimmer.

»Ich will einen Zwischenbericht vor Sonnenuntergang«, befahl er kalt und ging zum Badezimmer. »Und ich will, dass dieser Bastard gefunden wird, Dash. Ich will, dass er gefunden wird, und ich will sein Blut.«

Er öffnete die Badezimmertür, trat ein und sperrte sorgfältig hinter sich ab.

Dampf drang aus der Dusche, doch Dawn stand nicht unter dem Wasserstrahl. Seth nahm sich nur so viel Zeit, um die Schuhe abzustreifen, bevor er die Tür der großen Duschkabine öffnete und sein Herz vor Kummer und Schmerz brechen fühlte.

Sie weinte nicht. Dawn weinte nie. Wie oft hatte er das über die Jahre gehört? Ihr liefen keine Tränen über die Wangen – stattdessen schnitten sie sich durch ihre Seele. Sie hob den Kopf und sah ihn an, die Augen goldbraun und voll Schmerz, als sie von dort, wo sie saß, zu ihm aufsah, die Beine bis an die nackten Brüste hochgezogen, den Rücken an die Wand gelehnt, während das Wasser um sie herum strömte.

»Du ruinierst deine Sachen.« Ihre Arme umklammerten ihre Beine, als er in die Hocke ging, sie zwischen seine Knie und in den Schutz seiner Arme zog.

»Ich kaufe mir neue.« Seth küsste sie auf den Scheitel, und sie lehnte die Wange an seine Brust.

Langes Schweigen folgte, nichts als das Geräusch des Wassers, das sie umfloss, während er ihr über Rücken und Schultern strich.

Seth hatte sich noch nie in seinem Leben so hilflos gefühlt wie jetzt. Er hatte keine Ahnung, wie er ihr helfen, wie er ihren Schmerz lindern sollte, und das ließ ihn noch wütender werden. Er wollte die Schatten von ihren Augen wischen, sie in sicheren Schutz einhüllen und nie wieder Angst in ihrem Gesicht sehen.

»Ich wünschte, du wärst im Haus geblieben«, seufzte er schließlich und spürte seine Unzulänglichkeiten immer deutlicher.

Wer war er denn, wenn er nicht einmal die Frau beschützen konnte, die ihm mehr als sein Leben bedeutete?

Ein leiser Laut entwich ihr, eine Mischung aus Lachen und trockenem Schluchzen, die ihm ins Herz schnitt.

»Du bist nicht aus Stahl.«

»Du auch nicht, Dawn.« Er rieb seine Wange an ihrem Haar und schloss die Augen bei dem Geruch von ›Paris with Love‹, dem einzigartigen Duft, zu dem es auch passendes Shampoo und Conditioner gab. Er musste den Seifenmacher anrufen und mehr davon ordern. Sie schien ihn zu mögen.

»Du bist mein Gefährte, Seth«, flüsterte sie. »Und für mich bist du noch mehr als das. Ich habe trainiert, um zu schützen, nicht um mich in einem finsteren Raum zu verstecken und beschützt zu werden. Was passiert ist, war meine Schuld. Ich habe mich von meiner Wut überwältigen lassen. Ich habe nicht die richtigen Vorsichtsmaßnahmen getroffen, sonst hätte er mich nicht so einfach erwischt.«

»Er hat ein Betäubungsmittel benutzt, Dawn.« Seine Stimme klang ungläubig. »Du bist nicht immun dagegen, und man kann so einem verdammten Pfeil todsicher nicht ausweichen, wenn er einmal auf einen abgefeuert wurde.«

»Eigentlich schon«, sie atmete müde aus. »Ich hätte das Ding hören, wahrnehmen müssen. Habe ich früher auch. Ich bin darin ausgebildet.«

Seth schloss die Augen, als er die Verwirrung in ihrer Stimme hörte, das Gefühl von Hilflosigkeit und Versagen, das sie empfand.

Dash sagte, sie habe sich selbst wieder aufgebaut. Das Potenzial der starken, tapferen Frau, die sie war, hatte schon immer in ihr gesteckt. Anderenfalls hätte sie dieses Leben, das zu führen sie im Labor gezwungen gewesen war, niemals ertragen können.

Und während das Wasser seine Kleidung durchtränkte und in schweren Strömen über sie beide lief, sah Seth, was Dash und Callan nicht erkannt hatten.

»Nächstes Mal arbeiten wir zusammen«, versprach er und wusste, er würde nie wieder das Risiko eingehen, sie zurückzulassen.

Es war kein Mangel an Vertrauen in ihre Fähigkeiten. Sie hätte den Angriff nicht überlebt, wäre sie nicht stark und gut ausgebildet gewesen. Er hatte den Kampf mitgehört, den sie sich mit ihrem Angreifer geliefert hatte; die Kraft in der Stimme des Mannes und seinen Schock, als sie ihn niederkämpfte.

Er hatte den Beweis dafür – ihren Kampf ums Überleben – auf dem Boden um sie herum gesehen, und er war zu weit weg gewesen, um sie zu verteidigen. Er hatte sie zurückgelassen, obwohl er wusste, er hätte erkennen müssen, dass sie nie einfach auf ihn warten würde.

Doch in ihm hatte reiner Zorn geherrscht. Sie hatte Ruhe bewahrt beim ersten Kontakt mit dem Bastard. Sie hatte die Breed, die er attackiert hatte, aufgespürt, Hilfe geschickt und begonnen, die Suche zu koordinieren, als Seth das Headset aufgehoben und das widerwärtige, selbstgefällige Lachen in dieser Stimme gehört hatte. Die Lust und den Besitzanspruch darin, die Überzeugung, dass er die Frau zerstören würde, so wie er schon das Kind beinahe zerstört hatte.

»Nächstes Mal lassen wir das Team seinen Job machen und bleiben, wo wir sind.« Sie lehnte sich müde an ihn, an seine Brust geschmiegt, ihr nackter Körper gewärmt vom heißen Wasser und seinem Körper. »Ich darf dich nicht verlieren, Seth. Lass nicht zu, dass ich dich verliere.«

Die blanke Einsamkeit und Hilflosigkeit in ihrer Stimme bohrte sich in seine Seele. Wenn sie ihn verließ, würde es ihn vernichten. Gott helfe ihm, wenn sie sterben würde. Könnte er diesen Schmerz dann überleben? Er glaubte nicht.

Er senkte die Hand, bis seine Finger ihr Kinn fanden und ihr Gesicht zu ihm anhoben.

»Du wirst mich nicht verlieren«, flüsterte er und sah in ihre überschatteten Augen. Das Herz wurde ihm schwer bei der Furcht darin, die sie so unbedingt verbergen wollte.

Er hatte gewusst, dass das passieren würde. Er hatte gewusst, dass die Erinnerungen langsam zurückkehren würden, sobald er sie in seinem Bett hatte. Wie sollte er sie nur davor beschützen?

»Ich kann austeilen.« Sie sah ihn düster an. »Ich habe trainiert, Seth. Ich weiß, was ich tue. Ich habe verhindert, dass er mir wehtut.«

Sie hatte verhindert, dass er sie vergewaltigte. Er hörte ihre unausgesprochenen Worte wohl.

»Ich habe deine Trainingsvideos gesehen«, offenbarte er ihr. »Ich weiß, dass du austeilen kannst, Dawn. Und zwar so richtig, Babe.«

Das stimmte. Sie war klein und leicht, aber sie konnte die hartgesottensten Breed-Enforcer ausmanövrieren, wenn sie um sie herumwirbelte.

»Du siehst zu viele Videos von mir«, flüsterte sie. »Schau keine Videos, Seth. Sieh mich an.«

»Keine Videos mehr.«

Er senkte den Kopf. Ihren Lippen konnte er nicht widerstehen. Sie hatte daran geknabbert, sie waren rot und sinnlich, und er wollte sie beruhigen. Er strich mit den Lippen über ihre und fuhr mit der Zunge an ihnen entlang.

»Noch einmal Sex in der Dusche?« Sie lächelte an seinen Lippen.

Er sah ihr in die Augen. »Ich bin hungrig nach dir. Und zwar jetzt, Dawn.«

Sie hob die Hand und fuhr damit durch sein nasses Haar, als sie seinen Mund wieder an sich zog.

»Hier bin ich«, flüsterte sie an seinen Lippen. »Ganz dein, Seth. Ich gehöre ganz dir.«

18

Die Furcht brannte in ihren Eingeweiden, beinahe so heiß wie die Erregung, und nagte an ihrer Beherrschung und den Erinnerungen, die sie schon so viele Jahre verdrängte. Dawn wollte sich ihnen nicht stellen. Sie wollte nicht den Schmerz und das Entsetzen aufleben lassen, die Hilflosigkeit, die sie gefühlt haben musste.

Sie wollte das nicht mehr fühlen, nie wieder! Sie wollte nur noch eins fühlen: Seths Hände, die über ihren nassen Körper glitten und sie entflammten, ihre Gedanken von den Ängsten und den Schatten des Schmerzes ablenkten und ihr stattdessen Wonne bescherten.

Seth zu küssen war, wie Sonnenlicht zu küssen. Dieselbe Hitze, dieselbe blendende Hinnahme und Freude, die sie durchflutete, wenn die Strahlen ihr Gesicht berührten.

In den vergangenen Tagen hatte die Leidenschaft, die sie in seinen Armen erfahren hatte, ihr eine Welt eröffnet, deren Existenz sie nie geahnt hatte. Eine Welt, die sie nie mehr verlieren wollte.

»Du bist ja immer noch angezogen.« Ganz langsam löste sie die Lippen von ihm, um Zeit zu haben, an seinem durchweichten Hemd zu ziehen.

So an ihn geschmiegt konnte sie jeden Zoll seines Oberkörpers an ihrer Seite spüren, jeden Schlag seines Herzens.

Er ignorierte ihren Protest. Seine Hände umfassten ihren Kopf und bogen ihn zurück, während er ihre Lippen mit seinem Mund bedeckte und seine Zunge mit ihrer zu spielen begann.

Als er an den geschwollenen Drüsen unter ihrer Zunge rieb, fühlte Dawn, wie das Hormon darin herausströmte, und er leckte es auf. Ein tiefes, pochendes Grollen drang über seine Lippen, als er mit seiner Zunge in ihrem Mund spielte und dann daran saugte. Süß und verführerisch naschte er von dem Hormon und ließ es durch seinen Körper wandern, während sie auf die Knie ging und sich ihm zudrehte, getrieben von dem Verlangen, ihm mehr zu geben.

Sie musste ihn an sich binden. Irgendwie. Der instinktive, animalische Teil von ihr wollte unbedingt dafür sorgen, dass es keinen Teil von Seth Lawrence gab, der nicht ihr gehörte, und dass er nie mehr die Kraft seines Begehrens nach ihr vergessen und eine andere Frau berühren konnte.

Er gehörte ihr, und sie gehörte ihm. Sie gehörte ihm so vollkommen, dass sie sich manchmal fragte, ob sie denn inzwischen überhaupt noch ohne ihn überleben konnte.

»Nicht denken, Dawn.« Er löste sich aus dem Kuss, nur um mit den Lippen über ihren Hals zu wandern, während er mit den Händen ihre Brüste umfasste.

Sie waren so empfindsam. Ihre Hügel waren fest und prall und verlangten nach seiner Berührung. Ihre Brustwarzen waren hart wie Kiesel, reckten sich ihm entgegen und sehnten sich nach seinem Mund.

Kopfschüttelnd zog sie an seinem Shirt, als er eine der harten, überempfindsamen Perlen mit den Lippen bedeckte und in seinen Mund sog.

Unvermittelte, ekstatische Lust durchfuhr sie. Sie fühlte seine Zunge über ihre gespannte Haut gleiten, seinen Mund an ihr saugen. Tief. Der Druck in ihr war eine Mischung aus Lust und Schmerz, als ihr ein Laut, halb Wimmern, halb Schnurren, über die Lippen drang.

Ihre Finger in seinem Haar spannten sich an, während ihr

Unterleib krampfartig pulsierte. Zwischen ihren Beinen fühlte sie, wie sich die Feuchtigkeit sammelte und ihre empfindsamen Schamlippen benetzte, die sich in Vorfreude auf seine Berührung teilten.

»Berühr mich.« Sie brauchte seine Berührung. Seine Hände, die sie überall streichelten, seine Finger, die in sie eintauchten.

Und sie musste ihn berühren.

Dawn kniete zwischen seinen Knien, spürte, wie seine Lippen an ihren Brustwarzen saugten und seine Zunge darüberstrich, und sie gab sich dem Höhenflug hin.

In seinen Armen konnte sie nicht denken, nur fühlen.

»Du schnurrst für mich?« Er löste die Lippen von ihr, schwer atmend, griff sie an den Hüften und hob sie auf die Füße. »Halt dich an den Metallringen fest, Dawn.«

Die Metallringe waren zwei Handtuchhalter, die außerhalb der Reichweite des Wasserstrahls angebracht waren. Sie hielt sich mit den Händen daran fest, als er sie umdrehte und dann vor ihr aufstand.

Rasch zog er sich aus. Die durchweichten Kleider landeten in der Ecke der Duschkabine, und seine Erektion stand von seinem Körper ab, mit pulsierenden Adern unter der Haut.

Gebräunte Haut spielte über harten Muskeln, als er wieder zu ihr kam, ihre Lippen mit seinen verschloss, mit der Zunge über ihre Zunge strich und die letzten Überreste der Hitze des Hormons aufleckte.

Seine Hände streichelten sie dabei, fuhren an ihren Seiten abwärts, über ihre Hüften und spreizten ihre Beine.

»Ich will dich kosten.« Er griff nach oben und stellte den Wasserstrahl neu ein, bis das Wasser nicht mehr über sie, sondern um sie herum floss. »Ich will meine Zunge in dir versenken und all den süßen Nektar kosten. Ich will ihn auf meiner Zunge und an meinen Lippen fühlen.«

Ihr blieb beinahe die Luft weg, als sie den Ausdruck der Sinnlichkeit in seinem Gesicht sah. Ihre Hände an den Metallringen spannten sich an, als er langsam wieder auf die Knie sank.

Er hob eines ihrer Beine an, legte es sich sanft über die Schulter und neigte den Kopf zu ihr.

»Seth ...« Sie rief seinen Namen, ließ den Kopf nach hinten sinken und schob die Hüften nach vorn, um ihm den Zugang zu erleichtern, während sie fühlte, wie seine Zunge langsam, ganz langsam, um ihre harte Klitoris strich.

Mit den Daumen teilte er ihre Schamlippen und bedeckte den pulsierenden Lustknopf mit dem Mund, um daran zu saugen und sie verrückt vor Verlangen zu machen. Machtvolle Lustblitze jagten durch ihr Nervensystem, und winzige Explosionen in ihrem Unterleib ließen sie zucken und um Erlösung flehen.

»Ich könnte den ganzen Tag an dir naschen.« Seine Stimme klang hart und lustvoll. »Jeden Tag. Die süßeste Haut der Welt.« Seine Lippen fingen eine der empfindlichen Schamlippen ein, sogen sie in seinen Mund und ließen seine Zunge damit spielen.

Bloße Haut ohne Schutzbarrieren. Keine Haarlöckchen zwischen seiner Berührung und ihrer Haut. Nur die Wogen der Hitze, die in ihr brannten.

Dann umfasste er mit einer Hand ihren Po, schob die andere unter ihr Bein und zog es über die andere Schulter. Er stützte sie mit den Händen an den Pobacken, hielt sie an sich gezogen und begann sie zu verschlingen.

Harte, begierige Stöße seiner Zunge. Er stöhnte und streichelte ihre Haut, so verlangend, so begierig nach Berührung, dass sie bebte und seine Zunge mit ihrer Feuchte benetzte.

Sie spannte sich um seine Zunge an, umrahmte sein Gesicht

mit den Beinen und wand sich seinen zarten Stößen entgegen. Die Flammen verzehrten sie, jagten durch ihren Körper, spannten ihre Muskeln und ließen sie drängend dem Orgasmus entgegenstreben.

Dann glitt seine Zunge höher, umkreiste ihre Klitoris, umschloss sie mit den Lippen und saugte daran, sodass sie taumelnd in Ekstase stürzte, während sie seinen Namen rief, überzeugt, dass sie sich von der Wonne, die sie durchfuhr, nie mehr erholen würde.

Doch er ließ ihr keine Zeit für Erholung. Er kam auf die Füße, ließ ihre Beine über seine Arme nach unten gleiten und schlang sie dann um seine Taille.

»Halt dich fest.« Seine Stimme klang hart, und seine Miene war lustvoll, als er sein Glied packte und es zwischen ihre Beine führte. »Halt dich an mir fest, Dawn, wenn ich uns beide jetzt bis zur Besinnungslosigkeit vögle.«

Er glitt in sie hinein.

Dawn warf den Kopf hin und her. »Mehr, nimm mich, Seth. Nimm mich hart.«

Langsam dehnte er sie, Zentimeter für Zentimeter, während sich die Muskeln seines Oberkörpers wölbten und seine Nackenmuskeln sich anspannten bei der Beherrschung, die er aufbringen musste, um so langsam in sie einzudringen.

»Bitte.«

Ihre Hände klammerten sich an die Ringe, als er einmal kurz zustieß. Ein Zentimeter, den er hart in sie trieb, und es war nicht genug.

Sie konnte nicht atmen. Sie konnte nicht betteln. Die Lust strömte von allen Seiten auf sie ein, umhüllte sie, während sie ihn in sich pochen fühlte.

Dawn spannte die Beine um seine Hüften an, neigte die Hüften, wollte ihn tiefer in sich aufnehmen. Doch Seth hielt sie fest, ohne die grauen, vor Lust fast schwarzen Augen von ihr zu wenden.

»Ich will jedes Zusammenziehen, jedes winzige Zucken deiner Muskeln um meinen Schwanz spüren«, knurrte er. »Ich will spüren, wie du mich aufnimmst, Dawn. Zentimeter für Zentimeter.« Und von denen gab es so einige.

Als er endlich ganz und gar in sie eingedrungen war, war Dawn ein sich windendes Nervenbündel, das zuckend in seinem Griff um Erlösung kämpfte. Sie konnte nichts sagen, denn keine Worte wollten über ihre Lippen kommen, nur die kleinen maunzenden Aufschreie, die Seth offenbar so sehr liebte.

Die Lust war fast schon Qual. Sie wuchs in ihr und spannte ihren Unterleib an, während sein Becken über ihre Klitoris rieb und sie immer höher trieb. Als er sich dann zurückzog und ganz langsam erneut in sie eindrang, kam ihr ein frustriertes, gequältes Knurren über die Lippen.

Sie senkte den Kopf an seinen Hals und schrammte mit den Zähnen über die kleine Wunde, die sie zuvor dort hinterlassen hatte. Sie saugte daran und spürte, wie er sich anspannte und fluchte, doch seine Bewegungen wurden kräftiger und seine Stöße härter.

Sie spürte, wie er sich in ihr bewegte, sie mehr als nur ausfüllte, sie dehnte, in Brand setzte, und die Lust in ihr wurde immer stärker, bis sie durch ihren Leib jagte und in blinder Ekstase ausbrach, sodass sie sich aufbäumte. Sie spannte sich an, und ihre Vagina pulsierte um seinen Schaft, während er vor Wonne aufstöhnte, sich in sie stieß, hart und schnell, einmal, zweimal, und sich dann tief in sie versenkte, als sein Samen in sie schoss. Die harten Schübe der Ekstase verlängerten ihren eigenen Orgasmus und jagten ihr einen weiteren Lustschauer durch den Leib.

Sie fühlte sich überflutet von Lust. Jenseits aller Ekstase. Sie hing in seinem Griff, während er den Kopf an ihre Schulter lehnte und sie beide um Luft rangen, und sie fühlte sich, als sei sie ein Teil seiner Haut geworden.

Und sie wollte ihn nie wieder loslassen. Sie wollte die Ewigkeit mit ihm verbringen, genau hier, umgeben von dampfendem Wasser, und Seth tief in ihr.

Ich liebe dich. Sie formte die Worte lautlos an der Wunde, die sie wieder geöffnet hatte, wo der Hals in die Schulter überging und ihre Lippen einen Kuss auf die gerötete Stelle drückten. Sie liebte ihn, bis ihr das Herz brach, und noch immer hatte sie keine Ahnung, ob seine Reaktion auf sie Liebe war oder nur der Paarungsrausch.

Am nächsten Tag gab es noch immer keine Antworten, um das Geheimnis um Seths Herz oder das um ihren Angreifer zu lüften. Der Morgen verging wie im Flug; Seths Meetings nahmen den Großteil des Vormittags und frühen Nachmittags bis zum Lunch in Anspruch. Später brauchte Seth eine Dusche. Mit ihr, natürlich. Seine Munterkeit linderte die Furcht in ihr, und Dawn gestattete sich, nur für den Moment zu leben.

Sie verdrängte die Erinnerungen so gut wie möglich und verbarg, dass ihr das Näherkommen der Schatten in ihrem Geist bewusst war.

Als sie sich früh am Abend umzogen, klopfte es an ihre Tür. Der Chefermittler im Fall des Todes von Andrew Breyer wollte augenblicklich mit Seth sprechen. Er wurde zurück auf dem Festland erwartet und musste die Aufnahme der Aussagen abschließen.

Styx war alles andere als höflich, als er diese Information an Seth weitergab. »Der macht mich sauer«, fauchte er mit seinem schweren schottischen Akzent. »Schaff seinen Arsch von der Insel, bevor ich ihm den niedlich'n klein'n Hals aufschlitze.«

Der Ermittler bedrängte noch immer Mercury, und nach Aussage aller Beobachter hatte Mercury sich ein- oder zweimal gewehrt, indem er die weibliche Ermittlerin ins Ziel genommen und sie mit hungrigen Blicken und leisen Knurrlauten aus der Fassung gebracht hatte. Doch es gab keine Verhaftung, weil es keine Beweise gab. Hoffentlich würde die Ermittlung, die Dash und Callan ihrerseits durchführten, mehr Antworten bringen.

So Dawns Hoffnung, als sie zum Schrank ging und sich für die bevorstehende Party anzog, die sie gleich nach Seths Treffen mit dem Ermittler besuchen würden.

Als Dawn eine weitere Uniform aus dem kleinen Schrank holte, den sie inzwischen nutzte, nahm Seth ihr die aus der Hand, warf sie zurück in den Schrank, ohne sie aufzuhängen, und führte sie dann zu seinem Schrank.

»Das waren meine Sachen. Soll ich denn heute nackt gehen?« Sie trug wieder eines der Höschen, die er ihr geschenkt hatte. Violetter Seidentanga, so weich wie Luft. Und hinten über der Rundung ihrer Pobacken war eine einzelne kleine Schleife, von der er ganz angetan zu sein schien.

»Nein, aber ich habe diese Uniformen satt.« Er führte sie in den riesigen begehbaren Kleiderschrank, wo Dawn überrascht stehen blieb. Eine Seite hing voll mit Frauenkleidern, alle in ihrer Größe.

»Wie hast du das gemacht?«

Ein Grinsen umspielte seine Lippen. »Ich bin gerissen in so was. Also, such dir was Hübsches aus. Wir müssen in etwa einer Stunde auf noch so eine verdammte Party gehen, und ich will mit meiner Frau tanzen.«

Meine Frau. Die Worte sollten ihr eigentlich keinen Schauer über den Rücken jagen, doch sie taten es.

»Komm schon, Dawn, du weißt, was hübsche Kleider sind. Ich habe schon gesehen, wie du welche bei Veranstaltungen in Sanctuary getragen hast, und du siehst verdammt gut darin aus.«

Dawn liebte hübsche Kleider; sie hatte nur nicht viele davon. Nicht weil sie sich keine leisten könnte, sondern weil es keine Gelegenheiten gab, um sie zu tragen. Es gab niemanden, den sie beeindrucken wollte, und sich selbst zu beeindrucken war ihr immer als Zeitverschwendung erschienen, vor allem, wenn sie doch nur Kampftraining machte.

Sie ging zum Kleiderständer. Kleider jeder Art hingen dort in einer langen Reihe. Dann Jeans und Blusen, T-Shirts und sportliche Tops. Was es hier nicht gab, war wahrscheinlich noch nicht erfunden oder den Besitz nicht wert.

Unter den Kleidern befanden sich reihenweise Schuhe in durchsichtigen Aufbewahrungskästen. Und alle in ihrer Größe.

»Du willst mich verwöhnen«, brummte sie und wandte ihm weiter den Rücken zu, um ihre Reaktion auf das Geschenk zu verbergen.

»Ich bin immer noch dabei, dich zu verführen.« Er küsste sie auf die Schulter und lächelte dabei.

»Hmm, worauf bist du denn aus, abgesehen von dem, was du schon hattest?« Sie drehte sich zu ihm um und zog eine Augenbraue nach oben, während er sie ansah mit diesem sexy schiefen Grinsen und seinen grauen Augen, in denen die Emotionen brodelten.

Wusste er denn nicht, dass er schon alles von ihr besaß?

»Du …«, er tippte mit dem Zeigefinger auf ihre Nase, »… hast ja keine Ahnung. Also, sehen wir mal, wie schnell du mich mit einem dieser Kleider zum Sabbern bringen kannst. Ich wette, ich kann ganze zehn Sekunden durchhalten.«

»Du denkst, du schaffst zehn Sekunden, wirklich?« Sie befühlte ein bronzefarbenes, sehr elegant wirkendes Kleid. So weich und fließend, dass sie sicher war, dass sie es kaum auf der Haut spüren würde. Es war kurz, mit tiefem Rückenausschnitt, Riemchenträgern und einem offensichtlich eng anliegenden Oberteil, ebenfalls tief ausgeschnitten.

Seth betrachtete das Kleid und schluckte schwer. »Fünf Sekunden?«, fragte er schwach.

Ihre Lippen zuckten belustigt. »Ich ziehe mich dann mal an.«

Sie nahm das Kleid vom Bügel und bückte sich, um die dazu passenden hochhackigen Riemchensandalen mitzunehmen.

»Du hast auch ein passendes Höschen«, bemerkte er heiser. »Es hat auch ein Schleifchen hinten.«

Er stand wirklich auf diese Schleifchen.

Dawn gab ein leises Lachen von sich und war überrascht, wie unbekümmert es klang. Für einen Augenblick, ein paar kurze Momente, hatte sie die Ereignisse des vergangenen Tages vergessen und sich gestattet, frei zu sein. Einfach frei.

Während Seth seinen Abendanzug aus dem Schrank nahm, zog Dawn sich mit ihren Sachen ins Badezimmer zurück. Sie brauchte nicht lange, um sich anzuziehen. Ihr Haar fiel jetzt bis auf die Schultern; der stufige Schnitt rahmte ihr Gesicht ganz natürlich ein. Sie wellte es leicht an den Spitzen und legte dann minimal Make-up auf.

Dann zog sie ein anderes Höschen an. Das bronzefarbene. Das Schleifchen hinten war winzig und kokett. Wenn sie sich richtig bewegte, würde man einen Abdruck davon durch das Kleid sehen.

Und das Kleid war ein Traum. Luftig leicht floss es über ihre Haut. Behaglich und umschmeichelnd schimmerte es an ihrem Körper bis gerade über die Oberschenkel. Die Riemchensandalen machten sie größer, und als sie in den großen Spiegel sah, umspielte ein Lächeln ihre Lippen.

Sie liebte mädchenhafte Kleider. Sie liebte es, sich herauszuputzen, doch es machte keinen Spaß, wenn niemand außer ihr selbst ihre Bemühungen zu Gesicht bekam. Nein, das stimmte nicht ganz – es hatte keinen Spaß gemacht ohne die Chance, Seth zu sehen.

Sie kämmte die langen Fransen, die ihr über die Stirn fielen, so, dass sich eine schmale Strähne neben die Augen schmiegte, trug noch etwas Lipgloss auf und ging zurück ins Schlafzimmer.

Seth band gerade seine Schuhe zu. Er sah kurz hoch und erstarrte dann. Seine Miene veränderte sich von neugierig zu unverhohlen sündig-lustvoll, und seine grauen Augen verdunkelten sich.

»Du hast keine fünf Sekunden geschafft«, erklärte sie, als sie vor ihm posierte, eine Hüfte vorgeschoben, die Hand verführerisch darauf platziert, damit er sich sattsehen konnte.

Sie fühlte sich schön, wenn er sie so ansah. Dann fühlte sie sich lebendig und ganz Frau.

»Gott hab Erbarmen mit sterblichen Männern«, stieß er schließlich heiser hervor und stand auf.

Das weiße Seidenhemd betonte seine breiten Schultern. Die schwarze Hose schmiegte sich um seine flachen Bauchmuskeln und ließ seinen Hintern wie den wahr gewordenen Traum eines jeden weiblichen Wesens aussehen.

Er atmete hörbar aus, schüttelte den Kopf und ging dann durchs Zimmer zum Schrank. Als er wiederkam, hatte er eine Goldkette in der Hand, etwas mehr als einen Zentimeter dick und sanft schimmernd.

»Seth, du kannst mir nicht ständig Dinge kaufen.« Sie starrte die Kette an, bis er sie ihr um den Hals legte und den Verschluss zumachte.

Sie lag direkt über ihrem Schlüsselbein, und als sie sich zum

Spiegel umdrehte, sah sie, wie der weiche Schimmer die leichte Bräune ihrer Haut unterstrich.

»Und die hier.« Die Goldreifen waren schlicht im Design, doch in Verbindung mit dem Kleid, erkannte Dawn, sahen sie elegant aus. Diese unaufdringliche Eleganz, die sie immer an anderen Frauen bewundert hatte, war nun auch ein Teil von ihr.

Sie fuhr mit der Hand über die Kette, als er die Hände auf ihre Schultern legte und sein Blick ihren im Spiegel traf. In seinen Augen schimmerte Besitzanspruch, Begierde und mehr. Etwas, von dem sie hoffen konnte, dass es Liebe war.

»Ich möchte dich mit Smaragden sehen.« Er neigte den Kopf und küsste ihre Schulter, während seine Finger mit dem schmalen Träger neben seinen Lippen spielten. »Mit nichts als Smaragden. Eine Halskette daraus, mit einem winzigen Goldschleifchen als Verschluss. Und Tautropfen aus Smaragden, die von deinen hübschen Ohren fallen.« Er knabberte an ihrem Ohrläppchen.

»Oh ja, die würden großartig zu meiner Uniform passen.« Sie sah stirnrunzelnd in den Spiegel. Die Frau, die sie darin erblickte, war irgendwie zu vertraut, eine, an die man sich viel zu leicht gewöhnen konnte.

»Du musst nicht zurück nach Sanctuary, Dawn.« Seine Finger an ihren Schultern spannten sich an. »Du könntest hierbleiben, bei mir.«

In seinem Betondschungel. Wo Zement und Metall die Erde bedeckten und der Geruch des Landes ausgelöscht war vom Geruch nach giftigem Rauch, Industrieabfall und Menschen, die nicht besser als ein Baby wussten, wie man in den Bergen überlebte.

Doch als sie ihn ansah, wurde ihr klar: Wenn sie sich nicht an seine Welt anpassen konnte, dann würde sie sich ihrer eigenen Welt ohne ihn gegenübersehen.

»Du musst dich nicht sofort entscheiden.« Er trat einen Schritt zurück, und seine Miene wurde kühl und ausdruckslos. »Wir können später darüber reden.«

Dawn starrte auf die Goldkette, die bereits ihre Wärme annahm und schimmernd auf ihrer Haut lag, und sie begriff, dass Seth ihr mehr als nur ein Schmuckstück geschenkt hatte.

»Ich will nicht fortgehen.« Der Betondschungel konnte sie nicht vernichten, doch ein Leben ohne Seth schon.

Seine Züge entspannten und die Wolken, die in seinen Augen tobten, beruhigten sich. Er nickte leicht, als wolle er auf ihre Erklärung nicht weiter drängen, und hob dann die kleine Handtasche auf, die zu ihrem Kleid gehörte. Von der sie gar nicht gewusst hatte, dass sie sie besaß.

»Darin sind eine Waffe, ein Headset und ein Messer«, teilte er ihr mit einem belustigten Lächeln mit. »Ich habe dafür gesorgt, dass deine Accessoires passen.«

»Seth?« Sie nahm die Tasche, doch sie konnte den Blick nicht von ihm abwenden; noch nicht.

»Ja, Dawn?« Er strich mit den Fingerspitzen über ihre Wange, und die sanfte Berührung traf ihr Herz wie ein schwerer Schlag.

Ihre Lippen bebten, und die Worte waren da, bereit über ihre Lippen zu kommen, doch die Furcht hielt sie zurück. Was, wenn sie sie sagte, und er erwiderte sie nicht? Wenn er sie zurückwies, und es war nur der Paarungsrausch, der sie zusammenhielt, dann würde die Gewissheit sie zerstören.

»Du bist wunderschön«, flüsterte er schließlich. »So schön, dass es mir den Atem raubt.«

Sie nickte langsam und atmete tief durch. Später. Diesem Kampf würde sie sich später stellen. Wenn sie stärker war. Wenn sie sich nicht aus dem Gleichgewicht fühlte und ohne die Panik, die ihr schwer im Magen lag.

»Schauen wir mal, ob wir dafür sorgen können, dass Ermittler Ison die Informationen hat, die er braucht?« Er reichte ihr seinen Arm. »Ich möchte ihn gern loswerden, damit wir später Spaß haben können.«

»Du hast noch mehr Seife?« Sie hob eine Augenbraue.

»Noch besser«, meinte er gedehnt. »Ich habe Massageöl.«

Als Seth sie aus dem Schlafzimmer über den Flur geleitete, die Hand tief an ihrem Rücken, und ihre weiche Haut spürte, wusste er, dass die Lage drastisch außer Kontrolle geriet.

Er wusste, was sie brauchte. Sie musste die Worte von ihm hören, die Hingabe, die er schon seit zehn Jahren in seinem Herzen empfand, und er konnte ihr diese Worte nicht geben. Noch nicht. Nicht bevor sie diesen verdammten Attentäter hatten.

Verdammt, er hätte nie zulassen sollen, dass sie da mit hineingezogen wurde. Er hätte sie k. o. schlagen und umgehend zurück in diesen verdammten Helijet schaffen sollen, sobald sie den Fuß auf die Insel gesetzt hatte.

Doch was hatte er stattdessen getan? Er hatte ihr versprochen, dass sie an seiner Seite kämpfen würde. An seiner Seite? An der Seite der Zielscheibe eines durchgeknallten Attentäters. Er war so schwach, so verdammt verliebt in sie, dass er den Blick in ihren Augen nicht ertragen konnte, als er sie am Tag zuvor in der Dusche in seinen Armen gehalten hatte.

Ja, sie war ausgebildet. Sie hatte es geschafft, sich zu retten. Und er war sicher, sie war genauso todbringend wie jeder andere Breed dort draußen. Doch ohne Schuhe maß sie gerade mal einen Meter zweiundsechzig; wenn sie tropfnass auf fünfzig Kilo kam, würde er die Waage überprüfen müssen, und der Gedanke, dass sie sich auch nur einen einzigen Bluterguss einfing, um ihn zu schützen, ließ ihn blutrot sehen.

Sie hatte ihn derart um ihre zarten Finger gewickelt, dass er ein hoffnungsloser Fall war, und er war Mann genug, um zu-

zugeben, dass ihm das eine Heidenangst machte. Dazu kam die Gewissheit, dass die Erinnerungen an das Leben im Labor bald, sehr bald, zurückkehren würden.

Würde sie ihn dann überhaupt noch wollen? Würde sie sich an die verspielte Leidenschaft, die innigen Küsse und die unglaubliche Lust mit einem Gefühl von Begierde oder voller Angst erinnern?

Er hatte jedenfalls furchtbare Angst davor, dass sie Angst empfinden würde.

Als sie in die Bibliothek traten und sich einem frustrierten Ermittler Ison gegenübersahen, verdrängte Seth die emotionalen Probleme und konzentrierte sich darauf, ein Council zu schlagen, das seine Frau zerstört sehen wollte.

Er trat Ermittler Ison gegenüber wie zuvor seinen Vorstandsmitgliedern. Kalt und schweigend. Er saß am Kopfende des langen Tisches, Dawn an seiner Seite, während seine Finger abwesend mit ihren spielten, und fixierte den Mann, ließ ihn voranstolpern, der Tatsache gewahr, dass er absolut nichts hatte.

Nach fünf Minuten Befragung begann Ison zu stottern und brach in Schweiß aus. Seth hatte diesen Blick perfektioniert. Kalt und hart. Brutal und allwissend. Oh ja, inzwischen wusste er so einiges über Ison. Dinge, die der Mann sich nicht vorstellen konnte, und Seth schwor sich, sobald die Dinge in seinem eigenen Leben geregelt wären, würde er dafür sorgen, dass Ison für so einige der finsteren Gewaltakte bezahlte, die er über die Jahre an Breeds begangen hatte.

Seth fragte sich, ob Jonas über die Informationen verfügte, die Seth beschaffen konnte, und schätzte dann, dass dem wohl nicht so war. Denn in dem Fall wäre der Mann schon tot. So einfach war das. Er wäre verschwunden, so wie schon andere, und der Helijet von Sanctuary wäre einmal mehr ein wenig zu nahe am Krater eines aktiven Vulkans vorbeigeflogen. Jonas konnte oft erstaunlich effizient sein.

Innerhalb einer halben Stunde hatte er die Aussage, die der Ermittler aus seinen Notizen vorbereitet hatte, gelesen und unterzeichnet. Er schob sie über den Tisch zurück und sah dem Ermittler dabei erneut in die Augen.

In Isons Blick glitzerte ein Versprechen von Vergeltung, und Seth lächelte. *Jag du ruhig hinter mir her, kleiner Bastard. Ich warte darauf.*

Er lehnte sich auf seinem Stuhl zurück, nahm wieder Dawns Hand, und sie sah ihn gelassen, beinahe belustigt an.

Als sich die Tür der Bibliothek hinter Ison schloss, wandte Seth sich an sie.

»Behalte deine Waffen in Reichweite«, brummte er. »Er führt etwas im Schilde.«

Dawn warf einen Blick zur Tür, während er sie musterte, und als sie sich wieder zu ihm umdrehte, war der Ausdruck ihrer Augen kalt und hart. »Natürlich hat er etwas vor. Er ist eine Marionette des Councils. Er stinkt danach.« Sie zuckte mit den Schultern. »Und ich habe meine Waffen immer in Reichweite.«

Oh ja, das hatte sie. Und das, befand Seth, war sowohl ein Trost als auch schmerzhaft bedauerlich. Denn Dawn sollte sich keine Gedanken darüber machen müssen, ihre Waffen in Reichweite zu behalten.

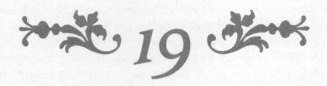

19

Es waren die Partys, die sie nervös machten, erkannte Dawn einige Stunden später. Sie stand neben Seth, der mit Dane, Rye und einem weiteren Verbündeten im Vorstandsgremium, Craig Bartel, und dessen Frau Lillian Konversation betrieb.

Lillian war größer und hatte die üppige weibliche Figur mit den Brüsten, auf die Männer, wie Dawn wusste, so scharf waren. Sie trug ein locker fließendes Abendkleid in rauchigen Grau- und Eisblautönen, die ihre Augen und das kühl-blonde Haar betonten.

Ihr Ehemann war etwas korpulenter, aber er hatte ein freundliches Lächeln und warme haselnussbraune Augen, wenn er nicht gerade mit Seth über irgendein Sportteam debattierte, an dem sie beide Anteile zu besitzen schienen.

Was, gehörte diesen Männern denn die ganze bekannte Welt? Die zwölf Mitglieder des Vorstandsgremiums waren praktisch das Who's who im Nationalregister für arrogante Milliardäre oder so. Und Seth war in seinem Element.

Sie hörte zu, wie er über die Statistiken des Teams, die Stärken und Schwächen der Spieler diskutierte, und ihr wurde klar, dass er das mit derselben Chuzpe und Selbstsicherheit tat, die er in den Meetings bei der Darlegung der Finanzzahlen und Informationen über das Unternehmen an den Tag gelegt hatte.

»Über dieses Sportteam könnten sie die ganze Nacht lang reden.« Lillian Bartel lächelte, als sie Dawns Blick auffing. »Und dabei hat er mir doch heute Abend einen Tanz versprochen.«

Dawn schaute kurz zu Seth. »Da war er nicht der Einzige.«

Sie drehte sich um, sah zur Tanzfläche und bemerkte mit einem Lächeln, wie Dash, Elizabeth und ihre Tochter Cassie den Ballsaal betraten.

Sämtliche männlichen Blicke richteten sich auf sie, und der Duft männlichen Begehrens lag in der sanften Brise, die durch die offenen Glastüren hereinwehte.

Dash warf Elizabeth einen finsteren Blick zu, die jedoch nur lächelte.

Cassie war eine Erscheinung. Üppiges langes, schwarzes Haar, das ihr in Wellen und Locken ums Gesicht und bis zur Taille fiel. Die Strähnen an den Seiten waren nach hinten gekämmt und oben am Kopf mit einem Goldkamm zusammengesteckt, von dem mit Diamanten besetzte Goldkettchen herabfielen. Das Gold und die Diamanten schimmerten unter den Kronleuchtern im Mitternachtsschwarz von Cassies Haar.

Ihr Abendkleid war schwarz, und der Empire-Schnitt tat nichts, um von der zerbrechlichen Zartheit ihres schlanken Körpers abzulenken.

»Sie ist eine Monstrosität. Das ist ja so traurig«, flüsterte Lillian, und Dawn erstarrte bei den Worten. »So ein wunderhübsches Mädchen und so wertlos.«

Dawn wandte sich an die ältere Frau. »Wie bitte?«

»Wissen Sie es denn nicht? Sie ist eine von diesen Breeds, die hier herumlaufen. Sogar ein Breed-Mischling. Wie nennt man das noch gleich?« Sie runzelte nachdenklich die Stirn. »Ach ja – Promenadenmischung.«

Dawn krallte die Finger in den Seidenstoff ihrer Handtasche.

»Irgendwo hier treibt sich noch so eine herum.« Lillian schauderte. »Seien Sie vorsichtig, ich habe gehört, sie habe ein Auge auf Seth geworfen. Sie hat schon seine Geliebte von der Insel vertrieben. Kein Zweifel, dass Sie die Nächste sein werden.«

Sie sollte sich öfter herausputzen, dachte sich Dawn. Offensichtlich genügten ein hübsches Kleid, ein wenig Make-up, und niemand achtete mehr auf etwas anderes als die Möpse oder, im Falle der Frauen, auf den zur Schau gestellten Schmuck.

»Treibt sich hier herum, wirklich?« Sie zog eine Augenbraue nach oben und achtete dabei darauf, der Frau nicht ihre Reißzähne zu zeigen, die sehnsüchtig zubeißen wollten.

»Und kreischt wie eine rollige Katze.« Lillian verzog das Gesicht und achtete darauf, so leise zu sprechen, dass Seth oder ihr Ehemann sie nicht hören konnten. »Craig will nicht begreifen, wie schrecklich es ist, dass Seth sich mit diesem Geschmeiß beschmutzt. Aber wenn wir nach Hause kommen, werde ich ihm den Kopf schon geraderücken.«

»Natürlich«, murmelte Dawn.

Wie sehr sie solche Frauen hasste. Ihre Rachgier, ihre voreingenommene Haltung und ihren Mangel an Mitgefühl.

»Wissen Sie, sie ist nur hinter seinem Geld her.« Lillian seufzte. »Wie traurig. Caroline hätte so perfekt zu Seth gepasst.«

Dawn sah beinahe rot. Sie schwor sich, sie würde den Zorn beherrschen, der sie durchfuhr. Das hier war Seths Welt.

»Entschuldigen Sie mich bitte«, sagte sie, bevor sie sich zu Seth umdrehte und seine Aufmerksamkeit auf sich lenkte. »Dash und Elizabeth sind gerade mit Cassie angekommen.« Sie wies mit dem Kopf zu dem Paar. »Ich denke, wir sollten zu ihm gehen und helfen.«

Craig Bartel schmunzelte. »Ein wunderschönes junges Mädchen. Dash und Elizabeth müssen sehr stolz auf sie sein. Ich habe gehört, sie wurde dieses Jahr in Harvard angenommen?«

»In Jura.« Seth nickte. »Sie absolviert ihre Vorlesungen im Fernstudium, und sie macht sich ganz wunderbar. Und Dawn hat recht, wir sollten Dash zu Hilfe kommen.«

Denn es gab mehrere alleinstehende Männer, die sich der jungen Frau näherten, und Dash sah aus, als wolle er sie alle ermorden – ungeachtet des finsteren Blicks seiner Frau.

»Wenn Sie uns bitte entschuldigen wollen.« Seth nickte dem Paar zu, und im letzten Augenblick warf Dawn Lillian ein Lächeln zu – und entblößte dabei ihre Reißzähne.

Die Frau schnappte nach Luft, wurde blass, und dann weiteten sich ihre Augen, während die Erkenntnis der vollen Konsequenzen dessen, was sie gerade zu Dawn gesagt hatte, in ihrem Gesicht abzulesen war.

»Das war aber sehr ungezogen«, flüsterte Seth ihr ins Ohr. »Vielleicht muss ich dir dafür später den Po versohlen.«

»Was habe ich denn getan?« Sie machte große Augen und warf ihm einen kurzen Blick zu, bevor sie ihre Aufmerksamkeit wieder auf den Saal richtete.

»Was auch immer du Lillian klarmachen wolltest«, antwortete er leise. »Was hat sie gesagt?«

In seiner Stimme lag mehr als nur Neugier, und seine Belustigung war offensichtlich nur vorgetäuscht.

»Mädchenkram«, meinte sie leichthin und zuckte mit den Schultern.

Dann warf sie einen Blick nach hinten. Es juckte ihr im Rücken, und sie konnte fühlen, wie sich ihre Nackenhärchen warnend aufstellten.

»Dawn.« Seine Stimme klang drohend. Er wollte Antworten, und er war kein Mann, der es gewohnt war, keine zu bekommen.

»Seth, ich bin ein großes Mädchen, ich kann selbst auf mich aufpassen.« Aber die Quelle des Unbehagens, das ihr zu schaffen machte, konnte sie nicht ausmachen. Es war ein Gefühl wie ein Wort, das einem auf der Zunge lag und doch nicht einfiel.

Sie sah sich erneut um und ignorierte dabei Jason Phelps,

der ihre Aufmerksamkeit auf sich lenken wollte, so wie mehrere andere Männer.

»Dawn, ich bin ein noch größerer Junge, und ich werde dir den Hintern versohlen, wenn du weiter die Schweigsame spielst.«

Um ihre Lippen zuckte es. »Ich werde auch ganz sicher so tun, als würde es mir nicht gefallen. Ich will dir ja nicht den Spaß verderben.«

Knisternde, erhitzte Lust lag in der Luft. Sie wirbelte um sie herum, strahlte von Seth aus und schien sich in ihre Haut zu brennen, als seine Finger sich ein klein wenig fester an ihren Rücken drückten.

Sie konnte sich noch an seine Stimme erinnern, an den Duft seines Verlangens und an seinen Gesichtsausdruck, als er ihr gesagt hatte, dass sie nicht nach Sanctuary zurückkehren müsse. Als würde ein Teil von ihm zögern, so wie sie, das delikate Gleichgewicht der zarten Beziehung zu verschieben, die sich zwischen ihnen entwickelte.

Doch sie nahm noch etwas anderes wahr. Eine aufwallende Panik, die sich nicht so leicht beiseiteschieben ließ wie einst. Ein Gefühl von Gefahr, das sie nicht benennen konnte.

»Dash, du knurrst ja.«

Dawn sah Dash an und bemerkte, dass er genau das tat, als Cassie mit einem der jungen Männer, der mit seinen Eltern die Party besuchte, auf die Tanzfläche schritt.

»Er ist fünfundzwanzig«, knurrte Dash. »Er trinkt zu viel, und er ist ein Raser. Ich habe seine Akte gelesen, und er hat kein Recht, mit ihr zu tanzen.«

Elizabeth schnaubte und verdrehte die Augen.

»Er ist ein guter junger Mann, den der Hafer sticht«, widersprach Seth. »Ich kenne Benjamin, seit er ein Kind war. Sie ist in guten Händen.«

»Solange sie nicht zu ihm in ein Auto steigt«, fauchte Dash.

»Das hier ist eine kleine Insel, Dash«, schmunzelte Seth. »Hier haben wir keine Autos, nur ein paar Quads.«

Während sie sich unterhielten, drehte Dawn sich um und beobachtete erneut die Menge. Sie konnte sie immer noch fühlen, diese Augen, die sie beobachteten, bösartig und voll unguter Verheißungen.

Sie hatte diese Augen schon früher auf sich ruhen gefühlt. Als sie verängstigt in einem Käfig kauerte. Sie war hungrig und schwach. Es war wieder viel zu kalt im Labor. Das machten sie immer, wenn sie die jungen Breeds bestrafen wollten. Sie steckten sie in getrennte Käfige, nackt und hungrig, und dann ließen sie die Luft kalt werden.

Dawn konnte die Kälte um sich herum spüren. Sie setzte sich in ihren Knochen fest, und sie musste ihre Zähne mit Gewalt davon abhalten, zu klappern. Sie wusste, dass die Augen zusahen. Sie alle beobachteten. Die Spiegel gegenüber im Raum waren keine Spiegel, sondern die Augen der Hölle.

Sie schauderte bei dem Gedanken und blinzelte verzweifelt, während sie die Erinnerungen zurückzudrängen versuchte. Sie wollte sich nicht an das Labor erinnern. Nicht an das verängstigte, eingeschüchterte Kind, und sie wollte sich todsicher nicht an die Schrecken dort erinnern.

Sie starrte an den Gästen vorbei auf die offenen Glastüren und in die Nacht draußen. Dort sollte sie jetzt eigentlich sein, dachte sie. Ausschau nach Gefahren halten, durch die Schatten gleiten, sich an den Bastard anschleichen, der auf sie wartete. Sie spürte, wie die animalische Seite in ihr erwachte, sich reckte und auf den Kampf vorbereitete.

»Dawn, ist alles in Ordnung?« Sie zuckte zusammen, als Elizabeth ihr die Frage ins Ohr flüsterte.

Dawn drehte sich um und sah ihrer Freundin in die besorgten blauen Augen. Elizabeth wirkte, wie alle Gefährtinnen von Breeds, als sei sie in der Zeit stehen geblieben. Seit Dash sich mit ihr gepaart hatte, war sie nicht einen Tag gealtert, wenngleich sie sich die Mühe machte, sich hier und da ein paar falsche Fältchen ins ansonsten makellose Gesicht zu schminken.

»Danke, es geht mir gut.« Dawn wusste, ihr Lächeln war angespannt. »Warum?«

»Du hast geknurrt, Liebes, und ich denke, das war kein Laut, den du Seth hören lassen möchtest.«

Mit anderen Worten: Es war ein animalisches und wütendes Knurren gewesen. Eine Warnung an den Feind, dass sie auf dem Weg war und dass er ihr nicht entkommen würde. Sie grub ihre Finger in die Handtasche, und die Waffe darin bot ihr Trost.

»Dawn, was ist dort draußen?«, fragte Elizabeth, als sie sich umdrehte, die Menge musterte und dann wieder zu den Glastüren sah.

»Die Vergangenheit«, antwortete Dawn leise und hoffte, dass sie recht hatte. »Nur die Vergangenheit.«

Sie wandte sich wieder Elizabeth zu und atmete tief durch, während sie registrierte, dass Seth sich zu ihr umdrehte, als spüre er ihr Unbehagen oder das Böse, das sie umschlich.

»Du schuldest mir noch einen Tanz«, sagte sie zu ihm in einem Versuch, die Panik zu verdrängen.

Es waren die Auswirkungen der zurückkehrenden Erinnerungen, sagte sie sich. Sie hatte noch nie so empfunden; in zehn Jahren Training und Missionen hatte sie noch nie eine solche instinktive Furcht erlebt.

»Dash schuldet mir auch einen Tanz«, meinte Elizabeth. »Vielleicht kann ich ihn ja ein wenig davon ablenken, dass sein kleines Mädchen erwachsen wird.«

Der finstere Blick, mit dem Dash sie daraufhin ansah, war

hilflos. Der Blick eines Mannes, der diese Erkenntnis bis zu seinem letzten Atemzug bekämpfen würde.

»Du weißt, es könnte gefährlich werden, mit dir zu tanzen«, erklärte Seth Dawn, als er sie auf die Tanzfläche führte und in die Arme nahm.

»Wirklich?«, fragte sie unbeschwert. »Führt dich dieses Schleifchen etwa in Versuchung?«

Er atmete schwer aus, als sie begannen, sich über die Tanzfläche zu bewegen.

»Ich will dich sehen mit nichts an außer diesem verdammten Schleifchen«, knurrte er. »Es macht mich verrückt.«

Beim Klang seiner Stimme und bei dem Duft seines Verlangens fühlte Dawn Hitze in sich aufwallen. Es hatte sich nicht verändert; jedes Mal war es wieder genauso intensiv und glühend wie beim letzten Mal.

Als er seine Arme um sie legte und sie an sich zog, legte Dawn den Kopf an seine Brust und versuchte, sich einzureden, dass alles gut würde. Alles würde gut ausgehen, versprach sie sich selbst. Sie würden den Attentäter finden, und Seth wäre in Ordnung.

»Du machst dir zu viele Sorgen.« Er küsste sie auf den Scheitel, und seine Hand an ihrem Rücken zog sie noch etwas enger an ihn heran, als sie die Tanzfläche umkreisten. »Alles wird gut, Dawn.«

»Natürlich.« Sie hob den Kopf und lächelte, doch innerlich fühlte sie sich, als würde sie über ein Drahtseil balancieren.

»Komm her, und lass mich dich noch enger halten.« Das tiefe Brummen seiner Stimme jagte ihr einen Schauer über den Rücken. »Du zitterst, Liebes. Ist dir kalt?«

»Wenn man bedenkt, dass ich kaum bekleidet bin?« Darüber musste sie schmunzeln. »Ich spüre einen erheblichen Luftzug, wo ich sonst keinen spüre, Seth.«

Die Hitze zwischen ihnen wurde intensiver, und ein unterdrücktes Stöhnen drang aus seiner Kehle. »Du willst mich umbringen.«

Das Gefühl seiner Erektion an ihrem Unterleib, der Duft seines Verlangens und die Kraft seiner Arme um sie verrieten ihr, dass Seth im Augenblick an wenig mehr dachte als an diesen Luftzug und das Schleifchen unter ihrem Kleid.

»Es gibt auch eine massive Erhebung, wo es normalerweise in der Öffentlichkeit keine geben sollte«, grollte er, woraufhin ihr ein leises Lachen entkam.

Sie lachte mit Seth. In Sanctuary konnte sie Jahre verbringen, ohne zu lachen. Es schien immer ein Schleier zwischen ihr und dem Glück zu hängen; Glück war immer um sie herum geschwebt, doch es hatte sie nie berührt – bis jetzt.

Etwas in ihr kam ihr freier, weniger eingesperrt vor, doch sie hatte furchtbare Angst, dass die Befreiung der Gefühle in ihr auch der Grund dafür war, dass ihre Erinnerungen wiederkehrten und dass sich die Panik in ihr aufbaute.

Noch immer hatte sie das verstärkte Gefühl, beobachtet zu werden, spürte sie eine Berührung des Bösen. Es ließ ihre Schultern steif werden und ihre Haut kribbeln.

Wieder sah sie sich auf der Tanzfläche um und versuchte, den Grund dafür zu finden. Sie waren weit genug von den offenen Türen entfernt, um nicht gesehen zu werden – das konnte es nicht sein. Niemand schien sie zu beobachten, außer Jason Phelps. Er wirkte so betrunken wie immer und hatte ein Lächeln im Gesicht.

Er sah aus wie ein Wiesel. Und Wiesel konnte sie nicht leiden.

Seth spürte die Anspannung, die sich langsam in der Frau in seinen Armen aufbaute, und es weckte den Wunsch in ihm, sie noch fester an sich zu drücken. Denn er wusste es. Er hatte gewusst, was kommen würde, als er sie zum ersten Mal in sein Bett geholt hatte.

Sie hatte die Erinnerungen unterdrückt, weil sie diese erstaunliche Selbstbeherrschung nie weit genug aufgegeben hatte, um ihnen eine Chance zu geben, sich zu befreien. Doch in der Leidenschaft, die sie teilten, gab es keine Beherrschung. Nicht für ihn und nicht für sie.

Es war wie ein unkontrollierbares Feuer.

Das, dazu der Stress der Mission, an der sie beteiligt war, und der Attentäter, der zweifellos auf der Lauer lag, das alles war zu viel für sie.

Er war vor zehn Jahren nicht einfach aus ihrem Leben verschwunden. Er hatte die weltbesten Psychologen und Psychiater konsultiert und mit ihnen die Situation erörtert. Er hatte unbedingt wissen wollen, was auf ihn zukam, falls er Callans und Jonas' Forderung, sie in Ruhe zu lassen, ignorierte.

Er hatte sich von ihr ferngehalten, weil diese Fachleute ihn gewarnt hatten, dass unter den richtigen Umständen diese Erinnerungen definitiv wiederkehren würden.

Und während er sie fest in seinen Armen hielt und ihre Körper sich im Takt der Musik bewegten, wurden sie umhüllt von der Hitze der Erregung, von Zärtlichkeit und von etwas Undefinierbarem, das seit ihrer ersten Berührung zwischen ihnen existierte.

Er drückte seine Hand an ihren Rücken und hoffte, ihr ein wenig ihrer Anspannung zu nehmen, gab ihr einen Kuss auf die Schulter und spürte das leise Schnurren, das er so liebte.

Er musste beinahe grinsen, als er an das Lächeln dachte, das Dawn Lillian Bartel zugeworfen hatte. Was immer die Frau zu ihr gesagt hatte, hatte ihr vielleicht nicht gefallen, aber sie wusste sich wie eine Lady zu verhalten.

Nicht dass Seth nicht vorhätte, ganz genau in Erfahrung zu

bringen, was Lillian gesagt hatte. Die Frau konnte eine echte Zicke sein; jeder, der sie kannte, wusste das.

Ihr Ehemann Craig war ein guter Mann, der seine Frau liebte und ihre Fehler zwar hinnahm, sich ihrer aber bewusst war. Er sprach Entschuldigungen aus, wo es nötig war, und wies sie in die Schranken, wenn es sein musste. Doch sie würde lernen, keine Gemeinheiten an Dawn auszuteilen – das würde er nicht dulden.

»Das ist schön«, seufzte sie und entspannte sich endlich ein klein wenig in seinen Armen, während sie so in ihrer eigenen kleinen Welt zu existieren schienen.

Er registrierte die anderen Paare um sie herum, von denen ihn viele beobachteten. Sie waren es gewohnt, ihn mit Caroline zu sehen, und sie hatten mit der Zeit akzeptiert, dass Caroline beständig an seiner Seite sein würde. Nun waren sie überrascht und in manchen Fällen schockiert, ihn mit seiner kleinen Leibwächterin zu sehen.

Und es ging ihm am Allerwertesten vorbei. Zum Teufel, er hatte gewusst, dass es mit ihm und Caroline nicht funktionieren würde. Das hier war nur die öffentliche Bestätigung.

Als er sich umsah, grinste er tatsächlich. Dash und Elizabeth standen auf der anderen Seite des Saales, und Dash war offenbar von weiblichem Zorn umgeben.

Elizabeth sah ihn finster an und Cassie wirkte gekränkt.

»Ich denke, wir sollten Dash retten«, brummte er und drehte sie um, damit sie die kleine Gruppe sehen konnte.

»Hmm, ich kann Dashs Zorn bis hierher wittern.« Sie trat einen Schritt zurück, nahm seine Hand, und sie verließen die Tanzfläche.

»Hey, Dawn. Jetzt bin ich mit einem Tanz an der Reihe.« Eine Hand griff von hinten nach ihrem Arm und wollte sie von Seth wegziehen, und etwas in ihr rastete aus.

Sie wirbelte mit einem Knurren herum und hielt gerade noch eine gewalttätige Reaktion zurück, als sie ihren Arm aus dem Griff riss, während ihre Haut sich schmutzig und wie verbrannt anfühlte.

»Huch!« Jason Phelps wich zurück, Überraschung im Gesicht, während Seth sie rasch von hinten an sich zog.

Andere Tänzer hielten inne und sahen zu, begierige Neugier in ihren Blicken.

»Fassen Sie mich bloß nicht noch einmal an!« Sie blickte ihn mit wütenden Augen an, und das Tier in ihr reagierte mit einer Wildheit, die sie nicht verstand. Sie konnte sein Blut wittern, wie es hart und schnell in seinen Adern pochte, und sie wollte es auf den Boden rinnen sehen.

»Dawn.« In Seths Stimme lag eine unterschwellige Warnung, und das machte sie sauer.

»Wenn du willst, dass er einen Tanz bekommt, dann tanze selbst mit ihm«, zischte sie ihn an, löste sich von ihm und warf ihm einen vorwurfsvollen Blick zu.

Er kannte den Paarungsrausch und seine Symptome inzwischen. Während jener ersten Wochen und Monate der Bindung konnte eine gepaarte Frau keine Berührung eines anderen Mannes ertragen.

Sie fühlte sich betrogen, als er sie ansah, mit einem Stirnrunzeln und etwas in seinem Blick, das sie als einen Anflug von Tadel empfand.

»Entschuldigt mich«, stieß sie zwischen zusammengebissenen Zähnen hervor. »Ich denke, ich hole mir etwas zu trinken.«

»Hey, komm schon, Hübsche, ich wollte doch nur einen Tanz.« Jason lachte. »Ich dachte, wir wären Freunde.« Der Schmollmund, den er dabei machte, verursachte ihr Übelkeit.

Der Paarungsrausch machte sie fertig. Ihre Nerven waren so fest gespannt wie eine Banjosaite, und das Tier in ihr wollte sich mit Zähnen und Klauen befreien, fast wie ein eigenständiges Wesen, das die Kontrolle übernehmen wollte.

»Ich habe keine Freunde«, erklärte sie in tödlich sanftem Tonfall und achtete dabei darauf, dass ihre Stimme nicht bis an sensationsgierige Ohren drang, die den Wortwechsel mithören wollten. »Davor habe ich Sie schon früher gewarnt. Vergessen Sie es nicht.«

Mit einem letzten wütenden Blick auf Seth drehte sie sich um, marschierte durch den Ballsaal und bedeutete dabei Styx, Seth den Rücken zu decken. Sie konnte es im Augenblick nicht. Ihre Emotionen, ihr Gefühl von Gleichgewicht waren derart durcheinandergeraten, dass sie sich fast wie außerhalb ihres eigenen Körpers fühlte. Als würde ihr Geist neben ihrem Körper dahingleiten statt darin. Und vor ihrem inneren Auge blitzte das Gesicht von Jason Phelps auf. Schock und Überraschung hatten darin gestanden. Doch wie konnte er überrascht sein? Er musste es doch wissen ...

Sie blieb stehen und schüttelte den Kopf, bevor sie sich langsam umdrehte und zu ihm hinübersah.

Er konnte nichts über den Paarungsrausch und über die Reaktion gepaarter Frauen auf die Berührung anderer Männer als ihres Gefährten wissen. Es war eine Reaktion, die auch die gepaarten Männer kannten, doch nur in Bezug auf weibliche Berührung.

Seth wusste es.

Deshalb war ihre Reaktion so extrem, fast gewalttätig. Er wusste es, und trotzdem hatte er ihre Reaktion bremsen wollen, als ob – was? Als ob sie vorhätte, hier mitten im Ballsaal Geheimnisse der Breeds auszuposaunen?

Sie richtete den Blick auf Seth, und plötzlich überwältigte sie die Sehnsucht nach ihm. Die Feuchte zwischen ihren Beinen tränkte ihr Höschen, und sie musste ein Knurren unterdrücken, als sie sich wieder umdrehte und zu Dash und seiner Familie ging.

»Dawn, krieg dich wieder in den Griff«, murmelte Dash, als sie neben Cassie stehen blieb.

»Oh ja«, brummelte Cassie. »Sorg du dafür, dass du dich mal in den Griff bekommst. Das ist nicht deren Job.«

Dawn sah blinzelnd Cassie an. Sie beobachtete die Tanzfläche mit ruhelosem Blick und geröteten Wangen. Die Düfte, die von dem Mädchen ausgingen, waren widersprüchlich. Furcht und Verwirrung, und Vorahnung.

»Elizabeth.« Dashs Tonfall war warnend, die Stimme eines Mannes, der seine Frau anfleht, etwas in Sachen Teenagernachwuchs zu unternehmen, nachdem er absolut sicher nicht wusste, was er mit ihr machen sollte.

»Dawn, du bist in eine Familienfehde geraten«, seufzte Elizabeth, während Dawn zusah, wie Seth sein Gespräch mit Jason Phelps beendete und wieder auf sie zusteuerte.

Sie sah ihn aus zusammengekniffenen Augen an und verstand gar nicht, warum sie eigentlich so wütend war.

»Mach dir keine Sorgen, Elizabeth, ich glaube, da muss etwas im Wasser sein«, schnaubte sie. »Alle Männer hier verhalten sich merkwürdig.«

Cassie unterdrückte ein Lachen, und als sie ihre blauen Augen auf Dawn richtete, stand ein Ausdruck von Dankbarkeit darin. Ihr Vater fühlte sich offensichtlich gestresst wegen all der Aufmerksamkeit, die Cassie von Männern erhielt, und er reagierte auf die Düfte von Verwirrung und erwachender Weiblichkeit, die von seiner Tochter ausgingen. Es musste hart für ihn sein. Jeder Tag, den Cassie erlebte, war ein Wunder für sie. Wissenschaftler des Councils hatten einen Preis auf ihren Kopf ausgesetzt – einen Preis, der eine kleine Nation finanzieren würde.

»Dash.« Seth nickte dem Mann zu und umfasste locker Dawns Handgelenk. »Wenn ihr uns bitte entschuldigt, Dawn und ich müssen uns noch ein wenig unter die Leute mischen, bevor der Abend vorbei ist.«

Sie erwiderte seinen harten Blick finster. »Unter die Leute mischen?«, fragte sie zuckersüß. »Ist das ein anderer Ausdruck für mit den hübschen Jungs flirten, die du eingeladen hast? Was denn, Seth, habe ich nicht funktioniert wie erwartet?«

Er blieb stehen und sah sie überrascht und wütend an.

Dawn verzog das Gesicht; ihr war klar, dass sie zu weit gegangen war. Sie wusste es und war sich nicht sicher, warum. »Es tut mir leid«, flüsterte sie kopfschüttelnd. »Ich weiß nicht ...«

»Nicht.« Er schüttelte müde den Kopf. »Keine Entschuldigung nötig, Dawn. Wir verabschieden uns nur von ein paar Freunden und gehen zu Bett.« Er streckte die Hand aus und streichelte ihre Wange. »Egal, was los ist, wir klären es dort. In Ordnung?«

Sie wollte weinen. Sie wusste, dass Tränen fließen sollten, doch ihre Augen blieben trocken und schmerzten vor Verlangen, das Gift loszuwerden, das sie zu verzehren schien.

»Ich verliere den Verstand, Seth«, flüsterte sie. »Ich kann es fühlen.«

»Nein, Liebes, nicht den Verstand.« Er seufzte, und in seinem schweren Blick lag Bedauern. »Nur deine Selbstbeherrschung. Und manchmal ist das das Schlimmere.«

20

In den frühen Morgenstunden fand die Party langsam ihr Ende, und das Haus versank in schwere Stille, beinahe als warte es auf ein unvorhergesehenes Ereignis.

Oder als warte er darauf.

Seth lag neben seiner Frau, seiner Gefährtin. Der Ausdruck sollte ihm unangenehm sein, doch so war es nicht.

Sie lag an seiner Brust in tiefem Schlaf, und ihr Atem traf leicht und sanft auf seine Haut, während er sie in den Armen hielt und an die Decke über ihr starrte.

Er wusste, die Träume waren da. Er hatte sie vorsichtig aus mehreren Träumen geholt, indem er ihr sanft über den Rücken strich, bis sie in einen angenehmeren Schlaf sank.

Er spürte die schwere Anspannung des Hauses in Herz und Seele. Als würde er auf den letzten Donnerschlag warten. Darauf, dass der Sturm zuschlug und alles fortriss, was davor gewesen war.

Pumas waren unglaublich starke und anpassungsfähige Geschöpfe. Sie durchstreiften hoch gelegene Orte, die Wüsten und die vergessenen Klippen, die Wälder und umgingen Begrenzungen, die der Mensch aufzustellen versuchte. Sie überlebten nach ihren eigenen Regeln, und Dawn hatte dasselbe getan.

Sie war so anmutig wie ein Puma, so anpassungsfähig, so unglaublich schön und so gefährlich wie das Geschöpf, aus dem sie entstanden war.

Doch selbst mit ihrer Stärke wusste er nicht, ob sie das überstehen würde, wofür er seiner Befürchtung nach der Auslöser gewesen war.

Er strich ihr übers Haar, als sie sich unruhig im Schlaf rührte und ein leises Knurren von sich gab, ein Laut, bei dem sich ihm die Nackenhärchen aufstellten.

Seth schloss die Augen und kämpfte gegen die Qual an, die in ihm aufstieg. Er gab zu, dass er Angst davor hatte, dass sie sich an ihre Vergangenheit erinnerte; dass er Angst davor hatte, was es der Frau und der Zukunft, die er mit ihr haben könnte, antun würde.

Er hatte sie gehabt. Er hatte diesen unglaublichen Körper gestreichelt, ihre Leidenschaft und ihre Begierde gefühlt, und er trug das Mal, das sie nie einem anderen Mann gegeben hatte. Er wollte sein Leben nicht ohne die Frau verbringen, die ihm das alles geschenkt hatte. Verdammt, er konnte sich inzwischen gar kein Leben mehr ohne sie vorstellen. Er hatte nicht einmal bemerkt, wie sehr sie ein Teil von ihm war, bis sie in sein Leben getreten war und ihren Platz in seiner Seele eingenommen hatte. Als hätte diese nur auf sie gewartet und sich ihr mit einer Leichtigkeit geöffnet, die ihn erstaunte.

»O Gott ... O Gott ...« Die Worte drangen als ein Flüstern über ihre Lippen, und er verzog das Gesicht und drückte sie enger an sich, strich ihr über den Rücken und küsste sie auf die Stirn.

Er konnte nicht aufhalten, was kommen würde, das war ihm klar – doch sein Gebet war ein Echo ihrer geflüsterten Worte.

Sie rief nie zu Gott, wenn sie wach war. Sie betete niemals, sondern ging dem sorgfältig aus dem Weg. Denn Gott hatte ihre Gebete als Kind nicht erhört. Er hatte sie nicht vor den Vergewaltigungen und dem Schrecken gerettet.

Sie sah ihre Rettung nicht als Erlösung an, denn Dayan hatte sich ganz mühelos in Position gebracht und seinen Feldzug begonnen, um sie zu zerstören. Sie sah Dayans Tod nicht als Erlösung oder als Antwort auf die Gebete ihrer Kindheit an.

Sie sah die Stärke in sich selbst, die Stärke, die in ihre Seele floss, nicht als ein Geschenk von Gott an. Sie glaubte, die Wissenschaftler und Soldaten in diesem Labor hätten recht gehabt. Dass Gott sie nicht erschaffen hatte und nichts von ihr wissen wollte. Sie glaubte, sie sei ohne Seine Gnade.

Kummer stieg in ihm auf, schnürte ihm die Kehle und die Brust zu und hinterließ einen Schmerz in ihm, der tiefer war als er je für möglich gehalten hätte. Es schmerzte ihn bis in den tiefsten Kern seines Daseins, und er fürchtete, dieser Schmerz würde weder Linderung noch ein Ende finden, bis Dawn es fand.

»... rette mich ...« Die geflüsterten Worte drangen über ihre Lippen, und er wusste, in einer Sekunde würde sie aufwachen.

Er konnte spüren, wie sie sich dafür sammelte, sich selbst drängte, aufzuwachen, um diesen Bruchstücken von Erinnerungen zu entkommen – und dem Kind, das unbedingt ihre Aufmerksamkeit erringen wollte.

Mit einem heftigen Zusammenzucken erwachte sie, und er schloss die Augen. Er wollte nicht, dass sie sich beschämt fühlte und ihre Emotionen niederkämpfen musste, weil sie wusste, dass er sie ansah. Sie sollte nicht das Wissen in seinen Augen sehen müssen, die Erinnerungen in seinem Blick, gegen die sie ankämpfte.

Denn er wusste, was sie ihr angetan hatten, so genau wie sie es wusste. Dayan hatte sie gezwungen, die Aufnahmen anzusehen, und Seth hatte sich gezwungen, die Bilder anzusehen, in diesem Büro, während Jonas und Callan sich abgewandt hatten.

Er spürte, wie sie aufstand, vom Bett glitt und langsam die Uniform anzog, die sie immer auf dem Polsterstuhl liegen hatte.

Sie würde das Haus nicht verlassen, da war er zuversichtlich. Sie musste laufen, jagen, aber sie würde seine Sicherheit nicht so lange außer Acht lassen.

Das Wissen, dass sie sich seinetwegen so einschränkte, war ihm eine grimmige Erinnerung an das Leben, das sie geführt hatte, und die Disziplin, die sie sich selbst auferlegte.

Er blieb still liegen und hörte zu, wie sie sich fertig anzog und dann das Schlafzimmer verließ. Sie ließ die Tür zum Wohnzimmer offen. Eine Sekunde später hörte er ihre gedämpfte Unterhaltung mit dem Breed, der vor der Tür Wache hielt, dann wurde die Tür geschlossen, und er war allein.

Er wartete. Sie würde Zeit brauchen. Ein wenig Zeit, bevor er ihr folgte. Eine Chance, zu Atem zu kommen und ihr Gleichgewicht zu finden. Er verstand ihre Albträume gut.

Er gab ihr eine halbe Stunde. Mehr würde sie nicht bekommen. Die Tatsache, dass er hier liegen und sich zur Geduld zwingen konnte, war ein Beweis für seine Beherrschung, nicht für seine Geduld.

Seth stand auf und seufzte müde, bevor er sich anzog. Er entschied sich für Jeans und T-Shirt sowie Laufschuhe aus Leder und verließ das Schlafzimmer.

Der Wächter wurde aufmerksam, als er die Tür öffnete, und sah ihn mit seinen Bernsteinaugen ernst an, als Seth heraustrat.

Mercurys Miene war grimmig, und Seth musterte ihn einen langen Moment schweigend.

»Wohin ist sie gegangen?«, fragte er schließlich.

Mercury rieb sich mit seiner großen Hand über den Nacken; er war unsicher.

»Ich frage nicht noch einmal«, drängte Seth. Dann würde er eben selbst nach ihr suchen.

»Trainingsraum«, grollte Mercury schließlich. »Lass sie sich abreagieren, Lawrence. Sie braucht dich da unten nicht.«

Seth biss die Zähne zusammen, als Zorn in ihm aufstieg.

»Und wen braucht sie dann da unten bei sich, Mercury?«, fragte er sarkastisch. »Die Geister, die sie mit sich herumschleppt, und sonst nichts?«

Darauf schnaubte Mercury. »Den Breed, der jetzt ein paar Tritte in den Hintern bekommt. Die Rolle willst du heute Nacht nicht spielen.«

Denn der Zorn in ihr wuchs, das war Seth klar. Er peitschte sich durch ihre Emotionen und ihre Selbstbeherrschung, und die einzige Möglichkeit, dagegen anzukämpfen, die Dawn kannte, bestand darin, auf etwas anderes einzuschlagen.

»Solltest du sie vorwarnen, dass ich unterwegs nach unten bin, dann trete ich dir in den Arsch«, warnte Seth den Breed und ignorierte dessen ungläubigen Blick. »Sie braucht nicht nur einen Kampf, Mercury, sie braucht auch mich. Geh damit um, wie auch immer du musst, aber halte den Mund.«

Er wartete keine Antwort ab, sondern lief über den Flur in Richtung Kellergeschoss, wo sich der Trainingsraum befand. Dort war ein weitläufiger Bereich abgetrennt für waffenloses Nahkampftraining. Ein Training, das Seth häufig mit den Leibwächtern praktizierte, die Sanctuary ihm zur Verfügung stellte.

Das Haus war still, dunkel und voller Schatten. Sogar das Hauspersonal war jetzt im Bett, nachdem es nach der Party zügig sauber gemacht und den Saal für den nächsten Tag vorbereitet hatte.

Er stieß die Tür zum Keller auf und hörte schon die Kampfgeräusche hinter der Netzabtrennung hinten im Raum.

Schatten wanden sich dahinter, blockten und schlugen zu, und man hörte Raubkatzenknurren und männliches Ächzen.

Ein schlanker Schatten sprang hoch, zwei anmutige Füße zielten auf den Kopf, trafen jedoch die Schulter, bei der Ausführung einer ganz und gar katzenartigen Drehung, während die größere Gestalt nach hinten gestoßen wurde, aber nicht zu Boden ging.

Seth stand da mit schwerem Herzen und sah den Übungen zu. Er konnte die Größe des Breeds erkennen, mit dem sie übte, und dadurch auf seine Identität schließen. Stygian – er hatte keinen Nachnamen angenommen. Ein finsterer Wolf-Breed, geschaffen mit der DNA des schwarzen Wolfs. Blaue Augen und kaffeebraune Haut. Er war wuchtig, knapp zwei Meter groß, mit Schultern, von denen ein Footballspieler nur träumen konnte.

Er schlug zu, als die viel zu kleine Gestalt wieder auf ihn zukam, schlang die Arme um ihren Nacken, und ein Raubkatzenschrei war zu hören.

»Tut es weh?«, knurrte Stygian, als er sie unvermittelt wegstieß. »Du bist gepaart, kleine Puma. Glaubst du, ich stehe nur da und lasse dich auf mich einschlagen, ohne dich anzufassen?«

»Na komm schon, Arschloch.« Sie ging keuchend in Kampfhaltung und wartete auf ihn.

Ein dunkles Auflachen war zu hören, als sie einen langsamen komplexen Tanz um die Übungsfläche begannen. Zuschlagen und parieren, ein schlanker Umriss, der da zuschlug, wo der größere es am wenigsten erwartete.

Ein kräftiger Tritt an sein Knie, und sie duckte sich, drehte sich und trat von hinten nach dem anderen Knie, bevor sie eine schnelle Rolle machte und ein paar Schritt entfernt auf die Füße sprang.

Stygian wankte, doch er fiel nicht.

»Wenn ich dich das nächste Mal erwische, dann schicke ich dich auf die Matte, kleines Mädchen«, lachte er.

Kleines Mädchen. Die Soldaten hatten sie immer kleines Mädchen genannt.

Ein raubkatzenartiger Zornausbruch, und als Dawn das nächste Mal zuschlug, schaffte sie es, ihm die Füße unter dem Körper wegzuziehen.

Der Wolf-Breed verdiente Anerkennung dafür, dass er auch dieses Mal nicht zu Boden ging, allerdings prallte er gegen das Netz und richtete sich fluchend wieder auf.

»Fast erwischt«, fauchte Dawn, und das Hin und Her zwischen ihnen begann erneut.

»Du lebst in einer Traumwelt«, schnaubte Stygian. »Du warst nicht einmal nahe dran.«

Vor und zurück, sie holte zum Schlag aus, und er konterte. Lange Sekunden später erwischte er sie erneut, und sein großer Schatten verschluckte ihren kleineren. Als Seth losrannte, durch den Raum sprintete, in den abgetrennten Bereich hinein, waren die Raubkatzenschreie aus Wut und Schmerz das Einzige, was zu hören war. Stygian schob sie rasch von sich und zog sich zurück. In seinen blauen Augen flackerte warnendes Feuer, und Seth blieb stehen, bereit, sich auf den Breed zu stürzen, sollte er sie berühren, sollte er auch nur noch einen Finger an sie legen.

Dawn drehte sich zu ihm um. Ihr Gesicht war schweißnass, ihre Augen waren gerötet, gehetzt, gequält, als sie ihn aggressiv anknurrte.

»Stygian, du kannst jetzt gehen«, fauchte Seth.

So hatte er Dawn nie gesehen. Animalisch, wild.

»Verschwinde, Lawrence«, konterte Stygian, statt zu tun, wie ihm befohlen. »Das hier ist kein Ort für dich.«

Daraufhin drehte Dawn sich um und knurrte Stygian an. Ihre Reißzähne blitzten, und ihr bleiches Gesicht erschien weiß unter dem harten Licht.

Stygians Kiefer spannte sich an, und etwas, das Mitleid ähnelte, blitzte in seinen Augen auf.

In dem Laut, der aus ihrer Kehle drang, klang etwas Verzweifeltes, Trostloses mit. Alle aufgestaute Wut und alles Entsetzen in ihr lagen in diesem Laut. Die Erinnerungen, die sie nicht freilassen wollte, das Kind, dem sie sich nicht stellen konnte.

»Lass ihn bleiben.« Dawn wirbelte herum, als Seth einen Schritt näher trat. Ihre Zähne waren warnend in einer wilden Grimasse entblößt.

Stygian beobachtete ihn mit grimmiger Miene und den Augen eines Raubtieres. Seth fragte sich, ob er nun gerade die wahre Augenfarbe des Mannes erblickte. Stygian liebte seine Kontaktlinsen. Farbige Kontaktlinsen. Er liebte es, zu schockieren, zu überraschen, andere aus der Fassung zu bringen. Besonders jene, die keine Breeds waren.

»Das hier ist mein Kampf, Stygian.« Seth sah seine Gefährtin an und fühlte die Kraft in seinen eigenen Muskeln und seinem Geist. Der Paarungsrausch ging einem gehörig auf die Nerven, doch hierin hatte er ihn stärker und schneller gemacht. Die Verzögerung des Alterungsprozesses hielt ihn in Topform, und das Adrenalin, das seit Beginn der vollständigen Paarung in ihm kursierte, verstärkte den Effekt.

Stygian schüttelte den Kopf. »Sie tritt dir in den Arsch.«

Seth lächelte und sah die Vorahnung in Dawn aufsteigen. Sie wäre nicht geschwächt vom Schmerz, wenn er sie berührte. Sie würde nicht die heikle Balance verlieren, die die Qual durch die Berührung eines anderen Mannes ihr stahl.

Er lächelte sie an, als ihm plötzlich klar wurde, dass es so weit war. Die Erinnerungen, die gegen Dawns instinktiven Animalismus kämpften, machten diese Situation erforderlich. Das Tier in ihr ließe nicht zu, dass sie sich ihm ganz hingab, wenn er es sich nicht nahm. Es konnte nur ein Alphamännchen geben, und um ihn zu akzeptieren, musste dieser Teil von ihr wissen, dass er stärker und schneller war, dass er sie zu Boden bringen und ihre Unterordnung erzwingen konnte, wenn es sein musste.

»Ich werde mit dir fertig«, knurrte sie, und ihre Stimme klang so rauchig und sinnlich aufregend, dass sein Schwanz auf der Stelle härter denn je wurde.

»Wirst du das?«, fragte er gedehnt. »Wollen wir das mal austesten, Liebes? Denkst du, du bist die Einzige, die trainiert und kämpft?«

Oh, er hatte auch gekämpft. Er hatte jahrelang mit den Besten trainiert, die die Breeds zu bieten hatten. Stygian wusste es; er wusste, dass Seth Dawn mehr als gewachsen war, doch er glaubte, Seth würde sie gewinnen lassen und ihre Schläge einstecken, aus lauter Mitgefühl und Liebe.

Stygian war gehörig auf dem Holzweg.

Er würde sie nie schlagen. Er würde ihr nie wehtun. Doch es gab andere Wege, um sie außer Gefecht zu setzen.

Nur am Rande registrierte er, wie Stygian sich zum Ausgang gegenüber zurückzog, als er und Dawn einander zu umkreisen begannen und sich für die Stärken und Schwächen bereit machten, die sie im anderen entdecken würden.

Währenddessen spürte Seth, wie sein Verstand sich beruhigte. Der Aufruhr, der in den letzten paar Tagen in ihm aufgestiegen war, wurde zu Entschlossenheit.

»Wenn du das nächste Mal einen Kampf brauchst, dann gehst du zu keinem anderen Mann mehr«, versprach er ihr.

Sie knurrte. »Wenn ich das nächste Mal einen Kampf brauche, dann wirst du mit eingezogenem Schwanz das Weite suchen.«

Seth schmunzelte und sah ihre Reaktion auf seine Belustigung. Ihre Augen wurden schmal, und das grollende Knurren in ihrer Kehle wurde warnender, gefährlicher.

Und der Kampf begann.

Sie war verdammt gut. Seth war nicht klar gewesen, wie gut sie war, wie stark und koordiniert. Sie drehte und wendete sich, kratzte, trat und fügte Wunden zu.

Und er lachte sie aus. Er zwang sich, sie auszulachen. Er zwang den Laut über seine Lippen und fragte sich, ob ihr klar war, wie sehr es seine Seele zerriss, das zu tun. Er bedrängte sie, schalt sie, versicherte ihr, dass sie nicht gewinnen konnte.

Er blockte die meisten Züge ab, nahm die hin, die er nicht abwehren konnte, und jedes Mal, wenn er sie zu fassen bekam, hielt er sie fest. Er drückte sie an seine Brust oder drängte sie an die gepolsterte Wand. Und er hielt sie lange Sekunden fest.

»Wehr dich, Dawn.« Es brach ihm das Herz, sie festzuhalten, und ihre wilden Schreie zu hören zerriss seine Seele.

Er ließ sie los, sprang zurück und duckte sich, als sie sich von der Wand abstieß und über seinen Kopf hinwegflog.

Sie vollführte wieder eine dieser katzenartigen Drehungen und landete in der Hocke.

»Gehst du so damit um?« Schließlich schlug er zu, während ihn die Erkenntnis so hart traf wie eine ihrer Fäuste und sie erneut an ihm vorbeiwirbelte. »Ist es das, was du tust, Dawn? Du kämpfst, weil du nicht weinen kannst?«

Sie erstarrte, in Kampfhaltung, ein schwarzer Schatten mit kreideweißem Gesicht, ihre Augen flammende Qual, blutunterlaufen, und der Drang, die Wut und den Schmerz, die dahinter aufwallten, zu entladen.

Gott, die Tränen, die in ihr gefangen waren.

»Du kämpfst, um den Schmerz loszuwerden. Du tust dir selbst weh, lässt dich von anderen verletzen und fügst so viel Schmerz zu, wie du kannst, nicht wahr, Dawn?«, flüsterte er in den stillen Raum, musterte sie und wusste, er würde ein Zucken ihrer Muskeln sehen, bevor sie sich bewegte. Und er würde es fühlen, denn er würde wissen, dass es kam.

Er betrachtete ihre Augen, fest auf seine gerichtet, die Pupillen geweitet, bis sie beinahe schwarz waren, während ihr der Schweiß im Haar und im Gesicht stand.

»Verjagt es den Schmerz?« Er glitt zur Seite, langsam, fast lässig. »Lässt es die Erinnerungen verschwinden?«

Sie zuckte zusammen, und alles in seiner Seele brach in tausend Stücke. Denn ihm war klar, dass sie genau das tat.

»Du weißt nicht ...«

»... wovon ich rede?«, beendete er den Satz für sie.

»Genau.« Sie schlug zu.

Das Wort war noch nicht ganz ausgesprochen, als sie schon auf ihn losging. Seth entging gerade noch ihren Krallen oder den tödlichen Füßen, bevor er einen Arm um ihre Taille legte und sie auf die Matte unter ihnen krachte.

Wild und wutentbrannt hallte ihr Schrei durch den Trainingsraum und durch seine Seele, während er sie niederdrückte.

»Ist das der Kampf, den die anderen dir nicht liefern können?«, übertönte er ihr Knurren. »Ist es das, Dawn? Sie werden dich nicht zwingen, dich zu erinnern? Denn du kannst es nicht selbst überwinden.«

Und er wusste, das war die Wahrheit. Callan hatte vor Jahren den Befehl gegeben. Beim Training durfte Dawn nie, unter keinen Umständen, länger als drei Sekunden zu Boden gedrückt werden. Es gab keine Entschuldigungen; diesen Befehl zu ignorieren hieß, sich den Zorn des Rudelführers zuzuziehen, und kein Breed in Sanctuary wollte sich mit Callan anlegen.

Denn Callan war nicht Rudelführer durch Wahl, sondern aufgrund seiner Stärke.

Doch er war nicht Seths Rudelführer.

Seth spannte die Beine über Dawns Oberschenkeln an, hielt ihre Handgelenke mit einer Hand fest und drückte die andere hart zwischen ihre Schulterblätter, sodass sie flach auf der Matte lag.

»Ist es das, was du bist, Dawn?«, brüllte er, nun selbst wütend, aufgebracht, dass sie sich bis zur Erschöpfung quälen musste, um die Erinnerungen und den Schmerz, die in ihr tobten, zum Verstummen zu bringen. »Bist du ein Tier? Hat Gott Callan dafür die Kraft gegeben, dich zu retten? Damit du dich verstecken kannst? Damit du verleugnen kannst, was du bist, indem du es auf ewig verdrängst?«

Gott vergebe ihm.

Der Schrei aus ihrer Kehle musste durch das ganze Haus zu hören sein.

»Hör dich selbst«, schrie er sie an. »Fühle dich selbst, Dawn. Was bist du? Bist du das Tier, das das Council wollte? Die haben also doch gewonnen, nicht wahr?« Er wollte sie schütteln. Er wollte sie in den Armen halten und den Schmerz in ihnen beiden stillen, und seine Tränen rannen, weil ihre nicht wollten.

»Antworte mir, verdammt.« Er griff in ihr Haar und hielt ihren Kopf fest, die Wange auf die Matte gedrückt, während er auf sie hinabstarrte.

Er hörte Füße auf der Treppe zum Trainingsraum poltern, hörte die Tür an die Wand krachen, während andere zu ihnen eilten.

»Raus hier!« Er hob den Kopf, und heiße Wut lag in seiner Stimme, als Callan, Jonas, Elizabeth und Dash in der Tür standen und schockiert zusahen.

»Lass sie los!« Callans Stimme klang mehr nach Tier als nach Mann. »Lass sie los, oder ich bringe dich um.«

Dawns Schrei ließ sie alle zusammenzucken. Tränen blitzten in Elizabeths Augen auf, als sie ihr Gesicht an Dashs Brust barg und sich beide umdrehten und zurückzogen.

»Du hast ihr den Rücken gekehrt«, warf Seth Callan an den Kopf, während er Dawn weiter festhielt, aus deren Kehle inzwischen rein animalische Schreie drangen. »Du hast dir diese verdammten Bilder, die du mir gezeigt hast, nicht einmal angesehen. Du hast ihr damals den verdammten Rücken gekehrt, dann kannst du das auch jetzt tun.«

Dawn bäumte sich auf, wehrte sich, und ihre Muskeln spannten sich zum Zerreißen an, als sie erneut schrie.

»Lass sie los, verdammt!« Callan machte einen Satz, um auf die beiden zuzustürmen, doch dann bekam Jonas ihn zu fassen. Jonas und dann auch Dash drückten den Rudelführer an die Wand, der sich knurrend zur Wehr setzte.

»Du Hundesohn, lass sie los!« Callans rasender Zorn war ein schrecklicher Anblick – beinahe so schrecklich wie der Klang von Dawns ungezähmten Schreien.

»Ihr Hundesöhne, lasst sie los!«

Er war der neue Breed. Er war jung. Dawn kannte seine Stimme, sie wusste, er war stark, und er war frei gewesen, bevor man ihn ins Labor gebracht hatte. Sie wusste, er kämpfte für sie alle, er nahm die Peitschenhiebe für die anderen auf sich, und er brüllte jedes Mal vor Zorn, wenn man sie aus dem Käfig holte.

Und dieses Mal brachten sie ihn ins Labor. Sie ketteten ihn an die Wand, und er wehrte sich gegen die Ketten. Er kämpfte dagegen an, bis das Blut unter dem Stahl hervorrann, so wie es unter den Fesseln hervorrann, die sie selbst festhielten.

Sie schrie. Gefesselt auf dem Metalltisch, und die Soldaten um sie herum lachten, während einer von ihnen sich in Position brachte.

»Ihr Bastarde! Ich bringe euch um, verdammt!« Tierischer, ungezähmter Zorn erfüllte den Raum, als sie die erste Berührung spürte. Und das Tier, es erhob sich in ihr. Ihre Schreie drangen aus ihrer Kehle, ihre Gebete ... Wenn sie betete, dann taten sie ihr noch mehr weh, sie wusste, dass sie ihr dann noch mehr wehtaten, nur weil sie betete. Doch das Tier, das Tier wollte nicht hören ...

»O Gott ... O Gott ... Rette mich! Rette mich!«

Alle erstarrten. Seth richtete den Blick auf Dawn, als er das Wimmern hörte, den Aufschrei eines Kindes, so voll Qual, voll brutalem, seelenverbrennendem Schmerz, dass er wusste: Die Wunde, die ihm das schlug, würde nie wieder heilen.

»Rette mich!«, schrie sie wieder. Sie zuckte. Weinte. Schluchzen drang aus ihrer Kehle. »O Gott! Rette mich!«

Alle Kraft wich aus ihr. Seth ließ sich vorsichtig an ihrer Seite nieder und wollte sie in seine Arme ziehen.

Sie zitterte und wehrte sich, rollte sich gequält in Fötalposition zusammen, die Arme eng um den Bauch geschlungen, während weitere Schreie über ihre Lippen drangen.

Das war nicht das Tier. Sondern die Frau, das Kind, all der Zorn und Schmerz, der sich nicht länger unterdrücken ließ und nun durch ihren Leib jagte, als die Erinnerungen auf sie einstürmten.

Seth konnte es nicht länger ertragen. Er drückte sie an sich, rollte sich selbst um sie zusammen und legte den Kopf über ihren. Um mit ihr zu weinen. Er konnte seine eigenen Tränen nicht mehr zurückhalten.

Gott helfe ihm, sie war sein. Sein Herz und seine Seele und alles, was er in seinem Leben je gekannt oder geliebt hatte. Sie war Stahl und Satin, zart und tapfer zugleich. Und sie war so sehr ein Teil von ihm, dass er sie nur noch fester halten konnte, als sie sich an ihn klammerte.

»*Er* wollte mich nicht retten!«, schrie sie auf mit einer Stimme voller Qual. »*Er* hat mich nicht gerettet. O Gott. O Gott, warum hast du mich nicht gerettet!«

Ihre Tränen durchweichten sein T-Shirt und brannten sich in sein Herz. Narben, brutaler als er es sich je hätte vorstellen können, rissen an ihm, als er sie in seinen Armen wiegte. Er kämpfte darum, sie festzuhalten.

»*Er* hat dich gerettet, Dawn«, flüsterte er. »Er hat Callan zu dir gebracht. Callan hat dich gerettet. Callan hat Dayan getötet und dich befreit. Und dann hat Callan dich zu mir gebracht. Gott gab dir Kraft, Dawn. Er hat dich gerettet.«

»Ich habe gebetet«, schluchzte sie. »Ich habe gebetet, so wie dieses blöde Buch, das ich versteckt hatte, mir sagte, dass ich beten soll. Ich habe gebetet und gefleht, und ich habe gelesen, und *Er* hat nicht gemacht, dass es aufhört. Es hörte nicht auf!«

Sie hatten ihr weiter wehgetan. Die Bibel hatte ihr Gottes Schutz versprochen, und Dawn hatte den Schutz, den Gott ihr gegeben hatte, nicht erkannt.

»Hat Callan dir wehgetan?« Er konnte kaum sprechen unter seinen eigenen Tränen. »Callan hätte in jedes Labor geschickt werden können, doch er kam in deines. Er hat den Sicherheitsmaßnahmen dort getrotzt, und er hat die Monster vernichtet, Dawn. Gott hat ihn zu dir geschickt. Und Gott hat mich zu dir geschickt. Und dich zu mir. Und Gott hat dir dabei geholfen, diese Erinnerungen zu verstecken. *Er* hat dir einen Fluchtweg gegeben. *Er* hat dich gehört, Baby. *Er* hat dich gehört.«

Sie sank in seine Arme. Schluchzen drang nun aus ihrer Kehle und ließ ihren Körper beben, und so sicher wie nichts anderes in seinem Leben, so sicher, wie er wusste, dass Gott in der Tat über sie gewacht hatte, wusste er, dass die Erinnerungen nun zurückkamen.

Und er konnte nichts anderes tun, als sie in seinen Armen zu halten.

Die Dämonen waren lange tot, doch in diesem Augenblick waren sie so frisch und so deutlich wie der gestrige Tag. Und genau jetzt, als er sie an seine Brust gedrückt hielt und sich bemühte, sie mit seiner Kraft zu schützen, konnte Dawn nichts weiter tun als sich zu erinnern. Und die Tränen zu vergießen …

21

Er trug sie ins Schlafzimmer.

Dawn registrierte, dass sie allein waren. Die Breeds, die durchs Haus patrouillierten, waren auffällig abwesend, und Callan, Jonas, Dash und Elizabeth folgten ihnen nicht.

Sie hielten sich zurück, während Dawn weinte. Gebrochenes Schluchzen, das schon lange vorher zum Schweigen hätte gebracht werden sollen, und Tränen, die immer noch Seths Shirt durchweichten.

Die Erinnerungen kehrten zurück. Sie waren düster und hässlich, voll Schmerz und Hoffnungslosigkeit, so wie die Aufnahmen. Doch das war nicht der Grund, warum sie weinte. Sie weinte, weil mit den Erinnerungen auch eine Erkenntnis über sie gekommen war.

Sie war nicht verlassen gewesen. Nicht von Gott und nicht von sich selbst. Sie hatte sich vor ihnen versteckt. Sie hatte sich vor dem Kind, das sie gewesen war, versteckt, denn sie hatte geschworen, sich selbst und Gott gelobt, dass sie den Bastard töten würde, der sie zerstören wollte. Sie hatte es jedem Kind geschworen, das durch seine Hand gestorben war, während sie dort waren, und sie hatte es sich selbst geschworen.

Doch sie hatte ihn nicht getötet. Sein Blut hatte nicht ihre Hände bedeckt. Sie hatte nicht ihre eigene Rache gekostet, und das war ein Teil der Dinge, denen sie nicht ins Auge sehen konnte. Das und die Furcht, dass sie verloren und niemals ein Teil des wahren Kreislaufs des Lebens war. Weder Mensch noch Tier in den Augen eines höheren Wesens.

»Es tut mir leid«, schluchzte sie, während sie versuchte, ihre Hände von seinem Nacken zu lösen und ihren verzweifelten Griff um ihn zu lockern.

»Entschuldige dich für deinen Schmerz bei mir, Dawn, und ich versohle dir wirklich noch den Hintern«, gab er unwirsch zurück. »Gott sei mein Zeuge, wenn du noch eine Portion Schuld auf deine schmalen Schultern lädst, dann zerstörst du mein Herz.«

Sie konnte nur noch seinen Schmerz wittern, und sie konnte ihn fühlen. Seinen Schmerz, weil sie gelitten hatte, seine Bereitschaft, alles zu tun, um ihr Leid zu lindern, egal was es kostete. Seine vollständige, unbestrittene Hingabe für sie.

Ihr wahrer Gefährte.

Etwas in ihr war zerbrochen, als er sie zu Boden gedrückt hatte, als er sie angebrüllt und sie gezwungen hatte, sich zu erinnern und zu erkennen, was sie nicht wissen oder akzeptieren wollte. Sie hatte seinen Schmerz gewittert und gefühlt, wie er sich mit ihrem eigenen mischte, durch ihren Leib jagte und die Mauern in ihr niederriss, die sie vor so langer Zeit aufgebaut hatte.

Die Erinnerungen lebten in ihr. Zu wissen, was geschehen war, hatte ihr nicht dabei geholfen, zu erkennen, warum sie sich vor ihnen versteckte. Jetzt wusste sie es.

Sie wusste es, doch das Wissen änderte nichts. Sie konnte ihrem Vergewaltiger keine Identität zuordnen. Sie hatte keine Chance, Rache zu kosten oder das Versprechen zu erfüllen, das sie Gott als Kind gegeben hatte.

Wenn er sie rettete, dann würde sie töten. Wenn er nur dafür sorgen würde, dass der Schmerz verging, dann würde sie das Blut dieses Bastards vergießen und dafür sorgen, dass er nie wieder ein Kind vergewaltigte, Breed oder Mensch.

Sie hatte versagt. Gott nicht.

»Ich habe mein Versprechen nicht gehalten«, sagte sie zu Seth, als er an Mercury vorbei ins Wohnzimmer ging.

Sie witterte das Mitgefühl des anderen Breeds, und sie empfand keine Scham darüber, sondern Dankbarkeit. Die Breeds als Spezies, als Rasse, oder wie auch immer die Welt sie definierte, waren würdig. Gott hatte ihnen eine Seele geschenkt, egal was die Wissenschaftler glaubten. Er hatte sie als seine Kinder angenommen.

»Ich habe geschworen, dass ich ihn töten würde«, flüsterte sie. »Aber ich habe es nicht getan.«

»Callan hat es für dich getan, Dawn.« Er trug sie ins Schlafzimmer zum Bett. »Du warst ein Kind. Niemand konnte das von dir erwarten.«

Er setzte sich aufs Bett und hielt sie weiter in seinen Armen. Er war so stark, so warm und so wichtig für ihre bloße Existenz.

»Ich habe es geschworen«, flüsterte sie wieder.

»Und er hat dir vergeben«, sagte Seth sanft und bog mit der Hand leicht ihren Kopf nach hinten.

Und da sah sie seine Tränen. Seine Miene war schwer vor Kummer, seine grauen Augen fast schwarz, als er die Hand an ihr Gesicht legte.

»Ich liebe dich«, flüsterte er, und ihr blieb das Herz stehen. »Ich habe dich geliebt seit dem Tag, als ich dich sah, und diese Liebe kann nur immer tiefer werden, Dawn. Egal, ob du bei mir bleibst oder gehst, das sollst du wissen. Du definierst meine Seele.«

Sie sah ihn blinzelnd an und schluckte schwer.

»Der Paarungsrausch …«

»… begann erst, als wir uns berührten«, erklärte er. »Doch ich habe dich geliebt, bevor ich dich berührte. Als ich dich sah, fühlte ich mein Herz schlagen, und ich schwöre dir, ich fühlte, es schlug für dich.«

Sie sah zu ihm auf und spürte, wie all ihre Ängste dahinzuschwinden begannen. All die Ängste, dass er sie zurückweisen würde, selbst jetzt, nach dem Paarungsrausch, nach jeder Berührung von ihm, die ihr zeigen sollte, wie wichtig sie ihm war.

»Ich wollte dich damals schon«, flüsterte sie. »Du hast mich alleingelassen, Seth.« Eine weitere Träne lief ihr über die Wange, und eine weitere Last fiel von ihrer Seele. »Callan hat sich geirrt. Ich wollte nicht, dass du mich verlässt.«

Seine Wimpern senkten sich, und Schmerz verzerrte seine Züge. »Es war nicht die Zeit. Du weißt, es war nicht die richtige Zeit, Liebes. So sehr ich dich auch geliebt habe – du brauchtest Abstand, und du musstest deine Stärke finden.«

»Und du hattest andere Frauen«, stieß sie hervor. »Du wolltest mich für immer verlassen, Seth.«

Er schüttelte den Kopf, und sein Blick wurde reumütig. »Ich habe mich gezwungen, dich loszulassen, sonst wäre ich eingegangen wie eine Primel, Dawn. Und das ist nicht deine Schuld, sondern meine. Aber egal wovon ich mich selbst überzeugen wollte, Caroline war auf dem absteigenden Ast. Sie wusste es, und ich auch.«

»Sah nicht so aus, als sei sie auf dem absteigenden Ast gewesen.« Dawn wusste, was es war: die Angst einer Frau, die Angst, etwas zu verlieren, wovon sie ganz genau wusste, dass es ihr gehören musste.

»Sie schlief nicht in meinem Bett«, erinnerte er sie. »Und es wäre auch nicht dazu gekommen. Keine andere Frau hat je in diesem Bett geschlafen, Dawn.«

Und sie wusste, das war die Wahrheit. In diesem Raum gab es keinerlei Geruch weiblicher Lust, keine Duftnote von Lust einer anderen Frau nach seinem Körper.

»Ich wollte mich nicht erinnern«, sagte sie schließlich. »Ich wusste, was gewesen war. Es war nicht die Erinnerung an die Vergewaltigungen, vor denen ich Angst hatte.«

»Es war die Erinnerung an das Gefühl, verlassen zu sein.« Er strich mit den Daumen über ihre bebenden Lippen. »Das Gefühl, keine Hoffnung zu haben, keine Versprechen, an die man glauben kann. Und die Erinnerung daran, dass du verraten hast, was du dir selbst geschworen hattest.«

Sie nickte. »Ich habe die Versprechen nicht gehalten, die ich Ihm gegeben habe. Warum sollte Er dann die Versprechen einhalten, von denen ich gelesen hatte? Jedes Mal, wenn es vorbei war, schwor ich, beim nächsten Mal würde ich töten. Aber ich habe es nie getan.«

Doch die Versprechen waren gegeben worden. Eine weitere Erkenntnis, die sie so viele Jahre verdrängt hatte. Die Qual hatte aufgehört und schließlich war die Freiheit gekommen. Und dann Seth.

»Komm her.« Er hob sie auf, bis sie zwischen seinen Oberschenkeln stand, bebend und zitternd, als ihr Körper realisierte, wie unglaublich müde er war.

Kein Adrenalinschub, kein Zorn, keine Wut, die sie antrieb, gegen die Finsternis zu kämpfen, die sie immer in sich fühlte.

Und nun war sie müde.

Die Sonne ging auf; sie spürte sie in ihrem Blut, fühlte die steigende Hitze trotz der Müdigkeit, als Seth sie langsam auszog.

Er liebkoste sie nicht als ein Liebhaber, sondern als ein Gefährte. Liebevolle, tröstende Küsse, wo sie blaue Flecken hatte. Ein bedauerndes Murmeln an einem Kratzer.

Er hatte keine Ahnung, dass sie diesmal glimpflicher davongekommen war als in jedem vorherigen Kampf mit Stygian. Er kannte kein Mitleid, und er verspottete sie dabei. Doch das hatte nie diese ungezähmte Wut in ihr ausgelöst, die Seth zum Vorschein gebracht hatte.

Denn kein anderer Breed durfte sie je festhalten – Callan hatte es verboten. Seth jedoch machte keinen Kniefall vor Callan, er fürchtete ihn nicht. Dort in diesem Raum hatte er sein Revier abgesteckt, auf einer Matte, die feucht war von ihrem Schweiß und ihren Tränen. Und er hatte ihr das Geschenk gemacht, sie zu heilen.

Dawn war nicht dumm, und sie wusste, Seth auch nicht. Es würden weiterhin Nächte kommen, in denen sie weinen würde, denn wenn sie aus den Albträumen erwachte, würde die Erinnerung bleiben. Doch sie wusste, er war hier, um sie zu halten. Er würde sie schützen, und ihre Tränen wären willkommen.

»Ich brauche dich«, flüsterte sie schließlich, als er aufstand und sich das schweißnasse Shirt auszog.

»Du brauchst eine Dusche und danach Ruhe.« Er zog sich fertig aus und wollte sie in die Dusche führen.

»Nein, Seth. Ich brauche dich.« Sie rührte sich nicht vom Fleck und sah ihn an, mit der in ihr aufsteigenden Zuversicht einer Liebenden, der Frau, die zu seiner Seele gehörte. »Die Dusche kann warten. Ich brauche deine Berührung.«

Dawn beugte sich vor und leckte über seine Brust, ließ die Zähne darüberkratzen.

Seine Muskeln zuckten unter der Berührung, und er stieß hart die Luft aus.

Sie mochte diesen Laut. Männliche Frustration und Lust zugleich. Seths Lust.

Sie zog ihr Handgelenk aus seinem Griff und ließ die Finger durch die Löckchen auf seiner Brust gleiten. Das helle Braun hatte fast dieselbe Tönung wie seine tief gebräunte Haut, und es faszinierte sie.

Breeds hatten vom Hals abwärts keine Körperbehaarung. Manche Breeds konnten sich einen Bart wachsen lassen, doch das war extrem selten. Ihr Haar wuchs schnell, und Augenbrauen und Wimpern waren natürlich, aber die Männer hatten keine weiche Brustbehaarung und keinen schützenden Haarwuchs zwischen den Beinen.

Seths Körperbehaarung lockte sie immer wieder, sie zu berühren. Sexy, weich und warm. Dawn lehnte sich vor, rieb die Wange daran und fühlte das Schnurren, das in ihrer Kehle aufstieg, obwohl sie doch nur ein flüsterndes Stöhnen der Wonne von sich geben wollte.

Ihre Hände zogen an seinem Gürtel, den Metallknöpfen seiner Jeans, und sie registrierte, wie er sich mit den Zehen die Schuhe von den Füßen streifte. Sie schob die Jeans über seine Hüften nach unten, vorsichtig über seinen kräftigen Schwanz.

Der harte Schaft reckte sich von seinem Körper empor, pochend, gerötet und voll Verlangen.

Sie schob den Stoff über seine muskulösen Oberschenkel nach unten und überließ ihm den Rest. Sie hatte, was sie wollte. Diesen wunderbaren Schwanz, kurz davor zu bersten, mit einer kleinen Perle Vorsamens an der Spitze.

Sie ging auf die Knie und ignorierte sein ersticktes Aufstöhnen, als ihre Lippen seine gerötete Eichel bedeckten.

Sie musste ihn kosten. Sie brauchte seine Lust in sich.

Sie ließ seine Eichel bis fast an ihre Kehle dringen, saugte und leckte daran, während sie mit beiden Händen sein Glied umfasste und ihn streichelte.

Seine Bauchmuskeln zeichneten sich deutlich ab, und seine Oberschenkelmuskeln wölbten sich spürbar.

»Dawn, das halte ich nicht lange aus«, stöhnte er. »Komm her, Liebes.« Er fuhr mit den Fingern durch ihr Haar und wollte sie aufheben. »Lass mich dich lieben.«

Ein Knurren antwortete auf das Ziehen in ihrem Haar, gefolgt von einem leichten Kratzen ihrer Zähne.

»Du bekommst den Po gehauen.« In der harten Antwort klang hochgradige Lust mit.

Versprechungen, Versprechungen, dachte sie sich, ohne die Lippen von ihm zu lösen, um die Worte auszusprechen. Vielleicht würde er eines schönen Tages tatsächlich mal so weit kommen, den Versprechungen auch Taten folgen zu lassen.

Sie ließ die Zunge um seine pulsierende Eichel spielen, leckte an ihr und schnurrte. Gott, er schmeckte so gut. Er schmeckte nach Leben, nach Wunder, nach Liebe. Und sie brauchte alles davon, um die Orte in ihrer Seele zu wärmen, die so lange kalt gewesen waren. Um den Schock der Enthüllungen in ihr zu lindern und, schlicht und einfach, weil er sie heiß machte.

Er weckte in ihr den Wunsch, seine Haut zu kneten, aus reiner Freude daran.

Stattdessen saugte sie an ihm und hörte sein Stöhnen, sein Knurren, seine gebrummten Kraftausdrücke und fühlte dann – endlich – wie die harten, tiefen Schübe seines Samens sie füllten.

Sie lehnte sich zurück, sah auf in das Glitzern der Lust in seinem Blick und leckte sich langsam über die Lippen. Befriedigend. Denn sie wusste, weil er so verdammt gut schmeckte, würde sie mehr brauchen, und das oft.

»Jetzt bin ich dran.« Er hob sie auf.

Dawn protestierte nicht; es wäre ihr auch nicht gut bekommen, denn inzwischen brannte ihr Körper nach seiner Berührung. Sie besaß erogene Zonen, wo eigentlich gar keine sein sollten.

Als er sie rücklings auf die weiche Bettdecke legte, bog sie den Rücken durch bei der Liebkosung des Stoffes unter ihr. Doch als seine Hände ihre Oberschenkel griffen und spreizten, war die Lust wie eine Gezeitenwelle, die sie verzehrte und in einen riesigen Ozean aus Gefühlen sog.

Sie war verloren darin, als er den Kopf zwischen ihre Beine senkte und seine Zunge langsam über die so unglaublich empfindsame Spalte strich.

Sie wusste, die Feuer, die er in ihr entfachte, ließen sich nie vollständig stillen. Eindämmen ja, aber mehr nicht.

Ihre Hände glitten in sein Haar, und sie wand sich unter ihm, bäumte sich auf und schrie in Ekstase auf, als seine Lippen ihre Klitoris umschlossen und sie zum Höhepunkt brachten. Dann zog er sie an sich, legte sich auf den Rücken, zog sie auf sich und senkte ihren Kopf zu sich herab, um sie zu küssen.

Sein Schwanz schob sich in sie, während ihre Zunge in seinen Mund drang. Er saugte das Hormon aus ihrer Zunge in sich ein, wie sie ihn in die warme Enge ihrer Vagina saugte.

Gemeinsam stöhnten sie auf, bewegten sich in einem Tanz, so alt wie die Zeit selbst, und sie liebten sich.

Dawn hatte noch nie so etwas empfunden wie jetzt. Als könne sie nun, da sie sich dem Schlimmsten gestellt hatte, was ihre Vergangenheit zu bieten hatte, ihre Gegenwart akzeptieren, mit einer Freude, die sie nie zuvor gekannt hatte. Und sie akzeptierte sie nicht nur – sie verlangte danach.

Sie richtete sich über ihm auf, umschloss ihn mit ihrem Körper, während seine Hände ihre Hüften fest gepackt hielten. Schweißperlen glitzerten auf seiner Stirn und seiner Brust. Ein kleines Rinnsal lief über seinen Bauch dorthin, wo ihre Körper einander trafen, und das machte sie einfach heiß. Es entlockte ihr ein kleines schnurrendes Grollen, während sie die Hüften bewegte und ihn innerlich mit dem Spielen ihrer Muskeln streichelte.

»Ich liebe deinen Körper.« Sie fuhr mit den Händen über seine harten Brustmuskeln, ließ sie über seine Schultern gleiten, während er sie mit halb geschlossenen Augen betrachtete. »Jeden harten Zoll, innen und außen.« Sie ließ wieder die Hüften kreisen und sah zu, wie er die Zähne zusammenbiss.

»Du bist ungezogen«, stöhnte er. »Es ist sehr ungezogen, mich verrückt zu machen, Dawn.«

»Jaja. Und eines fernen Tages bekomme ich dafür den Po verhauen.« Sie lächelte ihn an. »Immer diese Versprechungen.«

Er kniff die Augen zu schmalen Schlitzen zusammen. Als seine Muskeln sich wölbten, als wolle er sich bewegen, bewegte sich stattdessen Dawn. Sie erhob sich, und ihr stockte der Atem, als seine harte Erektion über die empfindsame Haut glitt, sie streichelte und erhitzte. Sie hob sich, bis er fast aus ihr herausglitt, sie seine Hitze kaum noch in sich spürte, bevor sie sich wieder auf ihn sinken ließ, langsam und beständig, und alles in sich aufnahm, was er zu geben hatte.

Sie schüttelte den Kopf und fühlte, wie ihr Unterleib pulsierte, als er sie dehnte, erhitzte. Der Lustschmerz jedes Eindringens war beinahe genug, um sie augenblicklich kommen zu lassen. Sie starb schier vor Lust; sie raste über sie hinweg, streichelte ihre Haut, selbst dort, wo er sie nicht berührte, und ließ sie nach Luft schnappen und nach mehr rufen.

Sie fühlte sich, als würde sie brennen inmitten einer Flamme reiner Empfindung, reiner Emotion; sich windend vor Verzückung, in dem Verlangen, dass es nie enden möge.

»Seth. Es ist wie die Sonne«, rief sie aus und fühlte, wie die Hitze in ihr stärker wurde und brannte. »Du fühlst dich in mir an wie Sonnenstrahlen.«

»Verdammt! Dawn, Liebes, du *bist* die verdammte Sonne.« Er spannte sich unter ihr an, die Muskeln hart, bebend und zitternd vor Verlangen, sich zurückzuhalten.

Auch Dawn kämpfte darum, ihren Höhepunkt hinauszuzögern. Sie wollte mehr von dieser Lust. Stunden davon. Sie wollte sie für immer in sich festhalten und es fühlen, nur noch das. Oh Gott, sie wollte sich festgehalten fühlen, genau so, geliebt und verwöhnt, genau so, in alle Ewigkeit.

»Seth.« Sie rief seinen Namen, denn sie konnte kein anderes Zentrum mehr finden als ihn.

Ihr schwanden die Sinne vor Lust. Ihre Sicht war dunkel und verschwommen. Sie bewegte sich schneller, leidenschaftlicher, doch es war nie genug. Es war nicht genug, um das Feuer zu stillen, um sie über die Grenzen ihres Körpers hinaus in eine Ekstase zu tragen, die jeder Beschreibung trotzte, jedem Verlangen, jedem Begehren oder jeder Sehnsucht. Ein Feuer, das in ihre Seele strömte.

Sie wand sich, hielt sich an seinen harten Oberarmen fest, ließ die Hüften kreisen und schrie ihren Frust hinaus.

Mit einem rauen Aufschrei hob Seth sie hoch, drehte sie auf den Rücken, rollte sich hinter sie, hob ihre Hüften an und stieß in sie hinein.

Tief und hart drang er in sie und bog ihren Rücken durch, und reine Lust jagte durch ihren Leib. Sie hörte das Geräusch von Haut an Haut, männliches Stöhnen und ihre eigenen Aufschreie immer stärker werdender Lust.

Bis sie explodierte. Bis er einen Orgasmus in ihr auslöste, der ihren Verstand auslöschte und Feuer durch ihren ganzen Körper jagte.

Ihre Poren öffneten sich und sogen Ekstase in sich ein, bis sie ein brennendes Zentrum einer Flamme war, die sich in einen tosenden Feuersturm verwandelte.

Sie hörte Seth hinter sich aufschreien, fühlte, wie ihre Muskeln seinen Schaft umklammerten, ihn massierten und molken, bis er sich hinter ihr aufbäumte und noch mehr Hitze in sie verströmte. Harte flüssige Schübe, die sie füllten, in sie jagten, erneut in ihr explodierten und sie alles vergessen ließen. Lust.

Das war nicht nur Lust, die ihr durch den Leib jagte, es war reinste Glückseligkeit.

Seth sank über sie.

Er achtete immer darauf, sie nie sein Gewicht spüren zu lassen, sie niemals so zu nehmen, wie sie im Labor dazu gezwungen gewesen war, damit sie sich niemals festgehalten und niedergedrückt fühlte.

Doch als sie seinen Samen aus seinem Körper sog, sog sie auch die Kraft aus seinen Muskeln. Er fiel auf sie und konnte kaum genug von seinem Gewicht abfangen, um sie nicht zu erdrücken.

Noch immer hielt sie seinen Schaft fest umschlossen. Er zuckte und bebte, stieß einen Kraftausdruck aus und stöhnte schließlich erstickt auf. Denn nichts in seinem Leben hatte ihn je auf Dawns Orgasmen vorbereitet.

Ihre Muskeln spannten sich um seinen Schwanz an, bis er sich unmöglich noch bewegen konnte. Sie spielten und massierten seinen harten Schaft, bis er seinen Erguss nicht länger zurückhalten konnte. Sein Samen pulsierte in sie, ein Schub nach dem anderen, raubte ihm den Atem und ließ ihn hilflos in ihrer Umklammerung zurück, bis ihre eigene Ekstase schwand.

Und sie liebte es, ihre Ekstase auszukosten. Immer wieder erbebte ihre Vagina, strich endlos über Haut, so empfindsam, dass die zusätzliche Stimulation Lust und Qual zugleich war.

Als ihre Kontraktionen so weit abklangen, dass er aus ihr gleiten konnte, wurde ihm erst bewusst, wie ungern er es tat. Er drückte ihr einen Kuss auf ihre Schultern, und sein Atem war schwer.

»Ich wünschte, ich könnte dich in mir festhalten.« Ein kleiner Schauder lief über ihren Körper, und ein leises Keuchen drang aus ihrer Kehle. »Für immer.«

Ihre Stimme war reine Sinnlichkeit, eine dunkle Liebkosung, übermittelt durch Sinne, die benommen waren durch die Macht seines Höhepunktes und die Wirkung, die sie immer auf ihn hatte. Und das würde immer so sein, egal, wie alt sie würden, egal wie geschwächt oder müde er je werden konnte. Ihre Erregung würde immer die seine entfachen und ihn hilflos machen, etwas anderes zu tun, als zu fühlen, zu berühren, zu kosten und die nie endende Lust zu erfahren, die nur sie ihm geben konnte.

Endlich fand er genug Atemluft, um sich von ihr zu lösen und sie an seine Brust zu drücken.

»Wir brauchen eine Dusche«, seufzte er. »Ich habe sogar die Seife bereitlegen lassen.«

Ein schwaches Lachen kam über ihre Lippen. »Wie viele Seifen hast du eigentlich, Seth?«

Er runzelte die Stirn. Wie viele waren es?

»Ich weiß nicht. Wie viele Reisen habe ich in zehn Jahren unternommen?«

Er fühlte, wie sie nachdachte. Sie würde es wissen, falls sie gerade denken konnte. Verdammt, er konnte im Moment keine Energie für auch nur einen einzigen Gedanken in seinem Kopf aufbringen.

»Eine Menge«, sagte sie schließlich und gähnte, drehte und wand sich, um ihren Platz an seiner Brust zu finden.

Sie hatte eine spezielle Position, in der sie gern einschlief, bei der er um sie gerollt dalag und sie sich in der Krümmung seines Körpers zusammenkuschelte. Verdammt, er liebte diese Position.

»Eine Menge Seifen also.« Er grinste in die Schatten der Vordämmerung, die im Zimmer standen. »Wenn ein Duft mich an dich erinnerte, habe ich mir einen Seifenmacher gesucht. Irland zu jeder Jahreszeit. Schottland in einem Sommer in den Highlands, neben einem klaren Bachlauf. Ich habe mir dich dort vorgestellt. Ich habe sogar das Land gekauft. Paris, der lebendige Frühling auf dem Land. Und da gab es diese kleine Stadt, irgendwo in Ägypten, wo der Duft des Wüstensands auf eine private Oase traf. Verdammt, ich bekam einen Ständer, als ich dort an dich dachte.«

Ein leichtes Lachen an seiner Brust. »Du hast immer dann eine Seife für mich machen lassen, wenn du einen Steifen bekamst?«

»Oh nein, um so viel Seife aufzubewahren, hat das Haus nicht genug Zimmer.« Er grinste. »Nein, ich musste mich an einem Ort befinden, von dem ich dachte, dass du ihn mögen würdest. Ein Duft, den ich mit dir teilen wollte. Eine Empfindung, die ich dir zeigen wollte.« Das Grinsen wurde reuevoll. »Ich wollte das alles mit dir teilen, und das war der einzige Weg, der mir einfiel, wie ich das tun konnte.«

»Aber du hast sie mir nie gegeben«, wandte sie ein.

»Weil ich dich persönlich damit baden wollte«, seufzte er und strich mit den Händen über ihren Körper. »Ich wollte dich verführen, mit Düften und Berührungen. Dawn, ich wollte einen Grund haben, der mich glauben ließ, dass ich dich haben könnte. Ich dachte, wenn ich die Seifen hätte, vielleicht wärst du dann neugierig auf die Düfte. Wenn du die Höschen aus Spitze und Seide magst, vielleicht, nur vielleicht«, seine Stimme klang erstickt, »würdest du sie ja tragen.«

»Damit du mich verführen kannst?« Ihre Stimme klang leise, und darin hörte er ihre Freude.

»Damit ich dich verführen kann. Für immer.« Er drückte ihren Kopf an seine Brust.

»Ich liebe dich, Seth. Bis es kein Morgen gibt, keinen Anfang und kein Ende, liebe ich dich.«

Und eine Sekunde lang schloss er die Augen, denn die Gefühle, die ihn überkamen, überwältigten ihn.

»Und ich liebe dich, Liebes. Bis ich dahinschwinde und sterbe ohne dich.«

Und so, zusammengerollt, während die Morgendämmerung am Himmel aufstieg, schliefen sie ein. Die erschöpften Überlebenden eines Sturmes.

Cassie starrte in die Dunkelheit ihres Zimmers.

Das Kind war verschwunden. Vor Stunden war es langsam dahingeschwunden, doch das mit einem solchen Ausdruck der Hoffnung, dass sie eine Träne vergossen und ein Gebet geflüstert hatte, dass Dawn sie schließlich einließe.

Jeder Breed im Haus hatte Dawns Schreie gehört. Cassies Eltern waren noch immer nicht zurückgekehrt, seit sie in den Keller geeilt waren, doch Cassie wusste, das lag nicht daran, dass Dawn noch länger Schmerzen litt. Dawn war erwacht, so wie der neue Tag erwachte.

Cassie stand auf und starrte auf das Abendkleid hinunter, das sie noch trug. Sie waren noch nicht lange in ihrem Zimmer gewesen, als Dawns Schreie ihre Eltern aus dem Zimmer stürzen ließen.

Ihre Mutter hatte Cassies Haar gebürstet. Manchmal kämmten ihre Eltern ihr abwechselnd das Haar, wie sie es getan hatten, als sie noch ein kleines Mädchen war, trotz der Tatsache, dass sie oft dagegen protestierte.

Ihr Vater konnte anscheinend nicht akzeptieren, dass sie erwachsen wurde. Und ihre Mutter, dachte Cassie oft, betrachtete das Heranreifen ihrer Tochter mit einem Gefühl von Furcht.

Sie ging ins Wohnzimmer und blieb vor der Tür stehen, dorthin gezogen wie von einer unsichtbaren Kraft, die sie nicht begreifen konnte.

Sie wagte es nicht, hinauszugehen.

Sie griff den Türknauf und holte tief Luft, während die Furcht in ihr wuchs.

Sie wusste, dass ihr eigener Tod nahte. Sie wusste nicht, wie oder wo es geschehen würde, doch sie wusste, dass sie ihm nicht entkommen konnte. Wenn es hier geschah, dann wäre ihr Vater nicht in der Nähe. Ihre Mutter würde es nicht mit ansehen. Sie wären sicher.

Sie hatte gewusst, dass sie hier sterben würde. Sie hatte es geträumt. Die Visionen, die ihr folgten, die geisterhaften Gestalten, die während der letzten Monate vor ihr davongeglitten waren, hatten sie davor gewarnt. Sie hatten ihr gesagt, dass dies ihr Schicksal sei, dass nur hier und nur mit ihrem Blut die Zukunft so werden würde, wie sie sein sollte.

Sie wollte nicht sterben. Sie war doch erst achtzehn; es gab so vieles, was sie noch sehen, was sie erfahren wollte. Sie wollte tanzen und lachen. Sie wollte die Wahrheit über die schattenhafte Vision des Mannes erfahren, den sie in ihren Träumen sah. Sie wollte sein Lachen im wahren Leben hören und nicht nur im Schlaf.

Sie wollte sehen, wie ihr kleiner Bruder groß wurde, und sie wollte eine Frau sein und nicht nur die Kindfrau, die sie im Augenblick noch war.

Doch hier, so war sie gewarnt worden. Hier würde ihr Blut vergossen werden, von dem Einen, der die flackernde Form eines Kindes behielt, gefangen in der Vergangenheit. Er würde die Zukunft in Gang setzen, für die Breeds, für Dawn, und er würde ein weiteres Teil zu dem Puzzle hinzufügen, das am Ende eine starke, fähige Breed-Gemeinschaft formen würde.

Sie würde von der Hand dieses Mannes sterben. Und es war weit besser, allein zu sterben, wenn niemand außer dem Killer ihre Angst sehen konnte.

Sie drehte den Knauf und öffnete langsam die Tür.

Die Sonne ging auf und warf unzählige Schatten in gedämpften Farben über den Himmel. Alles lag in Schatten, und die Schatten hießen sie willkommen, als sie auf den Balkon trat. Ein eindeutiges Ziel. Und sie wusste, dass jemand sie ins Visier genommen hatte. Sie konnte es fühlen. Genau dort, mitten auf ihrer Stirn.

Sie starrte hinaus in die dichte Deckung der Bäume und sehnte sich. Sie sehnte sich nach so vielen Dingen, so vielen Gedanken und Träumen, und nach einem Leben, das sie nie haben würde. Weil sie einzigartig war, sagte ihr Vater. Die Wahrheit lautete: Weil sie eine Anomalie war.

Und wer auch immer sie beobachtete, wusste es. Er wusste, was sie war, und er wusste, dass ihr nicht gestattet sein durfte, zu leben, nicht wahr? Er würde sie nicht gefangen nehmen wollen; in den Händen des Councils wäre sie ein Hebel gegen die Breeds, eine Verschiebung im Gleichgewicht der Macht. Und im Augenblick gab es nur wenige, die irgendeine Verschiebung wollten. Krieg war immer profitabel. Selbst ein stiller Krieg, wie er gegen die Breeds geführt wurde.

Nein, wer auch immer dort draußen war – gefangen nehmen wollte er sie nicht. Aber er hatte sie im Visier, im Zielfernrohr einer Waffe, konstant. Deutlich. Sie starrte genau dorthin, und mit einem spöttischen Lächeln formte sie lautlos die Worte: *Komm, wenn du dich traust!*

Aus seiner Position richtete er das Zielfernrohr auf das perfekte Gesicht, genau zwischen diese wunderschönen blauen Augen, und stellte sich vor, wie er sie streichelte.

Sie trug ein schwarzes Abendkleid, das sie umfloss wie die Nacht.

Er las von ihren Lippen, und seine eigenen Lippen verzogen sich zu einem Lächeln. Sein Finger bewegte sich nicht an den Abzug. Stattdessen ruhte sein Blick weiter auf ihr, glitt über blasse, schimmernde Haut, und er sog den Duft ihrer Unschuld ein. Reine Unschuld gepaart mit einem Hauch von Furcht.

Komm, wenn du dich traust, hatte sie lautlos gesagt.

Er lächelte über die Herausforderung. Eines Tages würde sie ihn vielleicht zu weit reizen, doch er bezweifelte, dass das, was er dann in sie treiben würde, eine Kugel war.

22

Am nächsten Nachmittag saß Dawn an dem langen Tisch, an dem die Meetings des Vorstandsgremiums von Lawrence Industries stattfanden, und sah zu, wie jeder Einzelne die Vereinbarungen unterzeichnete, die Seth vorgelegt hatte.

Zusätzlich zu der Übereinkunft, Sanctuary und Haven zu finanzieren, gab es noch Vereinbarungen, die Lawrence Industries mit einzelnen Unternehmen getroffen hatte. Ein Versprechen auf Restrukturierung hier, eins auf Stärkung da. Jedes Vorstandsmitglied war auch Vizepräsident eines der Bereiche, die unter der Kontrolle und Führung von Lawrence Industries zusammenkamen. Ehemalige Eigentümer oder Geschäftsführer, die die Kontrolle verloren hatten durch schlechtes Management, Übernahme oder andere Gründe.

Weil sie Seth unterstützt hatten, würde Seth seinerseits sie unterstützen. Zugeständnisse, um die sie gefeilscht hatten, wurden gemacht, manche zum Teil, manche vollständig, doch alle waren zufriedengestellt – bis auf einen. Alle außer Valere.

»Das wirst du bereuen, Seth«, sagte er und funkelte sie beide über den Tisch hinweg an. »Lawrence und Vanderale Industries werden dafür bezahlen, dass sie diese Kreaturen unterstützen.« Sein Blick huschte zu Dawn.

Dane lehnte sich auf seinem Stuhl zurück, zündete die dünne Zigarre an, die er immer bei sich hatte, lächelte und machte eine Handbewegung zu Valere. »Tu, was du nicht lassen kannst, Junge«, forderte er ihn heraus. »Haben schon Bessere als du versucht.«

Bedauerlich, dass Valere den Plan, die Breed-Gemeinschaft und die Finanzierung von Sanctuary für die nächsten fünf Jahre zu sichern, bekämpft hatte. Die Prognose war für fünf Jahre skizziert worden, um den Breeds die nötige Zeit zu geben, die Ausbildung zu vervollständigen, die es ihnen erlauben würde, weit problemloser in privaten Sicherheitsdiensten und im Gesetzesvollzug Fuß zu fassen.

Im Augenblick waren die sozialen Fähigkeiten der Breeds, offen gesagt, bescheiden, wenn es um politische Manöver im Rahmen des Jobs ging oder um Zusammenarbeit mit anderen – es sei denn, in einem klar definierten Team. Doch steckte man einen Breed in ein Ermittlungsteam in irgendeiner größeren Stadt, dann würde das im Augenblick zu mehr Blutvergießen in den Rängen führen, als es das ohnehin schon gab.

Fünf Jahre Zeit würden es ihnen erlauben, dieses Training zum Abschluss zu bringen, ebenso wie die Programme, die bereits eingerichtet worden waren, um die außergewöhnliche Genetik und Ausbildung der Breeds in anderen Bereichen zum Einsatz zu bringen.

Am Ende der fünf Jahre sollten die Breeds in einer Position sein, die eine finanzielle Unterstützung nicht länger notwendig machte, und die ersten Profite aus den Vereinbarungen, sowohl mit Sanctuary als auch mit Haven – der Basis der Wolf-Breeds in Colorado –, sollten sich dann einstellen. Gering in den ersten paar Jahren, doch innerhalb weiterer fünf Jahre würden diejenigen, die die Vereinbarung mit unterzeichnet hatten, in der Tat sehr wohlhabend werden. Die Vorstandsmitglieder sowohl von Lawrence Industries als auch von Vanderale wären um ein Vielfaches reicher durch die Profite, die sie aus den Unternehmungen der Breeds gewannen.

Der Kapitalismus war am Leben, er war frei und stand in voller Blüte. Die Breeds waren im Begriff, zu einer sehr profitablen und wohlhabenden Industrie zu werden, aufgrund der Voraussicht von Callan Lyons und dem Breed-Rat.

Dawn war immer noch erstaunt, als sie an jenem Nachmittag im Konferenzraum stand und sich die Vereinbarung der Maßnahmen anhörte – die Arbeit, die Seth in den letzten zehn Jahren für die Gemeinschaft der Breeds geleistet hatte.

Offenbar hatte er unermüdlich zu ihrem Wohl gearbeitet und darum gekämpft, die Altlasten seines Vaters zu überwinden, die der durch die finanzielle Unterstützung des Councils angehäuft hatte. Es war eine Altlast, an die er sein Vorstandsgremium mehrere Male erinnerte.

Daran, dass sie sich zurückgelehnt hatten und fett geworden waren mit Profiten, erwirtschaftet von Geschöpfen, die eine Hölle durchlitten hatten, die sie sich gar nicht vorstellen konnten.

Daran, dass die Profite, die sie aus den Vereinbarungen mit dem Council gewonnen hatten, mit Blut bezahlt worden waren, mit der Vergewaltigung, dem Mord und der Folter unschuldiger Kinder und Erwachsener.

Soweit Dawn sehen konnte, hatte er nicht sehr hart kämpfen müssen. Sie unterschrieben die Maßnahmen, noch bevor er die überzeugendsten Verkaufsargumente vorbrachte. Alle bis auf Valere, und der stank nach Council und noch etwas anderem.

Dawn beobachtete ihn eindringlich, und er wusste, dass er beobachtet wurde. Sein Blick aus halb geschlossenen Augen war kalt und bösartig, als er über sie glitt. Doch der Blick war nicht der richtige. Er war nicht derjenige, der ein Kind vergewaltigt und versucht hatte, dessen Verstand zu zerstören. Zumindest nicht ihren. Aber sie war sicher, so sehr, dass sie sich zwingen musste, die Hand von der Waffe zu nehmen, dass dieser Mann bis zum Hals an der Fäulnis, die das Genetics Council infizierte, teilhatte.

Die anderen schoben ihre unterschriebenen Vereinbarungen in die Mitte des Tisches, und Valeres Gesicht wurde rot vor Zorn.

»Tu das nicht, Theodore«, warnte Seth ihn leise. »Du kannst nichts, was wir tun, blockieren. Damit schadest du nur deinen eigenen Unternehmen. Denn, glaube mir, ich werde jedes einzelne von ihnen fallenlassen, sobald du diesen Raum verlässt. Stell dir nur vor, wie sich das auf die Anteile der Familie Valere auswirken wird.«

Seths Stimme klang hart, härter als Dawn sich erinnern konnte, sie je gehört zu haben.

»Du hast dich von diesem Breed-Flittchen korrumpieren lassen, Seth.« Valere ignorierte das schockierte und wütende Aufkeuchen und zeigte auf Dawn. »Sie trägt deinen Wohlstand und deine Juwelen zur Schau, aber wir alle wissen, dass sie ein Tier ist. Leg sie flach, wirf sie hinaus, und dann komm zurück, mit deinen Sinnen und deinem Vermögen.«

Blitzschnell und gefährlich, fließend wie ein Rachewind kam Dane aus seinem Stuhl hoch und hatte die kurze Entfernung von zwei Stühlen hinter sich gebracht. Er riss Valeres Kopf nach hinten, ein bösartig aussehendes Messer in der Hand, bevor irgendwer überhaupt registrierte, dass er eins hatte, und hielt es dem Mann an die Kehle.

Tod glitzerte in Danes dunkelgoldenen Augen, spannte seine Züge an und verstärkte die Härte in seiner Miene.

Valere traten die Augen aus dem Kopf, und ein dünnes Rinnsal Blut quoll aus dem leichten Schnitt unter der Klinge hervor.

»Dahin willst du nicht, Freundchen«, warnte Dane ihn bedächtig, während Dawn langsam aufstand.

Die Breeds, die während des Meetings für die Sicherheit zuständig waren, waren angespannt, die Hände an den Waffen, und Zorn blitzte in ihren Augen.

»Genug«, sagte Dawn ruhig, woraufhin Seth stutzte und sie finster ansah.

»Da hast du kein Mitspracherecht«, gab er unwirsch zurück.

Sie sah Valere in die Augen und las selbstgefälligen, rachedurstigen Hass darin.

»Wir wollen doch nicht, dass er nach seiner Rückkehr aufs Festland Grund hat, Brände gegen uns zu schüren auf der Pressekonferenz, die er dann geben wird. Es ist besser, ihn freundlich aus dem Haus zu komplimentieren, als ihn krankenhausreif zu prügeln. Außerdem ...« Sie lächelte Valere an, in dessen Augen unbändige Wut flackerte. »Ihr könntet ja Blut auf die Seide spritzen, in die dein Geld mich gekleidet hat. Und Blutflecken bekommt man so schwer wieder heraus.«

Sie strich mit einer Hand über den weinroten Rock, den sie trug, und richtete dann die goldene Kette um ihren Hals, genau über der weißen Seide ihrer ärmellosen Bluse.

Diese Kleidungsstücke waren ihre eigenen. Gut, abgesehen vom Höschen. Sie hatte sich ein paar hübsche Sachen von Sanctuary mitgebracht. Nur für den Fall der Fälle.

Seths Lippen zuckten leicht. Dane nahm das Messer weg.

»Eine wahre Lady zeigt sich nicht nur in ihrem Verhalten, sondern auch in ihrem Mitgefühl«, sagte daraufhin Craig Bartel.

Sein Tonfall lenkte ihren Blick auf sich, und sein reumütiges Lächeln war eine Entschuldigung für die Worte seiner Frau vergangene Nacht.

»Mitgefühl?« Sie hob eine Augenbraue, während Valere von seinem Stuhl aufstand. »Ich habe sehr wenig Mitgefühl mit Pädophilen und Mördern.«

»Dann vielleicht Mitgefühl für die anderen Mitglieder dieses Gremiums«, schlug Bartel vor. »Meine Frau kann Ihnen bestätigen, dass mir beim Anblick zerschnittener Arterien übel wird.

Ein besonders abscheulicher Anblick. Daher möchte ich Ihr Mitgefühl für mich selbst in Anspruch nehmen.«

»Hör auf zu flirten, Bartel«, brummte Seth. Die Anspannung wich aus seinem Körper, als Mercury und Stygian mit finsterem Blick zu Theodore Valere traten.

»Krümmt ihm kein Haar, wenn ihr ihn von meiner Insel werft«, bat Seth. »Dawn hat recht. Er muss vorzeigbar für die Pressekonferenz sein, die er ohne Zweifel halten wird. Ebenso wie ich vorzeigbar für meine sein muss, einige Tage später. Wenn ich meine Verlobung mit Ms Daniels bekanntgebe sowie mein Bedauern darüber, dass die Familie Valere es vorzieht, das Council zu finanzieren, statt das Überleben der Breeds zu unterstützen.«

Wenn der Zorn in Valeres Augen bisher nur geschwelt hatte, so brannte er nun lichterloh. Seth hatte ihn soeben kaltgestellt, das war ihm klar. Es war jedem klar.

Valeres Kinnmuskeln verkrampften sich, als er sein Seidenjackett mit einem Ruck straffte und zur Tür ging. Es gab keine letzte spitze Bemerkung, kein »Leck mich« oder »Ihr könnt mich mal«. Die Tür schlug nicht einmal zu, da Stygian sie auffing und leise schloss, als er dem Mann zusammen mit Styx folgte.

Die anderen Vorstandsmitglieder sahen schweigend zu.

»Noch jemand, der ihm gern folgen möchte?«, fragte Seth gefährlich leise. »Wir alle wissen, dass er wahrscheinlich nie mit dem Council gebrochen hat. Hat irgendwer von euch dasselbe Problem?«

»Wir haben die Vereinbarung unterzeichnet, Seth«, seufzte Brian Phelps. »Himmel, ich weiß nicht, was Valere damals getan hat oder was er jetzt tut, aber ich wusste nicht, was wir da finanzierten. Und jetzt, wo ich es weiß ...« Er schüttelte den Kopf, und die Aufrichtigkeit in seinem Duft und seiner Miene war offenkundig. »Dieses Wissen hilft meinen Albträumen in der Nacht gar nicht, so viel kann ich dir jetzt schon sagen. Ich werde meinen Neffen über die Änderungen informieren, und bei unserer Rückkehr werden sie in die Tat umgesetzt.«

»Jason wird sich dagegen wehren«, meldete sich Bartel da zu Wort und warf Brian einen Blick zu. »Er war immer dagegen, dass Lawrence die Breeds unterstützt. Ich denke, das geht zu sehr an sein Erbe, um ihm zu gefallen.«

Darauf schnaubte Phelps. »Kleiner Bastard.« In seiner Stimme lag offensichtliche Zuneigung. »Er ist der einzige Erbe, der mir geblieben ist. Ich habe ihn am Hals.«

»Adoption«, schlug Dane spöttisch vor und stand auf. Der süßliche Duft seiner Zigarre erfüllte den Raum und reizte die Sinne.

Phelps schüttelte lächelnd den Kopf. Der Widerwille, mit dem er seinen Neffen in Schutz nahm, war deutlich. »Er hat auch seine guten Seiten.«

»Die Damen mögen ihn«, warf ein anderer ein. »Vielleicht könntest du ihn an eine reiche Erbin verheiraten.«

Nun, da die Anspannung der Verhandlungen gewichen war, konnte Dawn eine andere Seite an Seths Vorstandsmitgliedern entdecken, als sie Witze machten, einander aufzogen und sich balgten wie kleine Jungs am Lagerfeuer.

Seth kam wieder zu Dawn und schmunzelte.

»Dann gibt es also eine Verlobung zu feiern?«, fragte Dane gedehnt, als Seth den Arm um Dawn legte. »Komisch, ich sehe gar keinen Ring, mein Freund. Du bist doch sicher vorbereitet?«

Seth grinste und sah sie an. »Sie überrascht mich immer wieder, Dane. Aber vertrau mir, sie wird schon sehr bald einen ganz besonderen Ring tragen.«

Dawn spürte warme Freude in sich; sie wusste, die Röte, die

ihr in die Wangen stieg, kam ebenso sehr von der Freude wie auch von der Anerkennung, die ihr von den Vorstandsmitgliedern zuteilwurde.

»Und nun müssen wir uns für eine Party fertig machen.« Dane zog an seiner Zigarre, den Blick auf Dawn gerichtet, Belustigung und verborgene Geheimnisse in seinen braunen Augen. »Reservierst du mir einen Tanz mit dir, Schönheit?«

»Ihre Tänze sind schon alle reserviert«, versicherte ihm Seth.

»Gieriger Bastard«, lachte Dane. »Ach, na ja, die liebreizende Cassie sollte auch anwesend sein. Sie mag mich.«

»Ja, wie einen alten Mann«, schnaubte Bartel lachend, während Dane ihm einen gespielt finsteren Blick zuwarf. »Wie alt sind Sie? Gerade dreißig?«

Dane grinste. »So alt sehe ich schon aus?«

Alle lachten.

»Gentlemen, wenn Sie mich jetzt entschuldigen möchten, meine Verlobte und ich werden in unserer Suite zu Mittag essen, und in einigen Stunden stoßen wir auf der Party zu Ihnen und Ihren Familien. Noch einmal danke, und wir alle freuen uns auf die Profite, die Sanctuary und Haven uns schon bald bescheren werden.«

»Du bist ein echter Geschäftsmann«, seufzte Dawn, als er mit ihr zur Tür ging.

»Es hat eindeutig Vorteile«, lachte Seth, und sein Blick war so leidenschaftlich und männlich, dass sie errötete, während die anderen erneut lachten.

Sie marschierten aus dem Konferenzraum, Seth legte den Arm um ihre Taille, und sie steuerten ihre Suite an. Dawn liebte es, wie er sie berührte und wie er sich von ihr berühren ließ. Wie er ihre Berührung brauchte.

»Valere wird ein Problem darstellen«, meinte sie, als sie sich zur Suite begaben. »Er spricht sich häufig gegen die Rolle der

Breeds in den privaten Bereichen von Sicherheit und Gesetzesvollzug aus. Sobald er die Insel verlässt, wird er einen anderen Weg finden, Lawrence Industries zu schaden.«

Seth schwieg lange Sekunden, bevor er antwortete: »Er und sein Vater waren sehr starke Unterstützer des Councils. Auch wenn sie das sorgfältig geheim hielten. Einen Beweis für ihre Aktivitäten zu finden ist nahezu unmöglich. Sie waren es, die ursprünglich meinen Vater mit ins Boot holten. Ich habe geschworen, solange mein Vater lebte, sollte Roni niemals erfahren, dass er von Anfang an wusste, was in den Laboren vor sich ging. Und trotzdem hat er sie unterstützt. Nachdem ich nach seinem Unfall den Laden übernommen hatte und die Wahrheit erfuhr, konnte ich seine Gegenwart kaum noch ertragen.«

Seth dachte daran, wie er die Nachrichten über seine Halbschwester, Roni Andrews, gesehen hatte, als die Presse sie in ihrer Heimatstadt Sandyhook, Kentucky, attackiert hatte. Mit weit aufgerissenen Augen, verängstigt, war sie eine jüngere Version der Hausangestellten gewesen, die Aaron Lawrence Jahre zuvor verführt und in die er sich verliebt hatte. Sie war verschwunden, und alles Geld der Familie Lawrence hatte sie nicht ausfindig machen können. Bis zu jener Nachrichtensendung. Bis Aaron erfuhr, dass seine Tochter die Geliebte eines Breeds war. Und er hatte furchtbare Angst gehabt. Er hatte schon seinen Sohn verloren wegen seiner Beteiligung am Council. Er wollte nicht auch noch seine Tochter verlieren.

Und das hatte er auch nicht. In den sechs Jahren, die Aaron danach noch gelebt hatte, waren er und Roni sich nahegekommen. Bevor er starb, hatte sie ihn Dad genannt. Und Aaron Lawrence war als glücklicher Mann gestorben. Er hatte sein erstes Enkelkind gesehen, die Liebe seiner Tochter gefühlt, und er wusste, Seth würde ihr nie das schreckliche Geheimnis anvertrauen, das er hütete.

»Sie hat es gewusst«, sagte Dawn leise und sah zu ihm auf, als sie sich der Suite näherten. »Nur wenige Tage nach seiner Ankunft hatte Taber die Informationen, und Roni hat sie gefunden. Er kann nicht viel vor ihr geheim halten. Sie wusste das Schlimmste über ihn, Seth, und sie hat ihn dennoch geliebt – weil er ausgestiegen war. Weil er versuchte, ein Vater zu sein.«

Es war etwas gewesen, das Dawn nicht verstanden hatte, das musste sie zugeben, doch sie hatte Ronis Entscheidung akzeptiert. Ihrer Freundin fiel es schwer, zu hassen. Sie hatte Taber, ihren Mann und Gefährten. Und das Glück, das sie gemeinsam gefunden hatten, hatte ihr geholfen, zu vergeben. Taber hatte dabei geholfen und sie ermutigt. Die Liebe, die die beiden teilten, war gegenseitig.

»Sie hat es mir nie gesagt.« Er nickte Styx zu, der die Tür der Suite öffnete, als sie näher kamen.

Inzwischen waren ein Breed an der Tür und zwei auf dem Balkon vor dem Schlafzimmer postiert. Styx bestätigte ihre Positionen draußen, als sie eintraten.

»Dawn.« Styx' schwerer schottischer Akzent hielt sie zurück. »Wir haben Bestätigung über eine unautorisierte Übertragung vom Haus aus, während ihr beide im Meeting wart. Jonas verfolgt sie, aber er möchte, dass ihr beide die ganze Zeit über im Haus bleibt.«

Dawn versteifte sich. Sie nickte knapp und sah zu, wie Styx sich umdrehte und die Tür hinter ihnen schloss.

»Wer das auch ist, er wird nicht aufgeben«, flüsterte sie und drehte sich wieder zu Seth um. »Es ist noch nicht vorbei, Seth.«

»Und man wird ihn erwischen.« Er zuckte mit den Schultern, zog sein Jackett aus und ging durchs Wohnzimmer. »Solche Leute machen letztendlich immer einen Fehler, Dawn. Sie haben es schon ein halbes Dutzend Male versucht und sind jedes Mal gescheitert. Hier werden sie einen Fehler machen.«

»Oder dir eine Kugel verpassen?«, flüsterte sie. Das war ihre größte Angst.

»Wäre nicht die erste Kugel, die ich mir einfange.« Er zuckte wieder mit den Schultern und drehte sich zu ihr um. »Ich habe nicht vor, jetzt einen Rückzieher zu machen, Liebes. Nicht nach all dem. Ich bin vorsichtig, und ich habe verdammt gute Sicherheitsleute. Lassen wir sie ihre Arbeit machen.«

Sie nickte, schlüpfte aus ihren High Heels und ging zu ihm, während er sich auf dem kleinen Sofa niederließ und sie ansah.

Sie glitt auf seinen Schoß, schmiegte sich an seine Brust und fühlte sich einmal mehr von ihm umfangen. Dafür lebte sie.

Seth lachte leise an ihrem Haar, und sie gestattete sich ein Lächeln.

»Wir haben uns heute Morgen ganz schön verausgabt«, erinnerte er sie, als ihre Lippen seinen Hals fanden.

Dawn leckte behutsam über seine Haut, kostete sie und fühlte, wie sie feucht wurde. Die Hitze klang langsam ab; sie war nicht mehr so zerstörerisch für die Sinne, doch das Verlangen nach ihm war noch immer da, ein Teil ihrer Seele. Das würde sich nie mehr ändern, das war ihr klar. Seine Berührung, seine Gegenwart, war ein Bestandteil ihres Glücks, ihres Überlebens.

»Vielleicht kann ich bis heute Nacht warten«, schnurrte sie. »Aber nur, weil ich wirklich hungrig bin und weiß, dass bald Mittagessen kommt.«

»Woher weißt du das?« Er neigte den Kopf, sodass sie mit der Zunge über seinen Hals fahren und mit den Zähnen an ihm knabbern konnte.

»Ich wittere es«, meinte sie gedehnt und rutschte von seinem Schoß, bevor er sie zu fassen bekam.

Sie ging durch den Raum, schlang die Arme um ihren Oberkörper und drehte sich wieder zu ihm um. Sie war immer noch nervös und aus dem Gleichgewicht. Das Gefühl war am Morgen zurückgekehrt. Dieses vage Gefühl von Panik, das sie überfiel und verzweifelt nach einem Grund dafür suchen ließ.

Mit den Erinnerungen umzugehen war nicht einfach, doch sie hatte jahrelang unter Dayans Grausamkeit gelitten, diese Aufnahmen angesehen, immer wieder; sogar in ihren Träumen hatte sie sie noch gesehen, auch wenn sie den Schmerz darin nicht spürte. Die Erinnerungen waren keine Überraschung für sie. Sie fügten ihr Wunden zu. Davor gab es kein Entrinnen.

»Was ist los, Dawn?« Er beugte sich vor und musterte sie eindringlich. »Mehr Erinnerungen, die zurückkehren?«

Sie schüttelte den Kopf. Sie sah die Besorgnis in seinen Augen, das Aufflackern des inneren Zorns, dass diese Erinnerungen überhaupt existierten.

»Ich dachte, das Gefühl von Panik würde verschwinden.« Sie wollte lachen, aber ihr war klar, das, was herauskam, war davon weit entfernt. »Aber es ist immer noch da. Am liebsten würde ich mich mit dir unter die Decke verkriechen und dort bleiben, bis es vorbei ist. Bis es keine Bedrohung und keinen Grund mehr zur Sorge für dich gibt.«

»Wir würden unser ganzes Leben unter der Bettdecke verbringen«, antwortete er nüchtern. »Das kann keiner von uns, das weißt du.«

Natürlich wusste sie das. Das hatte sie von vornherein gewusst, doch das machte es kein bisschen leichter. Es minderte nicht die Furcht, die in ihr aufstieg.

Seth seufzte schwer, stand auf und kam zu ihr. »Es wird alles gut für uns.«

»Hast du auf einmal eine Kristallkugel?«, fragte sie aufgebracht, als er die Hände auf ihre Schultern legte. »Das weißt du nicht, Seth.«

»Nein, das weiß ich nicht, Dawn.« Frustration blitzte in seinen Augen auf. »Ich weiß, wir können nur unser Bestes tun. Ich bin vorsichtig. Mehr kann und werde ich nicht tun.«

Sie warf ihm einen finsteren Blick zu und löste sich aus seiner Umarmung. »Darum bitte ich dich auch nicht.« Sie rieb sich über die Arme gegen die Kälte, die über ihren Körper zu streichen schien. »Etwas fühlt sich merkwürdig an. Es fühlt sich falsch an, und ich kann es nicht definieren. Ich hasse das, und ich hasse es, nicht zu wissen, wie ich dagegen ankämpfen kann.«

»Dein Training erstreckte sich nicht auf Emotionen, hm? Verdammt, stell sich das nur mal einer vor.«

»Ich bin hier der Klugscheißer von uns beiden, Seth.« Sie grinste. »Lass mir meinen Platz dort, dann lasse ich dir auch deinen im Vorstand.«

Darauf lachte er auf, bevor er zu ihr kam, sie in die Arme nahm und einen langen, sinnlichen Kuss auf ihre Lippen drückte.

»Meine kleine Klugscheißerin«, brummte er an ihren Lippen. »Da bist du eindeutig die Expertin. Aber ich weiß immer noch, wie man den Hintern versohlt.«

»Die Drohung wird langsam alt.«

Er schmunzelte wieder, als es an der Tür klopfte.

»Essen, Kinder«, rief Styx. »Aber vielleicht fehlt das Schokodessert. Haben die wohl vergessen.«

Die Tür ging auf, und der Servierwagen wurde hereingerollt. Styx hatte Schokolade am Mundwinkel.

»Vergessen, hm?«, fragte Dawn, als Seth sie losließ.

Styx grinste. »Is' echt 'ne Schande. Hast wohl recht vergessliches Personal, Seth.«

Seth schnaubte. »Wisch dir erst mal den Beweis vom Mund ab, Breed, bevor du mir Märchen über mein Dessert erzählst.«

Styx gehorchte mit erstaunlichem Elan. Er zwinkerte Dawn

zu. »Deins ist wohl noch da«, räumte er ein. »Aber war 'ne echt schwere Entscheidung ...«

Der Schokofanatiker. Sie schüttelte den Kopf, als er wieder ging.

»Essen.« Heute Nachmittag war Seth eindeutig von Hunger getrieben, und zwar nicht nur von Hunger nach ihrem Körper. »Vorstandsmeetings machen mich hungrig.«

Und die Panik verdarb ihr den Appetit. Dennoch ging sie mit ihm zu dem kleinen Tisch auf der anderen Seite und nahm ihre Teller.

Nur ein Dessert. Schokoladentrüffelkuchen – natürlich Styx' Lieblingsnascherei – und Wein.

Sie aß, aber das Gefühl wurde nur stärker. Sie versuchte Witze zu machen, Seth zu necken und ihn dieses Gefühl bevorstehenden Unheils verringern zu lassen, doch es schwand nicht völlig.

Später, als sie sich für die Party umzogen, flirtete sie mit ihm und versuchte ihn zu verführen. Beinahe gelang es ihr auch, bis Seth sich von ihr löste und sie ernst ansah. »Was auch kommt, wir müssen dem ins Gesicht sehen«, sagte er ihr. »Wenn wir uns davor verstecken, wird uns das nicht retten, Dawn. Es macht die Angst nur noch schlimmer.«

Dawn stand da, in dem teuren Abendkleid, das er für sie gekauft hatte, geschmückt mit seinen Juwelen, gewärmt von seiner Berührung, doch sie stellte fest, dass sie Angst hatte. Sie stellte fest, dass sie, unbewusst, betete.

Gott schütze ihn. Denn sie wusste: Ihn zu verlieren, wäre ihr Untergang.

»Wir bleiben nahe zusammen«, flüsterte sie.

»Immer«, versprach er.

»Wir gehen nicht aus dem Haus.«

»Wir bleiben im Haus und halten uns von offenen Türen und

Fenstern fern.« Er legte sich die Hand aufs Herz, bevor er sich umdrehte und zu seiner Kommode ging.

Als er zurückkam, schockierte er sie, indem er auf die Knie sank, ihre Hand nahm und ihr einen Ring an den Finger steckte.

»Und du heiratest mich, wenn das hier vorbei ist«, erklärte er.

Der Ring war offensichtlich alt und offensichtlich erschreckend teuer. Der Diamant war nicht riesig, aber es war bei Weitem eines der klarsten und perfektesten Exemplare, das sie je gesehen hatte. Darum eingefasst waren mehrere dunkle Tigeraugen, neu eingelassen.

»Der Ring gehörte meiner Mutter, meiner Großmutter und meiner Urgroßmutter. Die Ehefrauen der Familie Lawrence tragen immer den Diamanten. Aber aus Tradition werden die umgebenden Steine mit jeder nachfolgenden Braut ersetzt. Und ich habe Tigeraugen gewählt. Weil sie mich an deine Augen erinnern, an deine Stärke und an dein Erbe. Dieser Ring wartet seit beinahe zehn Jahren auf dich. Du bist mein Leben, Dawn. Willst du es mit mir teilen, wenn es schon dir gehört?«

Und wieder musste sie weinen. Eine Träne lief ihr über die Wange, und ihre Lippen bebten. »Immer«, flüsterte sie. »Oh Gott, Seth, ich werde dich immer lieben.«

23

Die Party war schon voll im Gang, als Seth und Dawn den Ballsaal betraten. Er ging mit ihr über die Tanzfläche zu dem kleinen erhöhten Podium, wo sich die Band aufgebaut hatte, und trat ans Mikrofon, während die Breeds, die mit seinem Schutz beauftragt waren, näher kamen.

Alle Augen richteten sich auf sie beide. Die Vorstandsmitglieder und ihre Familien hatten eine Verkündung während der Hausparty erwartet, doch Dawn wusste, dass dies nicht die Verkündung war, mit der sie rechneten.

»Ladys und Gentlemen. Freunde.« Ein Lächeln spielte um seine Lippen, als er über die Menge blickte. »Ich möchte euch allen dafür danken, dass ihr hier seid, für eure Geduld während der Meetings und dafür, dass ihr Lawrence Island einmal mehr mit eurem Lachen und eurer Anwesenheit erfüllt.«

Es schien, als halte der ganze Saal kollektiv den Atem an, als Seth Dawns Hand umfasste und in die Menge blickte.

Auch Dawn behielt den Saal im Auge. Sie fühlte, dass sie nach etwas Ausschau hielt, das sie nicht benennen konnte. Nach einem Grund für die Panik, die von ihr Besitz ergriff.

»Ich möchte, dass ihr heute den bedeutsamsten Anlass in meinem Leben feiert«, fuhr er fort und drückte Dawns Hand. »Heute hat Miss Dawn Daniels zugestimmt, meine Frau zu werden.« Er hob ihre Hand hoch, um den Ring zu zeigen, den sie trug, und Dawn fühlte ihr Herz dahinschmelzen.

Seine Stimme klang rau. Seine Augen, als er sie ansah, waren umwölkt und dunkel von den Gefühlen, die seine Züge anspannten. Sie erwiderte seinen Blick, und trotz dieses Anflugs von Erwartung, beinahe Furcht, der in ihr aufstieg, lächelte sie und akzeptierte den Kuss, den er auf ihre Lippen drückte.

Wer hätte gedacht, dass der harte Seth Lawrence so romantisch sein konnte. Dass er neue Steine in einen Familienring einsetzen ließ, nur wenige Monate, nachdem er ihr begegnet war. Dass er auf der ganzen Welt Seifen kaufte, damit er die einmaligen Düfte mit ihr teilen konnte, die ihn an sie erinnerten, oder dass er Höschen aus Seide, Satin und Spitze sammelte, die sich so zart wie ein Traum anfühlten, wenn sie sie trug.

Und nun stand er vor seinen Freunden und engsten Geschäftspartnern und stellte sie ihnen als Frau seines Herzens vor. Er sah sie nicht als Breed, sondern schlicht als seine Frau, und bei dieser Erkenntnis stiegen ihr ein Kloß in die Kehle und verräterische Tränen in die Augen.

»Auf Seth und Dawn.« Craig Bartel erhob sein Glas zu einem Toast, und alle anderen taten es ihm nach.

»Auf Seth und Dawn«, riefen sie aus, während auch ihr und Seth Gläser gereicht wurden, um ebenfalls auf das Ereignis anzustoßen.

Es war Magie, ein wahr gewordener Traum. Dawn fühlte sich wie Aschenputtel, nachdem der Prinz ihr den Schuh an den zarten Fuß gesteckt und sie zu seiner Frau für alle Zeit erklärt hatte. Ihr war, als habe sie endlich einen Ort gefunden, wo sie wichtig war und wohin sie gehörte. Nein, dachte sie, als sie ihm in die Augen sah, sie wusste, dass es so war. Genau hier hatte sie den einen Ort auf der Welt gefunden, an dem Dawn Daniels eine Frau war und nicht nur eine Kreatur oder ein Tier.

Noch einmal stießen sie an, unter Lachen und Glückwünschen, bevor die Band einen Tusch spielte, und Seth sie wieder auf die Tanzfläche führte. Er zog sie in seine Arme und lächelte ihr zu, als er mit ihr tanzte, während die anderen Gäste zurücktraten und ihnen diesen ersten Tanz überließen.

Noch vor einigen Tagen hätte Dawn sich bei so vielen Blicken, die auf ihr ruhten, befangen gefühlt. Doch heute Nacht fühlte sie Panik aufsteigen, selbst während ein Gefühl von Euphorie und Glück sie beinahe überwältigte.

Vielleicht war das das Problem, dachte sie. Sie war solche Glücksgefühle nicht gewohnt. Sie war es gewohnt, zufrieden zu sein, nicht ekstatisch und eindeutig nicht schwebend mit einer Freude, die sie inzwischen in den merkwürdigsten Augenblicken zu überfallen schien.

So wie jetzt, als sie vor mehreren Dutzend von Seths engsten Freunden tanzten, während aller Augen auf ihnen ruhten.

Sein Körper bewegte sich mit ihr, er hatte einen Arm um sie gelegt und hielt mit der anderen Hand ihre Hand, während das dunkle Schokoladenbraun ihres Abendkleides um sie floss, sich um seine Beine schmiegte und sie beide mit jeder Drehung streichelte.

»Hab ich dich«, flüsterte er ihr ins Ohr, als ein Lächeln aus reiner Freude um ihre Lippen spielte.

»Ach ja?«

»Oh ja.« Er knabberte an ihrem Ohr. »Und ich werde dich behalten.«

Sie betete, und ihr wurde klar, dass sie das in den letzten zwei Tagen häufig getan hatte. Dass sie inbrünstig gebetet hatte, dass Gott ihr nicht diesen Traum nehmen möge, nun da er so nahe war, in ihrer Reichweite.

Ihre Hand an seiner Schulter spannte sich an, und sie wünschte, sie hätte es geschafft, mit ihm in diesem verdammten Zimmer zu bleiben. Sie brauchte ihn, jetzt. Sie brauchte ihn neben sich, seine Bewegungen auf ihr. Sie brauchte es, dass er sie liebte, ihr sein Verlangen ins Ohr flüsterte und sie streichelte, bis sie sich verlor.

Als der Tanz endete, trat Seth einen Schritt zurück, noch immer ihre Hand haltend, drehte sich zur Menge um und verbeugte sich langsam, bevor er sich wieder zu Dawn drehte.

Mit schelmischem Lächeln machte sie einen langen und tiefen Knicks, und der Rock ihres Kleides wirbelte um sie herum, als sie lange Sekunden so blieb, bevor sie sich unter dem Applaus der anderen und Seths sündigem Zwinkern wieder aufrichtete.

Dawn wurde klar, dass sie grinsen musste wie eine Idiotin. Sie schien keine Kontrolle über ihre Lippen zu haben, bei dem Glücksgefühl, das in ihren Adern brodelte. Es kämpfte gegen die Panik an, entschlossen, den Kampf zu gewinnen und in ihrem Gedächtnis zu bleiben, wo es ihm kaum gestattet war, Gestalt anzunehmen.

»Miss Daniels. Seth.« Craig Bartel kam zu ihnen, die Hand fest um das Handgelenk seiner Frau Lillian geschlossen, und blieb vor Seth und Dawn stehen.

Lillian Bartel war nicht gern hier. Dawn witterte ihr Zögern, ihren Zorn auf ihren Mann und ihre Beschämung.

»Seth.« Craig streckte die Hand aus. »Lass mich sagen, dass ich dich schon vorher bewundert habe, aber wenn ich die Schönheit sehe, in die du dich verliebt hast, muss ich sagen, ich bewundere dich noch mehr.«

»Danke, Craig.« Seth schüttelte dem Mann die Hand und warf einen Blick auf Lillian.

»Miss Daniels, Ihre Schönheit wird nur noch von Ihrem Mitgefühl übertroffen.« Er wandte sich Dawn zu und zog seine Frau nach vorn. »Meine Frau und ich möchten Ihnen gern beide unsere Glückwünsche aussprechen.«

Lillian Bartel holte hörbar Luft. »Was ich letzte Nacht gesagt habe, war unerhört und unverdient. Es tut mir leid, Miss Daniels. Wie mein Ehemann mir sagt, vergisst mein Mundwerk manchmal, dass auch noch ein Gehirn dazugehört.«

Dawn legte den Kopf schief und sah die Frau an. Seth stand steif neben ihr; er wusste nicht, was die Frau gesagt hatte, doch ihm war klar, dass es extrem beleidigend gewesen sein musste, wenn Craig seine Frau zu dieser Entschuldigung zwang.

Und sie war aufrichtig. Was auch immer Bartel seiner Frau gesagt hatte, sie musste es sich zu Herzen genommen haben, denn Lillian meinte ihre Entschuldigung ernst. Und nicht zum ersten Mal dankte Dawn den Breed-Sinnen, die es ihr ermöglichten, diese Aufrichtigkeit wahrzunehmen.

»Betrachten wir die Worte als ungesagt«, antwortete sie schließlich sanft.

Lillian starrte sie überrascht an, und Dawn wurde klar, dass die Frau sich auf das Schlimmste gefasst gemacht hatte. Auf eine ebensolche Beleidigung oder vielleicht mehr.

»Craig hatte recht«, sagte sie. »Ihre Schönheit wird nur noch von Ihrem Mitgefühl übertroffen. Ich danke Ihnen.« Sie streckte die Hände aus, und Dawn machte sich auf den Körperkontakt mit einer anderen Person gefasst und akzeptierte die Berührung.

Sie war überrascht, nein, sie war schockiert, als sie nur ein leichtes Unbehagen empfand. Es war ein wenig stärker, als Craig ihr die Hand schüttelte, doch der Schmerz, den sie hätte spüren müssen, stellte sich nicht ein.

Das konnte nur eins von zwei Dingen bedeuten. Der Paarungsrausch wurde schwächer, oder sie war schwanger. Sie war nicht sicher, was von beidem zutraf. Sie fühlte sich nicht schwanger, doch andererseits – woher sollte sie wissen, wie sich das anfühlte?

»Du hast einen unglaublichen Ausdruck im Gesicht«, flüsterte Seth, als die Bartels sich wieder entfernten. »Du machst mich heiß.«

»Dann bleib heiß«, schnurrte sie. Das liebte sie wirklich an ihm.

Die Bemerkung entlockte ihm ein Schnauben, doch in seinen Augen stand ein Lachen, und ein Lächeln umspielte seine Mundwinkel. Als sie es erwiderte, überkam sie ein eigentümliches Gefühl. Nicht so sehr Panik oder überhaupt Furcht. Als habe die Panik in ihr sich gehärtet und sei zu etwas geräuschlos Animalischem geworden.

Sie hob den Kopf und ließ den Blick über die Tanzfläche schweifen, und ihre Sinne schienen zu erwachen, auf eine Weise wie noch nie zuvor.

Sie konnte nichts Außergewöhnliches sehen, auch nichts wittern, was das plötzliche Gefühl erklären würde, aber sie fühlte den Drang, wütend zu knurren über die merkwürdige Warnung, die durch ihren Organismus jagte.

Deshalb war sie immer so geschickt darin gewesen, die Breeds, mit denen sie trainierte, aufs Kreuz zu legen. Dieses Gefühl. Es warnte sie, wenn etwas auf sie zukam, wenn Gefahr im Anzug war, sei es Breed, Mensch oder Objekt. Dieser Extrasinn, die triebhafte Erkenntnis, instinktive Selbsterhaltung.

»Dawn?« Seth legte die Hand auf ihren Bauch und strich über die angespannten Muskeln. »Ist alles in Ordnung?«

»Alles gut«, antwortete sie abwesend und suchte weiter.

Als ihr Blick am Eingang zum Ballsaal vorbeiglitt, traten gerade Dash und Elizabeth mit ihrer Tochter ein.

Bei Cassies Anblick hielt Dawn abrupt inne. Deren Make-up war fachmännisch aufgetragen und wirkte, als sei es gar nicht da. Doch es war da. Es verbarg ihr blasses Gesicht, doch nichts konnte die großen, gehetzten Augen des Mädchens kaschieren.

So wie auch nichts Dashs und Elizabeths Anspannung übertünchen konnte.

»Wir sollten mit Dash und Elizabeth reden«, flüsterte sie Seth zu und spürte dabei, wie ihre Instinkte sich auf die kleine Familie konzentrierten.

Dash trug einen Abendanzug, Elizabeth ein umwerfend schönes graues Seidenkleid, das sich an ihre Brüste und Hüften schmiegte und ihr eine verführerische Erscheinung verlieh.

Cassie trug einmal mehr Schwarz, einen schimmernden Stoff, der bei jeder Bewegung glänzte und leuchtete. Dünne Träger hielten das eng anliegende Oberteil, und der Stoff betonte ihre Figur, ohne dabei zu verführerisch oder lockend zu wirken. Das Kleid war wie Cassie selbst, unaufdringlich und die Geheimnisse, die es bedeckte, hütend.

Seth nickte, nahm ihre Hand und ging mit ihr zu dem halbwegs privaten Tisch auf der anderen Seite, den sie belegten.

Cassie tanzte nicht. Die strenge und abweisende Miene ihres Vaters hielt die Verehrer für den Augenblick fern. Als Dawn und Seth sich dem Tisch näherten, stand Dash auf, prächtig anzusehen in seinem schwarzen Abendanzug, das schwarze Haar im Nacken nach hinten gebunden und mit glitzerndem Zorn in den braunen Augen.

»Du siehst großartig aus, Dawn«, sagte er leise und schüttelte Seth die Hand.

»Und du siehst aus, als würdest du gleich explodieren«, stellte sie fest. »Ist alles in Ordnung?«

Sie hatte Waffe und Headset in der Handtasche, und sie wusste, dass Dash nicht versucht hatte, sie zu kontaktieren, bevor er herunterkam. Sonst hätte das Headset vibriert.

»Es wird alles in Ordnung sein.« Dash nickte. »Elizabeth, Cassie und ich fliegen gleich morgen früh ab. Wir müssen zurück nach Sanctuary.«

Nicht nur nach Hause. Dash würde den kurzen Halt in der Basis der Breeds, um seinen Sohn dort abzuholen, nicht als Rückkehr ansehen.

Dawn registrierte Elizabeths besorgten und Cassies abgewandten Blick.

»Stimmt etwas nicht?« Sie wandte sich wieder an Dash. »Ist etwas passiert?«

»*Ich* bin passiert«, mischte sich darauf Cassie ein, und ihre sanfte Stimme klang steif, beinahe wütend. »Ich gehorche nicht mehr so gut. Vielleicht hatte mein Trainingsprogramm einen Fehler.«

In Dashs Augen blitzte Schmerz auf, und Elizabeth presste die Lippen zusammen.

»Sie will nicht von dem verdammten Balkon wegbleiben«, brummte Dash. »Sie war heute Morgen dort draußen, als wir zur Suite zurückkamen, und sie zitterte wie Espenlaub.«

»*Sie* dachte nach und versuchte, einen Sinn zu erkennen.« Cassie zuckte mit den Schultern. »Und es war etwas kühl.«

Ihr Vater warf ihr einen wütenden Blick zu, und Dawn sah sie überrascht an. Cassie widersetzte sich nie den Anweisungen ihres Vaters, wenn es um ihre Sicherheit ging. Sie wusste genau, was sie erwartete, sollten alle Schutzmaßnahmen versagen und das Council es schaffen, sie in die Hände zu bekommen.

»Cassie?«, fragte Dawn sanft und sah sie an.

Sie waren immer Freunde gewesen. In der Vergangenheit war Cassie immer in ihre Privatsphäre eingefallen, wenn die Träume sich in ihr an die Oberfläche drängten. Mit ihren gespenstischen kleinen Rätseln, ihrem Mitgefühl und dem Wissen, dass auch der Schmerz anderer wehtat, war Cassie nie jemand gewesen, der es den Menschen um sie herum absichtlich schwerer machte. Besonders nicht ihren Eltern.

»Es geht mir gut, Dawn.« Sie verdrehte die Augen, doch

Dawn konnte die Anspannung in dem Mädchen wahrnehmen. Ebenso die Gewissheit, dass Cassie nicht die Absicht hatte, darüber zu sprechen. Das stand deutlich in ihren Augen und ihrer verschlossenen Miene.

Als Cassie sich wieder zu Dash umdrehte, schüttelte der nur den Kopf; sein Frust war ihm deutlich ins Gesicht geschrieben.

»Falls ihr etwas braucht, lasst es uns wissen«, sagte Seth und nickte. »Wir mischen uns noch etwas unter die Leute und gehen dann vielleicht zurück in unsere Suite, um noch etwas zu trinken. Ich möchte gern noch mit euch reden, bevor ihr abreist.«

Dash nickte noch einmal und setzte sich wieder, und seine Hand fand ganz von allein die Hand seiner Frau, während Seth und Dawn sich wieder vom Tisch entfernten.

»Was ist los?«, fragte Seth leise mit scharfem Blick. Sie wusste, er registrierte die Anspannung in ihr, die immer stärker wurde.

»Ich weiß es nicht.« Sie schüttelte den Kopf. »Aber was auch passieren wird, es passiert heute Nacht, Seth.« Das war ihr so klar wie ihre Liebe zu Seth.

Es brannte in ihrer Seele.

Seth hielt inne, ließ ihre Hand los, um den Arm um sie zu legen und sie an sich zu ziehen.

»Wir stehen es durch«, versprach er ihr.

»Ich kann nur beten.« Und zum ersten Mal seit zehn Jahren tat sie genau das. Sie betete inbrünstig, mit allem, was sie in sich fühlte. Denn ihn jetzt zu verlieren war etwas, das sie nicht in Erwägung ziehen konnte. Ihn zu verlieren würde sie umbringen.

Sie blieb an Seths Seite während der Stunden, in denen sie plauderten, tanzten und feierten – nicht nur das Ende der Vorstandsmeetings und den Abschluss einer Vereinbarung zu

Seths Gunsten, sondern auch die Verlobung, von der sie geträumt hatte.

Sie wurden genau beobachtet. Manche Blicke waren wütend, manche überrascht, und andere freuten sich aufrichtig für sie. Als sie sich durch den Saal bewegten, kommunizierte Dawn instinktiv über eine Reihe lautloser Signale mit den anderen Breeds dort, damit sie sich vorsichtig in Seths Umgebung aufhielten, nahe genug, um eine Kugel abzufangen, falls es sein musste.

Durch ihre Physiologie konnten Breeds Wunden überleben, die ein menschlicher Körper nicht überstehen konnte. Sie waren belastbarer und besser in der Lage, lebensbedrohliche Wunden nicht nur auszuhalten, sondern auch davon zu genesen. Sie waren nicht nur stärker und schneller, sondern auch zum Zwecke des Missbrauchs geschaffen worden, und sie waren darin trainiert.

Dieses Training hatte mehr Breeds getötet als jetzt am Leben waren. Über ein Jahrhundert wissenschaftlicher Arbeit hatte Körper und innere Organe geschaffen, die noch unter Bedingungen weiterkämpfen konnten, die einen normalen Menschen Stunden früher getötet hätten. Das war der Grund, warum sie erschaffen worden waren. Um zu ertragen und trotz aller Widrigkeiten Erfolg zu haben.

»Seth.« Brian Phelps kam auf sie zu, ein Lächeln im Gesicht trotz der Besorgnis in seinen haselnussbraunen Augen. »Noch einmal Glückwunsch. Sie ist eine wunderschöne Frau.« Er nickte Seth zu und reichte Dawn ein Glas Champagner, bevor er sich selbst eines nahm.

»Das ist sie wirklich, Brian.« Seth lächelte.

»Ich habe soeben einen Bericht von einem meiner Leute in Los Angeles bekommen«, erklärte Brian. »Valere ist gelandet und hat umgehend eine Pressekonferenz einberufen. Es sind nur noch wenige Stunden bis zur Ausstrahlung. Ich hatte gehofft, er würde es nicht tun.«

Seth schüttelte den Kopf und Dawn fühlte, witterte, sein Bedauern.

Schließlich zuckte Seth mit den Schultern. »Er kann der Vereinbarung nicht schaden, Brian. Und das ist nicht die erste Pressekonferenz, mit der er versucht, Druck auf den Vorstand auszuüben und uns zu einer Entscheidung in seinem Sinne zu zwingen. Es wird jetzt nicht besser funktionieren als in der Vergangenheit.«

Brian nickte, doch seine Miene blieb besorgt. »Ich frage mich, ob die Gerüchte über die Beteiligung seiner Familie am Council wahr sind«, seufzte er schließlich. »Gott ist mein Zeuge, ich wusste nichts über das wahre Ausmaß dessen, was wir da finanzierten, Seth. Forschung und Entwicklung, so nannten sie es. Die Berichte, die ich erhielt, erwähnten mit keinem Wort etwas über die Erschaffung von Kindern oder Erwachsenen.«

Das war, so vermutete Dawn, die schlichte Wahrheit. In den Berichten des Councils an viele der finanzierenden Unternehmen war von der Entwicklung von »Waffen« die Rede; von der Erprobung dieser Waffen, von gebauten Einheiten oder der Vernichtung einiger wegen mangelnder Effizienz.

Mangelnde Effizienz. Klarer definiert: die Unfähigkeit, die Schrecken ihrer »Ausbildung« durchzustehen. Und die Rechtfertigung der Wissenschaftler?

Callan hatte beinahe den Verstand verloren während der Anhörungen im Senat, kurz nachdem sie sich der Öffentlichkeit zu erkennen gegeben hatten. Die Begründungen, welche die Wissenschaftler des Councils genannt und mit denen sie ihren absoluten Mangel an Menschlichkeit unter Beweis gestellt hatten, waren kurz. Die Breeds waren Waffen, die man foltern konnte, um Informationen von ihnen zu erhalten. Besser, sie wussten über Folter Bescheid, bevor sie auf eine Mission geschickt wurden.

Ihre einzigartige Physiologie und DNA erforderte die verschiedenen Tests, die an ihnen durchgeführt wurden. Tests wie zum Beispiel Autopsien, die vorgenommen wurden, während der betroffene Breed vor Todesqualen schrie. Prügel, während Elektroden Schmerz, Stärke und neurale Synapsen maßen. So ging es immer weiter, und das Entsetzen des Ganzen war oft zu viel, um es zu begreifen, selbst für einen Breed, der es in diesen Anhörungen erneut durchleben musste.

»Lawrence Industries ist die Berichte seiner Vorstandsmitglieder sorgfältig durchgegangen, Brian«, erinnerte ihn Seth. »Wir kennen die Berichte, die verschickt wurden, so wie wir uns der Beweise bewusst sind, die die Mitwisserschaft derer belegten, die wir vor zehn Jahren gezwungen haben, das Gremium zu verlassen.«

Brian nickte und zog dann eine Schnute. »Hast du es je bedauert, Vanderale einen der freien Plätze zu überlassen?«, wechselte er das Thema. »Er ist definitiv eine unverwechselbare Persönlichkeit. Nicht immer angenehm, aber auf jeden Fall einmalig.«

»Ich glaube, das ist die taktvollste Beschreibung, die ich je über ihn gehört habe.« Seth schmunzelte, während Dawns Blick erneut suchend über die Umgebung glitt. »Normalerweise wird er weit farbenfroher charakterisiert.«

»Ganz zu schweigen von bedrohlich«, gab Brian zu. »Ich glaube, ich habe ihm bei einem Meeting letzten Monat angedroht, ihm die Kehle herauszureißen.«

Dawns Blick huschte überrascht zu dem korpulenten, charmanten Firmenchef. Dieser kleine Mann hatte Dane Vanderale gedroht? Dane war ein Mann, dem nicht einmal Dawn in einem Kampf gegenüberstehen wollte.

»Ich war ein wenig verärgert«, erklärte er mit einem tiefen Auflachen. »Dane hat diese Wirkung manchmal.«

Darauf musste sie lächeln, und sie wollte gerade den Mund öffnen und etwas entgegnen – doch da fühlte sie ihn. Sie *witterte* ihn. Die Berührung des Bösen war so tief, so eindringlich, dass sie sie wie einen Schlag spürte.

Sie versteifte sich und registrierte das Knurren in ihrer Kehle, sah, dass Seth erstarrte und Brian sie mit schmalen Augen ansah.

Er war hier. Der aus ihren Träumen. Sie konnte fühlen, wie er sie beobachtete, in diesem Moment, und ihr wurde klar, dass sie ihn schon die ganze Zeit über wahrgenommen hatte, seit sie sich auf der Insel befand.

Sie hatte ihn gekannt, doch die Blockade in ihren Erinnerungen hatte das Wissen vor ihr verborgen. Der Geruch von Alkohol und selbstgefälliger Befriedigung. Nach bösartiger Freude und verdorbener Lust.

»Dawn«, brummte Seth an ihrer Seite und zwang sie in eine Position, wo er sie beschützen konnte statt sie ihn.

Suchend blickte sie sich um. Er war hier im Saal. Dieser kurze Hauch seiner Bösartigkeit war genug gewesen, um ihr das klarzumachen. Sie drehte sich um, ließ den Blick über die Menge schweifen, wusste es, fürchtete das Schlimmste.

Er war nicht draußen. Er war hier im Saal. Er wäre nicht unbewaffnet; er wusste es sicher besser, als jemals unbewaffnet herumzulaufen. Als der Duft sie wieder erreichte, spannte sie sich noch weiter an und ging die verschiedenen Schichten des Geruches im Geiste durch, in dem Versuch, ihn zu identifizieren.

Sie hatte ihn schon zuvor gewittert, doch da hatte es andere Düfte um ihn herum gegeben. Gerüche, die die Sinne eines Breeds mit Garantie durcheinanderbrachten. Alkohol und Drogen beeinflussten vorübergehend die Körperchemie, und deren grundlegender Duft verbarg ihn. Doch ihre Erinnerungen waren zurückgekehrt und mit ihnen die Erinnerung an seinen Geruch hinter Alkohol und Drogen.

Ruhelos suchten ihre Augen, ihr Verstand arbeitete auf Hochtouren und ignorierte Seths Forderung nach einer Erklärung, während langsam alles in ihr Gedächtnis zurückkehrte. Ganz langsam.

Der Soldat, der sie vergewaltigt hatte, hatte Drogen genommen, um eine Erektion zu bekommen. Schon damals. Er war jung gewesen, Anfang zwanzig, so viel hatte sie an ihm wahrgenommen. Er hatte sich selbst unter Drogen gesetzt, sowohl um die Lust zu steigern, als auch um die Zeitspanne zu verlängern, in der er die Kinder quälen konnte, die ihm gefielen.

Er vergewaltigte immer noch. Sie konnte den Geruch der Verdorbenheit dieser Tat wahrnehmen, den unterschwelligen Geruch des Schmerzes, den er anderen zugefügt hatte, der seinem Körper immer noch anhaftete, nun, da er seinen Duft nicht länger zu verbergen versuchte.

»Er ist hier«, flüsterte sie.

»Wer ist hier?« Seths Hand befand sich in seiner Jackentasche, die Finger um eine Waffe geschlossen, die sie ihn zuvor hatte einstecken sehen.

»*Er* ist es«, flüsterte sie wieder.

Langes, angestrengtes Schweigen, während Dawn die Gesichter erforschte, auf die ihr Blick fiel.

»Das ist nicht möglich.« Zorn brannte in seiner Stimme.

»Doch, ist es«, widersprach sie leise und ignorierte Brian Phelps. Sie wusste, sie konnte sich jetzt nicht um ihn kümmern. Das würde seine Frau übernehmen müssen, wo auch immer sie sich gerade in der Menge befand.

»Wo?«, fragte Seth kurz angebunden und bedeutete einigen Breeds, näher zu kommen.

Dawn registrierte jede seiner Bewegungen, so wie sie sich plötzlich jedes einzelnen Gastes hier im Saal bewusst war. Sie konnte deren Herzschlag wahrnehmen, ihre Emotionen wittern. Viele bemerkten gar nichts davon, doch da war einer. Einer, der wartete und beobachtete.

Erneut traf sie sein Duft. Ihre Augen weiteten sich und sie öffnete den Mund, als die Furcht sie beinahe überwältigte. Ihr Blick fiel unvermittelt auf Dashs Tisch, und ihr blieb beinahe das Herz stehen, als sie wieder durch den Saal blickte.

Und dann fand sie ihn.

Ihr Herz schlug ihr bis zum Hals. Er hatte Kontaktlinsen getragen, als sie ihn zuvor gesehen hatte. Farbige Kontaktlinsen, um seine natürliche Augenfarbe zu tarnen. Doch heute Nacht trug er keine. Und heute Nacht trank er nicht.

Der Geruch nach Alkohol war immer noch ein Teil von ihm, doch sein Organismus war nicht davon beeinträchtigt. Er wäre nicht langsam, und er würde nicht zögern, sich der Frau zu bedienen, die in seinen Armen tanzte.

Dawn trat einen Schritt vorwärts; sie wollte durch den Saal stürmen und Cassie aus seinem Griff reißen. Der Anblick der Hand dieses Bastards um Cassies Taille jagte ihr heißen Zorn durch den Leib.

In dem Augenblick hob er den Kopf. In seinen Augen stand Triumph, und bevor Dawn sich rühren oder überhaupt nach Luft schnappen konnte, schwang Jason Phelps Cassie herum, riss eine Waffe aus seinem Jackett und hielt sie ihr an die Schläfe.

Und er lächelte. Dieses hinterhältige, triumphierende Lächeln war ihr so vertraut, so verhasst, dass Dawn knurrte, während Gäste nach Luft schnappten, aufkreischten und eilig aus dem Weg sprangen.

Und in all dem stand Cassie da, reglos, schweigend und nicht überrascht, als Jason sie am Hals packte und vor sich hielt, mit dem Rücken an seine Brust gedrückt, sodass ihr Herz den Schuss abfangen musste. Die Mündung seiner Waffe an ihrer Schläfe, seine Finger, die sich genau so um den Abzug krümmten, dass ein Kopfschuss garantiert auch sie das Leben kosten würde. Sein Hals war verdeckt von ihrem Kopf – keine Chance, ihn so auszuschalten. Er hatte an alle möglichen Schusswinkel gedacht. Und jetzt spielte er sein Blatt aus.

24

Dawn hörte Seth fluchen. Sie registrierte Brians Schock, seinen Schmerz. Es war sein Neffe, sein Erbe. Doch zugleich war dieser Mann die Geißel der Breed-Labore. Eine solche Schreckensgestalt, dass die weiblichen Breeds in New Mexico schon bei dem Gedanken an ihn den Kopf eingezogen hatten.

Er war klüger gewesen, damals. Er hatte sein Gesicht unter dieser eng anliegenden schwarzen Maske verborgen, die er und seine Vergewaltigerkumpel immer getragen hatten. *Für alle Fälle,* hatte er immer gelacht. *Wittere mich, gute kleine Breed. Töte mich, wenn du kannst.*

»Jason, was in aller Welt tust du da?« Brian wollte zu seinem Neffen, doch Seth riss ihn zurück und schob ihn zu einem der Breeds, die schützend um Seth standen.

Der Mann war blass und starrte seinen einzigen Neffen mit Entsetzen und Empörung im Gesicht an. Als könne er nicht glauben, dass sein eigen Fleisch und Blut zu solchen Taten fähig sei. Als mühe er sich krampfhaft, zu begreifen, dass das hier nicht nur ein schrecklicher Albtraum war.

Dawn hätte ihm versichern können, dass es kein Albtraum war. Das Monster, das hier mitten im Ballsaal stand und Cassie als Schutzschild vor sich hielt, war sehr, sehr real.

Jason registrierte die Position der Breeds um Seth herum mit einem Lächeln, und in seinen Augen schimmerte Triumph. Er hatte getan, was kein Soldat des Councils in den elf Jahren, seit die Existenz der Breeds öffentlich geworden war, geschafft hatte. Er hatte ihr wertvollstes Gut. Die Frau, die sowohl Raubkatzen als auch Wölfe wertschätzten. Das Licht, das Wunder namens Cassie Sinclair.

»Cassie ist nicht das, was Sie wollen, Phelps«, stieß Seth hervor. »Sie sind meinetwegen hier. Also, hier bin ich.«

»Hinter Ihnen war ich nie her, Lawrence«, höhnte Jason lachend. »Sechs Versuche, und alle gescheitert? Mein Kätzchen da neben Ihnen kann bestätigen, dass ich nie danebentreffe.«

Nein, in der Tat. Er hatte Breeds getötet. Ausgebildete, wachsame Breeds, die wussten, dass sie auf Missionen ein Auge auf ihn haben mussten. Er traf nie daneben. Er hatte immer einen Plan, und er war nie gescheitert. Sie hätte darauf kommen müssen. Sie hätte wissen müssen, dass nicht Seth das Ziel war. Doch wie konnte er vermutet haben, dass Cassie hier sein würde?

Die Entscheidung war im letzten Augenblick gefallen. Niemand hatte gewusst, dass Cassie und ihre Mutter zusammen mit Dash herkommen würden.

Dawn starrte Phelps an und versuchte seine Absichten in seinem hämischen Gesicht zu erkennen, dem sie den Triumph ansah. Warum? Weil er mehr gewonnen hatte, als er sich je vorgestellt hatte?

Während sie ihn beobachtete, registrierte sie, wie er den Blick auf sie richtete, über sie gleiten ließ wie die Berührung eines Liebhabers. Sie schauderte.

»Du hast dir einen Namen zugelegt«, stellte er gedehnt fest, mit seinem Blick, so verhasst und verachtet, dass er sie zwanzig Jahre lang verfolgt hatte. »Dawn. Wie erfrischend. Flüstert er deinen Namen, wenn er dich fickt?« Er nickte zu Seth. »Macht ihr es überhaupt miteinander? Oder habe ich dich fürs Leben gezeichnet, kleines Mädchen?«

Dawn starrte ihn schweigend an und suchte nach einer Schwachstelle, einem Weg vorbei an Cassies zerbrechlicher Gestalt zu der größeren hinter ihr.

Phelps war vorsichtig. Cassie deckte alle Schwachstellen ab, und das war ihr klar. Sie wusste es und tat nichts, um sich dagegen zu wehren. Das ergab keinen Sinn. Sie wusste, wenn er mit ihr von der Insel entkam, dann wäre ihr Leben definitiv verloren. Ihres, das ihrer Eltern und das der gesamten Gemeinschaft der Breeds.

»Jason, du hast den Verstand verloren«, rief Brian aus. »Lass das Mädchen gehen.«

Jason lachte. »Dieses Mädchen, wie du es nennst«, seine Finger strichen über Cassies Hals, »ist mehr wert als ihr alle zusammen. Hast du eine Ahnung, wie viel das Council für sie bezahlt?« Seine Miene wurde hart. »Und genau da gehört sie hin. Sie ist ein Tier, so wie der Rest von denen. Nicht mehr als Werkzeuge und Haustiere. Nicht wahr, Dawn?«

Sein Blick war schmierig und durch und durch böse, genau wie sein Geruch.

Dawn hob den Kopf und hielt ihre Handtasche umklammert, den Finger am Abzug der leistungsstarken Pistole darin.

Sie ließ ein schadenfrohes Lächeln um ihre Lippen spielen. »Aber wir sind trotzdem entkommen, nicht wahr? Wir haben überlebt.«

Er runzelte die Stirn, und Zorn blitzte in seinen Augen auf. Seine Hand um Cassies Kehle drückte fester zu, und ein Wolfsknurren drang durch den Saal.

Die absolut unbändige Wut in diesem Knurren war Zeugnis für die Liebe eines Vaters zu seinem Kind. Dash war rasend vor Wut, hielt sich nur mühsam unter Kontrolle, und der Duft seines Zorns erfüllte die Luft, während Dawn sich weiter auf Phelps konzentrierte.

Jason würde diesen Ballsaal nicht mehr verlassen. Das durfte nicht passieren. Jonas war unglaublich effizient, und Dawn kannte den Befehl, der bezüglich Cassie ausgegeben worden war. Man würde alles versuchen, um sie zu retten, doch sollte sie jemals derart dem Feind in die Hände fallen, dann war es unerlässlich, dafür zu sorgen, dass das Council sie nicht zu fassen bekam. Bevor das passierte, würde man sie töten.

Dash wusste das. Dawn wusste es. Jeder Breed hier wusste, dass die einzige Chance, ihr Überleben zu sichern, darin bestand, sie aus Jason Phelps' Händen zu befreien. Später würde es keine Rettungsversuche mehr geben – nur ein Begräbnis und noch mehr Tod. Noch mehr Blutvergießen.

Jason lachte. »Du hättest sie zu Hause lassen sollen, Sinclair. Ich bin immer noch nicht darauf gekommen, was dich geritten hat, so ein wertvolles kleines Juwel aus seinem Versteck zu holen.« Er senkte den Kopf und leckte über Cassies Wange. Eine widerliche und beleidigende Geste.

»Dann war Cassie von Anfang an das Ziel?«, fragte Seth. Sein Tonfall war eisig und todverheißend.

Jason kicherte. »Eigentlich nicht. Cassie ist nur ein positiver Nebeneffekt. Zwei zum Preis von einer, könnte man sagen. Nein, Lawrence, ich wollte das, was mir gehört. Und dann war da dieses fiese kleine Gerücht, das Caroline so gern herumerzählte von der kleinen Breed, deren Namen du im Schlaf flüsterst. Kleine Dawn. Mein kleines Mädchen.«

Du bleibst immer mein kleines Mädchen, wisperte seine Stimme durch ihren Geist, sein Versprechen, jedes Mal, wenn er ihren Körper beschmutzte.

»Du siehst schockiert aus, Lawrence«, meinte Phelps höhnisch. »Hast du es denn immer noch nicht kapiert? Sie hat mir gehört in diesem Labor, und ich will sie zurückhaben. Das war immer das Ziel; ich brauchte nur etwas Zeit, um alles zu meiner Zufriedenheit zu arrangieren, nachdem sie hier angekommen war.«

»Du bekommst keine von beiden, Jason«, fauchte Seth. »Gib auf, jetzt, solange du noch am Leben bist.«

Jasons Lächeln war ein bösartiges Krümmen seiner Lippen. Seine Finger strichen über Cassies glatten Hals und übten gerade genug Druck aus, dass sie die Lippen öffnen musste, um mehr Luft zu bekommen.

Vibrierendes Grollen und wütendes, ersticktes Knurren waren zu hören, während die Gäste hinter die Reihe der Breeds geschoben wurden, die inzwischen Phelps gegenüberstanden.

Er war umstellt und doch so selbstsicher. Dawn wusste, wenn es ihm tatsächlich gelang, aus dem Ballsaal zu entkommen, dann war sein Erfolg fast garantiert.

»Hast du vor, zuzulassen, dass ich sie ohne dich mitnehme, Dawn?«, fragte er da. »Wir können das hier auf zwei Arten regeln. Du kannst mitkommen und mein Haustier sein.« Er strich über Cassies Hals. »Oder ich kann sie für eine Weile zu meinem Haustier machen. Du weißt ja, wie gern die Wissenschaftler mir bei der Arbeit zusehen. Was denkst du, wird sie es überleben?«

Cassie würde überleben, doch ihr Verstand wäre auf ewig geschädigt, das war Dawn klar. Sie wusste es, doch als sie Cassies Blick begegnete, sah sie darin nur Hinnahme. Hinnahme und Bedauern, als sie ihre Eltern ansah.

Ich liebe euch. Lautlos rief sie ihnen die Worte zu, und Elizabeth schluchzte auf.

»Komm schon, Dawn.« Jasons Ton wurde neckend. »Sag mir, dass du davon träumst, wie ich dich nehme. Du hast mich vermisst, Kätzchen, du weißt, dass es so ist.«

Der Duft von Entsetzen lag in der Luft. Endlich, endlich sah die Elite der Finanzwelt das Böse, das das Council und seine Soldaten erfüllte. Die völlige Missachtung von Leben, egal ob eines Erwachsenen oder eines Kindes.

Noble, einer der Breeds im Sicherheitsdienst, verlagerte vorsichtig seine Position vor ihr und verbarg sie für die wenigen wertvollen Sekunden vor Phelps' Blicken, die sie brauchte, um ihr Headset aus der Handtasche zu holen und es ans Ohr zu stecken.

Ein Schuss, und er fiel. Der Geruch von Blut lag in der Luft, Blut, das aus Nobles Brustwunde lief, während er die Hand darauf presste, um den Blutfluss zu stoppen. Die anderen Breeds rührten sich nicht, doch die Aura von unbändiger Wut im Saal war inzwischen fast erstickend.

»Stellt sich zwischen mich und das, was mir gehört ...«, höhnte Jason und wandte sich dann ihr zu. »Und jetzt komm her, Kätzchen.«

Dawn glitt rasch weg von Seth und fühlte seinen Zorn darüber, während Stygian sich zwischen sie stellte und die Breeds sich um ihn postierten. Falls nötig, würden sie ihn auch festhalten, doch Seth war klüger als das. Er verfolgte sie mit gequältem Blick, doch sie sah die Entschlossenheit in seinem Gesicht. Er würde niemals nur dastehen, sollte sie versuchen, den Saal mit Phelps zu verlassen.

Sie ging noch einige Schritte weiter und blieb dann stehen.

»Dawn, wir bekommen ihn nicht klar ins Fadenkreuz. Cassies Kopf ist im Weg«, meldete sich Jonas übers Headset. »Du musst ihn dazu bringen, die Position zu ändern.«

Sie ging wieder ein paar Schritte, doch obwohl Phelps sich mit ihr drehte, hielt er Cassie weiterhin so vor sich, dass sie ihn vollständig deckte.

»Du hast dein Druckmittel verloren«, sagte sie ruhig zu ihm. »Gegen mich ebenso wie gegen Seth. Du hast dich zu früh gezeigt, Jason. Das war eine Fehleinschätzung deinerseits.«

Er reagierte nur mit ts-ts. »Mir gefällt deine Stimme besser, wenn du schreist und Gott anbettelst, dich zu retten.« Er grinste. »Hat er dich je gerettet, Dawn?«

Sie hob eine Augenbraue und breitete die Arme aus. »Ich bin frei.«

»Du warst frei, eine Zeitlang«, stimmte er zu. »Und jetzt ist Daddy hier, um dich wieder einzusammeln.« Er kicherte über seinen eigenen Witz.

Und Dawn schüttelte lächelnd den Kopf. »Du kommst hier nie wieder lebend raus, Jason.«

»Alles ist an seinem Platz, Dawn«, versicherte er ihr. »Ich bin schlau, weißt du noch? Ich habe eure Tierärsche ausgebildet, und ich kann euch ausschalten, wann immer ich will. Und so viele von euch, wie ich will.«

Dawn ließ den Blick zu Cassie schweifen. Sie starrte ihre Eltern an, und Tränen liefen ihr übers Gesicht, als Elizabeth mit brüchiger Stimme ihren Namen flüsterte.

»Lass Cassie frei«, versuchte sie zu verhandeln und trat näher, während Seth Dawns Namen knurrte. »Dann gehen wir.«

Jasons Lachen war genau die Reaktion, die Dawn erwartet hatte. »Das wird nicht passieren«, versprach er ihr. »Sie ist mein Zahltag. Du bist meine Belohnung. Ich werde dich festschnallen, dich vollpumpen mit diesen schicken Drogen, die die Wissenschaftler dir vorher nicht geben wollten, und dann werde ich dich ficken, bis du vor Lust schreist. Ich ficke dich, nehme es auf und schicke es deinem Verlobten.« Er grinste Seth höhnisch an. »Dann kann er sehen, wie ein echter Kerl seine ganz spezielle Breed zähmt.«

»Er braucht keine Drogen, um mich vor Lust schreien zu lassen, Jason«, warf Dawn ein, während die Breeds sich um Seth scharten.

»Dawn, verdammt, hör auf«, zischte Seth. Sie hörte ihn,

doch Jason hörte es nicht. Er lachte sie aus, aber in seinem Lachen lag Zorn.

Die finstere Wut auf diesen Mann hatte sich in ihr festgesetzt und war zu einem harten Klumpen Entschlossenheit in ihrer Seele geworden. Sie hatte ein Versprechen gegeben, das ihr so viel bedeutete, dass sie es vergessen musste, um zu leben. Sie hatte gelobt, sich selbst und Gott, dass sie ihre Hände im Blut dieses Mannes waschen würde.

»Rede nicht wie eine ungezogene Hure, kleines Mädchen«, fuhr er sie an. »Ich lehre dich Besseres, sobald ich dich für mich allein habe. Du wirst dich vor mir beugen. Du wirst auf die Knie gehen und mich anflehen.«

Dawn machte große Augen. »Du lebst ja in einer kleinen Fantasiewelt. Soll ich dir mal von meiner Fantasie erzählen?«

In ihrem Headset knisterte es. »Sei vorsichtig, Dawn. Wir dürfen Cassie nicht durch die Kugel eines Geistesgestörten verlieren«, warnte Jonas.

Er würde Cassie nicht töten. Jason wusste, wie viel sie wert war, lebendig und mit intakter Jungfräulichkeit. Welche Pläne auch immer das Council mit ihr hatte, ihre Unschuld gehörte dazu. Doch Dawn wusste genau, wie diese Leute Unschuld gegen weibliche Breeds wandten.

Die Gäste beobachteten mit Entsetzen die Szene, die sich vor ihren Augen abspielte. Cassie hatte alle beeindruckt mit ihrem Lachen und ihrem trockenen Sinn für Humor, mit ihren neckenden Scherzen und ihrer Gewohnheit, selbst die Schüchternsten einer Gruppe aus sich herausgehen zu lassen.

Sie hatten gewusst, dass sie eine Breed war, doch niemand hatte ihrem Reiz widerstehen können. Und nun beobachteten sie sie, so wie Dawn, mit einem Kloß in der Kehle.

»Lass sie gehen, Jason«, warnte Dawn ihn erneut. Sachte. »Erstens, du schaffst es mit ihr niemals lebend hier raus.«

Er grinste. »Ich könnte ihr hier auf der Stelle das Gehirn wegblasen, zur Tür hinaus und verschwunden sein, bevor sich nur einer von euch von dem Schock erholt hat.«

Elizabeths ersticktes Schluchzen schnitt ihr ins Herz.

Dawn schüttelte den Kopf. »Dafür sind wir zu gut ausgebildet. Du wärst tot, sobald sie auf den Boden trifft.«

Er beobachtete, den Finger am Abzug, und ein Knurren drohte seine Position preiszugeben, als Breeds eilig in Stellung gingen, um den Mann anzuvisieren, der das Mädchen festhielt.

Er befand sich in perfekter Position. Hoch genug, um durch die deckenhohen Fenster alles zu sehen, was passierte, den Blick auf Jason Phelps' Nacken gerichtet. Er konnte schießen, er sollte schießen – doch das Risiko hielt ihn ab.

Wenn er schoss, in diesem Winkel, würde die Kugel Phelps' Wirbelsäule im Nacken durchschlagen und im Fall dessen Griff um die Waffe lösen. Doch die Chance stand bei neunzig Prozent, dass die Kugel beim Austritt vorn am Hals Cassie Sinclairs Kopf treffen würde.

Es würde sie nicht umbringen. Vielleicht.

Er verzog das Gesicht, prüfte noch einmal den Wind und betete, dass der so blieb. Er war hoch genug, um seinen Duft vorerst vor den Breeds unter ihm zu verbergen, außer, vielleicht, vor einem. Dem einen, der mehrere Äste unter ihm versuchte, dasselbe Schussfeld zu bekommen wie er.

Zur Hölle, wieso musste sich der Bastard auch gerade diese spezielle Breed schnappen? Die eine, die eine garantierte Schwachstelle für ihn darstellte und dazu führte, dass er nur mit dem Abzug spielte statt abzudrücken.

Dawn wäre ein bedauernswerter Kollateralschaden gewesen, doch seine Faszination für sie hätte ihn nicht so zögern lassen, wie Cassie es tat.

Er senkte das Auge ans Zielfernrohr und justierte erneut. Er durfte diese eine junge Frau nicht den Verlauf der Schlacht zwischen Council und Breeds verändern lassen.

Falls Phelps mit ihr entkam, würde Dash Sinclair Himmel und Hölle in Bewegung setzen, um sie zurückzuholen. Er würde eine Schneise unbändiger Raserei durch mutmaßliche Mitglieder des Councils schlagen, und die Breeds, die ihm folgten, würden in dem Blut, das er vergoss, baden.

Die Breeds würden alles politische Taktieren vergessen und der Welt zeigen, zu welcher Brutalität sie fähig waren. Das durfte nicht geschehen.

Er holte langsam Luft, zwang die Anspannung nieder, die in ihm aufsteigen wollte, und richtete die Waffe für den Schuss aus. Nur eine kleine Verlagerung, das war alles, was er brauchte.

»Dawn, wir brauchen nur eine kleine Verlagerung seiner Position«, meldete sich Jonas leise übers Headset. »Wir haben freie Sicht, wir brauchen nur etwas mehr Raum. Du musst ihn steuern.«

Sie sah sich im Saal um. Auch Callan war hier, und auf Jonas' Worte spannte er sich an und federte auf den Füßen. Sie wusste, was er tun würde. Er würde sein eigenes Leben in den Weg einer Kugel werfen, um Jason dazu zu zwingen, dass er sich die paar Zentimeter bewegte, die sie brauchten.

Er war der Rudelführer. Seine Sicherheit und die Sicherheit seiner Familie standen an erster Stelle. Sie konnte nicht zulassen, dass er das tat.

»Lass sie gehen, Jason.« Sie trat näher an ihn heran, senkte die Stimme und beobachtete ihn sorgfältig. »Mit mir kannst du hier rauskommen. Aber es gibt kein Entkommen mit Cassie. Vorher werden sie sie töten. Mach der Sache ein Ende.«

»Damit du mich umbringen kannst, sobald wir hinaus in die

Nacht kommen?« Er lachte. »Das wird nicht passieren, kleines Mädchen.«

Cassie war blass, die Augen weit aufgerissen, und ihr Gesicht war tränennass. Keine Chance, dem Mädchen ein Zeichen zu geben, obwohl Dawn wusste – sie wusste es ganz genau –, dass Cassies Ausbildung besser war als das, was sie hier zeigte. Cassie hätte ihn bereits außer Gefecht setzen und Jonas eine Möglichkeit bieten müssen, zu schießen. Es sei denn, sie wusste etwas, nahm etwas wahr, das allen anderen verborgen blieb.

»Du warst ein Kinderspiel, Dawn«, schalt Jason sie. »Sobald du dachtest, dein kostbarer Seth wäre in Gefahr, kamst du angerannt. Du hättest lieber direkt zurück nach Sanctuary laufen sollen.«

Sie ließ die Andeutung eines Lächelns sehen. »Aber dann hätte ich mich nie an dich erinnert, oder?«, sagte sie und sah, wie seine Augen sich weiteten, vor Überraschung, beinahe Furcht.

»Du erinnerst dich an alles?«

»Ich erinnere mich an alles, Jason«, erklärte sie. »Jahre.« Sie zwang sich zu einem unbekümmerten Auflachen. »Und du hast mich nicht einmal beunruhigt. Inzwischen bist du kaum mehr als ein winziger Fleck auf meinem Radar.«

Er runzelte die Stirn, und sein Finger krümmte sich am Abzug der Waffe, die er an Cassies Schläfe hielt.

Die Lippen des Mädchens zitterten, ihre Züge waren starr, doch nicht vor Angst. Eher vor Schmerz, während sie ihre Eltern ansah.

Das Band zwischen Cassie und ihren Eltern war stark. Es war zu Stahl geschmiedet worden, und die Verbindung ihrer Mutter mit dem Wolf-Breed hatte ganz natürlich das Kind mit eingeschlossen, das sie beide zusammengebracht hatte. Den Schmerz zu sehen, dasselbe Wissen in Cassies Gesicht zu sehen, wie Dawn es sehen konnte, würde Dash und Elizabeth umbringen. Das Wissen, dass ihre Tochter kampflos dem Tod begegnete.

»Ich werde zu deinem Radar werden.« Er kicherte. »Jetzt schwing deinen Hintern hierher zu uns. Wir gehen nach Hause, Baby. Da können wir dann ganz für uns allein miteinander spielen.«

Ganz für sich allein. Dawn ging langsam durch den Saal und betete, dass die anderen da blieben, wo sie waren. Sie musste nur neben ihn kommen und sich in Position bringen. Dann konnte sie Cassie das nötige Stück wegziehen, um sie vor einer Kugel in den Kopf zu bewahren.

»Nach links, Dawn«, wies Jonas sie an. »Dann dreht er sich in die Richtung, die wir brauchen.«

Sie bewegte sich nach links, immer weiter vorwärts und tat dabei so, als würde sie ein Paar umgehen, das sich dort zusammengekauert hatte und Phelps beobachtete.

»Braves Kätzchen. Komm zu Daddy, kleines Mädchen.«

Der Bastard bewegte sich.

Er sah durchs Zielfernrohr, justierte erneut und kalkulierte noch einmal die Chancen.

Die Kugel würde immer noch das Mädchen treffen, aber nicht so tief eindringen. Er konnte nur beten, dass der Wind ruhig blieb und die Spieler vor ihm blieben, wo sie waren.

»Dawn, etwas mehr nach links«, befahl Jonas leise.

Sie bewegte sich etwas nach links und kam immer näher, immer einen langsamen, zögernden Schritt nach dem anderen, während Phelps ihr mit seinem schadenfrohen Blick folgte.

Er lächelte. Das war besser. Nur noch ein klein wenig mehr.

Dawn fühlte ihr Herz schlagen, langsam und regelmäßig. Keine Panik, keine Angst. Sie kannte dieses Manöver. Sie hatte es trainiert und perfektioniert. Alle möglichen Situationen oder Varianten einer Geiselnahme hatte sie durchexerziert. Sie musste nahe genug herankommen, um sich in Stellung zu bringen. Sie musste schnell sein, doch die Reflexe eines Breeds waren schneller als die eines Menschen, und trotz aller Stärke und Erfahrung im Töten von Breeds hatten die Soldaten des Councils noch nicht herausgefunden, dass die Breeds ihr Training inzwischen den Kenntnissen angepasst hatten, die das Council über sie hatte.

Sie kämpften nicht so, wie man sie ausgebildet hatte. Sie reagierten nicht so, wie man es ihnen beigebracht hatte.

Sie konnte Seth hinter sich fühlen; sie nahm Callan ein wenig versetzt hinter sich wahr. Beide Männer waren angespannt und bereiteten sich darauf vor, loszujagen.

Nur ein wenig mehr, dachte sie. Habt Geduld. Lasst mich meine eigenen Schlachten schlagen.

Callans Schutzinstinkt war absolut, das wusste sie. Er würde sich ohne Zögern opfern, um eine weibliche Breed in seiner Obhut zu retten. So wie Wolfe Gunnar dasselbe tun würde, so wie auch Dash es tun würde.

Sie hatten selbst Gefährtinnen, sie hatten Kinder, aber der Wert, den sie allen Frauen und deren Schutz beimaßen, würde sie zum Äußersten treiben.

Sie war noch ein paar Schritte von Jason entfernt. Frust stand in seinem Gesicht.

»Wenn du dich nicht beeilst, Miststück, dann tue ich ihr weh«, warnte er sie. »Vielleicht töte ich sie nicht, aber ich kann ohne Weiteres ihr Blut vergießen und damit davonkommen.«

Ja, das konnte er. Doch Dawn beeilte sich nicht. Sie setzte ihre Schritte vorsichtig und mit Bedacht.

»Ich sagte, sofort.« Die Waffe richtete sich weg von Cassies Schläfe auf Dawn, und ein Aufbrüllen war zu hören.

»Nein!«, schrie Dawn und wollte einen Satz auf Callan zu machen.

Entsetzen blitzte in ihrem Verstand auf, als Phelps auf ihn zielte und feuerte. Die Kugel traf Callan. Doch er rannte weiter.

Als wäre es ein Traum, wie in Zeitlupe, und die Zeit schien stillzustehen. Jason Phelps' Kopf explodierte, Cassie zuckte zusammen, und Blut sprühte seitlich an ihrem Kopf vorbei. Sie kippte nach vorn, die Hand ausgestreckt, und ihre wunderschönen Augen schlossen sich.

Dawn fühlte das Leben dieses Kindes blitzartig vor ihren Augen vorbeiziehen. Das kleine Mädchen, das um Schokolade feilschte, ihr Lächeln, ihre fröhlichen blauen Augen. Das Kind, das »Feen« sah – Geister, von denen Cassie ihr vor nicht allzu langer Zeit erzählt hatte. Schimmernde Gestalten längst vergangener Leben, die zu ihr kamen und ihr Geheimnisse zuflüsterten.

Sie hatte Cassie aufwachsen sehen. Sanctuary war die Zuflucht gewesen, in die Dash seine Familie gebracht hatte, wenn er sie ganz besonders geschützt wissen wollte.

Vor Dawns Augen war Cassie von einem Kind zu einer jungen Frau herangewachsen, die immer lachte, obwohl sie das Gefühl hatte, nie wirklich dazuzugehören, nie ganz akzeptiert zu werden, wegen ihrer dualen Genetik.

Und Callan. Dawn starrte auf das Blut, das ihm aus der Brust rann, auf das goldene Haar, das wie ein Fächer um ihn herum ausgebreitet war. Seine aristokratischen Züge waren still und blass, während Breeds zu ihm liefen und Dash in weißglühendem Zorn aufschrie und zu seiner Tochter eilte.

Und es war Dawns Schuld.

»Nein. Oh Gott, nein!« Sie erstarrte. Sie wusste nicht, wohin sie laufen, was sie tun sollte.

Schreie hallten in ihrem Kopf wider, Befehle, die wütend übers Headset gebrüllt wurden, über einen unbekannten Schützen, Standort und die Flugbahn.

Und alles, was Dawn sehen konnte, waren Cassie und Callan. So reglos, so blass. Sie hatten Wunden, die nur wenige Breeds je überlebt hatten, Callan in der Brust, Cassie am Kopf.

Gott im Himmel. Ein wütendes Brüllen stieg in ihr auf, als Seths Arme sie umfingen und an ihn drückten, während der Schmerz in Wellen durch ihren Kopf raste.

Sie riss sich los, und rasende Wut pulsierte in ihren Adern, als sie auf den Körper des Bastards niedersank, der so viele verletzt hatte. Callans bleiches Gesicht stand vor ihrem inneren Auge. Das Bild von Cassie, zerbrochen, ihnen entrissen, stand in ihrem Kopf, als ihre Hände in warmes Blut eintauchten und sie den Kopf in den Nacken legte und einen Schrei ausstieß, der ihren ganzen Körper zittern ließ.

O Gott. Alles ihretwegen. Sie waren dahin, ihretwegen.

»Ich habe dich, Liebes.« Seths raue Stimme klang an ihr Ohr, als er sie von Phelps' erkaltender Leiche wegzog. »Ich habe dich. Ich habe dich, Dawn.«

Sie sank schluchzend in seine Arme und hielt sich an ihm fest, denn sie konnte sich nicht mehr nur an sich selbst festhalten. Sie schrie Callans Namen, während Breeds versuchten, die Blutung zu stoppen, und sie die Worte *Wir verlieren ihn* immer wieder in ihrem Kopf hörte.

Nein! Sie durften ihn nicht verlieren. Das durfte nicht passieren. Sie hatte ihm doch noch nicht gesagt, dass es ihr leidtat. Sie hatte ihm noch nicht gesagt, dass sie verstand, warum er versucht hatte, sie vor Seth zu schützen. Er hatte sie noch nicht umarmt und sie mit diesem spielerischen, halb warnenden Ton angeknurrt, der ihr versicherte, dass zwischen ihnen alles in Ordnung war.

Sie war dabei, ihren Bruder zu verlieren. Ihren Rudelführer. Sie verlor ihn, und die Qual, die ihr das bereitete, brachte sie dazu, sich fest an Seth zu klammern und ihn anzuflehen, Gott anzuflehen, denn sie wusste nicht, wie sie diese Schuld ertragen sollte.

Callan und Cassie starben – ihretwegen.

Die Waffe sicher auf dem Rücken, sprang er lautlos aus den Bäumen, duckte sich und lief. Er hörte die Schreie im Haus. Die Puma, die den Namen ihres Rudelführers schrie.

Fuck, das hätte nicht passieren sollen. Callan Lyons hatte sich auf Phelps gestürzt und sich eine Kugel eingefangen. Seine eigene Kugel hatte Phelps weniger als einen Atemzug später getroffen und war durch seinen Hals gedrungen, noch während jemand anders Phelps' Kopf getroffen und Cassie Sinclair mit erwischt hatte.

Bedauerlich. Verdammt bedauerlich, und er war sauer deswegen. Doch er hatte nicht die Zeit, in der Nähe zu bleiben und sich zu vergewissern, dass er richtig gezielt und perfekt kalkuliert hatte. Er hatte versucht, das Mädchen zu retten. Ein erstes Mal für ihn; er hatte nie versucht, Kollateralschäden zu vermeiden, besonders nicht bei Leuten, die absichtlich im Weg standen.

Cassie Sinclair war besser ausgebildet als das, was sie hier gezeigt hatte. Sie hatte den verdammten Wunsch, sich umzubringen, und er wollte sie gehörig durchschütteln, weil er zugelassen hatte, dass sie das durchzog.

Er sprintete über das Gelände, ein rasender Schatten, denjenigen ausweichend, die aufs Haus zurannten. Von allen Seiten strömten Breeds herbei, denn ihr Rudelführer war gefallen.

Er hatte sich ein Headset beschaffen und dessen Tracker deaktivieren können. Darüber konnte er nun die Berichte mithören. Er hatte auch die Befehle mitgehört, sich im Ballsaal zu sammeln.

»Callan ist getroffen«, hatte jemand in die Leitung gebrüllt. »Hurensohn, der Bastard hat ihn erwischt. Ich wiederhole, unser Rudelführer ist getroffen. Er ist getroffen.« Dann tödliche Stille. »Oh Gott, wir verlieren ihn … Wir verlieren ihn …«

Fuck! Das war ganz und gar nicht planmäßig gelaufen.

25

Die fünfte Etage mit Intensivstation und Chirurgie war geräumt, noch bevor die Helijets von Sanctuary auf den Landeplätzen auf dem Dach des Krankenhauses aufsetzten.

Elyiana Morrey, Katzen-Breed-Ärztin, Chirurgin und vom Council ausgebildete Wissenschaftlerin, war bereits vorbereitet und wartete mit ihrem Wolf-Breed-Pendant. Sie erwarteten drei Breeds: Rudelführer Lyons, den Enforcer Noble Chavin und die junge Wolf-Kojote-Breed Cassandra Sinclair.

Wolfe Gunnar und seine Gefährtin waren auf dem Weg hierher, ebenso Teams aus Wolf-Breed-Enforcern, von denen einige bereits im Krankenhaus angekommen waren, weil sie sich in der Nähe befunden hatten.

Die Gemeinschaft der Breeds kam in großer Menge zusammen, denn oberstes Gebot war es nun, für Schutz und Sicherheit zu sorgen, als die Familie des Rudelführers eingeflogen wurde; seine Gefährtin und sein Sohn – möglicherweise der Erbe dieser starken Gemeinde, die sein Vater aufgebaut hatte.

Die ersten Diagnosen waren nicht gut. Die Brustwunde war schwer und verursachte massive Blutungen. Sie hatten ihn bereits einmal verloren. Der große Callan Lyons konnte für sie alle verloren sein, bevor er überhaupt den OP erreichte.

Mehrere menschliche Chirurgen waren bei Dr. Morrey. In einem nahe gelegenen OP warteten noch drei weitere auf Noble. Sie würden unter ihrem Assistenten arbeiten. Sie warf ihnen allen einen strengen Blick zu.

»Wenn wir Lyons verlieren, aus welchem Grund auch immer, werden Sie vier sterben, bevor wir diesen OP verlassen.« Sie nickte den Breeds zu, die man gezwungen hatte, sich sorgfältig die Hände zu schrubben und danach im OP postiert hatte, die Waffen bereit. »Legen Sie sich nicht mit mir an, Gentlemen. Sie sind die Besten, die das Council in diesem Bereich zu bieten hatte, und es würde mir nichts ausmachen, Sie zu töten. Und Ihre Ehefrauen töten und Ihre Töchter foltern zu lassen wäre mir ein Vergnügen. Seien Sie sich dessen bewusst.«

Und ob sie sich dessen bewusst waren! Sie hatten das Monster geschaffen, dem sie sich nun gegenübersahen. Diese vier. Jeder von denen war an ihrer Genetik und ihrer Ausbildung beteiligt gewesen. Sie waren die Besten der Besten, und in ihren Augen sah sie Furcht und die Entschlossenheit, nicht zu versagen.

»Wenn Lyons stirbt, sterben sie. Euer Job besteht dann darin, ihre Familien ausfindig zu machen, und an denen werdet ihr dann jede Foltermethode ausprobieren, die euch das Council je beigebracht hat«, befahl sie den Enforcern.

Die starrten ihrerseits die Ärzte an, mit ausdruckslosem und hartem Blick. Alles Löwen-Breeds. Und alle gehörten zu Sanctuary. Ihre Loyalität und Zuneigung zu ihrem Rudelführer war absolut klar.

»Die Drohungen sind nicht nötig, Ely.« Nur einer hatte den Nerv, so zwanglos mit ihr zu sprechen.

Ihr Lächeln war hart, als sie die Ankündigung hörte, dass ihr Rudelführer in wenigen Sekunden im OP eintreffen würde. »Beten Sie, dass Sie recht haben, Montaya.« Sie ließ ihre Reißzähne aufblitzen und knurrte. »Denn dass ich Sie mehr mag als die anderen, wird Sie nicht retten. Weder Sie noch Ihre Frau oder Ihre Töchter. Gentlemen, versagen Sie nicht.«

Die Schwester band sich rasch ihren Mundschutz um, als die OP-Türen aufschwangen. Jonas lief am Kopfende der Trage, und Ely spürte die Tränen in ihre Kehle steigen und Schmerz in ihrem Leib, als sie die Wunde sah.

Du lieber Gott. Sie hatte den Befehl ausgegeben, so viele zu töten. Der Schaden war beträchtlich und die Chancen so gering. Sie richtete den Blick auf Montaya, doch statt Zorn oder Wut angesichts der Gewissheit, dass so viel mehr Blut fließen würde, sollte Callan sterben, sah sie nur Mitgefühl und Entschlossenheit.

Sie eilte wie er zur Trage und arbeitete mit ihm wie schon so viele Male zuvor, um die Breeds zu retten, die man ins Labor gebracht hatte. Sie kannten sich aus mit Wunden. Mit der Physiologie von Breeds. Wenn irgendwer diesen Mann retten konnte, dann sie.

Seth hielt Dawn fest an sich gedrückt, als sie ins Wartezimmer eilten, das bereits voll war mit Breed-Enforcern, Anführern und Callan Lyons' Familie.

Merinus saß hier mit ihrem Sohn David. Erst elf Jahre alt, doch das Kind saß aufrecht da, ohne Tränen, und sein Körper drückte vollkommenes Gleichgewicht zwischen Geduld und Neugier über seine Umgebung aus.

Merinus.

Dawn kämpfte ihr Schluchzen nieder, als Merinus sich zu ihr umdrehte, mit zitternden Lippen und Tränen in den Augen, die sie mühsam wegblinzelte.

»Es tut mir leid.« Dawn kniete vor ihr nieder. »Es tut mir so leid.«

Wieder liefen ihr Tränen über die Wangen.

Die Frau des Rudelführers trug Jeans und eines von Callans T-Shirts, und sie sah arg mitgenommen aus.

Merinus schüttelte den Kopf und vergoss eine Träne. »Es ist nicht deine Schuld, Dawn. Er hätte nie zugelassen, dass Phelps dich anrührt, nie wieder. Das war seine Entscheidung, nicht deine.« Ihre Stimme klang belegt und tränenerstickt.

»Ich sage euch doch, Dad kommt wieder in Ordnung.« David stieß müde die Luft aus, als hätte er das schon viele Male gesagt. »Ihr werdet sehen. Er ist hart im Nehmen.«

Merinus' Hände zitterten, als sie sie sich vor den Mund drückte und sich von ihrem Kind wegdrehte. Anders als David wusste sie Bescheid über das Ausmaß von Callans Verletzung.

»Merinus.« Wolfe Gunnar und seine Gefährtin Hope traten zu ihr. »Dawn.« Er sah sie an, und in seinen harten Zügen und dunklen Augen stand Mitgefühl. »Unsere Enforcer sind in Position, sowohl hier als auch in Sanctuary. Alles ist abgesichert, bis Callan die Zügel wieder selbst in die Hand nehmen kann.«

Merinus nickte. Sie wollte etwas sagen, brachte aber keinen einzigen Ton heraus.

»Callan.« Sie flüsterte seinen Namen. Sie betete und wollte sich zusammenrollen, um den Schmerz ertragen zu können. Wie sollte sie weiterleben, wenn er nicht mehr war? Wie konnte sie weitermachen und ihren Sohn aufziehen, wie er es von ihr erwartete? Wie konnte sie es ertragen, wenn sie ihn verlor, ohne dass er je von dem Kind erfuhr, das jetzt in ihr wuchs?

Sie berührte die Tränen in Dawns Gesicht und versuchte, ihr Schluchzen nicht über ihre Lippen dringen zu lassen. Dieses süße Kind, das Callan liebte wie sein eigenes. Diejenige, deren Albträume ihn aus dem Schlaf rissen und hilflos vor Zorn zurückließen, weil er gerade sie nicht heilen konnte.

Sie selbst liebte Dawn wie eine Schwester und eine sehr liebe Freundin. Doch Callans Liebe ging noch tiefer. Beinahe so wie die Liebe eines Vaters, und sie war genauso bindend. Er hätte es nicht ertragen können, dass dieser Bastard auch nur noch einmal einen Finger an sie legte, warum auch immer.

»Dad wird wieder gesund«, mischte David sich erneut unwirsch ein. Er war sensibel. Er konnte die Hilflosigkeit und die Furcht im Raum spüren.

Merinus schüttelte den Kopf. Sie musste es glauben. Sie musste einfach. Denn wenn nicht, würde sie den Verstand verlieren.

Dieser Gedanke ging ihr durch den Kopf, und im selben Augenblick machte sich Aufregung im Flur breit. Fassungsloses Aufkeuchen, Kraftausdrücke, Breeds, die eilig Platz machten für etwas – jemanden.

Merinus sprang auf und zog ihren Sohn neben sich, unsicher, welche neue Bedrohung jetzt wohl käme. Doch als diese vor der Tür Gestalt annahm, war sie ganz und gar schockiert.

Das konnte nicht wahr sein.

Sie streckte die Hand aus und presste sie dann auf den Mund, als sein Blick den ihren fand. Neben ihm berieten sich ein anderer Mann und eine schlanke Frau mit einem Arzt, doch der erste Mann war es, der ihre ehrfürchtige Aufmerksamkeit auf sich lenkte.

Es war Callan und doch nicht Callan. Dieselben eindrucksvollen Züge. Dieselbe Haarmähne bis auf die Schultern, dieselben goldenen, durchdringenden Augen, als sein Blick sie fand.

Das konnte nicht wahr sein. Das konnte nicht der Mann sein, für den sie ihn hielt. Der, von dem sie doch wusste, dass er es war.

»Das ist Grandpa«, ließ sich plötzlich David vernehmen. »Er riecht wie Dad und Jonas. Und das ist mein Onkel Dane. Ich habe euch doch gesagt, er riecht wie Dad.«

Und David hatte Callan viele Male gesagt, dass Dane Vanderale roch wie er. Das Problem war: Kein Breed außer David hatte diesen Duft je wahrgenommen. Der Blick des Breeds glitt zu David, grimmig und voll Stolz, bevor er wieder Merinus ansah.

»Wie geht es meinem Sohn?«

Seinem Sohn. Merinus starrte ihn an, ebenso fassungslos wie jeder Breed im Raum.

Dies war der erste Breed, der je erschaffen worden war. Der legendenumwobene erste Leo und seine Gefährtin, die er aus dem Labor des Councils gestohlen hatte, in dem er vor fast einem Jahrhundert entstanden war.

Gerüchte besagten, er sei über einhundertzwanzig Jahre alt, doch er sah aus wie ein Mann in den besten Jahren, nur ein paar Jahre älter als ihr geliebter Callan.

Er hätte Callans Bruder sein können statt sein Vater, und jetzt war Merinus auch klar, warum Leo Vanderale sich so selten in der Öffentlichkeit zeigte. So selten, dass niemand die Verkleidung durchschaut hatte, die er offensichtlich in der Öffentlichkeit nutzte, auf die er nun aber verzichtet hatte.

Die Fotos, die Merinus von ihm gesehen hatte, zeigten einen Leo mit viel dunklerem Haar. Mit Augen, die eher dunkelbraun als bernsteingold mit dunklen Tönen waren. Die Falten im Gesicht auf diesen Fotos waren jetzt nicht mehr zu sehen, und der kräftige, sehnige Körper war für öffentliche Auftritte drastisch und mit einem offenbar bemerkenswerten Blick für Kleidung und mit künstlichen Mitteln kaschiert worden.

Seine Gefährtin, die Wissenschaftlerin, die Gerüchten zufolge zu jener Zeit ein Genie in der genetischen Funktionsweise der Breeds gewesen war, hatte noch immer den Schimmer der Jugend an sich. Und wie ihr Ehemann hatte auch sie ihre Erscheinung für öffentliche Anlässe drastisch verändert, die sie besucht hatte, und für die Fotos, die über die Jahre von ihr gemacht worden waren.

Glattes, langes dunkles Haar, graue Augen, kesse Züge und reine, makellose Haut. Das war nicht die Frau mit den graumelierten Haaren, deren Gesicht mit Falten bemalt war, um sie zwei Jahrzehnte älter wirken zu lassen.

Jahrzehntelang hatten sie Geheimhaltung bewahrt. Es hatte nie auch nur einen Hinweis gegeben, dass Leo Vanderale ein Breed und dass sein Sohn der erste vollständig erwachsene Breed-Mensch-Hybrid sein könnte.

Ihr Blick glitt zu Dane Vanderale. Er sah aus, als sei er kaum dreißig, doch er musste älter sein. Es gab Beweise, dass Elizabeth Forteniare schwanger war, als sie und der erste Leo vor so langer Zeit aus dem Labor entkommen waren. Es gab Gerüchte, dass das Kind die Geburt überlebt habe. Dane musste dieses Kind sein, und niemand hatte es gewusst.

»So schockiert.« Eine wohlklingende Stimme, nur mit dem Hauch eines fremden Akzents darin. »Dachtet ihr, ich würde nicht kommen, wenn mein Sohn dem Tod so nah ist?«

Der erste Leo. Er war der erste Leo. Dane Vanderale stand neben ihm, stark und sicher, und nun erkannte Merinus die Ähnlichkeit. Dieselben stolzen Züge und eindringlichen Augen. Dieselbe überhebliche, zuversichtliche Haltung.

Breeds starrten die Erscheinung an, als sähen sie eine Gottheit, an deren Existenz sie nicht geglaubt hatten.

Der erste Leo. Am Leben. So nahe. Und der Vater des Breeds, der seinen Leuten den Weg bereitet hatte für einen Ort auf Erden, den ihnen niemand nehmen konnte.

»Du hast dir Zeit gelassen«, flüsterte sie.

Und er verzog das Gesicht. Schmerz und Sehnsucht standen in seinen Augen, und die kleine Frau neben ihm wandte sich ihm zu. Er senkte den Kopf, hörte zu und nickte, bevor er Dane zu ihr winkte.

»Meine Frau Elizabeth.« Ein schiefes Lächeln. »Ein starker Name, wie ich glaube.« Er warf einen Blick zu Dash und der in Tränen aufgelösten Elizabeth. »Sie wird Callans Operation überwachen und dann zu Cassie gehen. Cassie ist stabil, sagt man mir. Der Schuss war nur eine oberflächliche Wunde, doch die Gehirnquetschung gibt Grund zur Sorge.«

Merinus schüttelte den Kopf, immer noch fassungslos.

»Sie ist seine ...«

»Mutter?«, fragte er. »Ja. Elizabeths Eizelle wurde vor unserer Flucht entnommen. Mehrere, genau genommen. Sie war die führende Autorität in Bezug auf Genetik und Physiologie der Breeds. Er ist ihr Sohn. Sie wird ihn nicht verlieren.«

»Aber sie konnte nicht zu ihm kommen«, rief Merinus. »Zehn Jahre lang haben sie nach euch gesucht. Zehn Jahre lang haben sie euch angefleht, aus eurem Versteck zu kommen. Seine Eltern. Davids Großeltern, und euch war das unwichtig?«

»Es war mir wichtig genug, um mir Gedanken zu machen, ob die Welt unsere Geheimnisse und Schwachpunkte kennt«, knurrte er und ließ seine Reißzähne aufblitzen. Genau wie Callan. Er warnte sie, nicht zu weit zu gehen. Überheblich und sich seiner Kraft gewiss. »Es war mir wichtig genug, um dabei zu helfen, eure Spione auszumerzen, bevor ich mich entschied, mich zu zeigen. Wirf es mir vor, wenn du musst. Aber diese Geheimnisse waren wichtiger als meine oder Callans persönliche Bedürfnisse. Ganz zu schweigen von diesem Bastard Wyatt.« Er sprach den Namen spöttisch aus, doch nicht mit Hass, sondern mit einem herausfordernden, grübelnden Unterton.

Er sah aus wie Callan, doch tief in ihrer Seele wusste Merinus, welcher Sohn sein Temperament geerbt hatte.

»Mein Sohn Dane.« Er zeigte auf den Mann, der der Gefährtin des Leos in den OP gefolgt war. »Er war die ganze Zeit meine Augen und Ohren.«

Dawn stand neben Seth und starrte den Leo an. Sie konnte es nicht glauben. Das konnte nicht wahr sein.

Seth hielt sie aufrecht, denn sie selbst hätte nicht länger stehen können. Und die anderen Breeds im Raum waren ebenso sprachlos wie sie.

Um den Leo herum standen weitere Breeds. Sie waren fremdartig, härter, kälter. Sie sahen aus wie die Geschöpfe, die das Council geschaffen hatte. Die Killer, von denen es geträumt hatte.

»Meine Sicherheitsleute.« Er zeigte auf das Dutzend bewaffneter Breeds. »Und nun meine Söhne.« Er sah sich im Raum um, holte langsam Luft und nickte, als sei er zufrieden. »Und David hat recht. Sein Vater wird wieder gesund. Für alles andere ist er verdammt noch mal viel zu stur.«

26

Zwei Tage später, in Jeans und T-Shirt, trat Dawn leise in Callans Zimmer auf der Intensivstation und starrte auf den Mann, der sie gerettet hatte.

Seth war an ihrer Seite, wo er auch die vergangenen zwei Tage gewesen war. Sie nahm seine Hand, ging zum Bett und starrte auf die Monitore, die piepten und blinkten und ein feines Summen von sich gaben, das an ihren Nerven zerrte.

»Er muss es hassen, hier zu sein«, flüsterte sie schluchzend. »Es ist wie im Labor. Er hasst Krankenhäuser.«

Sie fuhr mit den Händen an das Metallgeländer des Bettes. Er sah so stark und sicher aus wie immer. Blass. Müde. Aber stark.

Sie wusste, dass Leo und seine Frau zahllose Stunden hier bei ihm verbracht hatten. Der kraftvolle erste Katzen-Breed und sein Sohn Dane hatten ihr eigenes Blut gespendet, um es Callan zu übertragen. Ely hatte geschworen, diese Kombination hatte mehr als alles andere dazu beigetragen, Callan zu stabilisieren.

Elizabeth Vanderale, Gefährtin und Ehefrau des Leos, stand auf der anderen Seite und überwachte die Fortschritte ihres Sohnes.

Sie sah jünger als Merinus aus. Brünettes Haar und graue Augen. Schlank. Selbstsicher. Sie sah nicht alt genug aus, um eine Praktikantin zu sein, geschweige denn die führende Autorität in Bezug auf die Breeds.

»Du weinst ja.«

Ihr Blick senkte sich ruckartig. Callan sah sie aus zusammengekniffenen Augen an, dann richtete er seinen Blick auf seine Hand, auf die eine einzelne Träne getropft war.

»Ziemlich oft in letzter Zeit.« Auf ihr halb Schluchzen, halb Lachen hin schlang Seth von hinten die Arme um sie und umhüllte sie mit seiner Stärke.

Ohne ihn hätte sie es nicht geschafft. Nie hatte sie sich etwas so Schrecklichem gegenübergesehen, wie zusehen zu müssen, wie ihr geliebter Bruder starb. Selbst die Rückkehr ihrer Erinnerungen hatte nicht so sehr wehgetan. Gott helfe ihr, wenn es Seth gewesen wäre, hätte sie es nie geschafft.

»Du weinst nie«, sagte er heiser und warf Seth einen finsteren Blick zu. »Daran bist du schuld.«

Und Seth schmunzelte nur.

»Ich höre, ich habe Eltern.« Er zog eine Grimasse, und sein Blick glitt zu seiner Mutter auf der anderen Seite. »David ist verzückt.«

Er war unsicher. Dawn konnte es fühlen, und sie wusste, der Frau ging es genauso.

»Ja. Gestern hat er Jonas Dresche angedroht.« Dawn lächelte trotz der Tränen, die immer noch über ihre Wangen liefen. »Ich habe angeboten, Tickets dafür zu verkaufen, bis er mich anknurrte.«

»Da kaufe ich eins«, seufzte Callan. »Reservier es mir.«

»Versprochen.« Sie schluckte schwer und streckte die Hand nach seiner Hand aus. »Callan ...«

»Sag jetzt, es tut *dir* leid, und ich verdresche *dich*.« Er funkelte sie an, wenn auch nur schwach.

»Ich war wütend«, flüsterte sie.

Seine Kinnmuskeln spannten sich an, und Dawn konnte schwören, sie sah Tränen in seinen Augen schimmern. »Ich würde es wieder tun, also spar dir das.«

»Und ich liebe dich dafür«, flüsterte sie. »Du hattest recht, Callan. Ich war nicht stark genug.« Ihre Stimme versagte, und sie schüttelte den Kopf. »Ich habe es nicht verstanden.«

Er sah sie mit seinen goldenen Augen an, düster und voll mit seinem eigenen Schmerz über diese Erinnerungen.

»Du warst das Wichtigste«, flüsterte er schließlich. »Selbst wenn du mich dafür hasstest. Dich zu schützen war wichtig.«

Sie beugte sich vor, küsste ihn auf die Wange und flüsterte: »Danke, dass du mich gerettet hast. Gott hat dich zu mir geschickt, und ich habe auch ihm gedankt.«

Langsam richtete sie sich wieder auf und sah die Überraschung, die Träne in seinem Augenwinkel. Er schluckte schwer, fuhr sich mit der Zunge über die Lippen und sah dann zu der kleinen Frau hinüber, die neben sein Bett trat.

»Sie wird nicht erlauben, dass ich dich umarme«, schnaubte er. »Dafür will ich einen Gutschein. Und eins von diesen Tickets.«

Elizabeth Vanderale verbarg ihre Tränen, doch Dawn fühlte sie.

»Er braucht jetzt Ruhe«, sagte sie leise. »Und wenn ich Merinus nicht hereinlasse, wird er anfangen, meine Mahnungen zu ignorieren.«

»Meine Gefährtin.« Er wollte sie finster ansehen, doch ihm fielen die Augen zu. Als sie sich schlossen, presste Elizabeth die Lippen zusammen, um ihre Tränen zurückzuhalten, und nickte Dawn und Seth zu.

Seth verließ mit Dawn das Zimmer, den Arm um sie gelegt, und als sie über den Flur gingen, fiel der letzte Rest von Schmerz, finsterer Wut und Vergangenheit von ihr ab.

Sie hatte getan, was sie gelobt hatte. Sie hatte ihre Hände in Jason Phelps' Blut gewaschen. Sie hatte ihn besiegt und gebrochen gesehen. Und nun ließ sie ihn hinter sich.

»Ich will nach Hause«, flüsterte sie, als sie in den Aufzug traten, während Stygian und Styx mit einstiegen.

»Der Helijet kann dich in wenigen Stunden nach Sanctuary bringen«, versprach er.

Dawn schüttelte den Kopf, drehte sich zu ihm um und umfasste sein Gesicht mit den Händen. »Nein, Seth. Ich will in unser Zuhause. Jetzt gleich. Nur wir beide.«

Die Freude, die in seinen Augen aufleuchtete, ließ ihr Herz in Flammen stehen.

»Wir gehen nach Hause«, versprach er, senkte den Kopf und küsste sie. »Jetzt gleich.«

Der Kuss war ein Versprechen. Eine Widmung. Sie war für seine Liebe erwacht, und sie würde nie wieder ohne sie schlafen.

Epilog

Er schlich sich ins Krankenzimmer. Und das war verdammt schwer. Im ganzen Flur waren so viele Breeds postiert, mit hartem Blick, gnadenlos und nur darauf wartend, dass sie Blut vergießen durften, dass es hieß, Leib und Leben zu riskieren.

Doch er war auf Verstohlenheit trainiert und darauf ausgebildet, da hineinzukommen, wo andere scheiterten.

Fünfte Etage, eine kurze Kletterei an der im Schatten liegenden Wand hinauf. Das Fenster zu zerschneiden war mühsam gewesen. Und er wusste noch nicht einmal genau, warum zur Hölle er das überhaupt machte.

Na schön, sie war getroffen worden. Kollateralschaden, richtig? Wie viele andere Breeds waren schon gestorben für das Wohl der Gemeinschaft? Er konnte an beiden Händen und Füßen nicht abzählen, wie viele Dutzend.

Doch hier war er, schwang seinen dämlichen Hintern eine senkrechte Wand hinauf, schnitt sich durch ein Fenster und mühte sich gleichzeitig, die Überwachungsumleitung zu aktivieren.

Das hier war ein Job für drei verdammte Breeds. Er war nur ein Breed. Irrsinniger Mist.

Doch er konnte es einfach nicht dabei belassen. Die Erinnerung, wie sie auf dem Boden dieses Ballsaals lag und das Blut sich um ihren Kopf sammelte. Es war einfach zu viel. Er konnte nicht schlafen deswegen. Und wenn etwas *ihm* den Schlaf raubte, dann musste Abhilfe geschaffen werden.

Lautlos legte er das herausgeschnittene Glas ins Zimmer, holte langsam Luft und verzog das Gesicht. Er hatte seinen Duft getarnt, so gut er konnte, aber das würde nicht lange anhalten. In weniger als fünf Minuten würden sie ihn wittern, und dann würde die Hölle losbrechen.

Doch nun war er drin und überwand die kurze Distanz zum Krankenhausbett, in dem sie lag.

Ihre Eltern mussten ihr dieses kindisch hochgeschlossene Nachthemd angezogen haben. Es war länger als ihm lieb war. Alles züchtig und anständig wie bei einer Zicke aus der Viktorianischen Ära. Sie sollte einen Seidentanga tragen, der ihren hübschen Hintern betonte, und sonst gar nichts. Denn dieser Hintern war wohlgerundet.

Er biss die Zähne zusammen und verzog frustriert das Gesicht.

Um den Kopf hatte sie einen Verband, aber die wunderschönen Locken waren alle noch da und umflossen sie wie schwarze Seide.

Er streckte die Hand aus und berührte eine davon, pfiff dann lautlos, als er sie befühlte. Verdammt, fühlte sich das gut an. Und in derselben Sekunde wurde sein Schaft steinhart, als er sich vorstellte, wie sich dieses Haar auf seiner Haut anfühlen würde.

Das wäre ein verdammt erotisches Gefühl.

Doch während er sie ansah, regte sich noch etwas anderes als Erregung in ihm. Etwas wie ... Reue?

Verdammt, hatte er jemals Reue verspürt?

Er schüttelte den Kopf, rieb sich verwirrt über den Nacken und versuchte einmal mehr herauszufinden, was zur Hölle er hier eigentlich machte.

Cassandra Sinclair ging ihn nichts an. Wenn ihr Vater, Dash Sinclair, auch nur einen Gedanken von dem Geschöpf, das hier herumschnüffelte, auffing, würde er ihn jagen, zur Strecke bringen und in Stücke reißen.

Doch das war es fast wert.

Er streckte die Hand aus, fuhr mit dem Finger über die feine, extrem glatte Haut ihrer Wange und wusste, dass er nie zuvor etwas so Weiches berührt hatte.

Komm, wenn du dich traust. Die Erinnerung an ihre hübschen rosigen Lippen, die diese Worte geformt hatten, ließ ihn lächeln.

Er beugte sich ganz nahe zu ihr, strich sachte das Haar von ihrem Ohr und flüsterte: »Fordere mich niemals heraus.«

Sie bäumte sich im Bett auf, riss die Augen auf, und ein Schrei aus reinem Entsetzen drang über ihre Lippen, und das so urplötzlich, dass er es nicht verhindern konnte.

Fluchend rannte er zum Fenster, packte das Seil, das er daneben befestigt hatte, und bis ihr Schrei erstarb, war er schon auf dem Boden und rannte.

Verdammt. Er hätte sie wohl nicht warnen sollen, dachte er sich mit einem Lächeln. Doch er hatte es getan. Und er hoffte, dass sie sich daran erinnerte – um ihrer selbst willen.

»Ein verführerisches Spiel – spannend und unglaublich sexy!«

Lara Adrian / Alexandra
Ivy / Donna Grant u.a.
MASTERS OF
SEDUCTION -
GRENZENLOSE
LEIDENSCHAFT
Übersetzt von Firouzeh
Akhavan-Zandjani
388 Seiten
ISBN 978-3-8025-9941-5

Der Inkubus Sorin Ebarron ist es gewöhnt, stets zu bekommen, was er will. Als die schöne Nephilim Ashayla sein Kasino betritt, weiß er sofort, dass er sie für sich gewinnen muss. Ein verführerisches Spiel mit hohem Einsatz beginnt. Und Sorin und Ashayla entdecken dabei ein Geheimnis, welches das Gefüge von Himmel und Hölle erschüttern könnte.

»Prickelnd heiß. Ein perfektes Leseerlebnis.«
Goodreads

Nalini Singhs Welt der Engel und Vampire – geheimnisvoll und unwiderstehlich

Nalini Singh
GILDE DER JÄGER
Engelsmacht
Übersetzt von Dorothee Danzmann
576 Seiten
ISBN 978-3-8025-9640-7

Naasir sehnt sich nach einer Gefährtin, einer Frau, die ihn so liebt, wie er ist: wild und ungezähmt. Von Raphael, dem Erzengel von New York, erhält er einen Auftrag: Naasir soll die Gelehrte Andromeda bei ihrer Suche nach Alexander, einem der Uralten, unterstützen und sie beschützen. Schon bei ihrer ersten Begegnung ist Naasir hingerissen von dem Engel, doch Andromeda hat ein Keuschheitsgelübde abgelegt, das sie nur unter einer Bedingung brechen wird. Bevor Naasir ihr Geheimnis ergründen kann, wird die Gelehrte entführt …

Wenn die Liebe andere Pläne hat ...

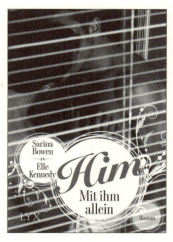

Sarina Bowen / Elle Kennedy
HIM - MIT IHM ALLEIN
Aus dem amerik. Englisch
von Melike Karamustafa
384 Seiten
ISBN 978-3-7363-0251-8

Zwei Dinge weiß Jamie ganz sicher: Erstens, er wird nach dem College professionell Eishockey spielen. Und zweitens, er steht auf Frauen. Daran hat auch die heiße Nacht, die er damals im Trainingscamp mit seinem besten Freund Wes verbrachte, nichts geändert. Doch dann stehen sich die beiden nach vier Jahren plötzlich wieder gegenüber. Und Jamie muss feststellen, dass die Gefühle, die Wes in ihm hervorruft, alles andere als freundschaftlich sind ...

»Eine zeitlose und wunderschöne Liebesgeschichte.«
Audrey Carlan

*Verstörend und bewegend –
eine absolut einzigartige Liebesgeschichte*

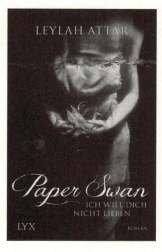

Leylah Attar
PAPER SWAN -
ICH WILL DICH
NICHT LIEBEN
Aus dem Englischen
von Patricia Woitynek
400 Seiten
ISBN 978-3-7363-0289-1

Skye Sedgewick wird entführt und verliert bald alle Hoffnung, befreit und gerettet zu werden. Sie kann an nichts anderes mehr denken als den Tod – bis sie erkennt, dass ihr Entführer sie nicht zufällig ausgewählt hat, sondern der Mann ist, den sie seit vielen Jahren schmerzlich vermisst ...

»Ein absolutes Muss für alle, die nach etwas ganz Besonderem suchen!« AESTAS BOOK BLOG

LYX

Die Community für alle, die Bücher lieben

Das Gefühl, wenn man ein Buch in einer einzigen Nacht verschlingt – teile es mit der Community

In der Lesejury kannst du
- ★ Bücher lesen und rezensieren, die noch nicht erschienen sind
- ★ Gemeinsam mit anderen buchbegeisterten Menschen in Leserunden diskutieren
- ★ Autoren persönlich kennenlernen
- ★ An exklusiven Gewinnspielen und Aktionen teilnehmen
- ★ Bonuspunkte sammeln und diese gegen tolle Prämien eintauschen

Jetzt kostenlos registrieren: www.lesejury.de
Folge uns auf Facebook:
www.facebook.com/lesejury